路 石

吴昌荣 赖襄匀 著

中国言实出版社

图书在版编目（ＣＩＰ）数据

路石 / 吴昌荣, 赖襄匀著 . -- 北京：中国言实出版社, 2020.9（2023.1重印）

ISBN 978-7-5171-3545-6

Ⅰ.①路… Ⅱ.①吴… ②赖… Ⅲ.①长篇小说—中国—当代 Ⅳ.① I247.5

中国版本图书馆 CIP 数据核字 (2020) 第 159253 号

责任编辑　郭江妮
责任校对　王建玲

出版发行　中国言实出版社
　地　　址：北京市朝阳区北苑路 180 号加利大厦 5 号楼 105 室
　邮　　编：100101
　编辑部：北京市海淀区花园路 6 号院 B 座 6 层
　邮　　编：100088
　电　　话：64924853（总编室）　64924716（发行部）
　网　　址：www.zgyscbs.cn
　E-mail：zgyscbs@263.net
经　　销　新华书店
印　　刷　天津兴湘印务有限公司
版　　次　2021 年 1 月第 1 版　2023 年 1 月第 2 次印刷
规　　格　710 毫米 ×1000 毫米　1/16　18.5 印张
字　　数　310 千字
定　　价　56.00 元　ISBN 978-7-5171-3545-6

目 录

一辆满载旅客的列车呼啸而过，留下一股浓浓的白烟。

站台栅栏处，一个戴茶色眼镜、头挽发髻、着蓝色套裙的妇女，怔怔地望着远方。

蓝色天幕上那颗巨大的火球，已跌入远山的怀抱，天边涌起金色云海织成的彩霞。这种晚景，虽然瑰丽壮观，可惜匆促短暂。每当夕阳西下暮色苍茫时，都留给她隐隐的惆怅。

"妈！火车晚点一个小时，早着哩。剑平带小宝招呼出租车去了。"充满青春活力的女儿笑盈盈地走来，塞给母亲一张当天的报纸，又顺手给母亲理了理鬓边被风吹散的一缕白发。接着说：

"站前餐厅有配好的生菜出售，我去看看，给晚餐加点菜。"女儿想了想，又俏皮地说，"妈准知道朱伯伯最喜欢吃什么菜。"

母亲沉思片刻，脑海里闪现出四十年前，那个魁梧英俊的小伙子津津有味地啃红烧排骨的情景，嘴角露出一丝难以觉察的笑意：

"红烧排骨吧！"

女儿嗯了一声，欢快地向站前餐厅走去。

苍穹传来几声雁鸣。征鸿过尽，万千心事难寄，她抬起头来喃喃自语："金秋十月，是该北雁南归了。"

晚霞逐渐消退，升起缕缕炊烟，凝成轻纱似的薄雾。夜幕开始下垂，城里闪烁着耀眼的灯光。

回顾往事，如观茫茫云海，异彩纷呈，转瞬即逝。只有那最瑰丽的云朵，才给人留下难以磨灭的印象，埋葬在记忆的深处。这晚霞、这雁鸣，还有女儿的询问，使得埋葬在历史深处的记忆，又电影般的一幕幕展现出来：热血沸腾的反蒋罢课，手挽手地反美游行，读书会上生气勃勃的讨论；"真空"时期，在小巷里张贴传单，解放军进城时的满街锣鼓和拥挤的欢庆解放的人群；然后是参军、入团、入党、转业、结婚、组建家庭；眼前重又浮现出一份份报纸、一格格盐滩、一双双求知若渴的眼神、一张张真诚友爱的笑脸……星移斗转，寒暑春秋，生活的节奏像支进行曲。新中国培育的第一代知识青年——社会主义道路上的铺路石，他们经历了多少悲欢离合、曲折坎坷、沧海桑田、耕耘收获啊！

一切都会消失，只有记忆永存。

大地回春　革命襁褓育新人

（一）

投身革命，是记忆中最难忘却的时刻。

这是一个灿烂如黄金、透明如水晶的年代，到处充满热情、朝气和活力。淳朴的脸庞洋溢着毫不掩饰的喜悦，黑亮的眸子潮动着火辣辣的激情，四万万华夏子孙的心中，都响起同样的洪钟般的声音——我们解放啦！

三辆军用大卡车上响起了《跟着毛泽东走》的雄壮歌声。只要哪辆车沉寂下来，其他车上就会立即响起"来一个，快快快"的拉歌声。

最活跃的是第三辆，车上挤得水泄不通的多是青年学生。他们像久锢的鸟儿，一旦冲破牢笼便立即展翅云天，那种解放的心情全在引吭高歌中表现了出来。他们唱的歌最多，有解放区的革命歌曲，蒋管区的进步歌曲，还有迎接解放、讽刺"刮民党""蒋该死"的流行小曲，形式也很活泼，有合唱、独唱、领唱、男女声二重唱，还有人吹口琴、笛子伴奏。

在这又唱又笑、热腾腾、闹喳喳的车厢里，只有一个身材修长、穿蓝布旗袍的少女一言不发地向远处凝望。她那文静沉思的表情，简直像一尊塑在海岸边的雕像，丝毫不为汹涌澎湃的海浪所动。

她叫白如冰，是县女中品学兼优的高才生，沉默寡言、酷爱文学，平日总是手不释卷。父亲生前作苦力，积劳成疾。如冰半岁就与慈父永别，十多年来与母亲、姐姐相依为命。为了养家糊口和供如冰上学，母亲、姐姐没日没夜地帮人洗衣服、做针线、纺棉花。姐姐本已结婚，因无嫁妆，备受婆家歧视。丈夫死后，发誓终身陪伴母亲，再不嫁人。把一切希望寄托在如冰身上。如冰深知只有奋发上进，才能争取光明前途，告慰亲人，她读书一贯用功，即使因交不起学费而停学、跳班，学习成绩也能名列前茅。由于家庭、学校以及嫌贫爱富、世态炎凉的世风影响，使如冰在性格上与同龄的女孩子大不一样，养成了一种冷静沉思、清高傲洁、不随俗浮沉的早熟性格。

公路边一老妇踽踽而行，如冰看那背影酷似年迈的母亲，不禁想起在喧闹的送别人群中，慈母两行热泪一脸笑、拉着自己的手边走边嘱咐的情景。如冰挤上车厢以后，还听见母亲对身旁的老婆婆说：

"身上的肉我也舍不得呀！话又说回来，跟共产党、解放军走保险没错，您老只管放心。"

"怕的是打仗呗！"老婆婆小声咕噜了一句。

一个拿水烟袋的老大爷接声说："怕啥！国民党打共产党是要绅粮照旧收租吃饭，共产党打国民党是要穷人翻身不受罪，打这样的仗死了也光荣！"

前面的车已开动，母亲突然想起了什么，在姐姐耳边嘀咕了几句，又忙把脖子上的黑绒线围巾取下来。姐姐急步走到车厢旁，把围巾递给如冰，眼里闪着泪花：

"阿妈说，天冷了，多加点，不要又犯咳嗽。"

如冰凝望着母亲那缕飘拂在寒风中的银丝，心里激动得一阵战栗。

摸摸脖子上的围巾，软绵绵暖烘烘的；又伸手摸摸怀里的三个银元，那是姐姐给人绣花的工钱。这围巾、这银元，凝聚着多少慈母爱、骨肉情啊！

如冰正在浮想联翩，一个熟悉的男高音扬起了轻快的歌声：

山那边呀好地方，

一片稻田黄又黄。

大家唱歌来耕地，

再也没人作牛羊。

大鲤鱼呀满池塘，

织青布呀做衣裳。

丰衣食足勤动手，

年年不会闹饥荒。

如冰回头一望，果然是朱人杰在独唱。小伙子站在车厢最前面，二十出头，高高的个儿，穿一件深棕色的夹克，配上银灰色的西装裤，显得英气勃勃。此时朱人杰兴奋得两颊通红，眼睛颇似西方人，深邃幽蓝，在阳光下闪动着蔚蓝色的波光。他是如冰的邻居，重庆大学文学系四年级学生。父亲一贯务农，红军过境那年，因逃壮丁外出杳无音信。母亲屡遭保长刁难调戏，被迫改嫁。朱人杰随祖父迁居城内叔叔家。叔叔夫妻经营小书店，家道小康，只有一个痴呆儿子，见人杰聪颖好学，转而望侄成"龙"，供他上中学、大学，盼他掸冠洗楣、光宗耀祖。

如冰母亲、姐姐都是孀居，深怕隔壁书店来往客人招惹是非，平日总是大门禁闭。如冰在女校读书，除几个相好的女友外，很少与异性接近，因而她与朱人杰虽仅相隔一墙，却从未交谈，有时偶尔相遇，也只默默地互望一眼，便低头而过。

1949年夏，偏安重庆的蒋家王朝，风雨飘摇，军事溃败，政治、经济、社会危机四起，市场通货膨胀，钞票贬值，物价同气温一样日日上升。统治者为了搜刮民脂民膏、维系崩溃经济，不断改头换面印制大钞，先后发行过金圆券、银圆券、关金券来取代臭名昭著的法币，而每次改币，大钞换小钞，总是百姓遭殃。

如冰家在"天府之国"，本县因盛产甘蔗得了个"甜城"的美名，此时也是动荡不安。人们不敢把钞票放在家里过夜，只有买到实物或换成银元才能安心睡觉。人人都觉得活不下去了，都在期待着翻天覆地的变化。

动乱的年月，艰难的生活，与黄金的年华、火红的青春交织在一起，热血青年对如此现实自然极为不满。反蒋罢课和反美游行时，学生们在校园里和大街上成群结队地高呼：

"要自由、要民主，
锅里更要有米煮。
蒋总统、李总统，
政府尽是大粪桶。"
"三月里、桃花开，
政府哪有这样歪？
学生要吃饭，它说不应该；
老师罢了教，它说故意闹；
同学们，这个政府要不要？"
引得街上的群众也跟着学生喊：
"不要！不要！"

然而，漫漫长夜何日能见光明？许多人又陷入彷徨苦闷之中。

仲夏之夜，月明人静，如冰正在灯下看书，忽听隔墙传来悠悠的男高音，歌声虽轻，但吐词清晰，充满激情。如冰听着听着，也为"山那边的好地方"深深吸引，增添了对光明的憧憬和追求。

为了走出家庭、学校的小圈子，拓宽视野，如冰的课外读物，除了中外文学著作外，还增加了社会科学著作，对针砭时弊的鲁迅杂文更是特别喜爱。她得知暑期里叔叔给朱人杰购进了一批好书，便经常去租阅。

朱人杰发现如冰要求进步，便把自己珍藏的几本苏联文学作品借给她看，其中《钢铁是怎样炼成的》对她的思想影响很深。

有天，如冰去还书，朱人杰把一卷粉红色打字印刷品用报纸包上，递给如冰，小声说："你拿回去看，别让任何人知道，看完还我。"

如冰回家关上房门，打开纸卷，内容主要是关于解放战争形势的分析，才知道"山那边的好地方"已不只延安一地，而是红彤彤一大片了。

原来，从 1949 年 4 月 21 日毛泽东和朱德发布"向全国进军的命令"后，解放战局势如破竹。二野和三野于进军令发布的当天早晨，即饮马长江、突破天堑，摧毁西起湖口、东至江阴的五百多公里长江防线，国民党三个半月的苦心经营终成泡影。可笑国民党报纸还天天吹嘘"江上有战舰、天上有飞机、陆上雄兵二百多万，江防固若金汤"。解放军渡江后第三天，便攻下蒋家王朝盘踞二十二年之久的巢穴南京。乘胜分路向南挺进，五月直取杭州、南昌、上海，接着进军福建，解放福州。一野战军解放西安后，与攻克太原的华北各兵团会合，进军西北，解放兰州。四野战军五月渡江，占领武汉三镇后南下湖南，国民党省主席程潜、第一兵团司令陈明仁宣布起义。

蒋管区劳苦大众翘首日夜盼解放，地主资本家则惶惶如丧家之犬。有的人去美国，有的人去香港，有的人去台湾，有的人没处去，硬着头皮等解放。革命形势处于全面胜利的决战前夜，以学生运动为先驱的民主运动也在全国各地蓬勃发展。

朱人杰告诉如冰，为了迎接解放，他和一些中学师生秘密组织了一个读书会，问她愿不愿意参加。如冰毫不犹豫地欣然允诺。在新生和腐朽斗争的热火狂飙的大时代里，她当然是站在新生这一边。

晚饭后，如冰怀着神秘兴奋的心情，跟着朱人杰一前一后地转了几条小巷，来到一间仓库似的小房。里面坐满了人，大部分是穿芝麻布中山制服的高中男生，也有几个穿阴丹士林布旗袍的高中女生。没有女中的同学，她一个也不认识。

如冰坐在进门的角落里，见一个老师模样的人，正在起劲地念一本《论人民民主专政》的小册子，读几段大家就议一议，发言十分热烈。如冰对文章内容虽不甚理解，但感到一股强烈的勃勃生机。最后又读了一篇新闻，也是粉红色打字印刷品。有人找了一张国民党的小报来对照，其中有所谓"匪军损失惨重，国军无一伤亡，唯城池一座不见"的俏皮话，引得大家都忍不住笑了。老百姓一般都不相信国民党的报纸，特别是《中央日报》，说是用来揩屁股都嫌脏。

有一次读书会，几乎是朱人杰包场。他先向大家介绍由重庆沙坪坝大学校园里传来的好消息，然后小声教唱《山那边的好地方》。那时只能偷偷地唱，今天他站在车厢上引吭高歌，心情可想而知了。

如冰想到这里，不禁又回过头去看了朱人杰一眼。他正在指挥大家鼓掌欢迎："黎婉霞，来一个，黎婉霞，快！快！快！"

站在车尾上那个衣着讲究、红扑扑脸蛋上有一对笑窝的小个子姑娘，这时嫣然一笑，清了清嗓子，便婉转地唱起了《东方红》。

这个姑娘生长在富裕家庭，是个独生的金粉娃娃，高中二年级还没读完，母亲就要她改考音专，父亲又打算让姨夫带她出国。婉霞在这样的家庭环境中，从小娇生惯养，调皮任性，热情活泼，喜欢唱歌跳舞，也爱穿着打扮，在学校里她是唯一穿高跟鞋、烫"大波浪"的时髦女郎。她的口头禅是：服装华丽人美丽，羽毛好看鸟超群。

暑期中，部分学校师生演出话剧《屈原》，婉霞在剧中饰婵娟，与饰屈原的朱人杰相识。也许是过惯了养尊处优的生活，她想换个环境，尝尝女兵生活的滋味，和大伙一起也卷进了参军热潮。临行时，她母亲哭哭啼啼地把一个大旅行袋递到车上，里面奶粉、罐头、牛肉干、花生米、饼干、糖果样样俱全，还不放心地再三叮咛："霞霞，过不惯就早点回来。到了重庆，需要什么，去找姨妈。"

正在大家庄严肃穆地聆听婉霞唱《东方红》时，车厢一角出现了小小的骚动。一个小家伙在身材魁梧的江大海胳膊下瓮声瓮气地嚷道："高抬贵手，让我透透气。"

小家伙姓梁，名铁旦，才十五虚岁，父母早丧，随姐姐长大。十三岁那年，他姐夫患上痨病，生计困难，铁旦读了一年初中就辍学了。这两年经历堪称复杂，擦皮鞋、卖香烟、茶馆打扇、饭店洗碗，谁料洗碗时把一个瓷蒸钵打破，被老板扇了两个耳光，扣下半月工资开销出店，铁旦才又干起了卖报的营生。他虽身处逆境，却天性乐观、活泼调皮，认识的人都喜欢和他逗乐。

暑期里，铁旦每天给朱人杰送报，搞得很熟了，凡遇到什么疑难，听到什么新闻，都要来找"杰哥"聊聊，因而他又成了替"读书会"传送报刊资料的义务邮递员。

　　昨天，铁旦得知杰哥等人参军的消息，影子一样地缠住朱人杰，要求给他报名，好不容易说服他过两年再去。谁知他今天戴顶大毡帽，躲在人群里，等前面的车一开动，就赶紧低头猴腰地爬上车来。见江大海伸手扶着驾驶棚上的行李，便一头钻到大海胳膊下面。直到车子开过隆昌，他估计这时如果被杰哥发现，也不会半路赶他下车，是该出头露面的时候了。

　　听见铁旦嚷嚷，江大海憨厚地笑笑，顺从地把身子紧贴车厢，给他让出了个立足之地。

　　江大海黑黝黝的脸庞，宽宽的肩膀，是家小铁铺的打铁工人，母亲死于难产，从小随父以打铁为生，隔壁教小学的李老师体弱多病，妻子在农村，大海常去照顾他。去年大海父亲吐血去世，一个人无依无靠。李老师见他忠厚老实、手勤脚勤、身骨结实，便荐他到铁铺做工，晚上还教他学文化。

　　朱人杰想了解工人生活情况，经常找同住一条街上的江大海谈心。这两个同年"老庚"，虽然知识文化水平悬殊，但彼此坦诚相见，十分契合。

　　暑假过去，秋去冬来。二野刘邓大军同华北野战军第十八兵团密切配合，浩浩荡荡地向大西南进军。十一月底，国民党抗战时期陪都——重庆宣告解放。成渝线上的国民党守军和政府官员，如水冲蚁巢、惊惶四窜。有些群众受反动宣传影响，怕"共产共妻"，也携着妻女、带着财物躲到乡下；有些群众则怕国民党败军奸淫掳掠，终日大门紧闭，不敢到外面走动，整个县城一派清冷萧条的景象。

　　在这"真空"时期，地下党组织了工人护厂、学生护校活动，保护国家名胜古迹和人民生命财产。读书会的朱人杰、白如冰同其他几个同学一起到大街小巷去张贴宣传我党我军城市政策的《中国人民解放军布告》和《三大纪律八项注意》等资料。他们严肃前进而又兴奋、天真而又英勇，目光炯炯有神，心里充满着只有亲手去推动历史车轮的人才体会到的那种自豪感。

　　十二月上旬的一天拂晓，人民子弟兵没放一枪、没费一弹就解放了这座满山遍地都是甘蔗林的甜城。部队在鞭炮、锣鼓、旗帜、秧歌队和拥挤的人群中列队进城。宿营时战士们便露宿在院坪里、屋檐下，绝不进屋打扰。人们见解放军纪律严明、秋毫无犯，逐渐消除了顾虑，回城安居，还主动给战士送茶水、借用具。战士们则帮群众担水、搞卫生，宣传革命道理。

　　县城解放后，立即成立了军管会，主持全县日常工作，并召开各种会议，发动各界人士。在老戏院举行的一千多人的学生会上，朱人杰作为回乡学生代表，白如冰作为女中学生代表，先后在台上发了言。

冬日夜晚，寒风扑面。朱人杰、白如冰和江大海从读书会学习归来，心里热乎乎的。刚才听了毛泽东同志给重庆起义官兵的贺电，王老师给大家传达了北京三十万群众齐聚天安门广场、庆祝开国大典的盛况，还读了毛泽东主席在第一届全国政协会上的讲话全文。当他念到"我们的民族将再也不是一个被人侮辱的民族了，我们已经站起来了"的时候，大家情不自禁地你拍拍我、我推推你地欢叫起来。不是吗？黑夜已经过去，春回大地，一片光明。新政治、新经济、新文化的新国家已经诞生了。

三个人兴奋地边走边谈，路上碰到那天主持学生大会的军管会同志，他对朱人杰说："军政大学三分校在重庆招生。你考虑是回重大还是去军校？如果去军校，就来找我开介绍信。"接着又回过头来对着如冰、大海说道，"我们要送一批知识青年去军大，如果你们愿去，同样欢迎。"

如冰、大海都好似刚出笼的鸟儿，猛一下还不知道该往何处飞，能参加解放军而且是到军校去学军事学政治，那还用说，当然是一百个愿意。

第二天，三个热血青年兴冲冲地到军管会报名。正好碰上黎婉霞，她坚决要求加上她的名字。四个人都很快领到了入伍通知。

正当铁旦满脸通红地从大海胳膊下钻出来的时候，就被朱人杰看见了。他把手伸向铁旦：

"看看你的入伍通知。"

"没有！"

"那就请下车，否则上黑名单，入另册。"

"不怕！没通知的不止我一个。"

铁旦胸有成竹。凭他这段时间对解放军叔叔的了解，决不会撂下他不管。

红日逐渐西沉，歌声渐渐停止，人们把视线转向大自然。汽车旁是不断迎面跳来又转瞬即逝的祖国山河，那美不胜收的景色，它们忽儿辽阔壮丽，忽儿群山竞驰，转眼又三五农家，溪流潺潺。大伙惊讶、赞美、兴奋得长一声短一声地欢呼。

大海下车后没有休息，听说要打地铺，便主动到邻近老乡家去借铺草。一个白白胖胖的青年热情地给他收集来许多铺草，并向他打听情况，说自己很想参军，求他引荐。

晚饭后，那个青年同一个穿旧布短衫的瘦老头来找江大海。大海立即引他们去见领队的解放军同志。

一进门老头就忙不迭地说："解放军同志，行行好！我姓曹，儿子成龙铁了心要当解放军，你们就收下他吧！"

男领队严肃地看了他们父子两眼，问道："你家是什么成分？"

老头不解地瞪大了眼睛。

女领队和气地解释说："就是说你家靠什么营生过日子。"

老头忙答："我多少年一直在家门口摆烟摊，老婆和大妹仔做点针线，养活几只嘴巴，邻居们都了解的。"

女领队高兴地说："是个无产阶级。"

曹成龙喜形于色，连忙接嘴："我家世代都是无产阶级。现在劳动人民翻了身，为报答共产党的恩情，我决心要革命，参加解放军。"

男领队满意地点点头，转身对大海说："你回去告诉朱人杰，就编在你们小组好了。"

女领队关心地问："我们明天上午八点就要出发，你来得及吗？"

曹成龙像军人似的脚跟一靠："上午八点我一定准时赶到！"

如冰、婉霞、铁旦、朱人杰、汪大海他们没能准时赶上队伍。今天掉队的究竟是谁的错呢？如冰边走边想这个问题。都怪婉霞太娇了，从昨天晚上到今天早上，婉霞一直抱怨：嫌大锅饭不好吃，稻草地铺睡不着，洗脸没热水，冲奶粉又没开水……早上稀饭配盐萝卜，还有香喷喷的大白馒头呢！偏她吃不下，非要拉着铁旦去吃什么油条配豆浆。听说车子要提前开，害得大家分头去找她，腿都跑断了，结果还是没赶上。唉！现在只好用两条腿去赶队伍了。

如冰见婉霞低着头，满脸懊丧的样子，脚下那双后跟像钉子似的高跟鞋，似乎也在和她过不去，走不多远就要坐在路边歇一会气，如冰停下来陪着她，心里不禁产生了一丝同情，也难怪她，谁知道汽车会提前开呀！你这个五人小组长也太厉害了，刚才的那一幕真叫人难堪。

当时五个人上气不接下气地赶回驻地，已是车去人空。只有八点准时赶到的曹成龙提着一个大包，站在那里东张西望。原来是永川军管会同志见昨天三部车太挤，就支援了两部，但这两部车要赶回来执行任务，便提前在七点半钟开车了。朱人杰没料到刚参军就碰上掉队这号倒霉事，自己是小组长，如何向带队的解放军同志交代？他心里一窝火没处泄，冲着铁旦吼起来："吃不得苦来革什么命？乱弹琴！"

黎婉霞马上顶了一句："我才是罪魁祸首，不用指桑骂槐。"接着，她又不服气地申辩说，"你自己说八点开车，我们七点四十分就往回走了。"

"部队情况随时有变化。要是一起吃饭上车，哪里会掉队？脱离集体就是无组织无纪律！"朱人杰板着面孔，毫不妥协。

黎婉霞虽然一时还弄不清楚组织纪律是怎么回事，只是他那熊样太叫人难堪了，嘴里嘀咕了一句："爸妈都没这样训过我。"就抽抽搭搭地哭了起来。

局面很僵，亏得大海提出良策：

"已经没有永川去重庆的班车了，等下去不是办法，干脆开动我们自己的'11号车'，这也是参加革命的第一次锻炼，也许在路上还会碰到去重庆的车。"

如冰总结今天这出参军插曲，自己应该吸取两点经验教训：一是既然决心参加革命，就要准备吃苦耐劳，经受锻炼考验；二是帮助同志要热情耐心，春风化雨，循循善诱。

朱人杰为了给大家提神打气，边走边讲起苏联小说《永不掉队》的故事来，那副和颜悦色的样子，和刚才的横眉怒目简直判若两人。

铁旦蹦蹦跳跳，他说走路比挤在车上有味，幸亏掉队，不然哪有机会和大伙一起聊天散步呢？曹成龙很健谈，一路上讲了不少幽默笑话和本地风土人情。

如冰听了《永不掉队》的故事，心里很有感触。为了不辜负母亲和姐姐的期望，自己读书从来没掉过队；如今到军政大学去学习，也决不能掉队。何况这次是"背负人民的希望"，就像歌词里唱的那样。当然，人民也包括了母亲和姐姐在内。

十一点光景，他们来到一家饭店门前歇脚。那回锅肉的香味，馋得铁旦再也不想走了，婉霞想想，觉得自己也真是对不起大家，为了弥补过失，决定自愿做东，她宣布：

"今天中午，饭由我请客，每人点个菜，集中一起吃。"

铁旦自然是要回锅肉，人杰点了份红烧排骨，大海要了份铁旦爱吃的五香豆腐干，如冰点了个榨菜汤。婉霞忙补充汤里要加肉丝，自己点了份糖醋鲫鱼。最后，曹成龙说："这儿还没出永川地界，自己也算东道主。"特地点了麻辣鸡丁来招待大家。朱人杰孩子般津津有味地啃排骨的样子，给如冰留下了深刻的印象。

犹如秋风扫落叶，顷刻完成任务，铁旦最后把菜汤都打扫得一干二净。

吃过饭休息片刻，婉霞摸摸又胀又酸的腿，瞥见公路前方停着一辆卡车，叹口气说："要是我们的车抛锚就好了。"

铁旦眯着眼瞧了一会，快活地跳起来："是辆军车，躺在车肚下修车的是解放军！"

朱人杰也看到那辆车，听铁旦说是军车，连忙前去探个究竟。

果然是军车。上午在永川卸过货回璧山，出了点故障，刚才已修好，那个司机同志听说他们是参军掉队的，便满口答应捎带他们去璧山。车上别无他物，为了补偿修车耽误的时间，一路上风驰电掣。

车到璧山，婉霞又犯愁，是否又要使用自己的"11"号？热心的司机同志立即打电话询问永川车队，得知上午开出的五辆车直接到达重庆林园。他又找到一辆去重庆的军车让他们搭上，再三嘱托要把五个新同志送到驻地。

他们第一次感到革命队伍的温暖，革命同志比亲人还亲。分手时铁旦把脖子伸到窗外大喊："解放军叔叔万岁！"

六个掉队者被送到林园时，早到的同志正在草坪里吃晚饭。铁旦一下车就奔向草坪去侦察。好家伙，八个人一"桌"，围着满满一盆猪肉烧萝卜。穿围裙的解放军还提着菜桶到不够吃的各桌去添菜，这一次可不能再掉队了，他赶快找了六个碗、一个盆，要人杰、大海去打菜、盛饭，见草坪边有丛细竹，灵机一动，掰下一枝，用小刀削了六双筷子。

一连添了三次菜，铁旦敞开肚皮吃，胀得不想动弹。朱人杰报过到、安排好住处来找他时，他已在炊事班长的干草铺上进入了梦乡。

长江嘉陵江汇合处的重庆，被浓云迷雾笼罩着，山林、房舍、田畴、江流，一切都隐没在灰蒙蒙的雾海里。嘉陵江是长江支流，它没有金沙江的磅礴气势，却有安逸的情怀，很像一位身着绿裙的娴静少女，迈着轻盈的步伐，缓缓地向长江走来。

这里是原国民党政府主席林森的公馆，坐落在重庆市郊歌乐山麓的一片松林之中，园内花木葱茏、翠竹掩映、泉水萦回、绿草如茵，抗战时期是蒋介石在重庆的官邸之一，后赠予林森居住，故称"林园"。林森去世后又扩建为蒋氏夫妇行宫。

高低错落的小洋房中间，簇拥着四栋主楼，蒋介石通常在一号楼下榻。从甜城来的参军青年大部分住在此，其他各地来的分别住在已逃亡一空的官僚军阀的高级官邸。

住林园的同志编为五大队第一中队，一个中队长管报到，两位男女区队长管吃饭、睡觉、吹哨，晚上查铺盖被及外出请假等日常生活。队部发了几本毛主席讲话的小册子供学习。

朱人杰知道组里的人都没到过重庆，特请假带他们去市区观光，参观了重庆市人民解放纪念碑和朝天门码头，买了肥皂牙膏等日用品，婉霞多买了瓶"防冻"的雪花膏。中午朱人杰请大家吃了川北凉粉、麻辣面和糯米汤圆。

重庆是个名副其实的山城，最高地面海拔二百八十米，房屋沿山而建，层层叠叠，主要街道在山城的脊背上延伸，弯弯曲曲。街道上台阶特多，好像数不尽的琴键，山城人民祖祖辈辈踏着这些琴键，演奏着生活的交响乐。

重庆还有个雅号叫"雾都"，因它三面临水，处于四川盆地中部，夜间冷却的空气形成湿漉漉的浓雾。冬季只要不下雨，就得雾中来雾中去，轻纱般的薄雾，给山城增添了神秘的色彩。

他们归来时，顺道去第二中队看望朱人杰在重大时的好友林若梦。第二中队住在原国民党重庆市长杨森的官邸，两间封存的杨森住房内满地是书信材料，可见逃跑时的狼狈，但他没有忘记把炸弹埋在大门外的防空洞里，妄想炸死直捣巢穴的人民解放军。

林若梦诙谐健谈，他介绍了三星上将的杨森在重庆的恶迹丑行。这家伙既残酷又荒诞，是镇压学生运动的刽子手，人称活阎王。他公开的妻妾有十二名，大学校花一旦被他看中就在劫难逃；他公开的子女有四十三人，有些子女从未见过，有次差点把女儿弄来做老婆。重庆解放前，党派人动员他立功起义：一是生擒蒋介石，二是释放渣滓洞政治犯，三是保护重庆的工厂。杨森因双手沾满革命者的鲜血，顾虑重重，最终仍死心塌地跟随蒋家王朝，成为最后一个离开大陆逃台的国民党将官。

"真他妈的粪船！"铁旦狠狠地啐了一口。

林若梦乘兴又领他们参观了蒋宋孔陈四大家族住宅和马歇尔公馆。都是闹市中的清幽之地，雕栏玉栋、池桥亭榭、花木扶疏、构筑精巧，即使隆冬季节，也是松柏成行，绿意盎然。这些地方过去是警卫森严的禁区，一般人不敢越雷池一步，而今已成人民财富，小老百姓也可来此观光，这是官僚资产阶级们万难料到的。此刻蒋家王朝的遗老遗少们，是否也有"故国不堪回首月明中""雕栏玉砌应犹在，只是朱颜改"之叹呢？

住在林园的青年们认为，既然没开学就还是假期，于是三三两两经常借故请假去市里看电影、逛市场、会亲访友，直到开饭才回来。有的干脆白天玩够了就下馆子，晚上住在亲戚朋友家里。

沙坪坝上各大学已先后复课，经常有重大的同学邀朱人杰回校叙旧，在盘溪茶馆敞开的窗口上，再次眺望东去的长江，欣赏倒映江水中的山城万家灯火，在微波中闪烁。

黎婉霞常去市里看姨妈。在美专上学的表哥，早对表妹有意，难得有如此相聚的机会，多次旷课约婉霞同游，并极力说服她去考音专，他说："音专课程不难，也不用天天住在学校上课，只要混上几年，有张大专文凭就行了，女孩子反正是……"他把"要嫁人"的后半句咽了回去。

婉霞为憧憬中的军校新生活所吸引，摇摇头说："别拉后腿。"

表哥只好改变初衷，停学参军，求得与意中人朝夕共处。

曹成龙虽然与大家游了一天，仍觉得不过瘾。他说那是走马看花，还要下马观花。铁旦喜欢玩，谁进城他都当尾巴，跟人杰去沙坪坝，跟婉霞去姨妈家。重游了朝天门码头，跟的最多的是曹成龙，曹带他先后坐了望龙门缆车，吃了"冠生园"包子，看了川戏《秋江》。

江大海不喜欢进城玩，他的唯一爱好是打篮球，历来是县联队的种子选手。他得天独厚的条件是个子高、腿脚长，一纵身，一伸手，准中。可是现在没组织球队，他的绝招无处施展。除了翻来覆去看队部发的小册子，琢磨文章中讲的革命道理外，有空便搞卫生，把宿舍、道路、草坪打扫得干干净净。有时还到炊事班帮厨，洗菜、切菜、淘米、烧火，见事做事，一边听老班长讲打日本鬼子的趣事。

铁旦到厨房找大海聊天，见案板上放着一整块圆圆厚厚、金黄松脆的饭锅巴。他拉着班长指了指锅巴，又指了指自己的肚皮。班长笑着会意地点了点头。铁旦立即抓起锅巴津津有味地嚼起来。

以后大海每次离开厨房，都给铁旦带回点锅巴。有几个小鬼得知铁旦那香喷喷锅巴的来历后，都涌到厨房去"打游击"，老班长只好每天给小鬼们平均分配。

解放了的青年一代，心中释却了失学、失业的重负，也没有了不测风云、旦夕祸福的阴影。对光明的憧憬，代替了前途茫茫的哀叹，欢乐的激情，时时处处在人群中流露，有时甚至表现为幼稚的狂热。比如有人从城里买回糖果，大家一拥而上，边笑边抢；洗脸时谁的香皂芬芳，闻到味的都会来分享；哪桌菜盘边发现了麻辣酱，立即就会传遍全食堂，凡此类似行为，都美其名曰"共产"。

吃饭时经常你劝我、我劝你，相互比赛，常常胀得腰都弯不下来。晚饭后，尤其是月明之夜，草坪里歌声阵阵，跳集体舞的人久盛不衰；鼓声隆隆，长蛇似的秧歌队越扭越欢，直到月上中天，才肯尽欢而散。

路　石

　　白如冰不去参与狂欢，她的最大乐趣是读书，渴望登上知识峰峦，去瞭望世界，洞察人生。

　　东方泛起一片银白，慢慢扩展开来，挤走包围它的黑暗。远处显露出群峰的轮廓，起伏如暗蓝色的海浪。接着银白逐渐变成暗黄、橘红、血色。忽然，在两山的峡谷之间，拥出半个赤红的轮盘，整个天地变得瑞彩千条、霞光万道。刹那间，红色轮盘似乎跳跃了一下，离开峡谷冉冉上升，红色慢慢消退，山谷中飘起了一层轻纱般的白雾。

　　如冰斜靠在床上，静静地从窗户口欣赏这日出的美景。自从那天同游后，她再没出去过。白天，她一个人入迷地看人杰给她借来的《丹娘》和《卓娅与舒拉的故事》。看了《丹娘》，她心里涌出一个问号：人活着究竟为了什么？难道就为了吃饭、穿衣、读书、做官，青云直上，光耀门庭？想想保尔、丹娘的人生道路，对自己过去这种好似模糊却又肯定的人生观，开始产生动摇。"人最宝贵的是生命，生命对于人只有一次而已……"怎样才能在它日回首往事时，不因虚度年华、碌碌无为而悔恨呢？对了，只有像保尔、丹娘那样，投身革命，跟共产党走，跟毛主席走，为人民的事业献身。她庆幸自己参军的路走对了。

　　中午饭后，正当如冰为丹娘的壮烈牺牲而潸然泪下时，婉霞兴高采烈地冲到如冰面前，把书合上说："何必为古人伤悲，还是及时行乐吧！听说发军装就正规化了。今天礼拜六，我们进城去看话剧《阎王进京》好吗？"

　　"还有谁？"

　　"就我们两人，我专门陪你过周末。"

　　如冰知道她表哥是为恋爱参了军，俩人虽不在一个中队，但经常你邀我约、形影相随，自己何必去作多余的人呢？于是咳了一声，故意拉长声调：

　　"阿——弥——陀——佛，罪过，罪过！你专门陪我，那位密斯特不要哭一夜鼻子？为了积点阴德，我就不去了。"

　　"好个伶牙俐齿的丫头，但愿找个唇枪舌剑的丈夫，再养个尖嘴尖舌的小子，好每天打嘴仗！"婉霞说完，胜利地做了个鬼脸，便风送轻云似的笑着跑了。

　　星期六下午，是部队党团日活动时间，中队长和队长都到大队过组织生活去了，撂下这一群暂时没人管的"预备役便衣解放军"，好不自在。许多人进城看电影、看话剧、看亲戚、看朋友；留下的打扑克、下象棋、扭秧歌、跳集体舞。

表面上看，大家都是革命同志，同吃、同住、同学习、同娱乐，实际上，大集体中有不少小圈子。除了不同县市的界限外，就是同一个县城也有同乡、同村、同学、邻居、亲戚、知交、恋人之分。有些人在酝酿成立同乡会、同学会，有的串联"竞选"班长，有的热心"拉朋友"、做红娘……旧的作风习气同热情朝气一齐带进了这个新的集体。

如冰是女中第一个参军的，走得太仓促，好友一个都没来得及联系。这几天非常想念她们，尤其是当她觉察到周围有无数小圈子的时候。

宽敞的玻璃窗透进淡绿的光线，那是阳光穿过茂密的松林，给莹洁的墙壁染上一层微凉的绿意。如冰感到一丝寂寞，但又不愿进入任何小圈子，她宁愿寂寞，清高自洁，孤芳自赏。于是她独自带上《丹娘》向公馆花园走去。

花园里很幽静，只有两个棋迷在鏖战，杀得难解难分。如冰选了张干净石凳，背靠树干，沐浴在暖融融的冬日阳光里，感到浑身舒坦。

这花园位于半山坡上，沿坡而下是一大片茂密的松树林，谷底微风吹来，扬起阵阵松涛声。对面是一座雄伟的高山，蜿蜒而上的公路像条黄绸带子，缠裹着碧翠的山峰，上山的汽车蜗牛般地笨拙爬行。山脚下田连阡陌，灌满雨水的冬田，在阳光下像无数玻璃片闪闪发光。蔚蓝色天穹上朵朵棉花似的白云，凝然不动地浮在川东地区的上空。在背阴的山谷中，满坡都是一丛丛的红果树和乌荆子，苍郁的森林从山顶的峭壁盘旋而下，黑压压的一直延伸到林园官邸。树林里鸟声婉转、虫声唧唧，空气极为清新。如冰沉浸在大自然的怀抱中，感受到一种宁静的乐趣。

松林坡下传来由远而近的口琴声，仔细一听，原来吹奏的是《共青团员之歌》，在参军青年中十分流行，歌词内容是：

听吧！战斗的号声发出警报，

穿好军装，拿起武器。

青年团员们集合起来，踏上征途，

万众一心，保卫国家。

…………

许多人拖长声调，把它唱成了凄凄切切的思亲曲、思乡曲。婉霞唱到"再见了亲爱的妈妈"这一句时，眼泪哗哗地简直要哭了。刚才听到的口琴声，既抒情又激昂，不是令人感伤而是催人奋进。

"是谁呢？"如冰为好奇心驱使，沿着松林小道向坡下走去。阳光透过松林枝叶洒在林中，依稀掩映，景色诱人，使她想起"疏梅筛月影，依稀掩映"

的诗句，仿佛自己正置身诗情画意之中。竟忘了为之循踪而来的吹琴人。

"你一个人在呆呆地想什么？"

如冰抬起头，见朱人杰手里拿着口琴，笑嘻嘻地从右面小径走来。

"刚才是你吹的口琴吗？吹得很好，真正表达了这首歌词的原意。"

"是吗？那岂不是高山流水遇知音了。"人杰爽朗地笑起来。

如冰低下头没有作声。人杰感到有点冒失，便没话找话地问：

"很多同志都在跳集体舞，你为什么不去？既锻炼身体，又能多交朋友。"

"我在学校的好朋友一个都没来，和这些同志不熟悉。"

"我国历来讲知交、重友谊，同门为朋，同志为友，独学而无友，就会孤陋而寡闻。你和大家多接近多交谈，慢慢就会融洽起来，可不要把自己关在象牙之塔里啰！"

"他们都有小圈子。"

"小圈子将来都会逐步化掉，变成大集体。每个人都是大集体的成员，集体离不开个人，个人也离不开集体，就像鱼离不开水一样。"

如冰点了点头，暗暗佩服人杰懂得的革命道理比自己多。

人杰沉思片刻，像是自言自语地说："我的毛病是急躁，动不动就发火，希望你今后多帮助。"

如冰嗯了一声，心想你看人家多坦率，毫不掩饰自己的缺点。

如冰向人杰来的小径慢慢走去。他也下意识地跟在后面踱着，见如冰手里拿着《丹娘》，便问：

"听黎婉霞讲，你很喜欢丹娘。"

"是的。这样的巾帼英雄，虽然出在苏联，也是我们学习的榜样。"

"我们中国也出了丹娘式的巾帼英雄。"

"谁？"

"她叫江竹筠，人们都称她江姐，是重庆新市区区委委员，负责学运工作。她丈夫彭咏梧在武装起义中牺牲，她留在亲人牺牲的地方坚持斗争。去年六月她被叛徒出卖被捕，关在渣滓洞监狱，今年十一月十四日，她和其他三十名烈士一起被杀害在电台岚垭，还留下一个小儿子。最近我见报上登载不少赞颂她的文章，其中一首是何雪松烈士赠给她的《灵魂颂》，记得诗的内容是：

你是丹娘的化身，

你是苏菲娅的精灵。

不！你就是你，

你是中华儿女革命的典型。

"渣滓洞在什么地方？"

"就在歌乐山下。蒋介石为了强化法西斯统治，和美国海军参谋部情报署签订了《中美特种技术合作协定》，成立了以军统局特务头子戴笠为主任、美国特务梅尔斯为副主任的'中美合作所'。这个对外挂着冠冕堂皇招牌的特务机构，占地五千二百五十亩，包括大小十多个阴森恐怖的秘密监狱，'渣滓洞'和'白公馆'就是其中两个最大的'活棺材'，专门监禁共产党、八路军和革命志士，里面有最残酷的审讯和最现代化的刑具，监狱四周布满碉堡、暗哨，高墙上有岗哨、电网。听说有两千多共产党员先后被杀害在'白公馆'的松林坡上和镪水池里。杀人魔窟白公馆的铁门上却挂着'香山别墅'的招牌。重庆有个中学的学生会主席聂晶和同学黄细亚也牺牲在这里。更叫人气愤的是，青木关中学有四个学生从歌乐山的小路去重庆，误入'中美合作所'特区的边沿地带，也被特务抓进去严刑拷打，长期囚禁起来。"

朱人杰望着山下的丛林："我也到歌乐山来玩过，那时不知道山下是监狱，要是误入禁区，我就只能以永远十九岁的微笑来注视新中国了。"

"先烈们为革命流了多少血呀！"如冰感慨地说。

"蒋介石每次来重庆就住在林园。他在'中美合作所'还有座别墅，为了纪念他的'爱犬'——戴笠在飞机上被摔死，把别墅改名为'戴公祠'。你听说过抗战前的'西安事变'吗？"

如冰点点头。

"蒋介石心狠手毒，西安事变后，杨虎城将军就被非法拘禁达十二年，妻子陪他坐牢，小儿子在监狱长大。国民党一直对外界保密，听说今年九月六日杨将军在'戴公祠'被杀害了。解放后才在花园里发现了杨将军的遗骨。"

"国民党统治中国这些年，不知杀了多少人！连小孩都恨透了'刮民党''蒋该死'。"如冰激愤得脸都红了。

"国民党不仅残害革命者，也残害劳苦大众。今年九月二日重庆一场大火，整整烧了一天，墙倒屋塌，浓烟冲天，死了万余人，几万人无家可归。国民党的消防队来救火，有人亲眼看见，水龙头里喷出来的不是水而是汽油，后来查实，这场大火完全是特务的一手策划。"

"国民党难怪败得这样惨，多行不义必自毙。"如冰作了总结。

少顷，朱人杰换了个轻松的话题：

"上次你在学生会上的演讲很好嘛，台下一千多人都在向你鼓掌哩！"

"你才是演讲，我是在背书。要不是军管会同志在旁边打气，我真讲不下去。"

"你在学校喜欢什么活动？"朱人杰又问。

"我喜欢读诗词、看小说。"

"喜欢哪些诗词？"

"主要是唐宋时期的，喜欢诗仙的浪漫主义，诗圣的现实主义，李三瘦的抒情诗词很感人。豪放派苏轼的作品也很喜欢，他的'大江东去，浪淘尽，千古风流人物'，真有气魄。"

朱人杰感到志趣相投，便打开了话匣："苏轼是四川眉山人，我们的老乡。李白诗中的'黄河西来决昆仑，咆哮万里触龙门'，可与苏轼媲美。李白五岁时，跟父亲也迁居到过四川。江油县的太白洞，是李白青少年时常去读书的地方，传说他一到洞口，就会显现出一对光亮的灯笼照着他夜读，关上书本灯光便自动消失，你看有多神！家乡的太白楼你去过吗？"

"去过。西林寺的风景很好，居高临下，能清楚地看到山下沱江来往的船只和对岸县城的全貌。"如冰想起家乡那如画的美境。

"李白有首《送友人》诗，我记得好像是在春节写的，叔叔说就是在家乡太白楼写的。"于是他兴致勃勃地吟诵起来：

青山横北郭，白水绕东城；

此地一为别，孤蓬万里征。

浮云……

他搔了搔头，记不起来了。如冰立即接着念道：

浮云游子意，落日故人情；

挥手自兹去，萧萧斑马鸣。

朱人杰嘴角上露出调皮的笑容："看来你的记忆比我好。"接着又问，"你喜欢读哪些小说？"

"古典的、现代的、中国的，外国的，借到什么看什么，饥不择食呗！鲁迅先生的杂文读了叫人痛快，他说出了我们想说又不敢说的话。"

朱人杰想，过去和她交谈少，了解不多。这丫头倒是饱读诗书，不可等闲视之。大学里那些风声雨声读书声声声不入耳，家事国事天下事事事不关心，只爱穿着享乐的小姐们和眼前这个蓝衣短发的高中生相比，真是逊色多了。

如冰见他半晌不说话，为打破沉寂，也主动问道："恕我冒昧问一句，你是地下党吧！"

"我不是。沙坪坝有地下党组织领导学生运动，主要是反饥饿、反迫害、反内战，反第三条道路和争民主争自由。我只参加了新民主主义青年社，是地下党领导的外围组织。我们班上有地下党员，你参加的那个读书会里有两个老师是地下党员。解放后公开了身份，才知道和我同宿舍的小梁也是地下党员，他说支部已把我列为发展对象。就是说，我在组织上还没有正式入党。"

"你为什么不早加入？"

"我当然想，只是条件不够。我有很多缺点，除了急躁，组织纪律性也不强。青年社开会一般在晚上或星期天，有次通知开会，我看完电影才想起，星期天我爱睡懒觉，开会常常迟到。领导说，革命组织有铁的纪律，我行我素、一盘散沙，是干不好革命的，战争年代有血的教训。"

如冰恍然大悟，怪不得他对掉队的事那么气愤。

朱人杰回忆说："重庆谈判时，我们高兴极了，以为和平马上会实现。后来出现重庆较场口事件，才清醒了我们的头脑。接着又发生美军强奸北大女生的沈崇事件，整个沙坪坝怒火冲天，全国统一的反美示威游行是地下党组织的，声势浩大，连爱国的资本家也卷进来了，重庆的特务也不敢轻易抓人，说明团结起来力量大。"

"家乡也组织了反美游行，主要是学生，我也参加了。"如冰插嘴说。

"大规模示威游行说明蒋管区人民对国民党失望，对他们投靠美国、热衷内战不满，也显示了中国人民的意志和尊严。"

如冰完全同意地点点头。

"解放军渡江以后，国民党到处抓人。有天沙坪坝上来了一万多带枪的兵，大炮坦克也来了，水电都停了。敌人在广播里发疯地喊：要彻底清查共产党！小梁告诉我说，全国即将解放，敌人要加紧镇压，组织上派了些同学到农村打游击，外地同学可以分散回家，团结当地群众迎接解放。"

不觉来到大草坪，人们还在跳邀请舞。朱人杰刚走进外圈就被内圈的人邀了进去，绕场一周后他在如冰面前停下邀请。如冰犹豫了一下，也随着音乐节拍加入了快乐的行列。

朱人杰从队部回来，江大海见他眉头打结，便问发生了什么事。

"两个活宝，一个小广播就够了，又加上个刺头，真伤脑筋！"

"两个活宝"，大海知道指的是婉霞和铁旦。事情是这样的：

队部开大会发军装。新来的指导员告诉大家，穿上军装就成了人民解放军，不能像老百姓那样自由散漫了，要从思想上行动上学习人民军队的好传统、好作风，爱护集体荣誉，做个名副其实的人民子弟兵。他还告诉大家，各地参军同志已陆续到齐，等成都最后一批同志下来，就集中去合川开学。

接着中队长宣布了几条规定，要大家遵照执行：

一、两个五人小组并为一个班，民主选举正副班长；

二、每天上午集体学文件，下午讨论；

三、严格遵守作息时间，早出操晚点名；

四、建立外出请假制度，半天由班长批准，一天由区队长批准，两天以上由队部批准，回队要销假。

班会上，大家一致选朱人杰为班长，那个外号"弥勒佛"、总是笑嘻嘻的胖李任副班长。

队部把军棉衣、棉被、解放鞋发到班里。这些黄布军装是从国民党仓库里缴获来的，只在军帽上换了个嵌有"八一"红五星的帽徽。铁旦性急，马上穿戴起来。可惜个儿太小，上衣长到膝盖下，裤子拉上了胸部。他在腰上扎根皮带，把两只长袖甩来甩去地扭秧歌。从室内扭到室外，扭到各班，故意出洋相取乐。女区队长见了，又好气又好笑，命令他立即脱下来，拿去连夜给他剪裁改制。

女同志回到宿舍，也脱下便装换军装。男衣女穿，当然长大一些，扎上皮带也还算马马虎虎。昨天还是花花绿绿的老百姓，今天成了清一色的女兵，她们对自己这种突变感到兴奋而新鲜，你看看我、我看看你，忍不住相视而笑。

婉霞脱下身上的花旗绸袍、呢大衣和那双漂亮的绛红色高跟鞋，摸摸头上的"大波浪"，感到无限依恋。这衣服、鞋子是非换不可了，"大波浪"无论如何要保留。怎么办？最好是扎成两个小辫，塞到帽子里去，将来再放开。

婉霞换好军装，对着窗玻璃一照，真是哭笑不得。她个儿比如冰她们小，军服更显宽大，衣袖从肩膀上耷拉下来，前襟两个大荷包贴在腿上，走路时一弹一弹地像个丑小鸭。平日自己的穿着打扮在姑娘中是最出色的，如今成了反比，真叫人不开心。

第二天，"弥勒佛"发现婉霞吃饭不多，自由活动时间也不见她出来唱歌跳舞，便关心地到宿舍来看她：

"你病了吗？"

"没有。"

"为什么情绪不高，吃饭很少呀！"

"啊！我牙有些疼。"婉霞没想到自己的心事被副班长看出来了，真不好意思，便顺口找了个原因来搪塞。

"明天上午到大队部去找医生看看吧。"好心的"弥勒佛"真是一片菩萨心肠。

婉霞求之不得，忙说："谢谢你的关心，那明天上午我就不参加学习了。"

"弥勒佛"出门不久，铁旦跳跳蹦蹦地冲了进来：

"霞姐，听说你病了，特来慰问。"

"不敢劳驾，死不了。"

铁旦神气地转着身子："你看我这身军装怎么样？"

婉霞仔细打量，改制得十分合身，显得很精神。看看自己这身军装越发不称心，也想找区队长改一下，又不好意思开口。倏然想到反正明天有半天假，何不进城去找姨妈。

婉霞刚吃罢早饭就进城去。正在晾衣服的铁旦见了忙问：

"去哪？"

"进城看病。"

"我也去。"

"你去干啥？"

"照相。姐姐要看我的军装像。"

"我是请了假的。"

"你等一下。"

不一会儿，铁旦飞快地跑了出来，说已托大海哥代请半天假。

进城后，婉霞约铁旦照完相到姨妈家吃中饭，好一同归队。

婉霞见了姨妈二话没说，立即要求改军装，上衣要像旗袍那样有曲线，大裤脚改成小裤脚。

姨妈慈爱地叹了口气：

"傻丫头，看你急成什么样子！"

姨妈转身把任务交给了老保姆，自己亲自下厨做饭。

吃饭时，姨妈不断向婉霞问长问短，担心到合川以后相隔远了照顾不到。

路 石

铁旦没插嘴，一个劲地大口吞咽，回锅肉、腊肉被他消灭了三分之二。上午照完相到几个公园游了一圈，实在又饿又累，一顿饱餐之后就禁不住眼皮打架，瞌睡起来了。

等改好军装，婉霞从床上拉起铁旦匆匆赶回林园，已是四点多钟，班里正在讨论。两人像逃学学生怕见老师一样，大气都不敢出地悄悄溜进屋去。

人杰看了婉霞一眼，转身问铁旦：

"区队长刚来查过，为什么现在才回来？"

"我吃得太饱，又睡着了。"铁旦连忙申辩。

人杰一听，禁不住又大声吼起来：

"好吃、贪睡、不动脑筋，简直是个活宝。"

大海忙用胳臂碰了人杰一下，他的火气才慢慢压了下来。

"一个小广播"，大海也知道说的是北京佬曹成龙。一口流利的北京话，好为人师，夸夸其谈，善交际、爱串门，尤其喜欢打听消息传播新闻。有次在讨论会上，他神秘地告诉大家："现在好多中队的同志都在改名，把那些带有封建主义、资本主义的名字换成革命的，还把双名改成单名。听说正式开学造了花名册，就一辈子也不能改了。"

他看了看大家，又举例说："比如梁铁旦，你八十岁还叫铁旦么？不像话！黎婉霞，有点儿夕阳西下的味道。我曹成龙今天就宣布改名为曹流，时代潮流，怎么样？"

铁旦两手支颏，歪着脖子问："我改什么呢，叫梁革命吗？"

曹成龙一本正经地想了想道："比铁更坚的是钢，就叫梁钢吧。良钢者好钢也，日后必是有用之材。"

"夕阳西下不好，那就改作朝霞吧。"婉霞顺着曹成龙的意思说。

"最好是单名。现在不是黑夜已经过去、天亮了吗？何不叫黎明，既有意义又好听。"曹成龙十分得意自己的才思敏捷。

铁旦很钦佩曹成龙的改名本领，又央求他：

"你给大海哥也改个单名吧！"

"江大海这名字还不错。要改单名嘛……"他抓了抓头皮："有了，就叫江涛，很有气魄，怎么样？"

江大海笑笑，表示默许。

"如冰姐，你改不改？"铁旦问。

"像冰有什么不好？干干净净，玉洁冰清。"如冰淡淡地答了两句，不屑于凑热闹。

"杰哥呢？"铁旦又问。

"生当作人杰，我也不改。"

还有"弥勒佛"等四人的名字，也都由曹成龙按照有无封建主义、资本主义因素而作了酌情修改。

曹成龙用标准京话把其他中队改名的新闻和本班改名实况，向各班作了转播。霎时间在全中队掀起了一个改名浪潮。他对自己广播宣传所获得的显著效应得意洋洋。

有成功的欢愉也有失败的懊恼。

有天，"北京佬"在吃饭时对人宣扬说："据可靠消息，全大队至少有十对以上的'特殊关系'。星期天有人还见到二班的密斯王和密斯特肖泡旅馆哩！"

新闻不胫而走，一时弄得满队风雨。王、肖二人来找指导员，女的哭哭啼啼，要姓曹的恢复名誉；男的怒火万丈，要撕曹的嘴巴。结局当然是承认错误，赔礼道歉。指导员严肃批评了曹成龙的自由主义小广播的错误。从此，"北京佬"又多了个"小广播"的别名。

"你说的'刺头'是谁呢？"大海问人杰。

"前天我到二中队去找林若梦，看见一个卷头发、穿咔叽军服的人气势汹汹地到炊事班去争论什么。老林说，这是他们队里有名的刺头。嫌发的粗布棉军装不好看，自制了一套罩衣；又嫌部队伙食差，三天两头回家改善生活；经常把咬一口的馒头往泔水桶里扔；喜欢和人抬杠，谁要说他一句，他就和你闹个没完。老林还说，前几天不知为什么这个刺头看中了咱们一中队这块宝地，一连打了几次申请调队的报告。开始班长认为没有充足理由，不愿替他反映。后来被他缠得没法，班里同志也巴不得他调出去，所以班长反过来在队部帮他找理由，说换个环境可能会变得好些。"

人杰脸上显出懊恼的样子："刚才中队长找我去，说请假回家奔丧的小程来不成了，父亲刚去世，母亲又病重。现在二中队调了个同志来，要补在我们班里。我猜十有八九是那个刺头。"

"也可能不是哩。"大海想安慰他。

班里正要开始学文件，"弥勒佛"笑嘻嘻地领了一个头发卷曲、军装笔挺、皮鞋透亮的同志进来。"卷头发"旁若无人地径直走到婉霞面前，柔声地说了一句："表妹，我调你们班来了。"

婉霞难为情地点了点头。

"卷头发"转过身来自我介绍："我叫艾金权，金钱的金，权力的权，家住重庆，美专二年级学生，从二中队调来贵班，今后请大家多多照应。"

大海见人杰眉头又皱起来，连忙给艾金权倒了一杯茶，从"弥勒佛"手里接过背包，在小程的铺位上铺好。"弥勒佛"热情地向艾金权介绍了班长和全班同志的姓名。

区队长发来了花名册。"北京佬"极力动员艾金权把那个资本主义才爱金钱权力的名字改掉。艾金权为了向表妹暗送秋波，便顺水推舟地取名叫艾黎。"北京佬"满意地在花名册上给大家填上了新改的名字。从此，中队按新名字早晚点名，彼此也按新名称呼了。

艾黎来队后，他那笔挺的军装马上引起了人们的注意。黎明告诉他，别人都在看他的衣服，还是不要穿罩衣好。他俏皮地说，这是向他行注目礼，表示羡慕。区队长问他为什么要多穿个罩衣，他嬉皮笑脸地说是为了保护棉衣。

集体生活对艾黎来说，最难以忍受的是出早操。放着暖被窝不享受，硬要天亮就去跑步，是疯子还是傻子？于是不愿做疯子傻子的艾黎，每天转动"聪明"的脑袋找不出操的理由：牙疼、肚子疼、关节发炎……白天学习讨论，他懒洋洋地心不在焉，只有晚饭后春风满面地找黎明去花园散步。每天晚上点名前，铁旦（人们仍然这样习惯地叫他）都要去对着松林坡大叫："艾——黎——明。"

班里问题多，按照区队长的意见，发动骨干一帮一。如冰帮黎明，江涛帮铁旦，人杰帮曹流。重点对象艾黎大家集体帮，由脾气最好的"弥勒佛"出面做工作。

"弥勒佛"找艾黎谈过几次，每次都是碰一鼻子灰。有次"弥勒佛"劝他晚饭后跟大伙一起参加集体自由活动。他眼珠一翻："什么叫集体自由活动？文理不通。集体就没有自由，自由又何须集体？八小时以内已经集体了，八小时以外当然是自由。班座，你管得多矣哉！"

大队集中听课，地点在原国民党陆军学校大礼堂。

大队政委讲课的内容是"革命军人的组织纪律性"。他除了从理论上说明组织纪律与革命的关系，无组织纪律对革命的危害外，还联系实际讲了当前存在的一些无组织无纪律现象。接着，大队长宣布整顿纪律，以班为单位学习有关文件，开展批评和自我批评，并对各级领导提意见。

为了加强教育效果，由炊事班长——老红军讲长征故事。从他亲身经历的生动事例，说明红军能战胜千难万险，会师陕北，其中一个重要原因，就是纪律和团结。大队还发了《三大纪律八项注意》歌谱，早晚教唱。

政委列举的一些无组织无纪律现象，虽没点名，班长朱人杰一听就明白，心里很不好受。班会上他沉着脸道：

"报告都听了，我们班够得上典型。我工作没做好，有责任，请大家批评。有哪些违背组织纪律的事，今后怎么办，也请大家发表意见。"

"我没经班长准假就进城去，回来又超了时间，违犯请假制度。今后一定改，决不再犯。"铁旦鼓起勇气打了头炮。

"副班长关心，要我到大队部看病。实际上没病，是借故进城找姨妈改军装去了。我不该说——说假话——"黎明羞愧地低下头，说不下去了。

"铁旦进城那天，我没劝阻他，反而答应给他代假，促使他犯错误，这是我的不对。"江涛诚恳地批评自己。

"弥勒佛"是管生活的副班长，感到自己也应当表表态，他笑嘻嘻地看了看大家说：

"你们的错我也有责任，尤其是不了解情况就乱批假，犯了政委讲的什么主义哩！"

"官僚主义。"曹流连忙接嘴。他被指导员批评后，思想紧张起来。当官的对自己有了坏印象，日子不会好过，得夹紧尾巴，小心谨慎，表示自己已经改过自新，要求进步。于是，做出诚恳的样子，也检讨自己，"由于我的错误，弄得满城风雨，给班里抹了黑，自己差点被撕了嘴巴。从指导员批评和班长帮助以后，我就决心再不自由主义小广播了。"

艾黎看这形势，沉默过不了关，先轻描淡写地自我批评：

"我到班里来后，精神是愉快的，只是身体不大好，生活还不够紧张。我这身军罩衣，大家看不顺眼，明天就脱下来送回去好了。"然后话题一转，"大队长不是要我们提意见吗？我来提几点：

第一，大队领导对知识青年的特点不了解。我们是文化兵不是文盲兵，应该讲道理而不是讲什么纪律，尤其是动不动就搞整顿，未免小题大做。

第二，区队长管得过多过细。穿着打扮各人喜欢，本来是私人的事，她也要管，岂不是丢了西瓜捡芝麻？

第三，部队既然是温暖的革命大家庭，我从班长那里却从来没感到这个家庭的温暖。他见到我总是两眼瞪着，好像欠了他的债没还。"

艾黎瞟了人杰一眼，又摇头晃脑地说下去："第四，伙食办得太差劲，老是大块肉烧萝卜。孔夫子说过：食不厌精，脍不厌细。炒点肉丝、肉片不好吗？黎明爱吃甜酸，我喜欢麻辣，可是每餐都是一个咸。到'冠生园'去学习技术嘛，人家炒的菜百吃不厌。"

"冠生园是重庆的高级餐厅，鱼翅海参，鸡鸭肉蛋，当然百吃不厌。过去除了有钱的老爷太太、少爷小姐，有几个穷光蛋进得去！"曹流没有忘记要站在无产阶级立场看问题，挖苦艾黎是资本家少爷。

"弥勒佛"深怕弄僵，忙打圆场：

"炊事班人手少，伙食也难办。各地来的同志口味不同，俗话说众口难调嘛！"

平日很少发议论的江涛，听了艾黎那一通歪理，很不是味，忍不住也讲几句："领导上要我们开展批评和自我批评，主要是互相帮助，改正缺点，不是找岔子。我觉得无论对什么事情都要实实在在，对别人宽厚点，对自己严格点。"

如冰对艾黎的表现早看在眼里，本想狠狠批评一顿。为了团结，想想还是以理服人，她心平气和地道："共产党、解放军为什么要有铁的纪律？政委讲得很清楚。既然自愿成为革命队伍的一员，那就必须自觉服从革命纪律，我行我素，一盘散沙，怎么能干好革命？我们大队既然出现了无组织无纪律现象，当然有必要加以整顿。我们脸上脏了不是要洗脸，身上脏了不是要洗澡吗？区队长像老大姐一样，关心每个同志的思想、学习、生活，起早睡晚，半夜查铺盖被，工作一丝不苟，怎么是丢了西瓜抓芝麻？革命队伍里官兵一致，同甘共苦，互相关心，互相帮助，真正做到团结友爱，完全不是国民党军队里那套作风。不过话又说回来，如果自己冷冰冰，当然感不到春光暖了。"

人杰向如冰投去一个友好的目光，感谢她说出了自己想说的话。

艾黎为寻找支持者而环顾左右，想不到连最亲密的表妹也保持沉默的中立。他终于伤心地发现，自己已经是多么可怜地被孤立了啊！

山城特有的浓雾，把太阳闷在银白的云团中久久不能露脸，可它那挡不住的温馨之气依然向大地慷慨地洒泼。人们喜悦地赞叹：好一个大晴天。

经过纪律整顿以后，全大队面貌焕然一新。今天要到大队听课，要求一律扎绑腿。江涛起得特别早，给同志们打好洗脸水，整理好班里内务，还帮助铁旦、艾黎扎绑腿。

一中队全体同志二十分钟吃完早饭，便迅速整队，提前出发了。

莫道君行早，更有早行人。队伍还没进礼堂，就听见拉歌的声音。他们刚刚坐定，二中队一班长林若梦站起来把手一挥，高呼：

"一中队！"

"来一个！"二中队同志立即应和。

如此重复催促一遍之后，林若梦又呼：

"一二三，三二一，一二三四五六七！"

二中队同志合着上面节拍鼓掌，最后齐呼："快！快！快！"

朱人杰爽快地站起来，指挥一中队同志先齐唱二重唱《我是一个兵》。

歌声刚落，林若梦把手向全场一挥，问："好不好？"全场答："好！"

"妙不妙？"全场答："妙！"

"再来一个要不要？"全场答："要！"接着一阵热烈鼓掌。

朱人杰又指挥分三个区队三重唱《咱们工人有力量》。唱完最后一句便立即组织反击。由一中队同志齐呼："我们唱过了，你们赖不掉！"并选唱了两句歌词："一个队唱歌多寂寞、多寂寞；大家来唱歌多快活、多快活！"

这样你拉我唱，我拉你唱，礼堂内一片欢腾，简直成了快乐的节日。

最后，由大队长指挥全体齐唱《三大纪律八项注意》。

政委今天讲的是形势和任务。他概述了全国解放战争进展情况：秋后继续解放厦门、广州、桂林、南宁、贵阳等大中城市。新疆、云南、西康三省宣布起义，和平解放。贺龙司令员率十八兵团由西北部的秦岭入川，大败国民党胡宗南部队；我们军在刘司令员和邓政委的指挥下，由川东进军，解放重庆及成渝路沿线城镇，在邛崃县的高山镇消灭号称国民党第一军的李文兵团，在成都近郊龙泉驿又打了个漂亮仗。

重庆解放前，蒋介石坐镇林园指挥，没能挽回败局，带着他的高级将领飞成都，企图负隅顽抗。四川地方军刘文辉、邓锡侯、潘文华三将军宣布起义后，蒋介石度完了最后的也是最难熬的一个冬天，自知大势已去，灰溜溜、冷清清地带着蒋经国和几个心腹，于本月十日在凤凰山机场起飞，逃到台湾去了。二十七日成都解放。目前除西藏外，大陆已全部是解放区的天了。

会场上爆发出雷鸣般的掌声。

政委接着说："虽然国民党、蒋介石带着他的残兵败将逃亡台湾孤岛，但并不甘心灭亡。他们逃走前在西南地区留下大批潜伏特务，勾结惯匪，炸毁军车，抢劫粮食，残害百姓，破坏交通治安。上级决定抽调我们军的两个师去剿匪。蒋家王朝八百万军队都打垮了，一小撮泥鳅还想掀大浪不成？我们一定要干净彻底地消灭敌人，将来还要解放台湾，端蒋介石的窝哩！"

政委的报告像一团火，烧得大家热血沸腾。会场里响起了一片"共产党万岁！""解放战争胜利万岁！""干净彻底消灭敌人！""坚决解放台湾！"的口号声。

紧接着，大队长用洪亮的声音宣布了两件事：

第一，要抽一部分熟悉本地情况的同志，随剿匪部队下乡，配合地方干部征粮，完成任务后再回部队。这是一个光荣的任务，也是对同志们的严峻考验，大家可根据自己的实际情况自愿申请。

第二，成都参军的同志即将来重庆集中，然后去合川正式开学。重庆到合川只有二百多里，学习老红军二万五千里长征，上级决定由军车运行李，全体同志步行军。这也是一次很好的锻炼。

（二）

同志们的革命热情包括曹流的"热度"在逐日上升，只有艾黎的血压在直线下降。他想起大队长宣布的那两件事就心律不齐。两百多里步行军"是一次很好的锻炼"说得真是轻巧。我艾黎从娘肚子出来，就只知道出门要坐车，儿童车、黄包车、汽车、电车。莫说二百里，连二十里都没走过，这次岂不要走得脚底板流脓，半死不活？到农村去征粮，接受"严峻考验"，更是要我的命。吃的住的，生活苦不用说，碰到匪特怎么办？谁来保镖？我才不稀罕当烈士，命都没有了，还光个什么荣？本来申请凭自愿，不愿可以不申请，解放军不兴强迫命令嘛！谁料班里这帮"穷积极"，回来中饭没吃就开始写了申请，连铁旦这个小不点也凑热闹。他自吹条件充足，什么能吃能睡能走能干，不怕苦不怕累不怕敌人，还说不怕霓虹灯哩。霓虹灯有什么可怕？土包子！朱班长替他解释，说是一个首长在进大城市的时候说的：在太阳光下成长的战士不怕霓虹灯照花眼睛。哼！荒唐之极！

眼前自己怎么办？不写申请吧，会被这帮"穷积极"耻笑；写吧，万一出了事，一命呜呼值得吗？就是弄个残废，这辈子幸福也完了。

提起幸福，艾黎又联想起一桩心绞痛的事来。事情是这样发生的：

午饭后，黎明来找艾黎，说是中队长要出墙报，请他画个刊头。

"我不是尿桶，不需要时嫌我臭，需要时又来提。"艾黎对班会挨批的事耿耿于怀，一肚子气还没泄。

"你学过这门专业，为什么不拿出来用？这也是发挥你特长的好机会。"

"我学的是中外名画，没学过画刊头！何况知识从来就是私有的，我高兴用就用，不高兴用就不用！"

"同志，这是指导员布置班长的任务，班长又托我来找你的。你就去吧。"

"你这样快就学会拍马屁了，我不会！尤其班长的马屁我更不拍！"

"真气人！记住，从今以后我再也不会找你谈什么了！"黎明气得眼泪哗哗地转身跑了。

艾黎本想在亲近的人面前发发牢骚、泄泄闷气，不料真的把表妹惹恼，而且声称今后再不谈什么了。这不等于绝交，中断恋爱关系吗？太严重了，得马上设法缓和僵局。

吃罢晚饭，艾黎就到花园和松林坡找了个遍，不见黎明的影子，自个儿懊丧地来到草坪。

一直跟在他后面的曹流轻轻拍了他一下肩膀说："共产党的批评是家常便饭，没什么了不起，想开些。"

艾黎回头见是曹流，把肩膀一扭，甩掉他的手没好气地说："你又弄鬼又装神！会上那样刺我，何必又来安慰？"

"逢场作戏嘛！不必认真。大丈夫能屈能伸，出了这个门槛，自会各有天下。"

曹流瞟了艾黎一眼："你听说过共产党对资本家的政策吗？"

"没有。是怎么回事？"艾黎关心地问。

"共产党对资本家区别对待，和'帝封官'没有勾结的民族资本家看作是朋友，还要保护发展。你这接班人前途无量啊！"

"真的？"艾黎喜形于色，对曹流的怨气顿时烟消云散，他也拍拍曹流肩膀，亲切地说，"你消息灵通，今后还望多关照。"

"那是当然，兄弟我将来还望你提携哩！"

两人并肩漫步，曹流手里摆弄着一截松枝，显得漫不经心地问："你那美人儿呢？"

"她好像变了心，要和我绝交。"艾黎哭丧着脸。

"是不是有了外界引力，你可不能让她飞了呀！"

　　艾黎皱着眉头怔怔地望着前方，忽见竹丛下黎明同班长肩并肩地走来，而且是面带笑容，喃喃细语。霎时间妒火中烧，恨不得将紧握的拳头向那个可恶的"第三者"冲去。难怪表妹突然翻脸，原来是这家伙作祟。看他对表妹似乎有意思，各种各的田不好吗？为什么要脚踏两只船，破坏人家的幸福？

　　心胸狭窄、气量如鼠的艾黎哪里知道，当时班长正耐心劝慰黎明，鼓励她继续努力，帮助表哥共同进步哩。

　　参加征粮同志的光荣榜公布了。一班只批准江涛一人。班里同志自发买了糖果糕点，给他开小型欢送会。

　　江涛平日沉默寡言，不爱出头露面。人们似乎很少感到他的存在，然而他又无处不在：宿舍里整齐的内务、门口的洗脸水、干干净净的院坪、病号床前的面条，半夜从床上掉下来又被拾起盖在同志们身上的棉被，以及节骨眼上对同志真挚的关怀和诚恳的忠告……

　　会上，大家给江涛摆了很多值得学习的优点，都希望他能再回到班里来。连艾黎也表示感谢他对自己生活上的照顾。江涛十分感激同志们的深情厚谊，认为自己政治文化水平低，刻苦学习还不够，下去以后，一定服从领导，向有经验的同志学习，吃苦耐劳，圆满完成任务。在大家的要求下，江涛也给每个同志留下了宝贵意见和希望，既摆长处也指不足，可见他平日对同志们观察了解之深。

　　人杰与江涛相识以来，过失相规，情同手足，挚友离去，更感依依。人杰考虑江涛在乡下可能单独行动，不掌握时间不行，便把叔叔给的怀表送给了他。江涛再三叮嘱，要多关心帮助铁旦；碰到不顺心的事情，要冷静息怒。分手时，人杰紧握江涛的手，深情地说：

　　"我们相识在黎明前，相知在阳光下，告别难忘的过去，共同去迎接光明的未来吧！"

　　两人别后一直音书不断，历经数十载寒暑春秋、坎坷曲折而友情不改，成为难得的莫逆知己。

　　向合川行军的日期定了。中队又作了动员和具体部署。一班的任务是负责行军中的宣传鼓舞工作，由班长朱人杰亲自抓。宣传小组的分工是：白如冰、曹流、艾黎采访，朱人杰编稿，铁旦打快板，黎明唱歌。其他同志由"弥勒佛"率领，负责行军中的生活、安全工作。

　　出发这天，星星还在天上眨眼，大家就已经扎好绑腿，收拾好行李、背包，送上汽车。干部和战士一道步行军，只有炊事班和几个打前站的同志跟车走，先到宿营地做好安排。

吃罢早饭，每个人都带好自己的中餐——"夹心饭"，就是在搪瓷杯里上下盛两层饭，中间盛一层菜，盖紧盖子，用布套或线网把瓷杯拴在腰皮带上，饿了可取下来边走边吃。这是老兵传下来的行军吃饭经验。铁旦怕不够吃又弄来许多饭锅巴分给班里同志。

军服前襟上的两个大荷包用处可大，钢笔、小本、手绢、牙膏、牙刷、饭锅巴、统统装上，鼓鼓囊囊，走路时一翘一翘的。现在人们考虑的是它的实用价值，而不是外型美不美观，连黎明也喜欢上这两个大荷包了。

逶迤的队伍沿歌乐山盘旋而上，不少同志频频回首，再看看一度学习生活过的林园和早跑步晚散步的山洞，眼神中透出丝丝依恋。山间飘忽着阵阵云雾，如轻纱一般慢慢靠拢，形成洁白的絮团，又冉冉上升蔓延开来，使整个歌乐山淹没在云雾之中。遥望重庆市区，仿佛罩上了一层白纱。山城起雾，预兆大晴，是个行军的好日子。

登上歌乐山就地休息时已是云消雾散，晴空如洗。远处那弯弯曲曲的嘉陵江，像条绿色的绸带。停在长江码头上的轮船，发出呜呜的叫声，快要离岸远航了。白如冰想起"孤帆远影碧空尽，唯见长江天际流"的情景，只是时代不同，小帆船已经变成大轮船了。

朱人杰指着悬崖峭壁下面，外有几层铁丝网内有高墙围起来的几栋房子给大家看：

"喏！那就是渣滓洞，臭名远扬的中美合作所、大量杀害我们革命烈士的地方。在白色恐怖时期，天天有秘密处决、暗杀、搜查。听说特务们审讯时，除了灌辣椒水、上老虎凳、还有什么'披麻戴孝'，是从美国学来的刑法。特务们用钉满钢针的橡皮鞭抽打革命者，然后在遍体鳞伤上面涂酒精、贴纱布。等血水干了，又把血肉凝结的纱布撕开，重新用刑。我最近听说还有一种专门用来对付坚贞不屈的共产党员的特别刑法，就是在脖子上用刀划个"十"字，再灌进水银，能活活剥下人的全皮。"

铁旦摸摸自己的脖子和手臂，显出痛苦难忍的样子。

渣滓洞这座杀人魔窟而今已面目全非，墙壁熏得漆黑，门窗屋架爆裂，大铁门的铁栏杆被烧断，铁皮卷曲。据说是狱中同志越狱时，特务们使用了杀人的火焰喷射器。监狱后面倒塌的高墙，留下了生死搏斗的痕迹。

林荫深处有座精巧华丽的小洋楼。朱人杰说是"中美合作所"的特别医院，专门给他们的"重要犯人"——我们的民族精英施行"催眠术"、注射

"诚实剂"，妄图扰乱神经，套出口供。但在意志坚强、铁骨铮铮的革命者面前，敌人的所有花招都是枉费心机。

大家激动地叹息、议论，想象天亮前的黑暗，深感胜利来之不易。曹流一脸庄严地站起身来，向着渣滓洞方向深深一鞠躬道：

"烈士们，安息吧。新中国的年轻一代将踏着你们的血迹前进！"

每当中队长宣布休息时，朱人杰就抓紧时机要大家安静下来看节目表演。朱人杰把白如冰等收集来的好人好事编成顺口溜，由铁旦打快板，接着黎明唱歌。她唱了好几首歌，人杰听她声音都有点嘶哑了，建议她跳舞，自己亲自伴奏。黎明会跳新疆舞、俄罗斯舞和踢踏舞，很受大家欢迎。

到达宿营地北碚，已是晚饭时分。由重庆到北碚，约摸五十公里，许多人脚上打起了泡。吃罢饭，队里干部到各班查看，告诉大家用热水烫脚以后，再用针把泡挑破，让水流出来，并嘱咐大家好好休息，恢复体力。

这群活蹦乱跳的年轻人哪里安静得下来。北碚是国民党建设的"模范市"，加上军部驻在这儿，哪有不去观光之理。铁旦听说北碚公园风景好，铁栅栏里关着老虎，便四处央人陪他去逛公园。

一阵闹嚷之后，慢慢安静下来。如冰坐在草铺上写完日记，回头见黎明无精打采地靠在墙上，便挪过身子关心地问："今天又唱又跳，累了吧？"

"不累！"

"想家了吗？"

黎明沉思片刻，答非所问地道："你说究竟怎样的人才是真正的美？"

如冰一时摸不着头脑，心想她定是有所思有所指，姑且不去追问，便笑了笑说："各人的审美观不同。一般来说，人有两种美，一是外表美，二是内在美。兼而有之当然更好，如果二者不可兼得，我是欣赏内在美、心灵美，你呢？"

黎明认真地点点头。从那次欢送江涛以后，她心中就涌起了"什么是真正美"的问号。想不到这个皮肤黝黑、貌不惊人、文化不高、寡言少语的"打铁匠"，竟能受到全班同志的赞扬和爱戴，大概这就是工人阶级优秀品质的体现吧。自己曾经倾心的艾黎却是另外一种形象，他外表很帅，温柔多情，能说会道，开始给自己的印象也不错。但从这段时间的相处来看，表现很差，不守纪律、骄傲、自私，满脑子旧思想，还口是心非，说起假话来脸都不红，犯错不认错，总是常有理。表哥只不过是外表美，"金玉其外，败絮其中"；江涛才是内在美，真正的心灵美。黎明像悟到禅机似的又点了点头道："嗯，我向来只看重外表美，对一个人来说，最重要的还是内在美。我要好好向江涛学习工人阶级的好品德。"

"昨天晚上你到哪里去了？区队长找你。"如冰换了个话题。

"艾黎找我道歉。"

"好哇！人家既然主动负荆请罪，就该重归于好、携手并进了。"

"并什么进！我本想好好和他谈谈，后来看样子谈不拢，也就算了。他打算回去读书，要我也回重庆考学。你说怎么办？"

如冰诚挚地望着黎明："人各有志，不能强求。你好好考虑一下，道路自己走，主意自己拿吧！"

黎明眼珠一闪，似乎下了决心："对，自己走！我的鼻子再不让他牵了。"

半晌，黎明侧过脸来，似笑非笑地说："如冰！今后我谁也不喜欢，谁也不爱，只集中精力爱它。"

"能告诉我是谁吗？"

"爱上学习。我现在只想多学点革命道理，做个革命人，好好干革命，让男人们看到我黎明有觉悟有知识有本领，真心实意地尊重我爱护我，而不是看上我的什么大眼睛双眼皮、樱桃嘴小酒窝。女人不是供人咏诗作画的月亮，你说对不对？"

如冰高兴地搂着黎明的肩膀说："对呀！女人不是咏诗作画的月亮，也不是瓶中的花，带嚼子的马，而是和男人一样发光发热的太阳。"

这边两个姑娘春风化雨地谈着悄悄话，那边两个小伙子却蹦起来了。

朱人杰没有陪铁旦去逛公园，他想好好休息，养精蓄锐。回顾今天的宣传工作，对大家的努力很满意，美中不足的是艾黎负责采访的三区队，既无稿件也没反映情况，这是个问题，他决定去找艾黎谈谈。

宿舍里静悄悄的，只有艾黎一个人躺在地铺上，望着天花板出神。走了一天，腰酸腿疼，想想这革命的日子真难过。批准江涛，自己暗庆躲过了那场"考验"，放下了一颗忐忑的心，而今这"锻炼"的滋味却真不好受。听老同志讲，进军西南就靠两条腿追敌人的汽车轮子，行军走路更是家常便饭。这家常便饭我艾黎吃得消吗？大陆解放了，还要解放台湾，我这两条腿能走到台湾去？远的不说，眼前这失恋的痛苦简直叫人五脏俱焚。表妹自宣布绝交以后，见了面像陌生人似的，连百分之一的微笑也没有。原以为参军后能朝夕共处，有情人终成眷属，而今竹篮打水一场空。昨晚自己硬起头皮去找她，想争取一道回重庆，以便春风再度玉门关，谁知她既不摇头也不点头，一声不吭地就转身走了。哼，还不是姓朱的家伙捣鬼，夺走了她的心。

人杰回到宿舍，见艾黎那副出神的样子，笑道："你这男子汉还不如姑娘们，老拖在后面当压路军，明天可要加把油哇！你今天一篇稿子都没写，三区队也有不少好人好事，不宣传宣传，他们会有意见的。"

"有意见就有意见，明天另请高明！我走在后面是不想欣赏那妇唱夫随的恶心场面。"

"请不要乱戴帽子，伤害同志。"

"要求不要伤害同志的人，难道不正是做着伤害同志的事吗？我也请你不要种着自己地又耕他人田。"

"你说什么？"人杰惊诧得瞪大了眼睛。

"我奉劝你不要在黎明身上打主意！"艾黎气势汹汹地大喊起来。

人杰怒从心上起，一拍桌子吼道："胡说！小人之心，卑鄙可耻！"

艾黎深怕那重重的拳头会向自己飞来，赶紧一跃而起、逃之夭夭。冲出门时从牙缝里迸出一句："姓朱的，骑毛驴看书，咱们走着瞧！"

嘉陵江在晨曦的雾气中显得混混沌沌。一艘小火轮发出刺耳的叫声，它即将起锚，驶离整洁的北碚。

如冰发现艾黎没来吃早饭，问副班长艾黎是否病了，"弥勒佛"想起刚才见艾黎铺上只有被子，没有行李包。人杰动员全班同志分头去找，不见人影，便立即向区队长汇报。

大队得知此事后，马上要各中队清点人数。结果发现其他中队也有几个同志，和艾黎一样不辞而别。

艾黎出走，人杰心里很不好受。他想肯定是昨天自己发脾气造成的。上午中队大会总结行军情况，一班宣传工作虽然受了表扬，但出了事故，都怪自己脾气急躁，方法简单。指导员在会上传达了军首长指示，要各级干部爱护"革命灯泡"。说是刘司令员进军大别山时对知识分子很关心，再三嘱咐要保护"革命灯泡"，知识分子能发光发热，就是脆弱点嘛。上级这样关怀知识分子，我这当班长的却只会把人吓跑。教训深刻。

"班长不要过分自责。艾黎脱离革命的思想不是昨晚才产生的，糊不上墙的泥，随他去罢！"黎明想安慰班长。

"大浪淘沙，总会有被冲刷的。不过我们对艾黎还是了解帮助不够，今后班里的思想工作还要加强些，互相多谈心。"白如冰谈了自己的看法。

曹流暗自计算着小火轮起航时间，估计艾黎已安然抵家，重新过上大少爷的舒适生活了。唉！自己有个摆烟摊的爹或地主兼小官僚的爸，再有个资本家的干老子就好了，昨晚帮他买船票，今早给他望风，那傻小子才感激涕零地和自己达成了"荣辱与共互相提携"的口头协议。谁愿当一辈子大兵？拿到军大毕业证以后，就带上家里那两根从养母三姨太箱子里偷来的金条去找艾黎入伙……

班里同志对艾黎事件的讨论，把曹流从神游中拉了回来，听见有人说："没有这泡马尿河里照样涨水！"他立即鼻子一哼，恨恨地道："去掉一颗老鼠屎，免得打坏一锅汤！"

合川是座中等县城，以农业为主，特产合川桃片糕，人民穿着打扮、社会风气都比较淳朴。这儿是嘉陵江、涪江、渠江三江汇合之处，故名合川，一条清澈的小河流贯穿城区。

各路人马均已到齐，分别住在地主资本家宅院、祠堂和旧庙里。全军校抽出两个大队的人参加剿匪征粮，留下的重新编队。

如冰和黎明编在五大队二十一中队第一班，朱人杰和林若梦编在二十二中队第一班，曹流在第二班。铁旦死活要求同杰哥一个班，中队长见他年纪小，有个老乡照料也好，便同意把他从二十三中队调过来。

朱人杰继续担任学习班长，并被选为中队俱乐部主任，林若梦被选为俱乐部学习委员，曹流从小受戏子三姨太的熏陶，吹拉弹唱都会一些，被选为文体委员。

二十一中队的俱乐部主任名叫章薇，四川大学文学系学生，能讲会写，干劲十足；黎明被选为文体委员，白如冰是学习委员兼学习班长，那个和蔼可亲总是关心别人的童素任生活班长。

两个中队相隔不远，随时能见面，俱乐部活动联系也比较多。中队还成立了生活委员会，由学员民主管理生活，及时采纳大家对生活的意见。管得好的中队，月底还可用节余的伙食尾子打"牙祭"。

开学典礼既简朴又隆重，在县城的大操场举行。数千名男女健儿束皮带、扎绑腿，身背背包整队入场。背包要求标准的长方形，背包绳扎成"井"字，井字绳下面插进一双解放鞋。背包放在地上作坐凳，沙发似的十分舒服。早上认为打背包是"多此一举""故意劳民"的同志，坐在"沙发"上时，也就恍然大悟了。

路 石

　　第一次参加这样盛大的集会，人们异常兴奋。这次拉歌是以大队为单位，几百人合唱。解放初期流行的革命歌曲大家都会，一唱起来便如野火燎原，气势磅礴。其中独树一帜的是由黎明指挥二十一中队唱的一首歌，整齐的女声在空中扬起：

　　黄河之滨，结合着一群，

　　中华民族优秀的子孙；

　　人类解放，建国的责任，

　　全靠我们自己来担承。

　　同学们努力学习，

　　团结紧张，严肃活泼，我们的作风；

　　同学们积极工作，

　　艰苦奋斗、英勇牺牲、我们的传统。

　　……

　　这是"抗大"的校歌。抗日胜利后，"抗大"改名军大。为继承发扬当年"抗大"优良传统，仍沿用此歌作为军大校歌。精灵鬼章薇前两天在指导员那儿见到这首歌，立即要黎明在早操和晚点名时教唱。充满豪情壮志的校歌，为开学典礼增添了热烈气氛。

　　校部和大队领导同志坐在台上。校长、政委先后讲话。他们分析了当前国内外形势，介绍了我军面临的任务、革命光荣传统和抗大优良学风，阐明了军大办学宗旨，要求通过政治学习和军事训练，达到改造非无产阶级思想，树立革命人生观、世界观，培养无产阶级一代新人的目的。接着政治部主任宣布教学计划，学习内容主要是社会发展史和时事政策；学习方法是自学文件，班讨论、全校上大课，贯彻理论联系实际方针。最后是各大队学员代表讲话，表示决心，保证学好。

　　各中队都出了墙报。朱人杰写了篇《发扬团结紧张严肃活泼的革命校风》；林若梦写的散文《从梦幻到觉醒、从彷徨到新生》；白如冰写的感想，题目是《革命襁褓育新人》；章薇写的是长诗《我们是中华民族优秀的子孙》，表现出青年们在新的学习任务面前那种如波涌动的心潮。

　　每班十二个人，用半间房作通铺，有点像北方的大炕。铺上是门板、门板上一层厚厚的稻草，草上铺着发给每个人的白布床单和军棉被。一块白布包袱皮包着换洗衣服，睡觉时当枕头。另半间房整齐地放着脸盆、水桶等盥洗用具。牙膏、牙刷、饭勺、吃饭喝水漱口三用杯按铺位名次放在窗台上。

内务要求比在林园时严格，不仅要清洁，还要整齐。通铺上的被子要有轮有廓，叠成一条线；铺下的鞋子，要排列成要一条线；毛巾晾在绳上呈一条线；挎包挂在墙上呈一条线；杯子手把一律向左看齐。室内只有一张两斗屉旧木桌，许多人都习惯了写字时坐在铺上，把两腿当桌，后来每个人都用稻草编个蒲团做凳。每周两天军事训练，四天政治学习，其中半天辅导课。早上六点起床做早操，晚饭后是课外活动，八点钟晚点名，九点半熄灯。预备哨一吹，每个人都得毫无例外地停止一切活动。要是谁违反作息时间，自己跟不上趟不说，还得影响别人。有了重庆那段预习，多数人能适应军校有规律的紧张生活。

讲大课的唐政委是出国留过学的大知识分子。他讲的革命理论深入浅出，通俗易懂，善于联系实际，启发学员思考。加上语言生动、幽默风趣，几千人时而鸦雀无声，时而哄堂大笑。同学们都以听政委讲课为一种极大的享受。

最不受女同学欢迎的是军事课的队列操。有些性格活跃的同学，把队列操看作是"受戒"。单调重复的立正、稍息、向左转、向右转、齐步走，纵队变横队，横队变纵队，向右看齐，向前看，特别是那个正步走，简直把活人变成木头人、机械人了。

军事教员是个顶顶严厉的参谋，他在操场上嘴一张，一百多人团团转。王小英又矮又胖，走路像个地磙子，行动迟缓，加上耳不聪，常常出洋相。人家向左她向右，人家走了她不动，人家停了她继续走，引得大家想笑又不敢笑。谁要是忍不住笑了出来，一下就会像燃爆竹似的引起连锁反应。教员那双鹰一样的眼睛，总会把带头笑的、讲小话的人找出来，单独下小操，以示惩罚。

学习、生活正走上正轨，不料疥疮流行。老同志经常行军作战，卫生条件差，不少人患过这种皮肤病，因而被称为"革命疮"，在集体生活的环境下易传染，反复发作，难以根治。疥虫专门寄生在人的手指缝、腕内侧、肘窝和腹沟股等柔软部位，吞噬皮肤角质层，不断排卵繁殖。

黎明好动，课余时间常去别的班串门，不知在哪儿也传染上了"革命疮"。她开始感到手指缝奇痒难忍，晚上更厉害。后来身上也出现针头大小、颜色淡红的丘疹和水疱，用手一抓，小疱流出黄水，丘疹出血结痂，之后又在其他地方感染继发。

黎明的铺位靠墙，和如冰的床铺挨着。晚上如冰听见她烦躁地用手抓痒的声音，知她痒得难受，便请假陪她去校卫生所诊治。为了控制疥疮传染，卫生所新设了隔离室，医生要黎明搬到隔离室来治疗。

路　石

　　卫生所在一所旧祠堂里，黎明住的这间隔离室神龛占了半间房，那又臭
又脏的硫磺软膏熏得她饭吃不好、觉睡不香，住了三天好像过了三个月。她独
自躺在床上，望着被烟火熏得黑乎乎、空洞洞的神龛，不由得想起家来。也是
这乍暖还寒的早春天气，黎明与同学看完歌剧回家，不小心摔伤了腿。爸爸急
得到处找名医诊治，妈妈哭得眼通红，寸步不离地亲自护理。只要说声想吃什
么，家里立即照办，那甜丝丝的银耳羹、八宝饭、酸中带甜的山楂糕，还有鲜
味的香肠、腊肉、五香牛肉干。妈妈呀！你可知道女儿在受苦吗？想着想着，
不禁悲从中来，她闭上眼睛，听凭眼泪顺着两颊往下流。

　　"什么事这样难过？别呕坏了身子。"黎明睁开眼来，见曹流坐在床边，
连忙坐起身来嗔怪地问："你什么时候进来的？也不先打个招呼！"

　　"刚才，以为你睡了，怕惊醒你。"曹流一脸关心地说："听白如冰说你
病了，住在隔离室，特来看看。"他扫了室内一眼，有些愤愤然，"这样的条
件，哪是病号住的地方？"

　　黎明忙说："快别这么讲。听护士说，以前老同志打仗受了伤，还没这个
条件哩！"

　　"医院里有谁欺负你了吗？"

　　"没有，医生护士都很好，病号互相之间也很关心。"

　　"那，是不是想家了？"

　　黎明低头不语。

　　曹流忙安慰说："想不到部队学校生活也这样紧张、这样苦。好歹再熬一
阵，等毕业了，我们一起回重庆去。听说部队下地方的人很吃香，我俩志同道
合，可以在一个单位搞文艺工作。"

　　黎明仿佛又听到了艾黎的声音，不禁涌起一股甜蜜、苦涩和烦乱、厌恶的
混合情绪。

　　曹流见黎明不吭声，又殷勤地问："需要什么？想吃什么？你尽管对
我说。"

　　"谢谢，我什么也不需要。"说完黎明靠在床上，又闭上了眼睛。

　　曹流只好自感没趣地溜了出去。

　　晚饭后，白如冰轻手轻脚地来到隔离室，对黎明说："你看，谁来了？"

　　黎明回过头来，见童素笑嘻嘻慢腾腾地走了进来。童素一面询问病情，一
面解开挎包，把这个月发的津贴费交给黎明，又拿出一大包山楂糕和一筒临江
寺出产的豆瓣酱。

"喏，如冰知道你爱吃山楂糕，她给你的。听说你胃口不好，我给你带来一筒酱，里面拌有虾米，很开胃的。"

童素把东西放到桌上，抖了抖挎包，然后坐到床沿上，拉着黎明的手仔细地看了看，亲切地说："班里同志很惦记你，要你安心休养，争取早日治好。区队长今天开会，她说明天来看你。"

如冰告诉黎明，毛主席率中国代表团在去年十二月十六日到今年二月十七日访问了苏联，由两国外长周恩来和维辛斯基签署了《中苏友好同盟互助条约》。斯大林对毛主席说："中国革命的胜利，将会改变世界的天平，在国际革命中加重了砝码。我们全心全意祝贺你们的胜利！希望你们进一步取得更多更人的胜利。"许多中队俱乐部在报纸上登出这个喜讯后，自发组织了庆祝晚会，为摇篮中的新中国有如此强大的盟友庆幸，也为东西方两大巨人的团结而欢呼。

童素还告诉黎明，四大队要在"三八"妇女节搞歌咏比赛，我们中队也参加，同志们都在盼她回去教歌。

为了不耽误黎明的学习，由如冰负责补课。

两个班长走出门后，黎明望着她们的背影，突然意识到：自己离开了一个温暖的"小家庭"，却进入了一个更加温暖的"大家庭"。

如冰利用晚饭后课余时间来给黎明补课，见曹流也经常来给黎明送糖果糕饼和故事书、连环画。

三月八日晚上，校部门前大坪里，华灯初上，人声喧嚷。这里纯粹是"半边天"的世界，只有二十来个男学员中队的代表，他们是为祝贺、看表演，顺便取经来的，"五四"青年节他们也想好好庆祝一番。

校领导在开幕前讲了三八节的来历，鼓励女同志们要用实际行动，争取政治经济文化上的彻底解放，积极学好为人民服务的本领，为建设新中国作出自己的贡献。

参加比赛的节目形式多样，有中队大合唱、二重唱、独唱、对唱、女声小合唱、革命歌曲连唱，再没有"妹妹我爱你"一类的靡靡之音。大会上还出现了一个新节目，叫作"集体独唱"，这是黎明发明的。她听说三八节要赛歌，在隔离室就赶着学了一首新歌，名叫《吃水不忘淘井人》，是歌颂我党建立二十八年来领导人民艰苦奋斗的丰功伟绩，歌词很长，没来得及教会大家，决定由她独唱，她要大家在台上伴唱过门。黎明声音高昂、吐字清晰，唱到高潮处，泪光莹莹，充满激情。多少年后，每逢三八节，如冰都会回忆起黎明那荡气回肠的女高音。

　　学了社会发展史，明白人和世界都是劳动创造的，应该热爱劳动和劳动人民。为了理论联系实际，校部号召学员到河边去给食堂运米。于是乎，大街上熙熙攘攘，挑担的、扛桶的、端盆的、提包的，还有用手帕包米的，五光十色，热闹异常。人的表情也各式各样，有的昂首挺胸地喊着号子，有的嘻嘻哈哈地边走边唱，有的羞羞答答地勾着脑袋，好像做了什么见不得人的事，真是绝妙的一幅劳动观念大展览。

　　黎明病愈不久，童素本来想照顾她，让她留下值班。她想如果不参加，同志们会视为落后，便拿了只挎包跟到河边，怕拿不动只装了半袋米。这是自己生平第一次干保姆做的活，似乎怕人在大街上看见，又把挎包封得严严的。

　　路上，黎明远远看见童素和白如冰在前面休息。童素趁如冰擦汗的时候，把她脸盆里的米往自己盆里倒了一些。黎明看看自己手上的半袋米，感到脸上有点发烧，偏偏后面有人冲着她叫："黎明，把你那小包放到我们大桶上好了。"

　　她回头一看，林若梦和朱人杰扛了满满一大桶米快步走来，林若梦脸上还留着揶揄的笑容。旁边铁旦也汗淋淋地端着一脸盆米。黎明没有理会，等他们歇下来就把挎包放在铁旦的米盆上端起就走。铁旦不知她要干什么，等回过神来才大叫："我的盆，我的米，你拿走了，我干什么呀！"

　　路边大树下，曹流敞开衣襟，手拿军帽扇风。走在黎明前面的同志说："曹流，你真棒，端那么一大锅，累了吧！"

　　曹流边笑着答："没什么，劳动锻炼嘛！"一面赶紧接过黎明手里的米盆，悄声说，"歇会吧！我等你好久了。"他想方设法和黎明接近，希望能填补艾黎走后她心中的那个空缺。

　　黎明坐下来擦了把汗，说："你真特殊，不用桶、面盆什么的，要用锅。"

　　曹流笑笑："班里的面盆他们拿去了，我专门去老乡家借的。"

　　运米的人流快过完了，黎明端上面盆要走。曹流连忙夺过去，努努嘴说："你端我的。"脸上闪过狡黠的笑容。

　　黎明端起那只大铅锅，感到轻飘飘的，揭开盖子一看，里面的米还不够她挎包袋里的一半。霎时，在她脑海中鲜明地显示出长期以来模糊不清的两个大字——虚伪。

　　校党委认为，从理论上提高认识，从实践上参加劳动，还要在政治上提高觉悟，接着便开展了"阶级自觉运动"，就是毛主席在 1948 年讲的，用"诉苦"和"三查"方法进行新式整军运动。

全校大会动员以后，以班为单位，学习《中国社会各阶级的分析》，凡自己和家庭受了"帝封官资特匪"苦的诉苦，没苦的谈对剥削统治阶级的认识。个人在参军前参加过国民党、三青团、青红帮、一贯道等党团帮会、宗教组织以及反美游行、反苏游行、罢教罢课、抗粮抗税等政治活动的，也要忠诚老实地在会上公开交代。最后领导说明这些群团组织和政治活动的性质，划清是非界限，由本人写出书面声明，与反动组织脱离一切关系。

中队大队先后召开诉苦大会，组织典型发言，台上泣不成声，台下泪人一片。

只有一个从渣滓洞"逃出来"的大会诉苦者，经校部调查，此人并非备受酷刑的革命人士，而是该监狱的看守。学员们议论纷纷，有的要求监督劳动，有的要求逮捕法办，多数则主张隔离审查。曹流意见与众不同，他主张宽大为怀、既往不咎。林若梦问他："连审都不审一下，要是国民党特务机关潜伏下来的呢？"曹流阴着脸说："共产党讲改造，难道就改造不了一个小小的看守？"

经过这次运动，人们确实提高了阶级觉悟，无论是诉了苦的，交代了问题的，都感到一身轻松，心情舒畅。白如冰发现黎明反倒沉默下来，好几天没听到她的歌声笑语了。

江流泛着粼粼波光，静静地从山间流来，从山脚下淌过又流向远方。它是宁静的，在宁静中充满勃勃生机，孕育着大地的生命。

军大学员自来到县城，就与这条江流结下了不解之缘。早上到河边做早操，洗脸刷牙；傍晚到河边散步、洗衣服；夏天，女同学在上游洗头，男同学在下游洗澡；沿河滩开荒生产，又用河水浇菜。清澈的小河，成了军校数千人的生命之泉。白如冰洗完衣服，抬头见黎明仍在慢腾腾地刷鞋子，眼睛却望着江水发愣。如冰捧起水笑着向黎明浇去："我们的百灵鸟也不唱歌了，望着河水干啥呀？是丢了影子还是丢了魂？"

"自己一脸漆黑，还有什么心思到人面前去唱歌！"

"漆黑？哈，苹果脸蛋大眼睛，还有两个笑涡涡……"

"人家说正经的，你寻什么开心？"

如冰见她面带愁容，也认真起来，关心地问："究竟怎么啦，身体不舒服吗？"

"唉！我太落后了。"黎明仍凝视着江水，叹了口气。

"怎么会这样自卑？参军以来你进步很快呀！对艾黎的问题就处理得很好嘛。"

"那是亏了你的帮助。"

"你忘了外因是条件，内因才是根据啦！那次是你自己意志坚定。如果你当时要跟他走，莫说我，九头牛也拉不回。"

如冰想起曹流对黎明那幅剃头担子一头热的情景，便问黎明："你看曹流这人怎样？他对你不错呢！"

黎明撇撇嘴："你还不知道，他这人表面看不出什么，骨子里阴阴阳阳、虚虚伪伪、左左右右，鬼理他这假积极！"

黎明洗好鞋子站起身来说："我现在考虑的不是恋爱婚姻那号事，是我怎样才能跟上你们，我的缺点太多了。"

如冰开导她说："政委不是讲过，看什么事都要一分为二吗？每个人都有自己的长处和优点，也有自己的短处和弱点，只不过多少程度不同，正确认识自己和别人，也不是个容易的事。光看自己优点嘛，会骄傲自大；光看自己缺点嘛，又会丧失信心。当然有些同志优点多些，我们应该向他们学习。像朱人杰、林若梦、章薇那样的大学生，政治文化水平高，可是人家并不自满自足，仍然刻苦钻研，求知若渴，又肯动脑筋，善于思考。江涛、童素却又是另一种榜样，他们具有工农劳动者的优秀品德，艰苦朴素，踏实肯干，时刻想到别人的困难和需要。"

如冰想起和朱人杰在林园的那次长谈，微笑道："我的一个大缺点，就是清高孤僻、孤芳自赏。朱人杰曾提醒我不要把自己关在象牙塔里了。后来和童素接近多，发现她的优点正是我的缺点，就注意向她学。你热情活泼，关心集体荣誉，又能和群众打成一片，我也在向你学呀！"

"我有什么值得你学的？别取笑了。以后我也要一分为二地认识自己，像你这样多学习别人的优点。不过，我要跟上大家好像很难，身上还有个大包袱。"

"什么包袱？"如冰惊讶地问。

"这次诉苦运动，听了大家的发言，对照毛主席的文章，才知道自己出身资产阶级家庭，是吃剥削饭长大的。这段时间总觉得有人盯着：'看这个资本家的女儿！'做事也怕人讲，'资产阶级小姐装什么革命！'"

如冰接过黎明手里的鞋子，放到自己盆里，和她肩并肩地向驻地走去。暮色苍茫中，两颗年轻的心在融融地交流着。

指导员得知黎明的"大包袱"后，立即找她个别谈心，反复说明党要团结一切愿意革命的人一同前进。一个人的出身不能由自己选择，但走什么道路可以由自己选择，组织上最看重的是现实行动表现。指导员还举了一些例子，说明有的领导干部虽然出身剥削阶级家庭，但参加革命后能很好地改造思想、转变立场，和家庭划清界限，成了坚定的无产阶级先锋战士，热情地鼓励她振作起来，用实际行动，把自己改造成无产阶级的革命战士。

黎明在组织和同志们的关怀下，决心把自己改造成无产阶级的革命战士，她的第一个实际行动是：牺牲"大波浪"，剪个"革命头"。

当时四大队的女同学掀起了剪辫子风，长发剪短发，有的更进一步，把女发剪成男发，名曰"革命头"。这风当然也吹到了五大队的女同学中。

义务理发员抓住黎明的"大波浪"正要开剪，恰好被区队长看见，连忙过来劝阻："目前老乡到四大队卖菜，见男男女女住在一间房里，回去一传，坏分子就造谣说军大'共产共妻'了。校部已通知停止剪'革命头'。你的头发不长，扎个小辫就行了。"

黎明的第二个实际行动是：同剥削阶级家庭划清界限。决心今后再不给家里写信，并把妈妈第四次寄来的食品包裹原物退回。她下这个决心真不容易，还躲在被窝里哭了好几次呢。直到一九五二年春，开展"五反"运动时，组织上要黎明与家里写信，鼓励父母自我教育自我改造，争取做爱国的守法资本家时，才恢复了通信联系。

黎明的第三个实际行动是：申请参加俱乐部组织的校外扫盲识字班。每周一、三、五晚上，驻地居民中目不识丁的男女老少自带小凳，齐聚在一户人家的大厅屋里，听军大的义务老师讲课。章薇和白如冰教识字，另外两个同志教算术，黎明一人教唱歌。

正是春光明媚的九九艳阳天，校部发出了第二次劳动号召：继承和发扬南泥湾革命精神，要求全校同学利用课余时间开荒生产。

同学们热烈响应。晚饭后河岸边人头攒动，飞锄举镐。没过几天，河滩荒地全被垦翻。各中队划片包干，再以班为单位播种管理。种出的菜全部交食堂，改善生活。搞得好的食堂，还自己养猪、生豆芽、磨豆腐，经常"打牙祭"。

在同学们的辛勤培育下，河岸边的黄土地已是一片葱绿，早熟的蔬菜源源不断地送到食堂。生活委员会根据各班交菜的数量、质量、品种，按月评比表扬。

二十一中队的蔬菜评比栏上，一班总是名列前茅，这要归功于生活班长童素领导的好。童素来自农村，在姊妹中她排行老大，在家时每天放学回来，除了做饭洗衣、照顾弟弟妹妹，有空还帮妈妈在房前屋后种菜，对菜的生长培育很有研究。她又肯吃苦耐劳，从松土、整畦、下种、施肥、浇水、除虫到收菜送食堂，样样带头干。每逢刮风下雨，还必然要到菜地去视察一番。

那鲜鲜嫩嫩、天天向上的小生命，不仅童素对它关怀备至，也得到全班同志的喜爱，连韭菜麦子都分不清的黎明，对它也有了感情。尽管班里安排了轮流上地的名单，黎明却经常跑来抢扁担。身上流了汗洗个澡，粪尿脏了衣服换一件，手上起了泡也不吱声，她十分需要在劳动中克服不劳而获的剥削阶级思想，涤荡家庭和社会浇灌在她心灵上的污泥浊水。这也是她决心把自己改造成为无产阶级革命战士的第四个实际行动。

朱人杰从大队开会回来，食堂已开过晚饭，同志们都到河边浇菜、洗衣、散步去了。他往铺上一躺，想好好休息一会。

开学以后，朱人杰一直很忙。除了搞好班里学习，还要抓俱乐部的各项工作。指导员告诉他：阶级自觉运动后，建立了学员档案，每个人的情况，都向原单位或当地政府作了调查。重庆大学党组织来函介绍了他的情况，证明他解放前参加了党的外围组织"新民主主义青年社"的活动，在校的同学解放后都转为新民主主义青年团员了，因此军大校党委承认他从参加重大青年社起即为新民主主义青年团员。指导员还说，准备在"五一"劳动节发展第一批青年团员，建立团组织。党支部指定他为团支书，以后团员多了再民主选举。朱人杰意识到这是一个严肃的政治任务，要发展团员，得先了解发展对象，上靠组织下靠群众。

朱人杰闭着眼睛算算时间，新中国第一个"五一"劳动节和"五四"青年节马上就到了，加上入团宣誓典礼，俱乐部要好好筹备一下庆祝活动。刚才大队召开俱乐部主任会议，就是布置这件事。

朱人杰想起章薇汇报时眉飞色舞的样子。她们的俱乐部活动确实搞得不错，尤其是"解难题、找老师"的办法效果很好。俱乐部里除了学习心得栏、问答栏，还有"点将台"，听说开始是由学习委员把从各班收集到的问题，梳成辫子，组织对这些问题有研究的个人或集体公开作答，有时把问题贴出，由同学自动选题作答，后来，个人也可随时提出问题并点名请人作答。这些问题大多属思想认识上的，带有普遍性，大家都想了解又一时难以说清，因而在课余、饭后、洗衣、散步时，就自然成了议论中心，参加议论解题的人也越来越多。既丰富了学习内容，又活跃了思想。近来，她们俱乐部还把工作做到校外，组织了扫盲识字班、时事宣传组和民运检查组。

章薇一讲到她们的学习委员，人杰脑子里就浮现出一个清晰的倩影：文静的气质，秀美的仪表，智慧的眼睛和若有所思的微笑。他惊异这情影变化之快，不仅走出了象牙之塔，而且已水乳交融地生活在群众之中了。

朱人杰正在遐想，铁旦端着菜饭昂首挺胸地走进屋来，脚跟一靠，做了个立正姿势："报告班长，战士梁钢给你留的菜饭，请用餐。"

人杰一跃而起，接过菜饭，大声命令："稍息！请坐下。"

接着两人都忍不住哈哈大笑起来。

现在的铁旦，确实叫人喜欢。

江涛调去征粮以后，铁旦突然感到没有了靠山。以往他早上贪睡时，江涛总是叫他推他，还给他打洗脸水、叠被子，洗衣服时总顺便把他的脏衣服也一起洗了。身任班长的朱人杰对他就严格得多。早上起床哨一吹，就来捏鼻子、揪耳朵，甚至揭开被子打屁股；星期天发现被子里有脏衣服、臭袜子，不洗干净不准上街玩；每个月检查他津贴费的用途，要是全部吃了零嘴，准得挨训。

有一次，铁旦为了看电影没去上政治课，被人杰在班会上狠狠批了一顿。铁旦伤心极了，一个人躲到河边去哭鼻子抹眼泪，望着天上的星星自思自问："铁旦呀铁旦，人要脸树要皮嘛！你已经十六岁，大人了，还不能做个像样的革命战士吗？"

第二天，铁旦在新买来的日记本扉页上，写下了誓言："坚决克服贪睡、贪吃、贪玩、不爱学习、不讲卫生、不动脑子的特大缺点，争取做个好战士。"下面加了一行小字："说到做到，不放空炮。"小字脚下密密麻麻地勾了连环圈，以示决心。他决定每天记日记，记下自我改造的足迹。

只要肯下决心，就没有做不成的事。区队长的哨子还没吹到门口，听到校部传来的起床号声，铁旦就翻身坐起，而且再不揉眼睛、伸懒腰，迅速穿好衣服、叠好被子，就去洗脸漱口。要是发现有人贪睡不起，他还故意学着起床号的调子唱："大天白亮，催猪起床，我来看猪，猪还在床上。"

铁旦在日记本上给自己定了个卫生标准：每晚洗脸洗脚，每星期洗澡、换衣服（夏季每天洗澡换衣），每月洗被子。如遇搞劳动等特殊情况，脏了就洗，被子里不藏脏衣服、臭袜子过夜。

有个星期天，朱人杰开了一天会，晚上见枕头下的脏衣服已被洗净叠好。当他得知竟是铁旦所为时，着实吃了一惊。

朱人杰在检查铁旦的听课笔记时，发现一张汇款单。从汇费推算，是寄给家里的整整两个月的津贴费。为追踪他心灵的奥秘，又查看了那本记得歪歪扭扭的日记，尽管文理欠通，但字里行间却映出了一个春笋般天天向上的形象。

在铁旦日记中还发现了一条没正式提出来的意见："杰哥什么都好，就是爱发火训人不好。"人杰深有感触，革命襁褓育新人，整个军校都在思想改造的号角下日新月异，对待自己的缺点应该是显微镜加手术刀。他学习铁旦，也在自己日记本兼记事本的扉页上，写了"制怒"二字，下面也加了一行小字："谦虚谨慎，不自以为是，群众才是真正的英雄。"

铁旦由于文化基础差，听课时有些名词概念不懂，笔记记不上，讨论发言东拉西扯，说不到点子上，时常引得大家发笑。学习钻不进，兴趣也就日益低落。东方不亮西方亮，他的军事课顶呱呱，兴趣也浓，听到"一二一"的口令就来劲。他觉得军训虽然辛苦点，但新鲜、有趣，自己有信心做好。

朱人杰了解到铁旦不愿学政治的原因后，更感到自己对他批评多帮助少。于是俩人订了包教保学合同，教他听课时集中精力以听为主，只记大纲目录，碰到难懂的地方作个记号，下课再给他补习解难点；尽量联系他的思想生活实际，提问题启发他动脑筋思考；鼓励他作发言提纲，在讨论时大胆谈认识。为了帮他理解社会发展史的基本原理，培养学习兴趣，还买了一些带故事性的通俗图书和英雄事迹给他看。

知识给人以信心和力量，铁旦越学越有味，视野也越开阔。原来自己是生活在这样一个变化发展的社会上的。世界上除了地主和农民、老板和工人以外，还有另一种革命人，他们不断追求光明，创造奇迹，为人类解放事业献身。他多么希望做这样的人，既然生活还有另一种天地，他就要顽强追求，拼着命也要飞到那里去。

人杰饿极了，大口吃着菜饭，见双手支颐坐在小凳上的铁旦，正傻乎乎、笑眯眯地望着自己。面对这张稚气的脸、纯真的心，一种同志加兄弟的感情油然而生，他真想抱住这可爱的小老弟在铺上痛快地滚几下。

人杰吃完饭，见林若梦左手夹着一包资料，右手拿着理发工具进来，便笑问道："干吗？左右开弓。"

"这不，又竖发冲冠了。"林若梦向铁旦努努嘴。

铁旦的头发又粗又硬又多，每当人杰批评他不动脑筋时就问："难道你的脑袋只会长头发？"隔不多久，头发长了，就会把军帽顶起来，林若梦管这叫"竖发冲冠"。有一次人杰给他连根铲掉，理了个和尚头。班里同志把笑话故事中的"包袱、雨伞、我，文书、和尚、枷"拿来取笑他，见面就问："和尚还在，你到哪里去了呀！"弄得铁旦整天不敢摘帽子，再也不要杰哥理发了。以后就由林若梦包干给他剪小平头。

铁旦听说要给他理发，飞快地到厨房打来一盆热水，自己洗过头，乖乖地端坐在门前的石凳上等着。

林若梦正给铁旦理发，二班学习班长来找他解答问题。小陈说："昨天我们班里讨论，我在发言中提到农民用血汗养活地主时，曹流立即反对，说是地主养活农民，还举例说家乡有些农民没有地种，只好拖儿带女逃荒要饭。班里同志们说，农民终年劳动，缺吃少穿；地主游手好闲，吃剥削饭。他又说那是因为地主老祖宗勤俭发了家，儿孙才有地租吃。大家都不同意他的观点，但又说不过他。"

林若梦说："学员登记表上，曹流填父亲是工人。你没问他，资本家和工人是谁养活谁？"

"我就是这样问的。他说他父亲摆香烟摊，是自己养活自己。"小陈无可奈何地两手一摊。

朱人杰沉思片刻，说："地主和农民、资本家和工人究竟谁养活谁的问题，很有探讨价值。老林，你了解一下，如果其他班也有类似糊涂观点，我们可以请示指导员，开个中队辩论会。"

小陈高兴地说："我赞成把这个问题彻底搞清。"他哭笑着摇摇头："曹流这人真怪，他的情绪像寒暑表一样时高时低。平日他见人有说有笑，阶级自觉运动中忽然沉默起来，别人一问到他入伍前的经历就发火。后来又情绪高涨，拿着家信到处宣扬，说自己是无产阶级革命家庭出身。"

林若梦理完发，熟练地给铁旦打扫颈上的发茬，转身说："我见过那封信，说是政府照顾军属，安排他父亲在商店做营业员，姐姐嫁给了搬运工。我笑他这下可是有了红色护身符了。为这事他几天没和我讲话，气量真小。"

"你别老刺他，我担心你们关系弄僵。"朱人杰提醒说。

小陈走后，铁旦边收拾东西边说："曹流这个无产阶级我看有点不像，他花起钱来像阔少爷。艾黎和霞姐闹矛盾时，他和艾黎打得火热，经常一起出去散步。有次我跟在他们后面，发现他们是去山洞下馆子。在这里他也常常一个人下馆子。过去我爱吃零食，每次都是他邀我上街，他买的糖果都是很贵的。"

"他哪有这么多钱？"朱人杰好奇地问。

"他的钱可多。有天大伙在河边自由活动的时候，曹流很早就回来了，我想要他教我唱京戏《苏武牧羊》，就脚跟脚地到宿舍找他。门被关死了，我奇怪，绕到后面窗户去看，见曹流一个人坐在铺上数钱，面前一大堆银元和钞票。过了一会儿，我又去敲门，他满脸不高兴地站在门口问我：是不是鬼打昏了去吵他的瞌睡？

朱人杰沉默不语，他走过去翻了翻小桌上的资料，对正在写字的林若梦说："你每天笔战群儒，何不取取经？也好杀出重围。"

"报欲上西天，不知路在何方？"

林若梦听了朱人杰的介绍很感兴趣，说星期天就去取经。朱人杰打算与二十一中队俱乐部联合庆祝"五一""五四"，也想找章薇商量一下联欢的事。

第二天早操后在河边洗脸时，朱人杰说起此事。章薇酷爱大自然，她建议多邀几个同志，把枯燥的会变成一次有趣的郊游。白如冰说最好沿着河岸，边走边谈，她和童素很早就想去看看全校的菜地了。林若梦也赞成，他说下游风景不错，还可寻幽览胜。他们决定带上馒头，中午就在外面野餐。

天色大晴，清风扑面。吃罢早饭，朱人杰、林若梦、铁旦和曹流就来邀伴，章薇到食堂领了中午吃的馒头，如冰和黎明在几个行军壶里灌满了开水，童素带上了她昨天买来的一筒麻辣酱。

他们沿着河岸走去，绿油油的菜地阡陌相连，倾注着数千战友的辛勤和汗水。

林若梦同白如冰边走边交谈组织推动学习的经验。他们还想出了"留学取经"的方法，就是派代表到学习好的班去参加讨论；有争论的问题开联班讨论会或中队辩论会。

朱人杰、曹流同章薇、黎明热烈商讨着庆祝节日的问题。除了大队部统一组织的团体操外，他们商定两个俱乐部联合，在"五一"节演出一个名叫"思想问题"的话剧。曹流简单介绍了剧情，是反映参军知识青年通过学习改造思想的，完全是兵演兵，不用费什么化妆道具。朱人杰要排练团体操，话剧的组织工作由章薇负责，曹流如愿以偿地和黎明同台演出，林、白、童普通话没过关，屈尊搞剧务。另外物色了几个"艺术细胞"，那是在二月份庆祝《中苏友好同盟互助条约》签订的晚会上涌现出来的。"五四"青年节再由两队举行个联欢晚会，先出安民告示，人人准备，既是观众又是演员，八仙过海，各显神通。回去分头向中队汇报，如获批准，即可加紧排练。

童素认真检阅着岸边的菜地，凡种得好的菜她都要近前仔细研究一番，琢磨别人的经验。铁旦像小猴似的跳跳蹦蹦，缠着童素问这问那，高兴时还翻个筋斗，拣块石头向河面上打水漂。

来到下游的河湾处，柳丝长长地袅娜着，轻柔地去撩拂绿色的河水；水面微微泛起涟漪，跃动着，去迎接那下垂的柳丝。大地充满绿色的梦幻、蓬勃的生机。白如冰联想到"杨柳岸晓风残月"的美景，建议大家就在这儿休息。

童素找来了一些干树枝，燃起一堆火。她叫铁旦搬来几块大鹅卵石，放在火堆周围，架上树枝烤馒头。黎明见状，也来帮着翻烤。

铁旦仍在四处寻找光滑的石头，给大家野餐时作坐凳。黎明向柳树下努努嘴，问铁旦：

"他们又在讨论什么问题，你不参加？"

"什么人生观，和我不相干。"

"怎么不相干？每个人都有一个人生观。谈谈你的人生观吧。"

"我的人生观？……"铁旦这时的表情，活像嘴里塞了个烂桃子，苦着脸好一阵才说，"我说不上来，这是作文题，我从来就怕作文。"

童素忍不住大笑起来，拧了铁旦一把：

"这不是做文章。人生观就是你对人生的看法，你爱什么？恨什么？追求什么？为什么要活在世上？"

铁旦眨着眼想了想："我懂了。我爱新中国、爱革命同志、爱劳动人民；恨地主、恨国民党和一切反动派。以前只知道活着是为了挣钱、穿衣吃饭；现在参加革命了，要做革命人、做革命事。政委不是说我们大家都要为实现社会主义、共产主义奋斗吗？我这个人生观对不对呀！"

童素和黎明都连连点头说："对！对！对！"

柳树下的人们大概是闻到了烤馒头的香味，都不约而同地向火堆这边走来。曹流边走边发议论："林、章二位似乎言之有理，但我觉得未免教条一些。这些道理都是青年修养、革命人生观之类的小册子上看到的，没有谈出自己的见解。"

"他们说的正是我们这一代青年的思想特点。树立远大理想，必须和当前的实践结合，政治学习是改造思想、学好业务的前提，这是教条吗？没有坚定的革命人生观，没有明确的生活目的作为前进的动力，是不可能在事业上取得巨大成功的，我坚信这一点。"沉默许久的白如冰也参加了论战。

"生活的动力不是单纯一种力量。人不是机器，人在做各种事情时，有多种多样的动力。饿了吃，渴了饮，热了脱，冷了穿，英雄献身，盗贼犯罪，一切都为了个人欲望的满足。人们在生活中，都是按照自己的个人利益去选择自己的生活道路的，从古到今概莫能外。"曹流仍在维护自己的观点。

"你这种说法并不能否定人生观的巨大作用，英雄对崇高理想的满足和盗贼对卑鄙私欲的满足，更证实了人生观在指导人们选择生活道路时的决定意义。"朱人杰这打出火花的一击，终于使曹流理屈词穷，败下阵来。

"休战吧！总能搞精神会餐呐。"童素把烤好的馒头递给大家。把麻辣酱盖子揭开，放在地上。

"是呀，物质是基础。当前迫切需要解决的是第一性问题。"林若梦从挎包里拿出一包油泡花生米和一包五香豆腐干。

曹流想挽回面子，仍在夸夸其谈："我琢磨主观符合客观，正确认识形势的意思，就是以前老辈们常讲的'识时务者为俊杰'。"他显出深有体会的样子。

"用老观点理解新事物，妙！"章薇不想和他争论，只是风趣地答了一句。

"有个问题还要向各位请教，"曹流咬了一口豆腐干，慢条斯理地说，"有本资料上说，共产党是特殊材料制成的。人类都是亚当、夏娃的子孙，共产党讲平等，为什么党员又要特殊一些？"

朱人杰想，从问题的理解和提出，足见这个二年级中专生的浅见，他在书本上学到一些零星片断的知识，目的只是用生吞活剥的名词术语来掩盖自己的空虚。这种人在精神上是自卑的，但又决不承认，因为怕人瞧不起，而且对别人的反应又特别敏感。于是笑道："我们都不是党员，理解不深。还是回去请教指导员吧。"

"有一点要声明，我只承认自己是华夏子孙，而不是上帝造的那个亚当、夏娃的子孙。学了社会发展史，又认识了一个老祖宗——猿猴。"林若梦讲话很富幽默感。

"吃饭讲话，要得盲肠炎！"童素嚼着馒头，瓮声瓮气地说了一句。

大家集中精力吃饭。三十多个馒头和一堆副食一扫而光，只留一个空荡荡的麻辣酱竹筒，足见战斗力之强。

归来时，河面的微波在夕阳梦幻般的余晖下闪耀着，景色很美。大家把注意力转向岸边的菜地。童素一套一套地讲起了菜经。

章薇笑道："童素喜欢农业，将来做个农艺家好了。"

"农艺家不敢当。要是我们国家也建起像苏联那样的集体农庄，我一定去种庄稼。铁旦到农庄来开拖拉机好不好？"

铁旦正眯着眼睛看远处的山峰，显得很认真的样子："暂时还不忙开拖拉机，我要发挥我这双好眼睛的作用，先去当侦察兵，参加解放台湾的战斗。"

"前天还说想当侦察英雄，又不好意思讲了。理想嘛，当然要高点，我的理想是当歌唱家。"黎明的笑涡甜甜地旋了一下，接着对身边的章薇说，"你当然是要做文学家了！"又望望林若梦，"你呢？"

林若梦狡黠地笑笑："我的理想更高，要做'无冕之王'。"

铁旦用胳膊碰了曹流一下："你将来干什么呀？"

"我吗？"曹流眼前重现出他那团总爸一呼百应的情景，干咳了一声，"干什么都一样，关键是要有权。掌了权才能干大事业。"他扫了大家一眼，"为人民掌权嘛，嘿嘿！"

铁旦又转过身来问白如冰："如冰姐，你也说说。"

如冰捡起一颗晶莹洁白的卵石，像是自言自语："我一无所长，只能做颗铺路的石子。"

朱人杰若有所思地拍拍铁旦的肩膀："不错，我们都是建设祖国的新一代。老一代把旧中国砸烂了，建设新中国的担子落在我们这一代的肩上。要建设像苏联那样的社会主义国家，我们就是一群铺路石子，铺社会主义的路。"

"好极了！我们是社会主义的铺路石。"林若梦大叫起来。

"我们是社会主义的铺路石！"大家也兴奋地叫起来，其中又数曹流的声音最响。

（三）

夜，是那么静，仿佛一切都已经沉睡。白如冰疲倦地闭上眼睛，希望能进入梦乡，无奈那叛逆的脑子却兴奋异常，自动地反馈着刚刚过去的往事。

她眼前浮现出一幅欢腾的节日景象。

星星隐隐约约地躲在熹微的晨光之中，太阳还没露面，同志们纷纷收起旧军装，换上苏联红军式的绿色新军装。男同志穿上小翻领、紧袖口的军衣军裤，头戴大圆盘军帽，显得神采奕奕；女同志穿上大翻领、紧袖口的连衣裙，配上长统棉纱袜，更是英姿飒爽。

"五一"那天上午，朱人杰被宣布为第一届大队团支书。章薇、童素、白如冰和林若梦，都被批准加入了当时在青年们心目中万分神圣的中国新民主主义青年团，参加了大队入团宣誓典礼。当举起手来宣读誓言的时候，如冰的心激动得快要跳出来了。可惜黎明、铁旦的申请没批下来，朱人杰鼓励他们要经得起考验，争取第二批。曹流没有申请，他要将来直接参加共产党。

节日夜晚，大操场上灯光如昼、歌声雷动。未来的文学家章薇出口成章，她凝望着会场上波浪似的涌动的人群，嘴里念道：

穿上新军装，人人心欢畅。

绿的颜色多迷人，

像草原翻碧波，林海卷绿浪。

鲜红的帽徽花一样，

似红棉展笑颜，玫瑰吐芬芳。

晚会上表演了许多精彩节目，五大队的节目正好在一头一尾。晚会以整齐的团体操拉开了序幕，男同志穿着白衬衫，女同志手里拿着小红旗，随着哨声、旗语，排列成"五一劳动节""共产党万岁"等不同图案。朱人杰笔挺地站在队伍前面，用旗语指挥着队形的变化，像军事指挥员指挥着战士的行动一样，那副威严的样子倒真叫人肃然起敬。话剧《思想问题》成了压台戏，赢得全场经久不息的掌声。黎明的表演十分逼真，简直就是在演她自己，留下"大波浪"也正好不用化妆，难怪看过她演出的军文工团首长指名要调她哩。

两个队举办的"五四"联欢晚会也很棒。男女同学分两边围成圆圈，前两排坐地，中间两排坐凳，后面的站着，人在圆圈中表演。整个食堂挤得满满的，连窗户外都站满了人。基本上所有人都参加了演出，一向不爱唱歌的童素也加入了大合唱。黎明独唱《大西南好地方》，由朱人杰口琴伴奏，真个是余音绕梁。林若梦唱了家乡戏越剧片断。曹流是京剧自拉自唱《贵妃醉酒》，想不到铁旦还是个"文娱细胞"，他唱了首家乡山歌，歌词内容是：

尖尖山，二斗坪，包谷馍馍胀死人；

弯弯路，密密林，茅草棚棚芭芭门。

要想吃干饭啥呀，万不能，万不能！

这也是他家乡那个穷困山村的真实写照。他嗓音洪亮，带着真挚的感情。唱完后兴犹未尽，又自告奋勇地演了口技，学各种动物和鸟儿的叫声，惟妙惟肖。

许多同志都献出了家乡风味,四川莲花落、湖南花鼓、河南高调、河北梆子、山东快书、广东粤曲……抗日战争时期,沦陷区的同胞纷纷流亡内地,因而四川也有不少东北人和"下江人"。最有趣的节目是"夸家乡三件宝",由各地的同学联诵:

东北:紫貂皮、鹿茸角、吉林人参三件宝;

北京:景泰蓝、象牙雕、玉器玲珑精又巧;

江苏:镇江醋、苏州藕、南京板鸭呱呱叫;

浙江:龙井茶、杭州锦、金华火腿名声高;

山东:莱阳梨、烟台苹、贝雕工艺数青岛;

……

如冰记得章薇的节目是讲个笑话故事,把大家笑得前仰后合。自己的节目是朗诵诗,题目叫"我们是社会主义的铺路石"。

我们是祖国新一代,

晶莹白石一颗颗。

像银河星光灿烂,

像禾苗朝气蓬勃。

阶级友爱常温暖心窝,

沸腾生活似跳动脉搏。

团结、紧张、严肃、活泼,

学习、劳动、欢笑、高歌。

迈向金色的明天,

融进历史的长河。

我们是铺路的石子,

建设社会主义祖国。

政委说得对,青年是社会生活竖琴上最敏感的弦,能奏出激昂慷慨的进行曲,也能变成杂乱无章的噪音。有志献身革命的青年,必须要在客观上正确对待自己,从主观上正确把握自己。是的,要永远能正确看待自己、把握自己……

窗户上已透进曙光,如冰感到头沉沉的,身上一点劲也没有。闭上眼睛想养养神,听见同病室的小陶蹑手蹑脚地起了床。不一会儿,小陶从食堂打回了

路 石

两个人的早餐，走到如冰的床前："昨晚睡得好吗？你看，稀饭配榨菜，香喷喷的开花馒头，多吃点。"

如冰盛情难却地起床漱口洗脸，勉强吃了碗稀饭，对小陶说："馒头你吃罢，我实在没胃口。"

如冰斜靠在床上，随手拿起床头那本《矛盾论》看了两页，觉得眼皮打架，书上的字好像变成了密密麻麻的小虫，在不停地拥挤着、蠕动着。她咳了一阵，胸口有点作痛，脑子仍然昏沉沉的，只好闭上眼睛，似睡非睡。

不一会儿，眼前又浮现出军大毕业典礼的情景。

在同学们心目中，都把毕业典礼看作一件十分庄严的事，这是开学以来勤学苦练的劳动果实，是军校生活的结束和未来工作的起点。这一天，仿佛是站在高山之巅。回头看，操场上的队列，大堤上的课堂，宿舍的谈心，小组的辩论，河边的劳动，会前的歌声，首长亲切的教诲，区队长夜半查铺的身影……向前看，早上八九点钟的太阳，金光灿灿，在五彩缤纷的云雾里闪现着理想、事业、幸福、荣光……

校长讲，毛主席指示要提高军队文化科学技术水平，培养大批工农出身的知识分子，部队正在向文化大进军。军大学员将分赴连队担任文化教员，带领工农干部战士攻克文化山。最后宣布留下一百名学员到军大政教队继续学习政治理论。

这些留下来的都是青年团员和模范学员，文化程度也比较高，不少是解放前的大学生。朱人杰、章薇、童素、白如冰于毕业前夕，得到了留校学习的通知。同学们都投以羡慕的眼光，说留到政教队的是进入共产党的黄埔军校。

毕业典礼结束后，会场上一片嗡嗡的交谈声、笑嘘声，紧紧地握手、拥抱、拍打，仍不足以发泄那火山爆发似的感情。火热的岩浆要寻找出口，数月来的朝夕共处，深深的阶级友爱从心中升起，汇成了一片洪亮而热烈的歌声。正如一首歌词唱的："青春是热，青春是火，青春是歌，充满理想的生活。"在这翻天覆地的年代，革命高潮冲溃了一切阻碍前进的渣滓，又像磁铁般的吸引着年轻一代。军校是革命的襁褓，把新中国第一代青年哺育成为革命的新人。

黎明早两天到军文工团报到去了。林若梦、铁旦、曹流，还有"弥勒佛"这么多熟悉而又相好的同志，当他们背上背包出发时，彼此依依不舍，千叮咛、万嘱咐，一遍又一遍，简直像在永诀。铁旦不住地用衣袖抹眼泪，朱人杰心里不是滋味，却笑着在铁旦背上拍了一掌："当老师了，还这样！"

如冰当时也忍不住鼻子发酸，谁知今后什么时候再见面呢？在重庆和江涛一别半年多，就一直没有机会再见面。听朱人杰讲，参加剿匪征粮的同志，工作生活都很艰苦，有的还献出了生命。

如冰睁开眼睛，看看窗外的远山和床头上的药片。唉！人家江涛才是真正在干革命呢！我却整天躺着，什么也不能干。入院十多天了，这该死的失眠、头晕、咳嗽、盗汗，每天都是睡眠宁、乳酸钙，还有鱼肝油那股腥味，闻到就作呕。

如冰猛然想起学习该进入第三阶段了吧，她翻出笔记本里的一张政教队学习安排表来。按计划第一阶段学时事政策，学习文件是《为人民服务》《新民主主义论》《论人民民主专政》和毛主席在党的七届二中全会报告的有关部分，还传达了毛主席六月份在政协会上关于《做一个完全的革命派》的讲话，他号召一切要革命的人们过好土改关，用批评和自我批评的方法，进行自我教育和自我改造，以跟上不断发展的革命形势，准备过社会主义关。毛主席还特别强调，各种知识分子的思想改造是我国在各方面彻底实现民主改革和逐步实行工业化的重要条件之一。说得很对，知识分子要不经过一番思想改造，转变旧思想，怎么能树立革命人生观世界观，去建设新中国呢？计划第二阶段是学习毛主席的哲学著作《实践论》和《矛盾论》，第三阶段学习马列原著《帝国主义是资本主义的最高阶段》。

谁知刚学完《实践论》，白如冰就病了。指导员按照医生的意见硬叫去军部医院住院治疗。他光强调治病，就不怕耽误人家学习，不体会人家离开集体有多难受。

合川县天主教的神父们，由于掩护敌特活动，散布谣言扰乱社会，被驱逐出境，并查封了教堂。政教队里占三分之一的女同志，就住在天主教堂里。教室的房屋比普通民房质量好，玻璃窗户，油漆地板，还有个小花园。夏季天热，各班同志都脱鞋进屋，睡地板，令男同学们羡慕不已，他们住的民房是泥地，仍然睡高低不平的门板。

军大同学走后，留下河滩上绿毯似的连片菜地。大部分菜地拨给了当地政府，机关干部响应增产节约、争取国家财政经济好转而斗争的号召，学习解放军，自己种菜改善生活。政教队同志种的菜自给有余，就是食堂养的猪还小，很少吃肉。有人幸运地在菜里夹到一块肉，往往会在食堂里绕场一周示众。

上菜地劳动成了最好的休息。大家在一起，说说笑笑，唱歌、猜谜、讲故事，像兄弟姐妹一样，充满了革命大家庭的友爱气氛。生活像七彩阳光，绚丽而充实。可惜，现在自己却寂寞地躺在病床上。

童素和章薇请假到医院来看过。听她们讲，队里正在学《矛盾论》。指导员作了辅导，就是那个从白区逃到延安的大学生，又上过"抗大"，很有理论水平，善于提出问题启发大家思考。指导员还会拉二胡，在他的倡议下，队里成立了乐器组。晚饭后俱乐部里弦歌阵阵，朱人杰当然是乐器组的成员，可惜黎明调走了。

如冰仿佛又听见了黎明那悠扬婉转的女高音……

一阵激烈的咳嗽，使如冰从朦胧中清醒过来。正在织毛衣的小陶，见她满脸涨得通红，忙过来擦去她额上的汗珠，又给她倒了一杯开水，轻声地说："该吃药了。还是脱了衣服躺一会儿吧。"

小陶是医院里的卫生员，因割阑尾又成了病员。伤口已拆线，行动自如。由于如冰患的是肺结核加神经衰弱，需要静养。护士长把她从集体病房搬到一户老乡的阁楼上，安排小陶与她做伴，任务是半休息半照顾病号。

如冰感谢地向小陶点了点头，顺从地吃过药，脱掉鞋子和长裤，靠在床栏上半躺着。

楼下很静，老乡家一对青年夫妇都上班去了，只有一个六十多岁的老祖母在家。屋后那座小榨油坊里传来了清晰的榨油声，巍然矗立然而古老陈旧的木质榨油机，发出沉重的有节奏的撞击声，震得如冰胸中似乎又在隐隐作痛。她想尽量不去听那个烦人的撞击声，伸手从枕头下面摸出个本子，是章薇的笔记本，童素和章薇第二次来医院看望她时带来的。

笔记本里夹着一张军大毕业时二十一中队同志的合影。现在她们都到哪里去了呢？听说小蔡参加解放西藏的百人工作队去了。如冰挨个地审视着那些笑逐颜开的面孔，回忆着她们的声容笑貌。

过了一阵儿，如冰翻开章薇的笔记本，上面记录了指导员关于《矛盾论》的辅导报告和全队讨论会上朱人杰的中心发言。《实践论》讨论会在如冰脑子里印象很深，会上发言很踊跃，争论也很激烈，引经据典，都有一套。只有童素的发言别具一格，她学习的特点是联系实际，善于用日常生活中常见的事例来说明理论问题，令人耳目一新。最后，主持讨论的指导员要俱乐部主任朱人杰小结一下。记得他当时站起来谦虚地笑了笑，接着用简洁的语言，把争论双方的主要论点归纳了一下，然后谈了自己对《实践论》的理解和体会。指导员称赞他抓住了文章的精神实质，正确理解了唯物主义思想。他对《矛盾论》又是怎样理解的呢？

如冰急切地翻看着章薇的笔记。唉，只是摘记，太简单了，作为中心发言，一定是内容充实的精辟剖析。她似乎又看见那个风华正茂、目光炯炯的身影，在滔滔不绝地比画着、讲述着……

转瞬间这个身影又出现在"数帆楼"上。从北碚到合川的行军途中，队伍来到风景如画的北温泉公园，中队长宣布休息，要大家好好欣赏园内风景。如冰同黎明正想去湖心亭，见朱人杰拉着铁旦在前面向她们招手，便穿过曲折的鹅石嵌花路面和两旁有松柏、花草亭台的小径，跟踪来到清幽的数帆楼。楼栏上站着朱人杰高大的身影，他敞开胸怀，凝视前方。如冰循着他的目光望去，只见从远山峡谷中奔流而来的嘉陵江水，穿过遮天蔽日的温塘峡，向陡峭雄伟的山谷浩荡奔流而去，嘹亮清脆的橹桨击水之声在峡谷中回荡，江上点点白帆正乘风远航。朱人杰回过头来，满怀激情地说："江山如此多娇，怎不令人热爱？"

这个身影还出现在月夜的江堤。由于气温增高，校部决定晚上在江堤上课。高高的长堤上架起了明珠似的电灯，晚风徐来，暑气全消。课间休息时，许多同志到江边洗脸戏水。如冰独自坐在堤上，欣赏乳白色的溶溶月光笼罩下的农舍山峰、茂林修竹，以及脚下与天上银河辉映的流光溢银的江水。夜幕中，时有暗香浮动，她睁大眼睛，下意识地寻觅江边有没有梅树，嘴里喃喃念道："疏影横斜水清浅，暗香浮动月黄昏。"

这时朱人杰恰好走上堤来，笑道："什么时候才能改变我们那浪漫的诗人情感，变得和工农一样呢？"

接着他抬头向江面望了一阵，又赞叹地说："确实，没有来过江南的人，没有在月夜到过江边的人，很难感受到春江花月夜的迷人魅力。"

如冰深感奇怪，这个幽灵似的身影为什么总在脑海里徘徊？

阳光透过小窗射到墙上，给人温暖明快的感受。如冰自觉身体好得多了，她决定同小陶一起去食堂吃饭。

医院住的全是民房，病员很分散，只有吃饭时才到食堂集中。门口的阅报栏前今天站满了人，边看报边议论。一个手上缠着绷带的高个子大声说："美国鬼子太猖狂了，把战火烧到了鸭绿江，还轰炸我国领土，想踏着朝鲜的跳板来侵略中国。我们政府已经发出了严正警告。"他指着报纸一字一句地念，

"中国人民决不能容忍外国的侵略，也不能听任帝国主义者对自己的邻人肆意侵略而置之不理。"

旁边一个瘦个子连忙接嘴，他神秘地压低了声音："据可靠消息，我们已经组织了志愿军，要打过江去。"

马上就有几个战士拍着胸脯，表示要申请参加志愿军，跨过鸭绿江去打敌人。

如冰心里一惊，六月份报道美军在仁川登陆，同时武力侵占我国领土台湾的消息，当时毛主席曾号召全国人民"团结起来，进行充分的准备，打败美帝国主义的任何挑衅"。形势发展这样快，真个是"洞中方数日，世上已千年"。

最近如冰精神好些，把《矛盾论》和《大众哲学》仔细看了一遍。她想起朱人杰讲过的《永不掉队》的故事，决心在住院期间，把耽误的学习补起来跟上队，却没工夫看报纸。她托小陶向俱乐部借报纸来看。

小陶带回病房一大卷报纸和一封信。信是童、章二人写来的，她们说最近学习很紧张，早晚也没空，领导说要提前结业，去接受新的任务。

消息传来：

伟大领袖毛主席已给中国人民志愿军正式发布了命令；

中国人民志愿军已于十月二十五日奉命入朝，与朝鲜人民军并肩作战；

我们军正陆续北上，准备入朝；

军大政教队也将随军入朝；

……

医院里不断有伤病员出院、归队。

食堂里荡漾起"雄赳赳，气昂昂，跨过鸭绿江……"的雄壮歌声。

如冰早已度日如年、归心似箭，而今政教队入朝，自己更成了离群孤雁，心中感到闷闷不乐，怨童素、章薇这样的大事也不捎个信来。

小陶织完自己的毛衣，把剩下的线给如冰织双袜子。她听见如冰又在叹气，抬起头来望了一眼："看你那个愁劲，活像林黛玉。心情好才能胃口好，吃饭多才能恢复快，越发愁越出不了院。亏你学哲学，这点辩证法都不懂。"

小陶跟如冰学哲学，居然会用了。

吃饭时，终于从食堂的信袋里见到了望眼欲穿的童素来信。信中说：

"本来打算把入朝的消息告诉你。区队长说，军事行动是绝密，行动前谁也不能泄露。心想反正你出院后就会归队，我们就在朝鲜见吧。

谁知章薇到重庆后突然发病，烧到四十度，立即送到地方医院。政教队同志在重庆待了两天，就乘轮船出川了。章薇一时还不能出院，指导员说我是重庆人，熟人熟地，要我留下照顾，等她和你病好出院以后，三人一同北上归队。我当然乐于做这个收容队长，便无条件地接受了任务。

情况总是不断变化。指导员来医院看章薇时告诉我，军部在离重庆不远的青木关镇上办了一所女校，把后方的女同志集中起来学习。据说是个不小的摊子，急需调配干部，校长兼政委宋青山是我们指导员在延安的老上级，他带了军首长的"尚方宝剑"，到政教队来调人，宣称要不派几个中用的干部，就和指导员没完。指导员把老胃病董文莉和我们三个掉队兵给了他。那个政委还硬要一个得力的男干部，结果朱人杰从轮船上被留了下来。指导员自己也没走成，调到新成立的川东军区工作去了。

指导员说，宋政委是延安老干部，为人正派，原则性强，工作要求极为严格，但又平易近人，对下级十分关心爱护。

朱人杰和董文莉打前站，已经到校工作。等章薇出院，我和她再去。你出院后就直接到青木关报到。我们几个不知哪来的缘分，又聚在一起了。这段时间，我和章薇满脑子想的都是鸭绿江那边的事，突然变一下，简直转不过弯来。"

如冰听说和大家能在一起工作，心里十分高兴，但失去到前方的机会，又感到很遗憾。

童素的信里还转来一封黎明的信，谈她到军文工团的工作生活情况。末了，也是那么神秘地一句：我们即将接受新任务，可能较长时间不会与你们去信。

微带寒意的薄雾渐渐散开，远处的山峦在晨曦中显现出起伏的淡影。

昨天磨了好久牙，医生总算开了绿灯。早饭后护士长给如冰办了出院手续，领了一些需要继续服用的药和一瓶鱼肝油、一筒克宁奶粉。小陶依依不舍地替她收拾好简单的衣物，送她上了医院去重庆运货途经青木关的军车。分手时，如冰把自己心爱的钢笔送给了小陶。

青木关是一个小镇，横穿镇内的公路，也是唯一的一条长街。公路两边为一狭长平原，平原上布满房屋、菜地和农田。远处是起伏的山峰，与璧山、歌乐山接壤。

经过老乡指点，如冰找到了某某军女校政治处的驻地，就在临街一家染坊的楼上。当如冰走上板楼梯，踏进办公室时，正在伏案写字的童素高兴得跳了起来，一手接过提包，一手拉着如冰，一迭连声地问："身体全好了吗？是不是溜出来的？为什么不先写个信？吃过饭没有？很累了吧？要不要休息一下？"

"我渴死啦！让我喝点水再说。"

童素笑着忙倒了一杯开水，转身到隔壁房里拿来一包饼干，放在如冰面前，然后捏了捏如冰的肩膀，又仔细端详着她的脸颊，心疼地摇摇头："你和章薇都瘦多了。"

"章薇呢？"

"下队去了。政委和主任对工作很认真，要求严格，我们都夹着尾巴在干哩！"

童素听完如冰讲的住院、出院经过后，便向她详细介绍了女校的情况。

"全校男女老少有一个团，主要服务对象是家属和孩子。两个女学员大队，一半是团以上首长的爱人，其中有的是在部队结婚生了孩子的女干部，有的是老解放区来的随军家属；另一半是解放大西南时的起义军官家属。部队参加抗美援朝，家属们就集中在这里学文化学政治，按三七开的比例，以文化学习为主。编了好几个学习班，文化教员都是军大来的，政治教员由朱人杰和董文莉兼任。还办了幼儿园和子弟学校。家属和孩子们都住在镇尾那边，环境比较好，有宽阔的活动场地。校机关分散住在镇上的民房里，有校部、管理股、供给股、干部处。人多点的是政治处，下面分组织股、宣教股。宣教股杨股长是个老资格的女干部，孩子才两岁。朱人杰和董文莉搞宣教干事，他们忙不过来。听主任说，你出院回来就到宣教股去。章薇是青年干事，孤家寡人，独当一面，每周要讲团课，要了解青年思想，要组织团的活动，也很忙。"

童素笑了笑，幽默地说："政治处秘书兼班长就是鄙人，每日看家，和笔墨打交道，管鸡毛蒜皮的事情，还要带班里的喽啰们出早操。不过，对于有孩子的、身体不好的或是开了夜车的，就政策放宽。章薇暂时不出操，你也照办，但不许睡懒觉，起床后要把内务整理好。"

"好厉害的班长大人！"如冰耸了耸肩。

童素继续滔滔不绝地介绍："楼上大小五间房，右边那间是宣教股办公室，里边套间是章薇的办公室；中间这间大的是会议室，我在这里办公；左边那间是我和章薇的宿舍，已给你准备了床，我们三人住在一起，多有味。里面套间是储藏室。组织股的同志和保卫干事住在隔壁那座民房，以后我领你到各机关部门去看看。楼下是染坊的食堂和房东的宿舍。哦！朱人杰和曹流住在管理股那边。"

"怎么？曹流也在这儿？"

"他本来分配在连队搞文教。部队离川前，他听说军里办了女校需要教员，就要求留下了。许多同志都要求到前方，他却愿留在后方，真怪！他在校直机关搞文教，归宣教股领导。"

窗外传来响亮的号声。童素把碗勺递给如冰说："章薇可能又到幼儿园'打游击'去了。孩子们的伙食比我们好。"

食堂就在政治处对面的民房内，只隔一条公路。机关里有小孩的都把菜饭打回去吃。食堂很小，只摆了几张饭桌，端上菜饭在坪里蹲着吃的人倒不少。童素说，他们是警卫班的老战士，大部分来自老区的农村，四五十岁了还在孜孜不倦地学文化，准备将来复员以后建设好家乡。

如冰看到这些面孔黝黑、朴实忠诚的人民子弟兵，心里不胜感慨。他们把青春献给了革命，南征北战，出生入死，栉风沐雨，历尽艰辛；额上的皱纹，留下了硝烟的痕迹，手上的老茧，记载着劳动的烙印；他们穿的是布军装，吃的是大锅饭，没有什么个人财富，有的甚至没有妻室儿女，他们只知奉献，不望索取。

一个十五六岁的小战士，昂着头从饭桌前面走来，他眼睛望着如冰这个陌生人，嘴里唱着：

"雄赳赳、气昂昂，跨过鸭绿江……"

如冰感到奇怪，问童素这是怎么回事。

原来他是学校里的司号员，想去前方，正在闹情绪。他说司号员在前线能指挥千军万马进进退退，在这里只会叫人起床吃饭睡觉，真不得劲。他听说章薇、童素也想到前方去，就向她们传授经验，说只要天天坚持磨牙，就能争取最后胜利。

童素想想觉得好笑，她说："学校里副校长是个女同志，有天同我们一起在食堂吃饭。回去老政委问她，'两个小鬼是不是在闹情绪？'副校长说，'不要紧，她们很能做事，也很能吃饭，思想波动几天就会过去。'"

"朱人杰安心吗？"如冰问。

"他表面上若无其事，其实心里也巴不得到前方去。每次接到前方来信就叹气。只有曹流特别安心，从没听他说想到前方去。"

司号员端了饭菜，坐到童素旁边，一脸神秘的样子，小声说："管理员答应我一年为期。就是说，到明年这个时候，我们就再见了。"

“祝贺你，争得了胜利，可以不再磨牙了。”童素认真地说。

“还不是最后胜利，谁知管理员会不会变卦哩！”

楼下大街上一阵急促的跑步声，把如冰从梦中惊醒。昨天奔忙一天，十分疲倦，加上童素向供给股领来的新棉被、新床单、新枕头，暖和和的很舒服，睡得特别香。如冰披上衣服，走到窗口，薄雾刚刚散开，远处传来隐隐的歌声。举目瞭望初冬时节的群山，开始枯黄的树叶，正迎着初升的旭日。如冰回头叫醒章薇：“起来吧！他们都上早操去了，等会儿班长回来会挨批的。”

章薇翻了个身：“他们的规律是，一齐步、二跑步、三便步、四解散。回来走小路绕一圈，要半个多小时哩！我有经验。”说完，又闭上了眼睛。

如冰穿好衣服，在窗前做了几下深呼吸。然后把宿舍、办公室整理打扫了一番。

童素提着半桶热水“蹬、蹬、蹬”地走上楼来，见章薇才掀开被子，便装作生气的模样：“我早料到，你这懒觉大王。在军大的时候怎么就起得来？”

“情况是发展变化的，此一时彼一时也。”章薇边穿衣服边嬉皮笑脸地回答。

“优待一下反而惯坏了。要是取消优待，看你怎么办？”童素迅速扫了宿舍和办公室一眼，“如冰表现不错，值得嘉奖。”

章薇叫起来：“班长大人，别打一个拉一个。太厉害了，战士会造反的。”

童素转身对如冰说：“她就想造反，还煽动我同她去造政委的反。其实她留在后方完全是组织照顾，谁叫你生病哩！最冤的还是我和朱人杰。”

如冰马上表示异议：“生过病的也可以上前线！医院里不是经常有伤病员归队吗？”

“看看，如冰究竟是谁的同盟者。”章薇得意地笑了。

“调皮鬼，我才不想和你们打嘴仗。”童素莫可奈何地表示休战。

三个亲密战友提着空水瓶，拿了碗筷，嘻嘻哈哈地下了楼。

政治处主任王允常八点整准时来到办公室，瘦高个，背微驼，时常半声咳。穿身洗得发白的军装，讲话时和颜悦色，总是用商量口吻，对下属很尊重。当如冰第一次听到首长叫她“如冰同志”时，感到有点小惊。主任和她谈了当前政治处几项大的任务，嘱咐杨股长给她安排具体工作。

杨股长给人的印象，是个可亲的老大姐。她介绍了一些宣教工作情况，高兴地拍拍如冰的肩膀："你来得正好！学校以教学为中心，宣教股人手不够。明天你可以去听听课，帮助两个文化教员总结语文教学的经验。"

杨股长还告诉如冰，朱人杰跟政委到川东军区开会去了，回来还会有新的工作任务。

朱人杰开会回来，满脑子都是任务。中朝人民军队已于本月上旬解放平壤，我军已开赴石家庄以东地区，随时待命入朝。后方最重要的是做好家属思想工作，学好文化、政治，对下一代养好管好教好，安定后方支援前线；明年是党的三十周年大庆，要组织学习党的光辉历史，迅速推广祁建华速成教学法，以优异学习成绩向党的生日献礼；前段教学，杨股长说要总结一下，得开个座谈会，收集学员对教学的意见和要求；听管理员说，校直警卫班、勤杂班的同志反映曹流工作不扎实，讲课不耐心，对战士态度不好，应当好好帮助他。元旦、春节快到了，庆祝活动得发动各单位抓紧准备。还有件事，上级发给一个照相机、一本摄影指南，要求经常能把反映家属孩子们学习生活情况的照片，寄到前方去，学校里可能还没人会拍照哩。先准备个提纲，主任要求把军区会议精神在政工会上详细汇报一下。

朱人杰忙了一阵，见时间还早，想出去走走，再具体考虑一下马上要做的事情。冬日的阳光，照在身上暖融融的，他沿着公路又习惯地往镇尾方向走去。

幼儿园食堂旁边两头奶牛津津有味地吃着青草，那是最近专门买来挤奶给孩子们吃的。草坪里一群孩子在阳光下做游戏，身上穿着一件红色的新呢大衣，女孩子头上扎着蝴蝶结，那胖乎乎、红扑扑的脸蛋，天真活泼的样子，十分逗人喜爱。他决心自己学会摄影，把孩子们可爱的形象，送给前方的爸爸和叔叔们。

女学员那边传来"当！当！"的下课铃声。朱人杰记起今天是一班的语文课，想过去看看。忽然，他惊喜地发现，从教室里涌出的人群中，有个十分熟悉的身影。他急步追上前去叫了声："白如冰！"

如冰回过头来见是人杰，显然十分高兴。一起参军，一起学习，又一起工作，而且在同一个股里，真是太巧了，太好了。她握着人杰伸出来的手，想起童素信上的那句话，不禁脱口而出："我们也真有缘分。"话一出口，马上后悔，怎么能在男同志面前讲什么缘分不缘分的。她缩回手，低着头看自己的脚尖，再不言语了。

朱人杰兴致勃勃的，并没注意到如冰的情绪。他提议到各处看看，熟悉一

路　石

下环境。他边走边笑眯眯地说："我们虽然跨不过鸭绿江，但却成了最最最可爱的人。"

如冰一愣，不解地望了他一眼。

人杰连忙解释："这话不是我说的，是政委说的。"他看到如冰困惑的眼神，又接着说，"这次在军区开会，政委问我看过魏巍的文章没有，他说现在全国人民都把志愿军叫作'最可爱的人'；志愿军最亲爱的家属孩子，就成了最最可爱的人；我们女校的同志为最最可爱的人服务，当然就成了最最最可爱的人了。"

"绝妙的逻辑。"如冰莞尔一笑。

朱人杰有点内疚的样子说："指导员把我从轮船上留下来的时候，我只是出于组织观念的考虑，行动上服从，思想上不通。有次我在组织生活会上讲，与其在这里窝窝囊囊地和家属孩子打交道，倒不如痛痛快快地和美国鬼子干一场。"

他又笑了笑："可能政委了解到我的思想，这次开会期间，我们同吃同住，谈了许多心里话。政委说得对，要没有车轮滚滚下江南的支前大军，哪能保障百万雄师过大江的胜利？首长们要运筹帷幄、决胜千里，怎么能带着老婆孩子去上阵？所以说做好后方工作，就是对前方的最大支援。我们把女校办好，就能消除全军首长的后顾之忧，这比亲自上前线去拼刺刀作用还要大。他还说，这些家属同志，看起来有点婆婆妈妈，实际上她们却肩负双重担子，既要工作学习，又要抚育革命后代。哪个男人没有老婆孩子？哪个女人不生儿育女？你们将来也会碰到这个问题的，要多替她们想想哪。"

"这下思想打通了吗？"如冰笑着问。

"可以说完全打通了。"

人杰指着前面的幼儿园说："那些鲜蹦活跳的小宝贝，一见面就拉着我的手要求讲打美国佬的故事。子弟小学的学生也很聪明，学习肯用功，独立生活能力强，他们把争取优秀成绩向爸爸报喜看作是最大的光荣。现在我倒真的喜欢上这些孩子了。"

他们转过一栋平房，见一群孩子正围着一个老同志在听故事。不一会儿，这个老同志站起高大的身躯，笑着说："完了，下次再讲。"他抬头看见朱人杰，便点了点头。又侧过面来笑着问如冰，"你就是新调来的小白吗？欢迎！欢迎！"

"是，我叫白如冰。"

"这就是我们的宋政委。"朱人杰连忙介绍。

政委似乎还想讲话，恰好幼儿园主任来找他去看个什么。

如冰看着这个驰骋疆场的老首长的背影，景仰之情油然而生。

人杰告诉如冰："川东军区的办公室和宿舍，全部是新建的两层楼房，室内新家具新桌椅，玻璃窗带窗帘，会议室里还有沙发。听政委说，将来部队也会住上这样的营房，整个社会没有剥削、没有压迫，真正人民当家作主管理国家，实现人人有衣穿、有饭吃、有工做。城市里楼上楼下，电灯电话；农村里点灯不用油，耕田不用牛，那就是我们盼望的社会主义。"

人杰还告诉如冰："政教队的同志基本上是分到各级政治机关工作。江涛已经回部队，在团里当见习参谋。林若梦在师直机关搞文教。铁旦本来也分到连里搞文教。"他笑着摇了摇头，"上了一次课就打退堂鼓了。说是干什么都行，就是不当老师。恰好团长下连队视察，他直接找团长调工作。团长见他机灵，试了试枪法不错，就留他在身边当通讯员。他们几个人每次来信都问候你。你和黎明通信了吗？"

"黎明调文工团后，我见过她的来信。她们要下连巡回演出，晚上也在赶排节目，生活比较紧张。她很喜欢文艺工作，能发挥她的长处。昨天，童素又接到她的来信，还寄来两首歌，《朝鲜颂》和《北京—平壤》。她不知道我已经出院了。"

人杰听说如冰也分配在宣教股工作，十分高兴。他一个纵身，双手吊在前面一棵大树的横枝上，对仰起头来的如冰说："咱们今后好好干吧！"

如冰高兴地点了点头。

窗外的跑步声，又把如冰从熟睡中惊醒。肩膀上冷飕飕的，原来被子掉了一半在床下。喉咙里痒得难受，她怕阵咳会吵醒章薇，忙穿衣起床，到楼下无人地方去咳了一阵。感到很需要呼吸点早晨的新鲜空气，便信步向镇头方向走去。

走了几十步远，见一群学生从挂着"青木关中学"牌子的大门内跑了出来，为首一个抱着排球。他们穿过公路，奔向对面的大操场了。如冰也跟着走了过去。

操场上一派生气勃勃的景象。打球、跑步、做操、散步，各取所好。杨股长笑容满面地在教她的孩子学步，她告诉如冰，这是青木关中学的运动场，也成了我们机关人员活动的地方。晚饭后更热闹，许多同志都会来打球、唱歌、跳集体舞。

操场一角喷出蒸腾的热气，这是一个七八尺宽的水坑，一股地下温泉，不断喷出潺潺的热流。水坑下方有一小口，脏水可以自动溢出，流入下面小溪。坑内保持着清洁的活水，成了天然盥洗池。人们围在坑边洗脸，到坑外漱口，有皮肤病者则自觉回避。

如冰想叫章薇一起来操场散步。上楼时章薇已经起床，一见如冰便指了指桌上："快吃，等会儿凉了。"

如冰揭开碗上的盖子，用鼻子嗅嗅："好香呀！哪来的猪肝汤？"

"装蒜！"章薇递给如冰一把小勺，"不是你叫染坊食堂刘师傅做的吗？"

"没有！"如冰连忙否认，"我才来，根本不认识刘师傅。先弄清楚了再吃吧。"

章薇眨眨眼，狡黠地一笑："准是她搞的鬼！等会再审问。我们放心吃罢，没事。"

早饭后，朱人杰刚走上楼梯，就听见章薇大声地说："保险是你干的，老实坦白交代！"

"怎么回事，你快说呀？"是如冰的声音。

朱人杰急步走进办公室，见童素拿着鸡毛扫帚在掸灰，根本不理睬她们两人的喧嚣，于是转身问章薇："你们怎么围攻起班长来了？"

"不！我们是在审问。"章薇答。

"究竟什么事呀！"朱人杰又问如冰。

"早上染坊食堂的刘师傅端来一碗猪肝汤，说是我和章薇的。但是我们根本没买过猪肝，也没请刘师傅做过，所以要把问题弄清楚。当时弄得我们左右为难：不吃吧，浪费了可惜；吃吧，又怕错吃老乡的东西违反纪律。"

"啊！问题倒真是有些严重性。"朱人杰故作认真的样子。

"为了吃猪肝汤，害得我懒觉也没睡成。"这时杨股长和董文莉也走上楼来，章薇一句话引得大家哈哈大笑，连童素也忍不住笑了。

朱人杰又发起议论来："根据我的观察，女孩子的幽默细胞比男孩子要多得多。"

章薇善于联系群众的优点，到女校后更突出了。她走到哪里，哪里就一片笑声。讲团课满座生辉，组织团的活动也能根据青年特点，搞得生动活泼。她常说，没有笑声的生活和没有幽默感的朋友，都是乏味的。

办公室楼上的同志，经常在笑声中开始一天的工作。当完成一天的工作后，马上又洋溢起一片笑声。

至于猪肝汤事件，经过调查，果不出章薇所料。是童素请刘师傅每天买菜时顺便买几两鲜猪肝，早上放在食堂的饭甑里蒸碗猪肝汤，给章、白二人补补身子，她已预付了买猪肝和佐料的钱。

从此以后，如冰同章薇每天都到大操场去散步、洗脸，回来一同吃猪肝汤。这下倒真治好了章薇爱睡懒觉的毛病。

"叮铃铃！"一阵电话呼叫声。

童素马上拿起听筒："政委吗？……是我……对，明天是星期天……上午九点……几个都来……好，再见。"

"什么事，班长大人？"正在帮如冰装订资料的章薇问。

"政委通知几个想去前方的同志，明天上午到他那里去。你、如冰、我，还有老董。"

董文莉也是重庆沙坪坝的大学生，性格好静，不多言语，在她们四个人中年龄居长，因而童素在称呼上特地加上了"老"字。董文莉调来时正碰上犯胃病，杨股长怕她吃不下食堂的硬饭，便把她搬到自己家里住，同孩子一起吃软食。

"是调我们到前方去，还是去训话打通思想？"如冰问。

章薇扁了扁嘴："现在会调我们几个女兵到前方去？想得好！思想嘛——"她看着童素："班长，你去告诉政委，我的思想已经让主任给打通了，彻底通了。我就请个假吧！"

"不准！有令则行，按时出发。"童素板起面孔，手一挥。

校部几个领导住在离公路远一点的山洼里，是解放前一个资本家的住宅，院子里和房屋四周有不少树，环境比较清幽。中间厅屋是会议室兼餐室。厅屋右边是政委的办公室兼宿舍，里面套间是主任的宿舍；厅屋左边是刘副政委的宿舍。她负责抓女学员中队的工作，白天都在队里，机关同志很少看到她。

童素领着大家穿过厅屋，站在政委门口响亮地喊了声："报告！"

正在看文件的政委回过头来，十分高兴地说："几个小鬼来来来，吃糖。"

屋里摆着几张木凳，小桌上放了许多水果糖，茶杯里已放好了茶叶。童素给大家倒茶，指着如冰对政委说："她是新调来的白……"

"我们早已认识了。"政委笑着递给如冰一颗糖，"牛奶糖，很好吃，又有营养，吃三颗牛奶糖就等于喝杯牛奶。"

章薇正剥糖，漫不经心地说："我今天要喝十杯牛奶。"

"为了防止多吃多占，最好是合理分配。"董文莉说。

"我拥护共产主义的平均分配。"如冰立即应和。

"死丫头，你们都冲着我来呀！"章薇嚷起来。

空气十分和谐，大家无拘无束地谈着笑着。从笑谈中，政委给大家讲了前方同志的情况，当前全国的形势和我们的任务；也从笑谈中了解了每个人的工作思想状况。政委问道，你们想到前方去的动机，究竟是为了抗美援朝、保家卫国，还是为了满足你们英雄式的幻想，逃避现在平凡的工作？一句话犀利地道破了女战士们心中的秘密，都难为情地低着头笑了。

章薇和董文莉还把下队时碰到的困难提出来求教，政委耐心教给她们做人的思想工作的方法。在谈到政治处的工作时，政委严肃地说："现在各项工作都已走上正轨，政治处是党委的办事机关。你们身上都有一副不轻的担子，赶快把心从鸭绿江边收回来，集中精力搞好本职工作。做出成绩来，我给你们戴红花；马马虎虎，办事不认真，或者故意吊儿郎当把事情办坏，当心我刮你们的'胡子'。"

章薇摸了摸下巴，眨眨眼："我们都没有'胡子'好刮呀！"

一阵爽朗地笑声，结束了愉快轻松的茶话座谈。

从政委那里回来的路上，不爱讲话的董文莉忽然发出一声小小的感叹："唉！严厉的师长，慈爱的父亲。"

"你怎么一讲话就是感叹号？我的'西子姑娘'。"章薇见董文莉胃痛时经常捧胸蹙眉，就给了她这个雅号。

"搬回来吧，我们住在一起多快活。早上的猪肝汤也分三分之一给你吃。"如冰说。

"现在身体怎么样？"童素关心地问。

"好多了，完全可以吃食堂的饭。杨大姐太照顾，我很不安。她习惯早睡早起，我喜欢睡前看书，也担心影响她休息……"

"我也很想你搬回来。"章薇连忙接嘴，"我那间办公室空荡荡的怪寂寞，我们两个夜猫子住在一起，看书到半夜也不碍事。外面挨着宣教股办公室，你晚上写材料也方便。"

"你要是和章薇住在一起，还能保你笑口常开。"如冰笑着说。

童素用征询的目光扫了大家一眼："说干就干，下午就搬吧！"她办事总是雷厉风行。

董文莉犹豫地说："只是突然提出要搬回来，怕杨大姐多心。"

"不要紧，我去说。"章薇已想好了对策，"就说我们三人有意见，为什么只给老董吃小灶？现在把她撤回来，等待轮换。要不然，有什么好吃的东西，拿来我们四个人利益均沾。"

"调皮鬼！看你在主任面前敢调皮不？"童素白了章薇一眼。

确实，她们在主任面前，都规规矩矩、一本正经。这不仅是因为主任和她们每天打交道的都是工作上的事，对工作当然要认认真真；还因为主任讲话时，总是慢条斯理客客气气，自然谁也不好意思嬉皮笑脸的了。

有一次，杨大姐出差，政治学习只有楼上四个女同志和朱人杰、曹流参加。那天正是小镇集日，大街两旁摆满了日用品和副食品，楼窗下一片吆喝声。曹流心不在焉地伸头向窗外望了好几次，介绍下面琳琅满目的食品名称，引得大家馋涎欲滴。他见时机成熟，便建议画鸡脚捉大头，立即得到童素以外全体人员的热烈响应。"大头"是章薇，她爽快地拿出了五毛钱；"白吃"本来是董文莉，她宁愿出钱，委托曹流代她作"白吃"去跑腿。

花生、糖果、糕饼摆满了桌上，大家正吃得有滋有味。忽然楼下传来一个半声咳，童素警觉地竖起了耳朵，接着板楼梯上响起那特有的沉重而缓慢的脚步声。曹流喊声"快！"便伸出双臂往胸前一收，把大半堆糖果刮到了自己面前的抽斗里；朱人杰连忙抓了两把，放在帽子下面；童素把剩下的集中起来，用报纸盖上；白如冰赶快拿出一本书；章薇正剥了一颗糖放进嘴里，吞吐不是，生怕主任和她讲话，只好埋着头，"集中精力看书"，其他人也装出认真学习的样子。

主任走进办公室，心里诧异，刚才明明听见楼上在开怀大笑，怎么一下就鸦雀无声了？他扫视了一眼，发现地上的水果糖纸和花生壳，还有章薇那鼓着嘴的怪样子，心里不禁好笑，为了不使大家尴尬，决意不去戳穿，只轻声对童素交代了一句："下午可能有我的电话，我在组织股那边学习，到时叫我一声。"便转身迈着缓慢的步伐下楼去了。

一分钟后，楼上又恢复了笑声。但公有的糖果却变成了私人占有，如要再分配，还得占有者发慈悲。

曹流尝到甜头，以后每逢捉大头吃糖果，都故意制造紧张空气，他看准有利时机，喊声"快"就先动了手。章薇吃一堑长一智，随时作好参战准备。朱人杰眼快手快，战利品也不少。

路　石

　　楼上这几个年轻人有个共同特点，就是工作起来拼命地干，休息时痛痛快快地玩。他们的共同目标是，同心协力、保质保量地完成组织交给的各项任务，在革命熔炉里锻炼成合格的无产阶级战士。

　　朱、白、董、章几个白天一般要下队，写材料、备课，经常靠开夜车伴星星、月亮，迎曙光、朝霞，成了家常便饭，反正有的是精力，决不把事情拖到明天。童素看家身兼数职，除了秘书的日常工作，又是值班员、卫生员、招待员，有时还要代办宣教、青年方面的临时急办任务。章薇称赞她是"日理百机"的好当家。但是到了晚饭以后，全都会到大操场去自由活动，打排球、篮球，跳集体舞，做游戏，如冰和章薇还向朱人杰学会了骑自行车。生活仍然同在合川一样，团结而又紧张，严肃而又活泼。

　　那个时期，除了反革命和心怀鬼胎的人，上下级之间、同志之间、人与人之间，彼此的心是相通的、透明的，很难产生什么隔阂，更不用说互相嫉妒或者猜疑了。

　　为迎接党的三十周年大庆，政治处的同志格外忙碌。军区发来《中国共产党三十年》作教材，政委、主任分别向机关干部和女学员讲课，由章薇协助搜集参考资料，组织股抓紧进行建党对象考察发展工作，准备"七一"宣誓典礼。宣教股同志除分头下去总结先进典型事迹，还要组织各单位排练文娱节目。朱人杰照相机随身带，见到好镜头就"咔嚓"，引得孩子们总是围着他团团转。

　　晚饭后弦歌阵阵，入夜灯光通明，各单位门口都扎了松枝彩牌，大街挂满红布横幅，小镇上洋溢着一派节日气氛。

　　白如冰心里有很多话要对党说，她在"七一"特刊上写了篇发自内心的《小感》：

　　　　伟大光荣正确的党呵！
　　　　您巍然屹立三十年。
　　　　迎战暴风骤雨，
　　　　绕过暗礁险滩；
　　　　推翻旧的世界，
　　　　砸烂铁的锁链。
　　　　您的丰功伟绩写不尽，
　　　　瀚海般的恩情说不完。

在这大喜大庆的日子里，
我心潮激荡、浮想联翩。
两年前，
天府之国，遍地狼烟，
特务逞凶"渣滓洞"，
烈士捐躯"白公馆"；
勤劳人民遭苦难，
为非作歹帝封官。
青年失学失业，
老弱啼饥号寒。
青灯照壁、冷雨敲窗；
黑夜沉沉、度日如年。
多少双眼睛望北斗，
多少人向往"山那边"。
惊雷一声响，
解放大西南。
谁说蜀道多艰险，
红旗插上峨眉山。
满含热泪迎亲人，
心儿里说不尽苦酸甜。
振臂一呼："解放啦！"
纵情高歌："解放区的天是明朗的天。"
投军从戎党指引，
一叶孤舟靠了岸。
革命队伍处处温暖，
党的教导胜似甘泉。
阳光雨露沐党恩，
跟党走才有我今天。
一代新人苗壮成长，
革命事业蓬勃发展。
万里征途不停步，
革命到底永向前！

如冰深夜写完这首《小感》，自己也激动得热泪盈眶。

"七一"那天，全镇军民在大操坪举行隆重的庆祝大会。

下午，女校举行了庄严的入党宣誓典礼。

晚会开得很成功。子弟小学和幼儿园的孩子们表演十分精彩。校机关有两个节目：一个是大合唱《中国人民志愿军战歌》《北京—平壤》《朝鲜颂》；一个是由政治处和干部处女同志联合表演的舞蹈，朱人杰吹口琴、曹流拉二胡伴奏。舞蹈动作是按藏族民歌《雅鲁藏布江》自编的，服装是杨大姐借来花被面自制的。事后听到政委的评价是：歌曲优美，伴奏不错，领舞的小佟舞姿最好，章薇、白如冰还可以，董文莉马马虎虎，童素和小赵基本上是跟在后面混。

晚会的压台戏是女学员师生与幼儿园教师联合演出的大型歌剧《白毛女》。观众哭得泪人一般，演出结束时，个个都哭红了眼睛。

"七一"过后，校党委指示，要劳逸结合，安度盛夏。朱人杰想利用这段时间好好读几本书，下班时他递给如冰一本，问她喜不喜看。

如冰接过书，见是刘少奇同志 1939 年 7 月在延安马列学院的演讲稿《论共产党员的修养》。她曾在报纸上见过对该书的介绍，早就渴望一读。她急忙看过目录，便如饥似渴地读起来了。

"是不是想马上一口吞下去，拿回去慢慢看不好吗？"

如冰含笑地把书合上，问道："你看过了吗？有何心得？"

"我看过了。"人杰侧过头去，望着远处的山峦，像是自言自语，"我的心得是写份入党申请书。"他忽然掉过头来，用热切的目光看着如冰，"你也写吧！江涛入朝以后就写了。"

如冰低着头沉吟片刻，缓缓地道："我还不够。这次入党的同志，大多是苦大仇深，又经过长期革命战争的锻炼考验。我才刚刚参加工作，连硝烟味都还没有闻过。江涛经过征粮剿匪，现在又在斗争第一线；你参加过地下工作，早就是培养对象。你们的条件都比我好，应该早申请。"她诚挚地看着对方，"我希望你成为我们几个人中的第一个无产阶级先锋战士。"

人杰表情严肃地说："我要在硝烟迷漫的战场上、在血与火的洗礼中，写出我的入党申请书。"

女校的亲人们入朝以后，即投入了激烈的第五次战役。休整期间，部队派了代表回国看望家属、孩子和留守后方的同志，他们带回了前线的信息和亲切的慰问。

归国代表说，经过几次大的战役交锋，中朝两国人民军队已把不可一世的"联合国军"由鸭绿江边向南压退，我们部队正在金城一带阻击敌人。侵略者节节败退的事实雄辩地说明了决定战争胜负的重要因素不是武器而是人。

代表还说，前方同志十分想念祖国、想念亲人，特别喜欢寄来的孩子们的生活照片。他们说，只要祖国安宁、亲人幸福，流血牺牲也值得。

归国代表传达了胜利的喜讯，也带来了不幸的噩耗。战争是流血的政治，不可能没有牺牲，更何况我们的指挥员从来就是身先士卒。

"我们军一个团长在一次阻击战中牺牲，一个副师长在视察阵地时被流弹击中。"主任沉痛地向政治处同志公布了这个不幸的消息，要大家注意学员情绪，及时做好思想工作。并布置朱人杰和白如冰各写一封致烈士家属的慰问信，由政委、主任分别率有关人员陪同归国代表，去送烈士牺牲证明书和烈士遗物。

一间窄小而整洁的双人宿舍里，坐着归国代表、王主任、学员大队长和烈士家属。白如冰默默地坐在屋角的一张小凳上，她感到心中隐隐作痛，耳朵嗡嗡响，听不清首长们用低沉缓慢的声音，向这个来自抗日老根据地的妇女主任、共产党员，而今的烈士家属说了些什么，她望着墙上镜框里那幅张着笑口的合家欢照片，多么幸福的一家子，母亲搂着身边系红领巾的女儿，父亲身后站着穿军装的儿子，使人想到英雄父子戎马倥偬的疆场雄风。

听说团长是个老八路，打日本鬼子打老蒋时期，曾两度战斗在大别山，同志们说他是钢铁硬汉，老乡夸他是爱民模范。职务变本色不变，仍然经常泡在连队，和战士同睡一个草埔，同吃一锅饭。入朝以后，我军处于武器装备敌优我劣、弹药物质供应困难和国外作战情况不熟的特殊条件下，加上穿插作战任务复杂，战斗异常艰苦激烈。我们的好团长胆大心细，灵活运用突破、攻坚、阻击和迂回包围等不同战术，利用敌人害怕近战的弱点，指挥全团深入敌区，勇猛穿插，准时到达指定位置，阻击和围歼敌人。儿子自幼立志从军，在父亲手把手的教导下练得一手好枪法，刚刚穿上军装就随部队跨过鸭绿江。战斗中他冲锋陷阵，敢打敢拼，在消灭美军二十三团的阻击战中荣立军功。父亲牺牲时，怀里揣着一封未写完的信，他勉励儿子戒骄戒躁，做个好样的志愿军战士，人民心目中真正最可爱的人。

如冰环视小屋，除公有的床被桌凳外，唯一的私人财产是床下那口不大的木箱。她低下头来抚摸膝上用白布包着的烈士遗物——一套从未穿过的新军服，军服上戴着南征北战的纪念章；一个用旧了的挂包，挂包里装着一双走过山山水水的布鞋；一架举过千百次的望远镜和一本记得满满的战地日记。在艰苦奋斗的年代，简朴、清贫成了革命者的本色，这当然是那些沉浸在物欲横流里的人们难以理解的。

"如冰同志，你把团长的遗物拿过来。"

主任一声轻唤，打断了她驰骋的思绪。

如冰把白布包捧到烈士家属面前，只见她苍白的脸上突然抽搐一下，紧咬的嘴唇颤抖着，她左手支着床架，想站起身来接，却怎么也支撑不起那极度悲痛的身躯。如冰忙把包裹放到桌上，轻轻扶她坐下，并紧紧地搂着她的肩膀，抚摸着她冰凉的手指，心中一阵酸楚，眼泪差点夺眶而出。

首长们又低声安慰了几句。

烈士家属强忍泪水，以极大的毅力抬起头来，发出了铮铮誓言："请组织放心，我一定化悲痛为力量，刻苦学习，培育好革命后代，继承烈士遗志，永远跟党走！"

归国代表激动地站起身来，和英雄的妻子紧握双手，庄严表示："我们一定要争取更大的胜利，向祖国汇报，向亲人汇报，为牺牲的烈士报仇！"

战争年代和新中国建立初期，政工干部有很高的威信，他们嘴里说出看似平凡的话，有时竟能产生意想不到的效果，它能抚慰受伤的灵魂，给深渊中的弱者以生的力量，因为他们传达的是党的声音。党是温暖的、圣洁的，伟大崇高而又平凡亲切。它有母亲般的慈爱，关怀备至，体贴入微；又有父亲般的严厉，容不得半点污秽和丑行。

主任沉痛的脸上闪过一丝宽慰，接着向如冰投来征询的目光："今晚你留下陪陪好吗？"

如冰含泪点了点头。

晚上，两个女同志躺在头靠头的两张小床上，时而低语，时而饮泣，从和平到战争，从新婚到别离，回忆过去，正视现在，展望将来……整整一夜都未曾合眼。

室外响起早操的跑步声。如冰离开湿漉漉的枕头，轻手轻脚地掀开旁边小床的蚊帐，凝视着床上那张苍白的雕像似的脸，胸中涌过一缕阵痛：好好休息吧，最最可爱的人。

坐在办公桌前的白如冰，怎么也集中不起自己的精力，昨天那揪心的一幕还痛扰着她。而坐在对面的朱人杰却能镇静自若地忘我工作，她不禁暗叹：

"人家毕竟比我坚强得多！"

快下班的时候，主任走上楼来告诉大家说："归国代表还带来了紧急调令。被指名调前方的是德高望重、经验丰富、身体健康的宋政委。听说前线有些单位因战斗牺牲、负伤减员，急需补充，校党委研究决定抽调一名管理员、一名宣教干事和一名司号员、一名文化教员，随政委一同入朝。"

被确定入朝的名单中有朱人杰和曹流。

朱人杰吃罢早饭，便匆匆回到宿舍收拾行装。战争年代是投身革命即为家，打起背包走天下，入伍后一直享受供给制待遇，除了部队定期发的军衣、被褥等军用品，自己没有添置过什么。他把几件衣服塞进枕头，打了个标准的"井"字背包，井字下面插进一双胶鞋。再用帆布挎包装上牙膏、牙刷、肥皂、毛巾和吃饭喝水漱口的"三用杯"，转身又把几本书和心爱的口琴也塞进挎包。曹流的东西多一些，他怕来不及，早起便收拾好送到车上去了。

朱人杰估计离出发还有一点时间，便靠在木椅上闭目养神。

一个熟悉的身影在眼前浮现。不知道从什么时候起，这个身影逐渐变得亲切起来。自分配到女校以后，一心扑在工作上，从没分心去考虑个人问题，总觉得那是一个遥远的捉摸不定的目标。由于同在一个部门工作，联系甚多，彼此了解，几天不见，就好像缺少了什么。尽管双方谈话都没涉及过感情的事，但自己的心却在慢慢地向她靠拢；凭着直觉，另一颗心似乎也在向自己靠拢……

半掩的房门被轻轻敲了两下。他闭着眼说了声："请进！"

"要不要帮忙收拾一下东西？"

多么熟悉的声音，多么好听的声音，明天就听不见了啊！他惊喜地睁开眼，连忙起身答话："已经收拾好了。没什么，上前线自然是轻装点好。"

"什么时候回来呢？"白如冰喃喃的，像是在问自己。

"不知道，胜利那天吧。"他看了如冰一眼，又略感惆怅地补充一句，"将来恐怕我们不会在一个单位工作了。"

如冰"嗯"了一声，不知说什么好。

人杰沉默半晌，十分恳切地说，"我认识了许多好同志，其中包括了你；你关心帮助所有同志，其中也包括了我。我很感谢，我会把得到的一切美好的东西珍藏在心里。"

如冰默默地低头沉思。

路　石

人杰心情十分激动，终于把不愿说又必须说的心里话吐了出来："你对同志们好，看得出，他们对你也很好。以你的思想、品德、能力、性格来说，应该得到幸福。"他停了停又说："不用讳言，客观形势的发展很难预料，我们也许不会再见面了，望你保重。"

如冰百感交集地抬起头来，痴痴地望着床上的背包。

人杰听到出发的哨音，迅速背上背包，如冰忙把桌上的挎包从他头上横挂下去。不知为什么，在一刹那间，彼此都感到一种异样的情感在作怪，突然意识到自己在热爱着对方。遗憾的是，刚刚发现心底的深情，却又要劳燕分飞了。

街旁的绿树在朝霞映射下，发出耀眼的辉光。满面春风的政委和管理员，正在和同志们握手告别。跟在他们后面的曹流低眉垂眼，默默无言，而司号员却昂首挺胸、神气活现，他那管擦得锃亮的军号特别显目。

尽管政委不叫声张，仍然有许多同志闻讯来送行，殷殷祝愿，频频告别。在喧闹的送别声中，朱人杰向副校长和王主任敬了个庄严的军礼，然后向政治处同志挥了挥手说："我到了那边，就给你们写信。"

上车时，人杰又突然回过头来，与如冰视线相接。那短暂而深情的一瞥，却像 X 射线一样，穿入胸膛，照人肺腑。

滚滚车轮带着祝愿和期望，带着喜悦和离情，消失在尘土飞扬的大道上。

风刀霜剑　新闻战士志益坚

（四）

白如冰办完报到、转组织关系等手续后，回到报社为她安排的单人小房间，心里有股说不出的滋味。自己好像离开母体的孤儿，上次参军是离开小家庭母体，这次转业是离开大家庭母体，真正成了一个独立存在的个体。当然，世界上每天都在分离出这样的个体，结束哺乳期单独觅食的小鹿，告别母蛙去遨游小溪的蝌蚪，离开巢穴开始搏击长空的雏鹰……

军女校与军留守处合并，白如冰和童素、章薇、董文莉等随女校的男女老少，在王政委的率领下，从青木关风尘仆仆地来到河北邢台。政治处扩大，增加了参谋处、后方医院、招待所和轮训大队。十几个单身女同志集中住在唯一的一间宽敞的楼房里，成了相濡以沫的集体，热炕似的抵御着华北平原上的寒流。

朝鲜停战，部队陆续回国。女战友们在组织的关怀和同志的撮合下，纷纷与那些把青春献给革命事业的"最可爱的人"结了婚，童素、章薇也先后与两位人到中年尚未婚配的首长结成眷属，董文莉则回重庆与参军前的恋人相聚。

接着实行军衔制，大批干部特别是女干部转业地方，去了天津、南京、上海、北京，真是天南海北，飞鸟各投林。章薇也转业上海，继续她的文学生涯。集体宿舍里少了许多热腾腾的心，顿觉寒气袭人。人生道路的离别、青春的离别，多么令人难过啊！

军部大本营迁婺市，如冰和童素送走了全部女友后，随军部南下婺市转业，童素分配到市委宣传部，如冰分配到报社。

如冰放弃转业北京机会而情愿转业婺市的一个重要原因，是不愿和童素分开。去邢台后，章薇、董文莉抽调入朝，参军以来同吃同住同工作同商量的好友只剩童素了，相比宿舍里的其他女友，如冰和童素感情更笃，加上童素那大姐姐的性格，关心照顾如冰似亲姐妹。她得知如冰母亲体弱多病，就利用掌管两人共同经济的大权，每月津贴费一发下来，首先给如冰家里汇去一半；凡新发下的军服、鞋袜、被褥、用品，总先把新的给如冰穿用。如冰喜欢拉手风琴，童素总是笑嘻嘻地坐在一旁欣赏；如冰爬吊杆，童素总担心地站在下面保护。

如冰怅然地坐到窗前，从日记本里又拿出那张记下她们珍贵友谊的照片来欣赏。在照片上，童素端着面盆在井台边接水，自己站在井台上用辘轳绞水，彼此相视而笑。那时每逢星期天如无集体活动，她们就先去澡堂洗个澡，到小店吃碗水饺或河北挂面，再买包五香瓜子、半斤花生糖去看场电影，有时也看看河北梆子、河南高调，回来就在井边洗衣服，最后一个日程是各人考虑下周要做的事，制订周计划。

《毛选》一、二、三卷出版，她们赶快借来阅读，还一起学党章，写入党申请书，同时宣誓入党。女友们笑她俩是大圈圈中的小圈圈，但这种有益无害并不排它的小圈圈却受到人们的称羡。几年朝夕共处，分手后才发现这点点滴滴的友谊竟是那样美好难忘。如冰胸中涌起难以抑制的对部队大家庭、对亲密战友的眷恋和对未来生活的迷茫。

"白如冰，吃饭去！"曹流笑容可掬地站在门口唤了一声。

如冰猛然想起，这里还有个熟人呢，幸亏遇见他，不然还不知道报社门朝哪方，她连忙拿出碗勺，跟曹流来到地专机关大食堂。曹流给她买了饭菜，吃饭时关心地问合不合胃口？生活上需要什么？要不要休息两天再上班？饭后，又领她去买菜饭票，向她介绍报社的组织人员情况。不一会儿又把一瓶开水、一只水桶送到宿舍来。

如冰听说曹流还亲自替自己打扫房间，搬床铺桌凳，心里十分感激，忙说：

"谢谢！谢谢！真太麻烦你了。"

"客气什么，这是我的份内事，何况我们又是老战友。"

曹流说他入朝不久，在一次激战中负伤，住了几个月医院。伤愈后考虑身体条件已不适合留在部队，只得申请复员，恰好家在此地的同学来信说，新创刊的《婺江日报》需要人，就来这里办公室当秘书。

曹流告诉如冰："还有一个你很熟悉的老战友，停战以后也转业到这里。"

"谁？"如冰惊喜地问。

曹流神秘地笑笑："以后你自然知道，他采访去了。"

清晨，窗外传来跑步声，如冰正在洗脸，一个男中音说："喂！给你。"窗口上出现一只举着几本书刊的手。

如冰觉得声音好熟，到窗前一望，果然是林若梦，他好像是从地下钻出来的。自军大分手以后就音信全无，想不到又聚在一起了。她高兴地对窗下说道："调皮鬼，你就用这种方式来欢迎我吗？"

如冰接过林若梦手里的《新闻业务》和《新闻译丛》，满意地点点头说："太好了，这是我当前的第一需要。"

"我那里还有不少业务刊物，看完了再给你。上午总编开会去了，我们先到各处走走，打仗先看地形，工作先熟悉环境嘛！"

报社办公楼一栋两层，四周栽满冬青，楼前小花园青葱翠绿。旁边两排平房是职工宿舍，有些同志就住在紧挨着的地委机关宿舍。稿件每日送市内新华印刷厂排字、制版、印刷，夜班室每晚收抄新华社的时事新闻。

如冰谈了自己的情况后笑着问道："这几年你干什么去了？连个信也不捎，我们还以为你'光荣'了呢！"

"我说过，死不了会再见。"林若梦调皮地笑笑，"入朝以后，我这豆芽菜体质经不住北国严寒，被感冒缠上了，行军光掉队。后来管理员干脆让我当收容队长，和几个担架员一路收集伤残病弱，这样单位就难固定了，只要碰上志愿军部队都管吃管住管医。金城防御战期间，我回到师部工作，什么文教、文书、文化干事都搞过，经常下连队搜集英雄事迹，组织晚会，教唱歌，编快板。"他脸上忽然现出滑稽的表情说，"有次我用卖梨膏糖的形式作表扬批评，把模范事例归于吃了我的梨膏糖。事后挨了指导员一个小批评。有次参加战勤工作，在救护所照顾伤病员，喂水喂饭，又烫了病号的嘴。"如冰忍不住笑出声来："你就不能先尝尝？"

"不行！"林若梦一本正经地说，"那岂不成了偷吃营养品的嫌疑犯？我只好另找活干，帮炊事员送饭上前沿，子弹差点打掉我的左耳朵。"他摸摸耳朵又说，"就在那里见到了黎明。军文工团化整为零，她们小分队到火线慰问演出，内容就地取材，配上民歌小调，在部队出击、凯旋、换防时演出。黎明很活跃，每次都到阵地上去念快板，帮战士写决心书、挑战书、写家信、寄立功喜报。"

"黎明这样的娇小姐也经过战争考验、炮火洗礼了，只有我和童素跨不过鸭绿江。"如冰感叹地说。

"后方工作并不轻松。"林若梦仍然回到他的话题，"你不知道，在阵地上过年真是别有风味。除夕上午，我同黎明她们一道，敲着锣鼓给连队送春联；下午会餐，吃红烧肉，喝葡萄酒，比起兄弟部队初入朝时吃炒面拌雪的日子享福多了；晚上开文娱晚会。初一早上和祖国一样吃饺子，然后到阵地上去拜年，战士们互相赠送自制的贺年片。那天正是雪后大晴，披着积雪的松树像一片开满白花的果林，波浪起伏的山峦闪着皑皑白光，山下河谷像一条曲折的白毯。"

"你们过得很有意义，真幸福！"如冰由衷地羡慕。

"我发现每个坑道都打扮得花花绿绿，洞口都有对联，大部分是战士写的，很不错。比如有个洞口的对联是：石作被来地作床，炮弹声中入梦乡。横幅是：洞中乐园。炊事班门口对联是：做菜缺佐料，油盐相伴；吃饭闻火药，味在其中。横幅是：战地餐厅。电话兵门口的对联是鄙人写的，上联是：登高山走小路爬冰卧雪拉电线，下联是：机枪扫大炮轰枪林弹雨接线头。你看确切不确切？"

"好极了！你应该写一本朝鲜战地生活的回忆录。"

"将来再考虑，眼前的事还忙不过来呢。总编工作抓得很紧，你得有思想准备。"

如冰忽然想起一个问题："你转业为什么不回杭州老家，却跑到这里来？"

"那是因为兰莎莎家在这里，就向我吹，听说是搞报纸工作，我当然也乐意。"

"兰莎莎是谁？"

"也是军大学员，在医院当秘书，我负伤住院才认识的。她听说我参军前在重大新闻系，就来找我编写墙报，后来还代写汇报、总结，成了秘书的秘书。"

"她现在哪里工作？"

"在这里搞通联。开始她想通过母亲的关系做记者，没料到我们这个总编讲究真才实学，毫不含糊。当时报纸由周刊改日刊，编辑部和经营部都需要人，而新来的几个同志全都声称要当记者。总编把我们几个'志愿候补记者'带到乡下采访，回来每人自选题目写篇报道。我写了两篇，其中一篇自然是代兰莎莎作为秘书写的，结果两篇都用了。又没料总编来了第二招，把我们集中在一起，出了个"磨刀不误砍柴工"的题目，要求每人当场写篇短评。两天后通知我到编辑部做记者组长，几乎交了白卷的兰莎莎屈任通联。"

"你和兰莎莎关系不错吧？"

林若梦苦笑着把手一摊："通联工作不需要秘书代劳，自然也就不存在什么关系了。"他似乎有意岔开话题，反过来问道，"你和朱人杰通信吗？"

"他入朝以后给政治处同志来过几封信，我也代大伙回过几次信，部队去东海岸休整就失去了联系。听归国同志说，他和江涛参加了支援上甘岭的战斗。你知道他现在哪儿？"

"最近才听说他在哈尔滨军事工程学院学习，上星期我去了一封信，还没见回。"

白如冰晚上回到小房间的心情与昨天大不一样，原来自己并不是离开母体的孤儿、漂泊异乡的游子，报社有熟悉的战友、婺市有知心的童素，还有军部"娘家"的同志，更可喜的是这里也有可亲可敬的领导。她回忆白天见到总编的情景。

窗外寒气袭人，室内温暖如春。对面坐着身子稍稍前倾的总编，微带笑容的四方脸，目光和善，高高的前额上已开始布上智慧的年轮。他先询问了如冰一些情况，接着说："《婺江日报》是地委机关报，面向农村，当前主要任务是根据党在过渡时期的总路线和总任务，结合本地区实际，宣传'一化三改'。"然后介绍了编辑部的人员和分工情况，他脸上显出信任的表情说：

"你过去的思想工作表现，部队同志已经详细介绍过了。你就在编辑部做编辑工作吧！先负责三版的几个专栏：党的生活、青年妇女、文化园地、读者来信。我知道这里有你的老战友，工作上可与林若梦多商量。"

总编那爽直的谈吐、不受拘束的风度、对人毫不做作的热情，给如冰留下了深刻的印象。如冰觉得总编是一个善于团结同志、关心同志、值得信赖的好领导。她感到自己像滴水，家庭是源头，参军后汇入了一条叫革命大家庭的河流，转业后进入了一条叫作社会大学的大海。

晚饭后，江涛到朱人杰宿舍里，把一个小包递给他说："预报又有寒潮，穿上它，兴许会好些。"

朱人杰打开小包，见是一条羊皮做的护腿，奇怪地问："这是从哪儿弄来的？"

"我在店里见到这块羔皮，请老乡缝的，晚上你穿上看合不合身？"说罢把半壶水倒在脸盆里，要朱人杰洗脸，自己提着空水瓶走出门去。

江涛提着水瓶回来，嘴里念叨："食堂刚开的水。医生说，腿疼时还要继续做热敷。"他顺手给朱人杰冲上一杯热茶，又伸手到枕头下面摸摸，弯腰看看床下，有没有要洗的脏衣服。

朱人杰看他那个忙乎劲，一把拉他坐下："折腾个啥呀！我现在能走能动，会自己料理的。你作业做完了吗？不要又开夜车。"

"一个复杂的方程式又把我搞得焦头烂额了。唉！我这大老粗，拿起笔来好像比炮弹还重。"

"快去拿来我看看！"

朱人杰望着这个同志加兄弟的背影，心中漾起一股感激之情。自从发关节炎起江涛就是这样每天跑来跑去，像保姆似的照顾他度过了来哈尔滨后的第一个严冬。

江涛完成剿匪征粮任务，即随部队入朝。朱人杰入朝后，接替师政治部一个牺牲了的宣教干事的工作，经常到江涛那个团去了解情况。江涛是个好参谋，也常到前沿参加战斗。他们好多次在枪林弹雨中相见，在坑道里谈心。每遇敌机轰炸、敌炮袭来时，江涛总是抢先扑倒在朱人杰身上，把生的希望让给同志，把死的危险留给自己。

朱人杰从记忆中搜寻，江涛只有一次对他发过脾气。那是在激烈的上甘岭战斗打响以后，军里派副师长带两个团去支援。江涛随部前往，并下连代替重伤的连长职务。那时朱人杰眼见敬爱的军女校老政委负伤牺牲，仇愤难消，决意要亲自参加战斗，用手中武器消灭敌人，想谱写革命军人悲壮的人生。朱人杰获准来到硝烟迷漫的上甘岭战场，直奔江涛守卫的那个高地。恰好那时阵地上寂静无声，他沿着山头转了一圈，只见表面阵地已无一寸完好土地，岩石炸成了粉末，脚像踩在沙漠上一样，一步一个坑，随手抓起一把土，里面就有好几块弹片。

朱人杰正在坑道门口给战士们照集体相，连部通讯员急匆匆地跑来说："连长接到团部电话，知道你来了，正在等你。"

满怀喜悦的朱人杰大步走进连指挥所，只见江涛紧绷着脸冲他吼道："敌人每天用上百架飞机空袭、上万发炮弹轰击，一个人暴露在外多危险！我们这个阵地是插在敌人胸前的一把剑，几乎和敌人头碰头，你手无寸铁，乱转个啥！"

"给我一件武器吧！"朱人杰央求道。

"你的武器是笔和照相机！"

"我是来参战的，我要枪，和你一起战斗！"

江涛仍然绷着脸："是想当战斗英雄还是要光荣牺牲？我保护不了你！"他转身向通讯员交代，"敌人有疯狂反扑迹象，你赶快送他到团指挥所去！团长说，那里有重要任务等他。"

江涛拿起枪，又叮嘱通讯员："人交给你了，要是丢掉，回来找你算账！"说罢，连正眼也不瞧朱人杰一下，就一个箭步冲了出去。

朱人杰当时又急又气，心里直骂江涛不讲交情。

现在回想起来，江涛盛怒之下掩盖的那份深情厚谊，心里倒是感到甜丝丝的。

停战协议签字以后，志愿军分批撤离朝鲜，朱人杰和江涛随着军车大炮回到了久违的祖国。鸭绿江畔，火车站前，人们热烈欢迎为祖国立下丰功伟绩的最可爱的人。老汉紧握炮兵战士的手，称赞他们用威力强大的"喀秋莎"打得敌人魂飞魄散；青年抱着空军战士的双肩，祝贺他们的战鹰使号称"空中王牌"的美国飞行员哀叹遇上了最强大的敌人。

朱人杰手捧鲜花，心里半是甜蜜半是苦涩，什么时候大地上才能轰鸣起国产的"喀秋莎"，蓝天上翱翔自己设计制造的"喷气式"呢？人民子弟兵具有高昂的士气和可贵的革命精神，但仍需现代化装备作为腾飞的翅膀。未来战争将是钢铁与技术的较量，面对动荡的世界，为了国家安危，必须在国防科技方面赶上和超过对手。在二十世纪的今天，中华儿女不能只用血肉去构筑民族的长城。

朱人杰、江涛和一批刚刚从朝鲜战场上归来的同志，还没掸落身上的征尘，便从鲜花和热泪的海洋中消失，匆匆踏上了北去哈尔滨的列车，去迎接祖国新的召唤。这对生死与共的战友又成了耳鬓厮磨的同窗，不同的是，朱人杰在空军系，江涛在炮兵系。

江涛文化基础差，学习现代国防科技难度很大。他凭着共产党员的强烈爱国心和责任感，如饥似渴的求知欲和刻苦钻研精神，以惊人的毅力去完成每天的学业。朱人杰理所当然地成了他的课外辅导员。

江涛喜滋滋地拿来讲义和作业，两人又头对头地研讨起来。

林若梦热情洋溢的第二次来信，掀起了朱人杰头脑里的轩然大波。这双不如人意的腿，使他去冬以来产生过多次思想动荡。曾经是健步如飞的腿怎么会成为他的烦恼呢？

运动战转防御战后，我军创造的坑道作战经验在整个志愿军中推广，战场局势较为稳定，入冬以来战斗减少，朱人杰决心到师所属防区去跑一遍，拍一组战士的生活照。

他一路饱览纵横阡陌、交错河流、苍松翠柏、连绵山冈的美丽风光。有天，狂风卷着大雪，把他要去的几个驻地山头团团裹住，山上的弹坑被全部掩盖。他吃力地爬上山去登高一望，嗬！好一派千里冰封万里雪飘的北国风光。倏然，敌方炮弹雨点般地降落下来，他连忙用雨衣裹住身子卧倒在地。等炮声停止，他举目四望，山头上重新出现了斑斑点点的弹坑，把泥土翻过来盖上了白雪。接着猛刮过来的大雪，又把这些弹坑埋住。他两腿深陷在积雪中，不知伫立了多长时间，兴致盎然地欣赏这场人与天、炮弹与大雪的轮番争夺战。

哈尔滨的严寒加剧了他的关节炎，后来不得不离开课堂住院治疗。好心的同志劝他换个环境到南方去；系主任曾关心地暗示过，如果身体条件确有困难，可回军里工作或转业南方。他自己也考虑过，在腿病的干扰下能否贯彻始终地完成学业？没有健康的双腿，将来如何驾驶战鹰上蓝天？林若梦的信给他带来巨大的诱惑，军部迁婺市，林若梦和曹流在报社，尤其是白如冰也转业报社。经林若梦推荐，总编已表态欢迎；自己学的是文学专业，在部队搞过宣传，到地方搞新闻基本上对口。然而又舍不得放弃心爱的航天事业，也不愿撇下江涛而去。

朱人杰思想斗争了一夜，去找江涛拿主意。江涛沉默半晌，抬起头来诚恳地说：

"从你身体条件考虑，还是到南方去的好。我看报纸工作对你也合适。军部在那儿，组织上会关心你的情况做出合理安排。至于我，你就放心吧！"

朱人杰情系江南，终于做出了转业南方的抉择。他估计，从申请、批准到与地方办好调动手续，大概要到春风送暖的时候，他提起笔来给了林若梦一个简短而含蓄的答复，信的内容只有两句：春风又绿江南岸，明月当能照我还。

江南的农村，又开始了春耕大忙季节。

总编很想下去跑跑，苦于每天要审稿定稿、签字发排，脱不开身。他见了林若梦总问："你那战友呢，什么时候来？"

林若梦向朱人杰发出了最后通牒，全文只有几个字：朱：？林。他要白如冰写信催，白如冰的信也只有两句：春风已绿江南岸，明月何日照君还？

这次朱人杰迅速寄来了回信。一张上面写的是：林：！朱。另一张写的是：春风绿遍江南岸，明月清风伴我还。

林若梦、白如冰，还有总编，都引颈以待。

一天，白如冰正在编稿，安静的编辑部大办公室门口响起了脚步声。她抬起头来，四只目光在闪电般的一瞬间接触了，她禁不住惊呼起来："朱人杰！"

朱人杰兴奋地大步走去和白如冰紧紧握手，到火车站接朱人杰的林若梦满面笑容地向编辑部同志介绍说：

"这是我和白如冰在部队的战友，也是我在重大混文凭时的同窗——朱人杰。"

顿时把大家引得笑了起来，都停下手里的工作来和朱人杰攀谈。

如冰没有插嘴，她让自己激动的心慢慢平静下来，默默地观察这个分手三年的战友有些什么变化。她明显感到，风韵神态虽然依旧闪耀着青春的光彩，但从他稳健的步伐、低沉的声音和带着坚毅神情的嘴唇，已脱离了早年的狂热、冲动而走向成熟。

林若梦领朱人杰去见总编。

总编对这个面含微笑、着绿色军装、身材魁伟而匀称的高个青年，有似曾相识的感觉，特别是那双深沉而有神的目光，透露出精明强干和喷薄欲出的青春活力。眼前这个活生生的形象与档案上记载的大学文化、共产党员，师政治部宣传干事、副科长，模范工作者、二等功臣、志愿军第四届国庆节观礼代表等抽象概念完全符合。

总编不住地笑着点头，招呼他们坐下，问了朱人杰一些个人情况以及他对目前国内外重大事件的看法和想法。然后关心地要他休息几天，到市医院去看看腿病，又嘱咐林若梦：

"你这几天也别下去，陪他聊聊，向他介绍报纸工作情况和本地区的生产工作情况。"

总编望着朱人杰的背影，最后下了决心：是个合格人选！转身挂上了给组织部长的电话，"独眼龙相亲"，朱人杰已被"一眼看中"。

曹流照例热情接待，安排朱人杰和林若梦住一个房间，亲自给搬床铺桌凳。晚饭时曹流特地到食堂多买了几个好菜，拿出准备自饮的葡萄酒，把白如冰、兰莎莎也找来一起举行军大校友小聚餐。

大家一边吃饭一边漫谈。兰莎莎问起朱人杰沿途玩过哪些风景名胜，朱人杰说江涛一直送他到沈阳，只去烈士陵园看望过二级侦察英雄梁钢的墓地。提起梁钢，曹流得意地说这个名字是自己替他取的。兰莎莎立即向曹流碰杯，感谢为英雄取了个响亮的名字。朱人杰见林若梦表情凄然，白如冰则扭过头去擦眼泪。为了不再增加林、白的伤感和破坏曹、兰的欢乐情绪，他没有谈铁旦牺牲的前前后后。大家吃过饭，兰莎莎兴犹未尽，自动唱了一支表示欢迎的歌曲。最后曹流提议由朱人杰口琴伴奏，大家一齐合唱军大校歌。

第二天，地委组织部下了任命朱人杰为编辑部副主任的通知。这使朱人杰很感意外，脑子里才刚刚把飞机搬出去，对新闻工作一知半解，地区情况更一无所知，怎能担此重任？讨价还价、见难而退吗？又似乎无此先例。他歇不住了，央林若梦立即带他下乡，边听介绍边亲眼看看下面的情况。

如冰发现办公桌上一封胀鼓鼓的信，原来是失去联系两年多的黎明寄来的。黎明说她在朝也立了军功，入了团，只因连续演出坏了嗓子，归国后转业到北京一所艺术学校做舞蹈教师。接着她叙述了和江涛成为情侣的经过。

江涛来军部开完会就带我们小分队去他们团演出。傍晚经过峡谷间的独木桥时，我一不小心跌进了桥下的深沟。

膝盖和踝骨的剧痛使我晕了过去，醒来时想爬上山，几次都没成功。我感到体力已经耗尽，饥饿的滋味不亚于腿脚的疼痛，想到自己将要孤独地在这荒山野岭中熬过一夜，还可能遇上敌特搜捕或野兽袭击，心里又急又怕，真想大哭一场。眼前忽然闪过一道手电亮光，原来是江涛绕道下山来找我。

东方露出晨曦，敌人又开始了炮击。由于附近有条运输线，远程炮弹就在我们周围的树林中开花。江涛背着我迅速转移到石洞中去隐蔽，并撕下自己的衬衫给我包好膝盖伤口，轻轻地给我推拿踝骨。他见我困倦已极，又找来一大堆松枝铺在地上，让我躺下休息。

炮声渐息，我睡意全消，只觉头晕目眩、又饥又渴，他大概看出了我的需求，也可能有同样的生理反应，只见他默默地解下皮带上的大瓷缸走出洞去。不多久便满面春风地带回一瓷缸清清的泉水、一帽兜毛茸茸的青果和野萝卜。江涛见我喜欢野萝卜，就去剥栗子吃。野萝卜有股苦中带甜的土腥味，说是炮弹坑里拾来的，它不仅填饱了我的辘辘饥肠，萝卜汤也解了渴。谁知吃过不久便觉浑身滚热，还流了鼻血。后来听朝鲜老大爷说，我吃的是人参，喝的是参汤，一下吃多了当然有反应。

洞里闷热，我想到外面凉爽一下。江涛说："外面小树枝吹断了，大概有五级风。你才发过烧，当心感冒。"

我抬头见他站在洞门口，高个儿、宽肩膀、嘴微张，黑里透红的脸，柔和的目光中含着亲切的笑意，真像秋天田野里一颗淳朴可爱的红高粱，正如魏巍同志眼里见到的"最可爱的人"一样。

江涛见我发愣，以为是不该拦我出洞。他抱歉似的又找来一些松枝茅草铺在洞口，扶我靠着洞壁坐下，自己坐在外面一点挡风。

你知道江涛一向沉默寡言，这时却轻声细语地讲起了他儿时一些有趣的故事。听到这音调很美的男中音在我耳旁缓缓流过，有一种说不出的神奇感受，等他讲完故事，我开心地唱了好几支歌。

风稍息，阵地上炮寂枪稀，江涛小心翼翼地扶着我沿林间小道向公路走去。只要我轻轻哼一声，他立即停下来给我擦汗、揉脚，难走的路就背我一程。后来，一辆运送食品的军车把我们带到了救护站。

江涛吃过饭便要归队，我拄着棍子送到门口，分手时情不自禁地摸出身上一件珍藏的纪念品。周岁那天，爸妈给我一串坠着鸡心盒的项链，盒里嵌着我的照片。参军时我留下鸡心盒，项链给了妈妈。

当我把鸡心盒打开递给江涛时，他脸上一个惊叹号。我说："你看是谁？"

他眯起眼睛仔细端详，又抬头看了我一眼说："你没有姐妹，当然是你喽！"

"送给你好吗？"

他脸上又一个惊叹号。我有点生气地说："我把自己交给你了，懂吗？"

他仿佛回过神来，若有所悟地笑了。接着把小盒珍重地放进衣袋，整了整军装，向我敬了一个标准的军礼。

在家乡时，江涛给我的印象是个老实的铁匠；在林园，我开始发现他具有你所说的心灵美；入朝后又多次听到关于江参谋的先进事迹。同志们夸他是智勇双全的好参谋，敢打敢拼的钢铁汉。

这次短暂相聚使我幸福心醉，想不到这钢铁汉不仅也是血肉之躯，而且体贴入微、柔情似水。从此，他在我心目中的位置越来越鲜明，已由好感钦佩到爱慕，渴望和他见面，切盼从他那儿吸收更多美好的东西。不瞒你说，我已深深地爱上了他。我们商量好，等他毕业以后就结婚。

如冰！你和朱的情况怎样？他在重庆就对你不错。你约束自己太严，解放了的青年既要敢说敢干，也要敢想敢爱才是。朱人杰在我们这一群中是佼佼者，可不能让他飞跑了呀！你们现在一起工作，肯定已经建立特殊关系，什么时候有糖吃，千万不能对我保密，因为我已向你作了彻底的坦白交代。

黎明的信使如冰思绪万千，他们的关系已经确定了，自己和朱算什么呢？想过吗？爱过吗？

如冰踱到窗前，见坪里一个扎红蝴蝶结的女孩，拿着玻璃瓶在摘一棵树上的小红果，使她不禁想起了女校幼儿园可爱的美美和那颗晶莹的红豆，两年多来难解的"红豆之谜"也猛然袭上心头。

那天，如冰从幼儿园出来，见一个扎红蝴蝶结的女孩手拿小玻璃瓶，在溪边梅树下伤心地抹眼泪，原来是一颗红豆掉到溪里去了。如冰忙安慰说：

"掉了一颗不要紧，你瓶里不是还有三颗吗？"

"不！一颗也不能少！"女孩倔强地答。

"为什么呢？"如冰好奇地问。

"爸爸到朝鲜去打美国鬼子的头天晚上把红豆送给了我，说是见了红豆就会想起他。"女孩指着瓶里的红豆，"它代表爸爸妈妈和我，我们要永远在一起！"

"那掉到水里的一颗代表谁呢？"

"那是弟弟。爸爸给我取名叫抗美，他说要是妈妈生个弟弟就叫援朝。"

如冰脱下鞋袜，在冰冷的溪水里摸了一阵，终于给美美找回了那个未来的弟弟。

美美接过红豆，小脸笑得玫瑰花儿似的。分手时，她突然把那颗红豆放回如冰手里，认真地说："阿姨，你真好，送给你一颗。从今天起，我们就是好朋友了。"

"难道你不要弟弟了吗？"

"妈妈说，她生弟弟的时候，爸爸就会打了胜仗回来看我们，爸爸肯定又会给我带回很多的红豆。"

如冰一直把那颗鲜艳晶莹的红豆带在身边，这是一颗多么淳朴可爱的童心哪！

祖国第二届慰问团赴朝，女校同志也纷纷给前方的亲人和战友写慰问信、寄慰问品。如冰欠着黎明和朱人杰的两封信债，她给黎明写了封长信，决定给朱人杰寄个慰问袋去。她用毛巾缝成袋，里面装上日记本、自来水笔和针线包。正要封口时，伸手触到衣袋里那颗珍爱的红豆。说不清是出于一种什么样的心情，她把红豆塞进了针线包，匆匆写了一句话的回信："你被战斗熏染的心定比红豆更鲜红。"

此后，如冰再也没收转过朱人杰给"政治处同志"的信。

秋季战役后的休整期间，前方同志分批归国参加轮训或探亲访友。只有朱人杰，既不见人也不见信。如冰心里懊悔不该寄去那颗红豆，她想起朱人杰在来信中，曾极力讴歌战地上伟大的阶级友爱和同志情谊，不写信不见面，是否正是对自己这种小资产阶级狭隘的儿女之情的回避和抵制呢？

如冰几次想解开心中这个"红豆之谜"，然而话到嘴边又咽了回去。她清楚地看到朱人杰和自己一样，怕转业后因工作环境改变而掉队，怕完不成任务有负党的期望。他和林若梦下乡一去就是半个多月，回来后总编把稿件初审任务交给了他。高度的责任心、紧迫感凝聚着他的全部身心，每天除了看稿，还亲自到印刷厂去处理排版中的问题，直到看过大样才回食堂吃饭。自己怎么能用个人私事去分散他的精力、影响他的工作呢？

后来，如冰不仅打消了旧事重提的念头，反为红豆之举感到羞愧，深恐对方看透自己心中的隐秘。

全市公审大会上，满操场的群众在骄阳下热汗淋淋，只有曹流突然面色苍白，全身寒战。小王要扶他去找医生，他无论如何不进医院而要回宿舍睡觉。

原来曹流害的是心病。他见跪在台上的陪审者中，一个挂着特务牌子的中年人抬头向会场扫了一眼。他从那双阴森森而谄媚的三角眼上，一下就认出是解放前养父的管家郑五，顿时像见了恶鬼似的丢魂失魄。

曹流原名曹有福，生父嗜赌成性，不仅输掉烟酒店，只能靠摆烟摊度日，又因重进赌场翻梢欠债，把三岁的儿子有福卖给了本县大地主兼团总的三姨太做养子。团总只有二姨太生的一个女儿，见有福虽貌不超群却也五官端正。脑子灵活机敏过人，左一个爸右一个爹叫得津甜，心中十分喜爱，认定长大是个做官的料子，特给改名为王成龙。

成龙一心一意接老子的衣钵，亦步亦趋，心领神会。他专科毕业回县正欲展翅云天，不料国民党兵败如山倒，解放大军已神速进军西南。他得悉共产党是穷人的救星，专与富人作对，预感乾坤要转，养父这座冰山难靠。就在全家匆匆逃亡的那天夜里，他从三姨太的小皮箱里偷了两根金条、一个戒指和二十多个袁大头银元，准备溜回老家谋生。团总逃走前遍寻儿子不见，三姨太哭得呼天叫地。他藏在大门外的石狮子背后听见团总向管家交代：找到成龙就即刻护送去香港。

在养父母家的那段经历，一直是曹流的一块心病。他本以为先复姓后改名，远走他乡，已无人知其底细。而今郑五作为特务突然出现，肯定与逃亡香港的反革命老子有联系，这事犹如晴空霹雳，怎不令他胆战心惊？

　　第二天，曹流自己开了一张"我社办公室负责人曹流同志前往贵处了解在押犯郑×情况"的介绍信，他从公安局同志口里得知，郑五系被骗参加特务组织的"逃荒农民"，如无活动及其他罪行，拟劳改后释放。曹流暗忖，将来与郑五同在一市，万一狭路相逢，自己隐瞒多年的身世老底就会揭穿，"人民功臣""党员干部"的神光也将荡然无存。于是他以极其郑重负责的态度和受害者的身份，添油加醋地检举揭发了郑五在恶霸地主家做管家时的累累罪行和血债，恳切要求政府将郑五判无期徒刑或遣送原籍管制劳改。

　　过了几天，曹流去公安局打听，郑五果然被押送回原籍，交由当地政府依法处理。他兴冲冲地回到办公室，把当天的文件进行拆阅登记。其中一件竟是开展机关肃反审干的指示，不禁又心惊肉跳起来。吃罢中饭便称病回房睡觉。无奈往事如烟，一幕幕自动在眼前闪现。

　　首先想到的是那个满脸横肉的团总和嗲声嗲气的三姨太。凭良心，他们对自己是有恩的，百依百顺，十分宠爱，要不是来了共产党，我王成龙早已飞黄腾达、为所欲为了。只可恨那个生我不养我的赌棍，你得了我三百个银元的卖身钱也没发起财来，还不是守着个破烟摊？老家伙唯一的恩情是给了我一块工人阶级出身的金字招牌。姐姐对我一般，说不出这老姑娘的好与坏。只有满脸皱纹的老娘不错，一直疼我，可惜她总是逆来顺受，一辈子受爹欺侮还说是命中注定。

　　曹流翻身坐起，狠狠捶了一下床沿。不！决不能由命运摆布，一切得靠自己安排！解放后要不是找到江涛引路参军，那些受过剥削的佃户和被欺压的老百姓还不找我算账、父罪子受么？在朝鲜要不是瞒天过海，哪有金闪闪的军功章？复员时移花接木又得了个共产党员的光荣称号。在医院要不坚决要求复员，还不是回部队去卖命送死？铁旦十八岁就失去了小命，当上英雄又怎样？正如艾黎说的，命都没了还光个什么荣？

　　"唉！"他长叹一声，艾黎这小子真无能，偌大家产守不住，本想复员后带上那两根金条去找他，捞个经理当当，谁料他"五反"进了牢房。蠢材，你骨子里恨共产党嘴上不要反嘛！你搞地下经济活动，地面上还得有个红色资本家的护身符才是。幸亏我会掌握命运，断了艾黎这条路，也没等着发配回老家。写了好多信，终于找到这儿的老同学，凭着"功臣、党员"的头衔进了报社。那个傻瓜蛋主任调走后，办公室只有寡人我，主任之席空着，到时自然胜任愉快。

曹流在暗室里的遐想，被窗外突然闪亮的路灯拉回现实，"审干"两个斗大的字冒着闪光迎面刺来。他烦躁地站起身，一口气喝完一大杯凉茶，在房里踱来踱去，苦思应变良策。

新来的梁社长看完《报社人员政治情况一览表》后，满意地对曹流说："你提供的资料很及时，我正想找支委们了解。"

"这是组织委员应尽之责。其他支委对每个人的情况还不大了解，本职工作都很忙嘛！"曹流谦虚忠诚得天衣无缝的眼神，使社长认定这就是最最可靠的骨干分子和依靠力量。

"好！除了政治历史情况，你再了解一下他们的现实表现。嗯——特别是那些需要审查的对象。"

曹流如领圣旨，忙不迭地点头称"是"。他躬身退出社长办公室，身上像长了翅膀，轻飘飘地。他知道社长是雇农出身，仇视剥削阶级及其家族，曾说"龙生龙、凤生凤、老鼠生儿打地洞"；不喜欢自信心强爱提意见的知识分子。他学过辩证法，探讨过红黑学，认为撒谎欺骗有时也并非不道德，战场上从来兵不厌诈，医生对身患绝症的病人，母亲对桀骜不驯的孩子，不都用过哄骗的方法吗？既然社长喜欢劳动人民，能让他失望么？自己是报社干部中唯一的工人成分，而今姐夫是工人，母亲和姐姐嫁夫随夫当然是工人，不妨把祖父母也填作工人，报社能涌现一户"工人世家"也是光荣嘛！他连夜把自己和其他同志的政治情况主动列表提供给领导参考。

"宁左勿右，争取信任"，昨晚冥思苦想的对策之一，看来已取得初步效应。接着他顺利地实施对策之二——"转移目标，先发制人"。谁是需要审查的对象呢？老黄在上海警备司令部当过兵，肯定是国民党，当然的历史反革命。小范出身不好，爱发牢骚，对领导不满就是对党不满，就是反党的现行反革命。还有那个"危险人物"林若梦，在军大就常对我冷嘲热讽，现在自以为会写文章，处处对我不敬，还盘问过我什么时候入的党？怎样立的功？得封他的嘴巴，先把他祖父是地主、伯父去美国的事抖出来，再搜集几条现实反动言行，你若敢揭我疮疤，就是地主孝子贤孙向工人阶级反攻倒算！

曹流想，为求自身安全万无一失，还得身边有帮手，背后有靠山，社长管行政又兼党组书记，直接抓支部管党员，政治挂帅党领导一切，他是报社的一把手，但他是否能始终信任自己？万一他和总编一样，开始不错以后日益疏远，自己岂不又成水中浮萍？他自个儿在办公室烦恼地抽烟喝茶、喝茶抽烟，猛然一拍脑门：有了！他决定以组织委员身份约入党对象兰莎莎晚饭后个别谈话。

兰莎莎吃过晚饭，便回房去打扮起来，额前刘海卷得弯弯的，脸上薄薄涂了一层雪花，半高跟鞋擦得透亮，辫梢上换了个新蝴蝶结，再换过一件浅蓝色花罩衣，配上毛翻领红呢短大衣，对照镜子，自觉光彩照人。审视大衣时忽然闪过不愉快的回忆。

她第一次穿新大衣上班时，林若梦很不自在地瞅了一眼。当时她没好气地冲了一句：

"怎么，不好看吗？"

"不算难看，要花不少钱吧？"对方把眼睛望着远处。

"一个月工资，花我自己的钱！"

"好嘛！吃光用光身体健康。"

莎莎记得他还说了些什么不要"金玉其外，败絮其中"之类的屁话，气得用手堵住了耳朵。曹流和那个只知工作不懂生活的"豆芽菜"不同，他有欣赏力，爱生活懂感情，能体贴揣摩女人的心。每次约我谈话总是轻言细语、关怀备至，夸奖我穿着入时仪态万千。今天又要他一饱眼福，拜倒在我的石榴裙下。

兰莎莎向通往老城墙的小路走去，见曹流果然又早已在每次约定的大树下等着。

曹流见莎莎昂首挺胸"蹬蹬蹬"地走来，急忙奔过去拉着她的手端详一阵之后，从头到脚称赞了一番，然后十分郑重地说：

"莎莎，我培养你好长时间了。在几个入党对象中算你政治条件最好，父亲是烈士，母亲和舅舅又是革命领导干部，本人表现不错，靠拢组织听党的话。我认为条件已经成熟，可其他支委说你在朝鲜未上火线，还没经过重大政治斗争考验。"他显出十分关心的样子，"现在考验你的机会到了，机关里马上要开展肃反审干，你知道吗？"

"哦！我妈讲过好像要搞什么运动，我没注意听。"

"就是在干部里审查暗藏的反革命分子，把那些表面上很革命暗地里反革命的家伙揪出来。敌人是不会轻易缴械投降的，党要求我们站稳立场、擦亮眼睛，拿起武器去战斗！"

莎莎傻了傻眼问道："你要我拿什么武器去战斗？反革命分子在哪里呀？"

"和平环境中的战斗武器不是刀枪，是揭发批判，毫不留情地把敌人暴露在光天化日之下。至于反革命分子，组织上已基本掌握。在阶级社会中每个人都打上阶级烙印，你注意从家庭出身、社会关系、个人历史复杂和对党不满的人中间去找。"

莎莎仍茫然地望着阴沉着脸的曹流。

"到时候我自会告诉你怎么办，保你胜利经受这次考验。"

莎莎手里玩着蝴蝶结，顺从地点了点头。

他们紧挨着慢慢踱了回去，曹流柔声细语地教导莎莎："你是在蜜糖中长大，在妈妈怀里宠惯了的独生女儿，不知道社会上有多复杂。不是我离间你和林若梦的友谊，你在部队医院时，对他的政治情况一点不了解就和他好，他很不简单哩！家里是大地主，又有海外关系。"

"我和他合不来，早就疏远了。"莎莎连忙申辩。

"嗯，得进一步划清界限，关键时刻还要敢于大义灭亲。哦！你家里知道是我在培养你吗？"

"知道，妈妈和舅舅都很感谢你对我的帮助。"

"感谢就见外了。"曹流紧搂着莎莎的肩膀，亲昵地说，"谁叫你是我的……我们的命运不是已经连在一起了吗？"

莎莎低着头，心里感到甜蜜蜜的。

曹流心里也乐滋滋的，他知道莎莎母亲和舅舅一贯宠爱这个烈士孤儿，俘虏了莎莎，不仅把林若梦的情人变成自己的情人，反倒又成了自己对付林若梦的帮手。而且莎莎母亲是地委组织部干部科长，舅舅是省里厅长，有莎莎这根联系省市的脐带，自己背后也就有了靠山，如能一箭双雕地把政敌情敌打下去，莎莎母亲必然向我倾斜，他日当了上门女婿，自然官运亨通。万一发现我家庭历史有问题，木已成舟、米已成饭，谁会挑开屎来臭自己。

报社开始进行肃反审干。为使运动、工作两不误，由总编率编辑部朱人杰、林若梦等抓业务；梁社长以支委会为核心抓运动，成立了战斗组、专案组和甄别组。曹流如愿以偿地担任了专案组长，党小组长白如冰参加了甄别定案组。

林若梦在小组交代了家庭社会关系问题后，朱人杰同他一起下乡采访，着重摸一摸合作化情况。

满畈水稻恰似绿色的海洋，已返青的水葱般翠绿、才插下的带着娇娇的嫩茎。合作社的大卡车把蔬菜运到城里，车厢里的小伙子吹着潇洒的口哨，大姑娘唱着繁荣的今日之歌。

"上半年不是整社吗？发展整顿，再发展再整顿，可能也是合作化的规律。"朱人杰试着解释。

"反冒进时我省一马当先来个'坚决收缩'，一家伙砍掉一万五千多个社，有些地方干脆强制解散。社员埋怨干部说：叫办是你们，叫散也是你们。贫下中农气得躺倒不干，说当初要我们带头入社，如今又要我们带头退社，不知是谁的主意？"

"嗯！"朱人杰沉思起来。

"好了！"林若梦无可奈何地耸耸肩，"现在中央狠批'小脚女人'，合作社要跨百万大关。下边赶任务比数字，又不管自愿互利硬搞拉夫，重复出现了去年的那些偏向，难怪他们怀疑会不会又反冒进？我看前段时期省里是右了，现在中央是不是又左了呢？"

朱人杰想起下乡前白如冰嘱咐的：老林心直口快，教他不要随便发议论，免得无心说的话被有心人记下了，便提醒说：

"你在公开场合讲话可要注意考虑，免得被人抓辫子。"

"我是维吾尔族姑娘辫子多，不是已经给人抓了两根了吗？社长在动员会上说我们单位也有不当言论，举的两个例子，就是指的我。那时社长还没来怎么知道？还不是曹大秘书提供的。"

"也不一定是他反映的，再说未必指的是你。"

"我记得很清楚。春节专刊上我原计划写稿是访问矿工，后来发现一对夫妇演员的事迹很感人，就改写了篇《洒尽心血索艺珠》。曹流问我为啥不反映工农兵，我说到处都有生活嘛！"

林若梦踢掉路边的一颗石子，愤愤地说："他散布空气说报社情况复杂，要很好查一查，好像洪洞县里没好人了，人家是不是也可以查他一下？"

"查他什么？"朱人杰好奇地问。

"查他那个共产党员，一等军功。我在医院听一个伤员讲，当时他自己负了重伤，排里同志先后牺牲，只剩排长孤身奋战。来支援的几个同志也倒下了，走在后面的那个教员连忙转身躲在岩后。敌人又蜂拥而上，排长向教员头顶开枪警告后，立即抓起爆破筒冲进敌群光荣牺牲，我见那个吓昏了的狗熊教员也自己失足跌到岩下去了。去年我见曹流填的履历表上，负伤的时间地点和部队番号与那个伤员讲的一样，很可能曹流就是那个狗熊教员。还有，他伤不重，好了不出院，总说这痛那痛。我同他在一起住院一个多月，从没听说他是党员，也没见他参加过党组织生活。他是在医院复员的，我到报社后却听说他在部队入了党，真是怪事。"

"没有证据不好乱怀疑。如果现在提，别人会以为你是报复他。"

林若梦眯起眼来欣赏美丽的晚霞，坦然地说："查就查审就审，我不怕！上学参军工作，自问没干过对不起党和人民的事。公公、伯父都没见过，我是靠爸爸的工资养大的，如果说我身上有地主儿子的血，那另一半还是贫农女儿的。"

"曹流在青木关表现还不错，你是否对他有偏见？"

林若梦笑笑："以后你自己观察。反正我来报社就听见有人说他为了自己出头，设下陷阱把主任挤走。"

"听说那个主任是自己犯了错误。"

"他给主任介绍对象，买了酒菜到单门独户的寡妇家吃饭。主任喝得烂醉，第二天上午才从那寡妇床上把他找回来。试问曹流为什么没醉？为什么要撇下主任扬长而去？第二天他为什么不去找主任而让报社的人去捉奸？"

肃反审干进入甄别定案阶段，专案组与甄别组意见严重分歧。

专案组在曹流宁左勿右思想的指导下，查出八个历史不清明分子。甄别组发现罪证不足，至少四分之三的反革命不合格。争论不下，最后只好提交党组复查确定。

党组扩大会上，甄别组长汇报了甄别情况和分歧意见。接着曹流发言，大谈他们如何擦亮眼睛，内查外调，挖出了暗藏敌人，最后并以"右倾麻痹，养痈遗患"警告对方。

会上一片肃静，梁社长向大家扫视一遍："你们两个组分歧很大，特别是关于林若梦的问题争论很激烈。党组成员、支部委员和在座的专案甄别组员可充分发表意见，表表态。"

白如冰首先发言，她说："关于林若梦的问题，我的看法是这样的。他所谓'到处有生活'是指工人可以写演员也可以写这个具体事件而言，是指在已经大量报道工农兵的基础上可以适当报道一些其他战线的新人新事，当时他本人及报社同志均不知有其他观点，怎能说是有意贩卖？《XX反革命集团材料》在报上公布后，许多人感到震惊，连揭发者也想不通怎么会反革命。更不因此殃及无辜。"

"还有，关于林若梦的家庭社会关系问题，专案组派人去杭州调查过，未见任何证明材料，而结论却是：大地主孝子贤孙林若梦一贯坚持反动立场，对土改没收其田产心怀不满，与逃亡美帝的伯父暗中联系里通外国。请问作出以上结论的依据何在？"

问题大量涉及编辑部，总编专门抽出时间复查了几个人的案卷。这时他望了一眼低头坐在角落里的一个中年人说："老丁，你向大家谈谈你们在杭州的调查情况吧！"

老丁局促不安地抬起头来说："我们到他乡下老家去过，没人了。只找到他祖父以前的管家，说他家确实是大地主，土改没收了田产，祖父母先后去世，伯父解放前留学美国未归，父亲大学毕业后在城里教书。我们找到他父亲，说是因婚姻问题与家庭脱离了关系，抗日时期带老婆孩子流亡四川。胜利后夫妇回杭州工作，老婆是小学教师。林若梦留在重庆上大学，解放后参了军。现在他母亲已去世，我们又找到他小时的奶妈。据奶妈说，他母子一直未得祖父母承认，从没去过乡下老家。"老丁怯生生地望了总编一眼，又看看曹流，"因为没查出什么问题，就没有取证。"

总编显然有些生气："乱弹琴！调查要实事求是，既要取有问题的证明，也要取没问题的证明。"他喝了一口茶，冷静而果断地说："林若梦的问题，我同意白如冰同志的分析。至于家庭社会关系，他参军后在自传中就作了详细交代，与调查相符，没有根据的结论不能成立。"

坚冰已破航道开通，大家热烈发言，顺利地为下面几个人作了定论。当讨论到现行反革命分子小范和历史反革命老杨时，总编说：

"这两个是工人，不属审干范围但在肃反之列。小范原来是一家私营小厂的机修工，因亏本停产待业在家。他舅妈听说报社创刊需要人，要求我无论如何给她外甥一碗饭吃。我见小范还机灵，就安排他跟老段下乡跑跑发行，后来校对病了搞校对，通联人手不够搞通联，逢年过节又派他值班。正如材料上写的，他发牢骚说：'自己是颗不值钱的螺丝钉'，'是报社的烂萝卜，被领导踢来踢去。'校对出差错挨批评，还打过报告要求调工作。"

总编抱歉地说："小范思想落后我有责任。他来报社感到专业不对口，工作不固定，情绪自然会产生波动，我对他又批评多帮助少，一直没抽时间和他好好谈谈。他家虽是破落地主，但十岁那年父母死后就跟舅舅学徒，基本上是在工人家长大的，本质并不坏。"

总编脸上闪过一丝笑容："最近印刷厂长向我反映，说他们厂里那些老爷机器亏得小范经常主动帮助修理，小范不要报酬也不让表扬，所以想干脆把他调到厂里搞维修工。我考虑地委已批准我们自办印刷厂，小范既然会修机器当然应留下。专案材料上说小范'背着组织到外单位搞地下活动捞外快'。你们再查查是不是指到印刷厂修机子的事?"

总编翻着面前的一份材料说:"看门的杨老头做过国民党区分部委员,算得上历史反革命,但没查出什么现行活动。前段时间他说自己年老体弱,老伴瘫痪在家,要求回农村去养老,我要他向行政上打个正式报告,可能运动来了没敢再提了。看梁社长意见,是否让他回去?"

梁社长困惑地问总编:"照你这么说,难道报社就没有反革命了?"

总编整理着面前的材料,像在自言自语:"有就有,没有就没有,我们不能按百分比去制造。"

(五)

古老而年轻的华夏土地上掀起了全面经济建设的热潮。

旧中国筹建四十多年不见铺下一根枕木一条钢轨的成渝铁路,复活了生命;

在长春日本鬼子细菌工厂的废墟上,第一汽车制造厂诞生了;

青藏高原上,用石子和泥沙筑起来了幸福之路;

昔日"千山鸟飞绝"的秦岭蜀道,即将招来汽笛和笑声;

武汉长江大桥工地上热火朝天,天堑指日变通途……

1953年以来,工业总产值年递增19.6%,农业总产值年递增4.8%,眼见1956年又是革命生产双丰收。这是中国人民活力无穷的年代,凡是从那个年代走过来的人都难以忘怀!

党的领袖说,我们正处在新的历史时期。一个六万万人口的东方大国举行社会主义革命,要在这个国家里改变历史方向和国家面貌。

星期日上午,朱人杰在大门口碰见白如冰往文庙街方向去,便笑着问道:"是到童素家去吗?"

"不去她有意见,我也想看看小玲玲。"

"今天去看看社会主义如何?"

"看社会主义?"如冰愣了一下,马上又会意地笑了。

大街上红旗如林,扯满了过街横幅。地委到专署这条中心大道上更是人头攒动、摩肩擦背。每家店门口几乎都挂了红纱宫灯或五颜六色的走马灯、猜谜灯,猜中谜的还可到店内领小纪念品。一批批敲锣打鼓的职工队伍,抬着一米多高的喜字和"庆祝公私合营"的大红匾，打着"跟共产党走社会主义光明大道""我们热爱社会主义"的大标语。有些单位还把生产捷报和除"四害"战果也抬出来游行，并向地市首脑机关报喜。最先发明火药的中国人，几千年来都用燃放爆竹来表示喜庆，在举国同欢的日子里，人们更是如醉如痴地大放鞭炮，阵阵白烟向街道的上空弥漫。

到处在传说公私合营的盛况，家家在议论新中国的"一化三改"，人人都以身在社会主义而自豪。

白如冰激动地说："过去觉得社会主义只是一种理想，是将来的事，想不到来得这么快。你看那些工商界人士也争先恐后，生怕掉了队。"

"是呀！现实的发展超过了我们党最乐观的估计。"朱人杰显然也很兴奋，"打倒地主官僚以后，以前不知道怎样解决工人阶级和资产阶级的矛盾，毛主席把马、恩对资产阶级实行赎买的设想在中国变成了现实，用消灭阶级改造人的办法，一个饭碗、一张选票，再加七厘定息，就化干戈为玉帛，完成了一场艰巨的社会主义革命，这在国际共运史上是个伟大的创举。当然，无形的不流血的斗争还是有。"

如冰点点头，完全同意他的看法："从读者来信中看到，限制与反限制、改造与反改造的斗争确实存在。有些资本家抽逃资金、挑拨政府和工人的关系，甚至说：'谁要我的税就杀谁的头。'有些干部又犯急性病，要求没收资本，不要逐步改造。"

林若梦率领他的记者组全部出动，分别到重点厂矿企业去采访。他脖子上挂着相机，穿梭似的抓精彩镜头，见朱、白二人在十字路口观望，忙过来招呼，又伸长脖子在朱人杰耳边说："我们打算在计划外再集体写篇通讯，你给配篇短评好吗？"

还没等回答，林若梦便消失在人海中了。

朱人杰笑着摇摇头，赞叹地说："你看老林这股劲我自叹不如，最近他经常开夜车，几乎天天有文章见报，他写东西出手快，质量也好，到底是新闻系的高才生。"

"明明是革命的，为什么要往反革命那边推呢？"白如冰似有感而发。

"谁在推他？"

"事情已经过去了。"如冰退出人群靠墙歇息，见朱人杰眼含询问地紧跟过来，便淡淡地道，"社长出身雇农，阶级斗争观念强，看重成分情有可原；秘书怀疑一切打倒一切令人费解。"

"在青木关他就说过，'左'是认识问题，'右'是立场问题，所以就宁左勿右了。"

最后一批游行队伍过去，已经十一点多钟，他们慢慢向食堂走去。如冰沉吟片刻说："有篇文章讲，由于宗派主义和小农狭隘意识，在部分干部中存在着轻视科学、歧视知识分子、握手不谈心的现象，他们认为知识分子的个人成分、家庭出身、社会关系、思想作风和教条主义'五不好'。"

朱人杰侧过脸来热情地说："情况正在好转。总理亲口说我国知识分子的绝大多数已经是劳动人民的知识分子了；毛主席又提出在文艺学术领域实行'双百'方针；中央还作了规划，这就为知识分子提供了大展宏图的春天。"

"你和老林下乡时，地专机关召开向科学文化进军大会，我已经报名参加了政治夜校。"

"学些什么内容？"朱人杰关心地问。

"学哲学、政治经济学、党史党建和党的路线方针。时间三年，早上自学晚上听课，写学习心得。"她扬起头来，眼里闪着光，"三年内我还有个相应的业务学习计划。"

"能否泄露天机？"朱人杰嘴角上露出调皮的笑容。

"你们在三楼上盖顶了，我才打地基哩！我主要是提高本职业务水平，除了办好几个专栏，会编新闻、通讯、诗歌外，还要学会划版，会写编后感、短评和思想杂谈。编辑是后台工作，只要能培一朵花，甘愿做腐草，决不能埋没作者呕心沥血的劳动。"

"真是好样的！"朱人杰由衷赞叹，又略感遗憾地说，"要不是晚上看稿，我也想去夜校听课。"

"知道你早就看完《政治经济学》了，还装蒜！"如冰也调皮地笑了，又问，"最近学什么？哦！听老林透露，你中午不休息自学俄语，想搞翻译是不是？"

"我哪能这山望着那山高，只不过受人之托。总编有个同学在苏联，常给他寄些小册子或报刊，有些是原文，他要我帮他译出来。在哈军工我只跟苏联专家学了点皮毛，主要是对这些资料感兴趣，想了解苏联建设情况、学点马列著作，就边查字典边看。列宁在1919年写的《无产阶级专政时代的政治和经济》，读了令人耳目一新。他分析从资本主义到共产主义过渡时期里，社会经济结构的特点和阶级关系的变化。我最欣赏的是'社会主义就是消灭阶级'那句话，真有嚼头。"

"消灭阶级？我们不是已经消灭了地主资本家这些剥削阶级了吗？社会主义社会了，还消灭什么阶级？"如冰大惑不解。

"我们只完成了消灭阶级任务的一半，下一步还要消灭工农之间、城乡之间、体力劳动与脑力劳动之间的差别。这个任务更艰巨，时间更长，要靠大大发展生产力来完成。到了人人都成为又红又专的劳动者的时候，农民阶级和工人阶级以及其他小资产阶级的区别就没有了，阶级不存在了，彻底消亡了！"

朱人杰对洗耳恭听的如冰提了个启发性的思考题："你仔细琢磨一下，无产阶级革命的目的就是为了促进自身的消亡，想得通想不通？"

如冰眨眨眼笑着说："让我想清楚了再说。只是有个要求，你不能独享精神美餐，务必分我一杯羹。"

"现在先去共享物质美餐，我定把份肉给你奉上。"朱人杰说罢爽朗地笑了。

兰莎莎母亲兴冲冲地来找莎莎，因为她"省里舅舅"来了。莎莎去邮局未归，曹流立即陪着未来的岳母到经理部和编辑部参观。当莎莎妈随手拿起朱人杰桌上一篇待审的稿件观看时，脸上立即出现了晴转阴。她回到曹流办公室怒冲冲地问道："那个署名'一叮'的作者是谁？如此放肆！"

曹流赶紧去把稿子找来，原来是篇小品，题目叫作"建议站着发言"。内容是：

"笔者听说在南非的某些部落里，发言者只能独脚站立。如果另一只脚落地，发言就得中止。目前我国马拉松长跑冠军不多，马拉松会议冠军不少，报告千篇一律：一意义二目的三方针四设想五打算六体会七决心八态度九保证十展望，没完没了。建议引进南非这一先进经验，并请爱好长篇宏论者试行。"

曹流从笔迹上一眼认出了作者是谁。为了扩大事态，他到楼上去把社长请来与莎莎妈交谈。

林若梦去省开会来找曹流开介绍信，见社长送走莎莎妈后把一篇稿子递给曹流说："你告诉朱人杰，这篇稿子不能用。"

曹流接过稿子，轻蔑地撇撇嘴："哼！这样的文章，不干不净，只配做抹布！"他顺手把稿子去擦桌上的蓝墨水渍。

林若梦瞟了一眼，那稿正是自己写的，竟被判了死刑，斥为抹布。他的心猛然剧跳起来，像建筑师目睹自己设计的建筑物遭炸毁、农民眼见自己的耕作物遭践踏一样，口鼻都仿佛塞满了烟。他强抑胸中怒火，一字一板地说："不错，我的文章是抹布，专抹那些不干不净的东西！"

从此，林若梦以"抹布"作笔名，写了一系列针砭时弊的讽刺小品，大受读者欢迎。有些竟取得意想不到的社会效应，比如有篇《××小镇特产》：

小镇脏话多，脏里兼带泼；
女人骂大街，男人斗口角。
脏口声声骂，脏中寻快乐；
出口便成脏，以脏为幽默。
高明制脏者，引来众声和；
此风若不刹，子孙可奈何？

镇委书记见报后如坐针毡，立即召开党委会研究治"脏"问题，大张旗鼓推行"说话文明、礼貌待人"的群众活动，使小镇社会风气焕然一新。

另有一篇《老佛爷——某县归来有感》：

老佛爷，修养好，整日眯眯笑。
抱问题打鼾，枕急件睡觉；
望民房起火，见教室塌倒；
听家属哭闹，任社员暴跳；
看学生停学，让教师停教。
直到报纸披露真情，广播高声揭晓，才几声叹息、几句检讨：
奈何客观困难，只能"亡羊补牢"。
等到事过境迁，又是不了自了。
只要不丢乌纱帽，老佛爷仍然眯眯笑。

县委组织部长见报后立即派人调查，会同有关部门解决了被烧伤社员的医疗费用问题，决定修建倒塌的小学校舍，并给予该公社书记党内警告和降职处分。县委给报社写公开信说明处理情况，感谢"抹布"同志的帮助。于是"抹布"声名大振，有些读者来信说：我们这里也有不干不净的东西，请"抹布"同志来抹一下。

朱人杰主张在报纸上辟小品文专栏，让广大读者也参与写稿。他认为小品文贴近生活，雅俗共赏，针砭时弊，读者面广，也便于人们在紧张的工作劳动之后，能在短时间内欣赏到报纸的"瞬间精华"。

总编也很支持，他说这种寓理于趣、寓庄于谐的小品和漫画一样，引人一笑也发人深思，通过热情善意的嘲讽起到祛邪警世、激浊扬清的社会效应。

林若梦风趣幽默，文如其人，编辑部同志常喜欢和他开玩笑逗乐。有次他在办公室开夜车赶完一篇通讯，放在朱人杰办公桌上，早饭后自己补觉去了。

朱人杰看完其他稿子来向林若梦要稿。林若梦着急地把朱人杰桌上的东西翻了个遍也没找到，见大家都轻松地打趣他，要他再写一篇，便心里明白有"鬼"。他说这已经动用了我无孔不入的全部能量才搞到的材料，非找到不可。立即提笔写了个"寻失物启事"贴在办公室门口——

　　亲爱的扒手先生，谨向你鞠躬求情：

　　　　鄙人腰无分文，只有稿件一份；

　　　　于你半点无用，对我重要得很。

　　　　如若无稿发排，日子不得安宁；

　　　　又需挑灯夜战，绞我脑汁半斤。

　　　　若有得罪之处，可以当面批评；

　　　　万望开恩掷还，定将感激终生。

大家嘻嘻哈哈，非要他买糖来赎。

吃完糖，林若梦要"扒手先生"亮相。值日板着面孔说："别冤枉人，好好找你自己的抽斗！"

同志们夸他文思敏捷，有智慧有天才。他苦着脸说："我这抹布居然被封为天才，幸甚！只可惜是天才的毛坯和智慧的半成品。"

同志们赞他口才好，要选他到市里发言，他说："我只是偷了一点别人说话的诀窍，就是捧人要捧得有分寸，骂人要骂得含蓄，自夸要夸得像自谦。斗闹时要用打岔来躲避，用兜圈子来摆阵，用捉把柄来还击。这些都是不能登大雅之堂的，饶了我吧！"

周末，报社同志都去看电影或参加地专机关舞会去了。朱人杰看完编辑们交来的稿子，正在看当天各省市的报纸，忽听断断续续的呻吟声，他急步出去察看，只见兰莎莎小屋里有灯亮着，心里奇怪这个舞迷今晚为啥弃权了。

兰莎莎爱跳舞，舞会从不缺席，必然兴尽而归。她怕听母亲啰唆，便搬到报社来住。曹流把经理部旁边的小仓库腾给了她。越来越急的呻吟声正是从莎莎房里传出来的，朱人杰轻轻敲了两下门，问道："你怎么，病了吗？"

"快来！我肚痛得要命！"莎莎几乎是哭着喊的。

市医院离报社不远，值班的恰好是外科医生。诊断结果为急性盲肠炎，需要手术治疗。

朱人杰听莎莎说她妈出差去了，明天下午才回，便问医生：能否先止痛，等她母亲回来再手术？

莎莎一把拉住朱人杰的手着急地说："我受不了啦！赶忙给我割掉该死的盲肠，只要你在我身边就行，不要等我妈。"说罢又按着肚子"哎哟！哎哟！"地大喊起来。

医生给她打了止痛针，决定明天上午手术。莎莎拉着朱人杰的手不放，朱人杰坐在病床边静静地守护着她。

黎明在悄悄来临，曙光默默地驱散着淡淡的晨雾。早行的车辆驶过医院墙外的大街，朦胧而暗哑，轻得几乎听不出来。

手术时朱人杰给莎莎补办了住院手续，又给报社值班同志打电话，要他转告曹流，如见莎莎母亲出差回来请马上到医院。

从手术室推着莎莎出来的护士对朱人杰嘱咐道："麻醉解除后可能会有痛，家属不要离开，按时给她服药。"朱人杰尴尬而含糊地嗯了一声。

莎莎醒来时四周静悄悄的，对面床上的病友还在熟睡。她抬起眼皮见到一尊诱人的塑像——朱人杰仰靠在雪白的粉墙上，显然是睡着了。莎莎贪婪地欣赏着他潇洒的坐姿、恬静的睡态，接着分别观察他的眼、耳、口、鼻、眉毛和头发，简直挑不出什么毛病。情窦早开的兰莎莎对爱情充满幻想，渴望心中的白马王子带她去情海遨游沉醉。她把几个曾经一度占据过心灵的异性，用妈妈要求的政治、业务和自己要求的仪表三个基本条件来衡量，竟无一个理想。只有眼前这个又红又专才貌双全的人，才是理想的白马王子。平时很少与他接近，有事找他也总三言两语就打了句号，像个冷血者。这次看出来，他的血还是热的，要不是他及时送我上医院，真会把我痛死，人家还坐在床边整整陪了我一夜哩！要能和他朝夕共处该有多幸福！？

朱人杰被走廊上的脚步声惊醒。他看看表，抱歉地问："你醒多久了？伤口有痛吗？"

莎莎仍然望着他，笑而不答。朱人杰被那双柔和的视线射得有点不安，忙转身去倒开水，又去打开纸包里的药片。

莎莎要朱人杰坐下，亲切地说："我感觉很好，不知道应该怎样感谢你？我们好好聊聊……"

半掩的病房门外伸进一个胖胖的圆头。曹流提着一网袋营养品，满面堆笑地来到莎莎床前，忙不迭地说道："上午我有事出去了，刚才听说的。手术做得好吗？现在感觉怎样？想不想吃点东西？"他举起手里的网袋，"喏！各样都有，你尝尝。想吃什么我再给你买。"

朱人杰如释重负，轻悄悄地退出了病房。

莎莎面对眼前这张热情、关怀、亲切得无以复加的脸，只报之以冷漠、厌恶的眼神。曹流抱着木炭亲嘴——抹了一鼻子灰。

半月以后，地委组织部打来了给朱人杰的电话，是莎莎妈妈的声音："朱人杰同志吗？您好！明天上午请你来一下，有事面谈。"

"到您办公室吗？明天是星期天哪！"

"哦！那就到我家里来吧！记着，上午十一点。"

朱人杰准时来到兰家，莎莎笑容满面地站在门口说："我等你多时了！"

"你母亲呢？她说有事找我。"

莎莎要他稍等一会儿，热情地请他吃糖果，参观自己的闺房。

不一会儿，莎莎妈摆满一桌子菜饭，说别无他事，只是表达母女的一点感激之情。朱人杰进退不是，只好勉为其难地听从主人的安排。

席间，莎莎妈不停地问这问那，莎莎则一个劲地给朱人杰碗里夹菜，要他轻松愉快地在她家里好好玩一天。朱人杰想稀释这亲密得使人窒息的空气，有意谈些工作上的情况来冲淡。

这次宴请是莎莎的主意，唯恐客人不来，才要妈妈出面以公事相邀。遗憾的是饭后朱人杰即说有事告辞，仍然没有达到"好好聊聊"的目的。

值得莎莎高兴的是，母亲望着朱人杰的背影夸了一句：是个有出息的小伙子！大概是莎莎妈见到的干部太多，很少夸奖人，这也许就是家长审定批准做候补女婿的暗示，证明自己眼力不错。从此，兰莎莎发起了对意中人热切而大胆的追求。

工作上的事，她不找通联组长而直接去找编辑部副主任；

资料室有的是书刊报纸，她却去找朱人杰借阅；

经常关心朱人杰的生活起居，争着帮他洗衣服和被子。

曹流对莎莎变化最为敏感。过去他经常邀莎莎看戏看电影，现在总是"有事"或者"不想看"；几次约她"谈话"，也推"身体不舒服"或"无思想可谈"。莎莎冷淡的笑容，像阴寒欲雪天的淡日，握着她的手像抓住了冷血的鱼翅。有次曹流讲了两句酸溜溜的醋话，莎莎立即柳眉倒竖，宣称要另找入党介绍人。曹流无可奈何地哀叹：自己的奶油蛋糕已经变成了冰淇淋！

总编感到朱人杰提高很快，政治业务水平足能胜任本职工作，而且发现编辑们白天编好的稿件，朱人杰都赶在晚上看完，留给自己第一天下午稿件发排前充裕的终审时间。他决定下放终审权，只看社论、头条等重要文章。这样朱人杰就可改在上午审稿，晚上泛游书海，与同志们共度周末了。

兰莎莎自然不会放过机会，每逢周末都是她邀朱人杰去参加舞会，说跳舞能彻底治好他的关节炎。

地专机关的周末舞会是很吸引人的。二楼会议室的排椅都搬开靠墙围放着，楼板上洒满滑石粉，电唱机的指示灯闪着白光，播送出悠扬动听的四步舞曲《步步高》。这时正开展穿花活动，苏联花布不仅缝成了姑娘们的连衣裙，也缝成了小伙子的衬衫。

人们的视线不约而同地射向门口。一个身穿紫罗兰花府绸连衣裙、脚踏绛红色高跟鞋、头上辍着一圈茉莉花的姑娘，响着有节奏的步伐走了进来。一双明亮而骄傲的大眼，在弯曲的睫毛下不停闪动，对全场的人似乎都不屑一顾，只流星般地在寻找什么。

正和林若梦跳舞的小唐努努嘴："你看我们的舞后在找谁？"

"舞后？当然是找舞皇啰！谁是舞皇呢？"

"下一场你看就知……"小唐话未说完便"哎哟了"了一声。原来是林若梦踩着她的皮鞋尖了。他常在夜里赶稿，很少参加晚会，因而舞技不高，一说话就会出"交通事故"。

电唱机又转动了，播出的是节奏明快的《蓝色多瑙河》。兰莎莎快步地走到朱人杰跟前，把他从座位上拉起，马上两人便旋风似的转了起来，莎莎长长的辫子甩成了水平线，发梢上的蝴蝶结上下翻飞。

下一支舞曲重新响起，兰莎莎转身一看，舞伴不见了。监视心上人的生物雷达比最精密的电子仪器还灵，她向全场迅速扫描，只见朱人杰和白如冰坐在墙角低声谈话。她气冲冲地走过去，毫不掩饰地以情侣身份硬拉朱人杰跳舞。

朱人杰躲过身去指指白如冰，礼貌地说："对不起！我刚刚邀了她。"

林若梦目睹这一幕，不禁啐了一口：讨厌的第三者！

曹流喜欢看戏不爱跳舞。兰莎莎说他这人缺乏节奏感，脑子里封建油腻多，从不邀他参加晚会，不然将会醋瓶子打飞机——酸气冲天！

白如冰跳舞只是作为繁忙工作的调节，适可而止并不入迷，经常迟到早退。今晚她见莎莎如此反常，和朱人杰跳罢一曲便悄然离开了会场。

回到宿舍，如冰思绪翻腾。自己活了二十多岁，在家没和姐姐拌过嘴，在学校在部队在报社，也没和任何同志闹过不团结。她的生活像小河流水那样平静，从没经过感情的波折和人际关系的折磨。但自莎莎住院以后，她平静的心绪开始乱了，产生了一种莫名其妙的想忘记偏又记起、想得到又怕失去的感觉。

兰莎莎多次当着自己的面对人说，她害盲肠炎时，朱主任如何关心照顾，还整整陪了一夜。有天她似乎还有意在自己面前抱怨说："老朱这人真是，又咳嗽了。叫他不要抽烟，偏抽；要他早点睡觉，偏熬夜；劝他吃点营养品，说太麻烦；约他到我家去改善生活，又说没空。这个书呆子，真讨厌！"

如冰自己也说不清，对莎莎的话为什么心里总感到不安？她回想朱人杰来报社后仿佛出现了一种奇怪的现象：无论是自己或他走进办公室时，第一眼总是四目相接；尽管自己低头编稿，那熟悉的忙而不乱的脚步声、温和而肃然紧闭的嘴唇、双手插在衣袋里的神态、经过自己桌旁的侧影以及军衣角上几点鲜明的墨水痕，都会久久地闪动在自己的脑海里。每当见到他时会感到愉快，几天不见又会产生惆怅，这种纠绕不清的苦甜混合体究竟是友情还是爱情？在青木关分别那一刻是否自己产生了错觉？他是否理解那颗红豆的心意？自己在他心目中和他在自己心目中究竟占据了什么位置？

青年男女每当友情和爱情在心里划不清界限时，就会像捉迷藏一样为捉摸不透对方心灵深处的奥秘而苦恼了。如冰一向把爱情看得十分神圣，她多次谢绝大姐们的好心撮合，坚持要在共同事业的奋斗中去寻找一位心心相印的终身伴侣，朱人杰的形象闪烁着理想之光，然而又是那么飘忽不定。

窗户外有了脚步声，参加晚会的同志陆续归来。如冰把灯关掉想尽快入睡。但她翻来覆去睡不着，一个尖锐的问题钻进了脑子：兰莎莎和朱人杰的关系究竟发展到了什么程度？她眼前晃动着莎莎那双含笑似醉、欲眠带梦的大眼，盯人时像火一样炽热。在莎莎热切的追求下，完全可能把他从自己眼皮下夺走。那么第三者到底是谁？是莎莎还是自己？暝暝中仿佛听见黎明的声音：朱在我们这一群青年中算得上是佼佼者，你可不能让他飞跑了呀！她脑子嗡嗡响，感到阵阵揪心的痛楚。过去她对"爱情是自私的"这个观点不以为然，而今深深尝到了痛苦的滋味。

她披衣起床，临窗伫立。四周被夜幕笼罩，只有夜班室灯光莹莹，传来新华社播音员低沉而清晰的口语广播声。她倾身窗外，让夜风吹拂自己昏沉的头脑，回想在部队时同志们爱朗诵的一首短诗：生命诚可贵，爱情价更高。若为自由故，两者皆可抛。那时有好几对情侣正是在此诗的激励下，勇敢地奔向了抗美援朝的第一线。

她猛然想起了铁旦，永远忘不了那张可爱的孩子脸，他没有享受过父母之爱，也没涉足过儿女之情，便献出了宝贵的青春和年轻的生命。留下的人为完成他们的未竟事业，还有什么不能舍弃的呢？假如爱情的幸福像独木桥，只容得一人通行，那就让路吧！从上学起，母亲就教导"己所不欲，勿施于人"；学了《论共产党员的修养》，知道怎样培养高尚的情操。一个共产党员，应该用理智、道德约束自己，更不能浅薄地去争宠夺爱争风吃醋。就这样，为了自尊自爱，必须把痛楚深埋，让岁月来冲淡这种痛楚。

正当白如冰心扉半启、幸福风帆欲张的重要时刻，半路杀出个程咬金来，生活之网作恶似的总是把你我他纠缠在一起。

白如冰把全部精力集中在工作学习上，去追求精神和事业上的完善。周末也不出去，独自在房里复习功课、看业务书籍，她自动和朱人杰插上友谊界碑以后，倒是感到心底无私天地宽，对兰莎莎的一切言行也能坦然置之。有时她甚至想，如果朱人杰也真的喜欢莎莎，为什么不能以愉快的心情来为别人的幸福欢呼呢？获得是一种满足，付出也应当是一种快乐。

对兰莎莎来说，难采的葡萄越觉它分外的甜，愈没结果的追求往往愈不肯舍弃。尽管觉察到朱人杰意不在她，仍不甘心命运送给自己的意中人竟是属于他人的事实，她要倾其全力夺取所爱，不达目的决不罢休。

华灯初上一片辉煌，地专机关举行中秋文娱晚会，大礼堂挤满了人。表演文艺节目之后分别自由活动，有象棋、扑克、台球和钓纸鱼、掷圆圈等，青年们自然都到会议室里来跳舞。

朱人杰急忙到各处转了一圈，不见白如冰的影子。他发现这段时间她下班之后就足不出户，除了工作上的联系外总是处处躲着自己，讲话时低眉垂眼，再不正眼相看。中饭时他特地邀她参加晚会一同跳舞，是迟到还是又不来呢？他心神不定地站在会议室门口抽烟。门口涌进一批嘻嘻哈哈的青年男女，仍不见自己等待的人，他怅然若失地丢掉剩下的半支烟，正想转身出去，又不甘心地回头扫视了场内一眼，忽然惊喜地发现，白如冰端坐在墙角壁灯下低头看报。真个是"众里寻她千百度，蓦然回首，那人却在灯火阑珊处"，他立即快步跨了过去。

白如冰正在看当天的报纸清样，她让朱人杰坐下后笑着说："我觉得版面好像不够活跃，是否可增加点装饰标题？文章最好是短小精悍些。"

"是的，我也有同感。"朱人杰由衷地点点头。

"标题大都是说明性的，你审稿时是否再加加工，力求鲜明准确生动，真正起到画龙点睛的作用。"

朱人杰兴奋地说："你和我完全想到一起了，我正考虑从这方面改进。不过有时改来改去也总不理想。"

"当然，这要靠编辑部同志们的共同努力。我自己编的标题也不满意，常常依赖审稿解决，就懒得去反复推敲。"

林若梦笑嘻嘻地凑了过来，见他们研究报纸问题，便接嘴道："读者反映报纸印刷不清，铜版插图更模糊。我琢磨主要是铅字老化，需要剔换一批；制版技术看来也没过关。你和印刷厂长谈谈，要他们想法改进。"

朱人杰认真听着，不住地点头。

音乐声起了，林若梦要朱人杰和白如冰先跳。如冰抬头瞥见兰莎莎花枝招展地走了过来，立即招呼林若梦说："我们跳吧！"

林若梦站起身来，狠狠地向兰莎莎瞪了一眼。

不一会儿白如冰离开了舞场，朱人杰也悄悄地跟了出来。

这是中秋之夜，行人寥落，晶莹的满月在薄得透明的云片中浮进浮出，好似云在飘、月在游。路旁梧桐在微风中轻轻摇曳，星月给大地洒满了柔光，舞会上优美的抒情曲断断续续传来，更衬托出一种静穆的美。

他们一前一后，默默地漫步在月夜的原野中。朱人杰仰望明月思潮起伏，与白如冰重聚是他南下转业的重要动因，而今同室工作耳鬓厮磨，对品德高尚好学进取的心中偶像更增爱慕。他凝视前面这位发梢微卷、着白翻领衬衫、外罩绿色军连衣裙，显得朴素大方而又楚楚动人的姑娘，又一次被她超凡脱俗的气质所吸引。不知为何她总是若即若离，甚至有意回避，难道她对自己仅只友谊而已？他下决心要戳开隔在他们之间的那层窗户纸，获得心的交流！

当他趋前几步，侧过脸来一望时，只见如冰颔首缄默，庄严肃穆得有如女神，又不禁犹豫甚至有点怯懦起来。他想起部队女同志选择对象看重两种人：知识化了的工农分子和工农化了的知识分子，她是喜欢哪一种呢？自己虽然出身农民家庭却缺乏生产斗争知识；上了大学算个知识分子吧，又并无多少知识，对目前的新闻专业就知之不多。不管是工农知识化还是知识工农化，自己都还远没达到"化"的要求，怎能贸然毛遂自荐？只有成熟的葡萄才甜，酸涩时就匆匆采摘将会留下遗憾和后悔。他轻轻地舒了口气，低吟起苏轼的中秋词来——

明月几时有？把酒问青天。

　　不知天上宫阙，今夕是何年？

　　我欲乘风归去，又恐琼楼玉宇，

　　高处不胜寒。

　　起舞弄清影，何似在人间？

　　转朱阁，低绮户，照无眠。

　　不应有恨，何事长向别时圆？

　　人有悲欢离合，月有阴晴圆缺，

　　此事古难全。

　　但愿人长久，千里共婵娟。

　　朱人杰叹息了一声，又反复吟咏最后两句。

　　如冰望着月光下的两只身影，觉察到对方心灵深处似乎隐藏着什么秘密，又想吐露又想掩埋；自己呢，也有一种微妙的感觉，又想知道又怕知道。她暗自叹息：人啊人，为什么不能倾诉心里话？难道你我之间就永远是朦胧一片、一片朦胧？

　　朱人杰和林若梦到一个山区县跑了几天，满载而归。朱人杰刚把挂包放到床上，兰莎莎便燕子似的飞了进来。她把长辫一甩，满面春光地说："哟，回来啦！正好我省里舅舅来出差，到我家去陪舅舅喝杯酒吧！"

　　朱人杰笑道："我只会抽烟，要喝酒请那一位。"他向正在清理资料的林若梦努努嘴。

　　"你还不认识我舅舅，去见见嘛！"莎莎揪住不放。

　　"对不起！下去几天堆着很多事要办，一篇明天要见报的稿子无论如何要赶出来。"朱人杰显得真有其事的样子。

　　房间很小，书籍杂志和两张三斗桌占了半壁河山，加上两张单人床和一个洗脸架，增加一个人便显得拥挤不堪。莎莎见朱人杰忙着洗脸，林若梦不客气地拍打着床上的灰尘，自感没趣地嘟着嘴巴走了。

　　林若梦抬起头来说："我看她是爱上你了，否则不会请你到她家去吃饭。"

　　"是吗？那就完全是一厢情愿。"朱人杰不以为然地耸耸肩，又问道，"你到她家去吃过饭吗？"

　　"我和她没有举案齐眉的福分。"

　　"我正要问你这事，最近才听说你们转业前后相爱过，是真的吗？"

　　"确曾有过刚刚孕育就掐死了的爱情。那已经是一份注销的档案，翻它作啥？"林若梦像触到疮疤，有点怕疼。

　　"你别瞒我。后来怎么吹的？是她变心了吗？"

　　林若梦斜靠在床上，苦涩地说："不是变心，她没有心。悬在她胸腔左侧的是块肉，时间久了肉自然会变质。"他眼望天花板陷入了回忆，"我们，包括白如冰，都还在穿部队发的衣服。可她转业以后就把军服扔了。像橱窗模特那样，一味追求时髦的表层，肚内却空空如也。我傻瓜似的劝她抓紧时间学习，真心实意地帮助她提高业务。我说你别忙去研究人体包装，既然想做记者，就不能连新闻的几个要素都不知道，没有智慧的头脑好比没有蜡烛的灯笼，是很可悲的。"

　　林若梦喝了口开水，愤愤地道："结果呢？她把我发自心灵的美好情愫看作是肺腔里咳出的浓痰，见面像吃了枪药，出口就冲人。我想了很久也观察了很久，原来她在军大也学了辩证法，知道运用否定之否定规律。她决心和我'拜拜'的那天起，便像再嫁的寡妇怕见翁姑一样，老是躲着我。直到她和曹流关系明朗化，才公然向我翻白眼。"

　　"你吃醋了吗？"朱人杰笑着问。

　　"神经有缺陷的人才会吃醋，我的神经很健全。既然是客观规律，我被否定也不遗憾，反正隔夜的冷饭也捏不拢。退一步想，大丈夫又何患无妻？谁知你的出现，她又否定了曹流，也许将来的某某又会否定了你。"

　　"绝妙的逻辑推理。"

　　"《三国演义》里说，妻子如衣服，她则视男人为敝履，是个玩弄异性的千手观音，一棵颜色美丽而有毒的罂粟花。我早就想提醒你谨防她的丘比特之箭。"

　　"你放心，我决不会中箭！"

　　"看得出，你已心有所属。"

　　"你在说谁呀！"

　　"别装糊涂了。眼睛是心灵的窗户，我早就从你们的眼神中看到了爱的祈求和反馈。这样的同志值得用整个生命去爱，你将会得到一颗真诚的火热的心。"林若梦恳切地说。

　　朱人杰表示默认，却又无可奈何似的："我们之间好像同一方向的两条平行线，距离很近，目标一致，步伐相同，却永不相交。"

林若梦站起身来笑道："'='号是十六世纪英国学者列科尔德发明的，他认为世界上再也没有比这两条平行而又相等的直线更相同的了。问题很简单，只要你能向她靠拢，把'='变成'→'，不就能向同一目标合力前进了吗？"他忽然想起了什么，问道，"你也别瞒我，中秋晚上的月下之盟订得如何？"

"我们一句话也没说。"朱人杰懊恼地捧着头。

"这是为什么？"林若梦十分惊奇。

"你不知道她这人，开会发言滔滔不绝，研究工作言无不尽，就是单独在一起的时候她就变了，低头沉默，像个大家闺秀。"

"你非常逻辑化的脑子也塞满糨糊。她个性内向感情含蓄，当然不会轻易表露，好比热水瓶外面冷里面热。只有轻浮的人，视人生为儿戏的人才会到处施舍爱情，像热水壶似的——热里热外，冷里冷外。"

朱人杰忍不住笑起来："你哪里学来的一肚子少女心理学？"

林若梦仍然一本正经地说："我问你，她沉默你也哑了！大家闺秀偏遇上你个傻小子。你每日墨攻笔战文锋犀利，为何却缺乏爱的勇气？自古以来就是凤求凰，没有哪个好姑娘会把真正的爱情放在金盘子里向小伙子拱手奉献。"

朱人杰自信能以诚挚的爱去唤开对方心灵的神秘之门。他又想到那个头痛的第三者，便问："那么兰莎莎呢，如何发落。"

"只要你真正做到坚不可摧，我自会助你一臂之力。"

不久，报社团支部办的国庆特刊上，有一首题为"忠告"的打油诗——

　　华灯初上人潮涌，时髦姑娘入场来。

　　腰儿扭、裙儿摆，茉莉花儿头上戴。

　　东瞧西望眼波转，我的舞皇今何在？

　　你十窍通顺、百事能解，

　　为啥不懂我的情和爱？

　　我为你，一日两遭上妆台，

　　三番四次摆弄穿和戴；

　　我五体投地六亲不认把你追，

　　你七推八托不理睬；

　　啊呀呀，我九日不见十日把相思害。

　　良药苦口进一言，奉劝姑娘要自爱。

　　单相思，切莫害，山伯早有祝英台；

别枉把秋波儿送、风情儿卖。

年少应努力，免得老大哀。

《忠告》引起了青年们的兴趣和议论，纷纷猜测这个不自爱的姑娘是谁。

兰莎莎看过墙报，正想伸手去一把撕个粉碎。团员小许问她："你有什么权利撕支部的刊物，难道那个时髦姑娘是你？"莎莎气得回房去大哭一场，从此把林若梦恨之入骨。

朱人杰感到没有"时髦姑娘"的纠缠，自然轻松得多，然而和"祝英台"的距离，似乎更远了。

大年三十日，童素准备了酒菜，请章薇夫妻和报社几个老战友来聚餐。

章薇是从上海回来度春节假的，还是那么热情健谈，和如冰久别重逢自然是话说不完。林若梦眼望窗外咳了一声："杂志社和报社的人都是同行，别搞小圈子好嘛！"

章薇连忙回过身来笑道："啊！冷落了我们的大记者，还有主任同志，对不起！"她把火炉往中间推一推，"我们每月一期都没空闲，你们每天一期很紧张吧？"

朱人杰笑道："我们都是属驴的，只要上了套，就从早拉到晚、从春拉到冬。"

林若梦耸耸肩："我这驴和你不同，有人管就转，没人管就站，有人吃就宰。"

章薇听说报社后面的小山上有李清照住过的"明月楼"，很感兴趣，决定要去凭吊一番。她说："有人为了厚今薄古又走向历史虚无主义，把历史名人全否定了，说李清照面临国破家亡不振作起来保家卫国，只会悲悲切切借酒消愁，真没出息！有篇文章又责问陶渊明，为什么不参加九江、鄱阳湖的起义军，却溜回庐山去赏风景，采菊东篱下，悠然望南山？"

朱人杰笑道："若是这样，陶渊明闭上的眼睛也会睁开。"

林若梦说："戏剧方面也有类似情况，为了推陈出新，往往不恰当地把现代意识形态加在古典戏剧里，给古人穿中山装列宁服。我看过一出改编历史剧彩排，问我有何观感？我说好比竹编篓子配玻璃盖、长袍马褂系领带、奶油蛋糕夹榨菜，不是滋味。当然，我不能以偏概全，也有改编得好的。"

章薇丈夫是师政委，稳重而深沉，像是把热情蕴藏在一种巨大力量之中，并不随便消耗发挥。他和童素丈夫——军组织部副部长在谈着部队里的事，一面逗小玲玲玩。

童素领着小阿姨在厨房里大动干戈。她捧出一钵热腾腾的蒸全鸡，要大家入座。

章薇感叹地说："忘不了军大那次愉快的野餐，现在很难重聚了。"

"是呀！那时八个人，少了黎明和……"童素不愿在这时提起铁旦，她扫了一眼："咦！怎么曹流没来？"

林若梦忙答："他和未来的夫人看电影去了。"他看看白如冰，又说，"臭猪头敬烂菩萨，两相合适。"

"曹流在报社干得不错吧？"章薇问。

"不错，他是报社的红人，能说会道，讲党的优良作风娓娓动听，批邪门歪道义愤填膺。还擅长打擦边球。"

"打什么擦边球？"童素不解地问。

"比如有客人来访，他可陪参观陪吃饭陪看电影，把自己办公室布置成会客室，可优先享用沙发台扇，这些都擦了工作的边。把公用水管安在自己房门口，就擦了福利的边。新产品出来，交少许钱得个试用品，又擦了守法的边。"

朱人杰笑着瞪了林若梦一眼："你这刻薄鬼，总爱挖苦人。"

童素丈夫给大家斟酒，举杯祝新年快乐。童素把酒杯举到白如冰面前说："祝贺你评上了优秀党员！"

如冰腼腆地举起杯："这算什么？谁不知道你和章薇是老先进。"

朱人杰眼望童素向林若梦努努嘴："还有我们这位也登上了社会主义建设积极分子的光荣榜。"

童素连忙举杯过来，林若梦一饮而尽，说道："老朱要不是这顶小官帽，什么都能评上。我嘛，今年是积极分子，明年就该是四类分子了。"

一句话把大家引笑了。小玲玲坐在圈椅里，骨碌碌地转动着小眼珠，也跟着大家笑。

章薇苦着脸道："看到玲玲就想起晶晶，四川太远，想死我了。"

童素撇撇嘴："谁叫你图清闲，送到外婆家去，活该！照片上的晶晶长得很乖，一副聪明相。"

章薇笑道："看上了就给你做女婿，我也喜欢玲玲。"说罢又夹了一块美味佳肴给张着小嘴的玲玲，以示对未来媳妇的恩宠。

席间，大家为社会主义改造的基本实现和"一五"计划的提前完成而高兴，畅谈了国内外形势、八卦趣闻。

　　林若梦想轻松一些，便把话题拉过去说："我去年回家看到转业杭州的'弥勒佛'，他在中学教政治课，仍然和在军大时那样一脸佛相。听说他给另一所中学的政治教师写恋爱信，你们猜他怎么写？"

　　除了白如冰，大家都饶有兴趣地把视线对着他。林若梦慢腾腾地喝了口酒，朗诵起来："亲爱的，你好比存在，我好比意识，按照马克思主义唯物论原理，存在决定意识，我愿终身做你忠实的仆人。"

　　章薇忙问："那女教师怎么回信？"

　　林若梦又朗诵道："亲爱的，按照马克思主义辩证法原理，在一定条件下意识对存在具有反作用，假如我们结了婚，有朝一日你就会变成支配我的主人。"

　　立即引起了满桌的哈哈大笑。

　　章薇忍住笑说："听说有个化学老师给女朋友打电话说，你是氢我是氧，我们结合便是水了。他女朋友立即质问，多了一个氢，那个第三者是谁？"

　　霎时又逗得众人捧腹大笑起来。

　　白如冰埋头吃饭，她夹起一块腊肉对着光一照，不禁赞道："童素之刀利且锋！"

　　章薇凑过来看看说："片片腊肉薄如纸。"

　　朱人杰见小阿姨开窗换气，也凑趣道："开窗遇上小微风，将肉吹入五云中。"

　　林若梦立即接嘴："我欲上天觅踪迹，已过巫山十二重。"

　　童素嗔道："几个调皮鬼，总爱作弄我。"她对章薇说，"老林和你一样，简直像喷焰的火山，老朱就不同。"

　　"不！他也是火山，只不过在重冰覆盖之下。"林若梦又望了如冰一眼。

　　吃罢年饭，大家又漫谈了一阵"双百"方针，吃了些水果糕点，见时间不早，便起身告别贤主人。

　　归来过婺江，已是夕阳西下，红日倒映江水，反射出满天红霞。江边亭亭绿竹腊梅飘香，流水送流年，朝朝暮暮细语轻歌。晚风吹来，朱人杰感到脖子凉飕飕的，突然想起围巾遗忘在童素家了，立即返身去取。

　　朱人杰正欲伸手去推半掩的厅屋门，听见童素夫妻在议论。

　　"我们孩子一岁多了，她还单身，三病两痛也没个照应。"童素的声音。

　　"报社的朱、林二位，知道她倾向谁？"童素丈夫的声音。

　　朱人杰心里一震，他们讲的是白如冰。

"我问过，她说都是同志关系。今天看也没特殊表现。知识分子政治上不够成熟，身边应该有个工农出身的老同志经常帮助才好。你留心一下有没有合适的。"

"我不清楚她选择对象的条件啦！"

"好党员好干部必定是好丈夫，你在全军干部里挑就是……"

朱人杰脑子里嗡的一下，像被一大盆冷水浇头，从脑门凉到脚心。他害怕再听下去，便悄悄地退了出来。

从此，朱人杰心里蒙上了一层暗影，她会不会步童素、章薇的后尘，选择一个工农知识化的首长作为身边可敬可亲的掌舵人？

社长独自在办公室烦恼地抽烟，回想昨晚在兰莎莎家里被省厅长接见的一幕。

莎莎妈客气地介绍："梁社长，劳您驾啦！我老兄来市里检查工作，他想向您请教有关报纸方面的问题，不知您肯不肯赐教？"

那个面色红润保养极好的厅长向他点点头，示意坐下，接着把面前的几张报纸推给他，指了指上面用钢笔钩了框的文章。

他连忙低头细看，原来是《婺江日报》上先后刊登的三篇小品诗。

其一是：无题

汽车，喇叭，曲儿小，腔儿大。

叫吧，叫吧，全靠你抬身价！

叫伤了这户，叫翻了那家：

工见了工愁，农见了农怕。

官车来往乱如麻，只叫得鸡飞蛋也打。

其二题为：视察

春来茶场，茶香正浓；

名茶鳜鱼，捎回家中。

夏来公社，兜兜凉风；

避暑赏景，其乐无穷。

秋来橘园，柑橘火红；

橘子螃蟹，管吃管送。

冬来集镇，采购为公；

> 牛羊狗肉，年货优丰。
>
> 视察视察，妙在其中；
>
> 为公为私，请照尊容。

其三题为：观京剧《乌纱梦》有感

> 咱这乌纱，市场无卖；
>
> 头上一戴，人见人爱。
>
> 我瘦，人说精神倍增；
>
> 我胖，又说心宽福态。
>
> 想出差，有人会安排；
>
> 脚出门，车子便开来；
>
> 老婆孩子三姑四姨全捎带，
>
> 观光费用统统报，丰盛酒宴餐餐摆。
>
> 只要瓶儿盒儿包儿袋儿源源来，
>
> 我等价交换敢把公章盖。
>
> 花百姓的钱，慷公家的慨，
>
> 全凭头上乌纱，保我逍遥自在。

厅长见他看完，面带愠色地问："那个署名'抹布'的作者是谁？"

他一时回答不出，莎莎在里屋插嘴："一叮和抹布都是林若梦的笔名。"

"那篇建议站着发言的讽刺文章也是他写的？"莎莎妈满脸不悦地说。

"哦……唉！总理说知识分子的绝大多数已经是劳动人民的知识分子以后，对他们的管理教育就放松了。"社长试着作自我批评。

"除了绝大多数，难道就没有极少数了？最近中央领导讲，在知识分子问题上，现在有种偏向，就是重安排不重改造，甚至不敢改造！我们敢于改造资本家，为什么对知识分子和民主人士不敢改造？"

"他们对什么事都爱发表意见，说是百家争鸣……"

厅长截住他的话提高嗓门道："百家争鸣，难道反革命言论也让鸣？党报怎么能丑化攻击党的领导干部？这样的文章简直是给资本主义的磨坊送水！中央要求我们年年跟思想领域里的杂草作斗争。你身兼党组书记，别忘了作为党领导的任务就是留香花锄毒草，知识分子你不改造他，他就改造你。现在右倾思想回潮，要警惕民主无边、舆论失控！"

厅长又问姓林的一贯表现怎样，他回答说："业务能力还强，工作也卖力，就是有一点自大……"

"自大有一点是'臭'，臭知识分子正是我们改造的对象！"

厅长斩钉截铁地结束了谈话，起身伸出四个指头和社长握别，脸上的尊严厚得足能刮下一层。

社长回来后采纳曹流的意见，先找林若梦本人谈话，再开大会批判。

门外脚步声由远而近，林若梦已应召前来。

"一直没空找你谈心，上下级之间不是也需要思想交流么？"社长和蔼地说，显然是先礼后兵。

"只是我们的上下交流似乎还处于不正常状态。就像瀑布，上面和下面尽管是在交流，但地位不同，上面可以毫无顾忌，下面则时时有被淹没的感觉。"林若梦说出了自己的看法。

"你认为我们报纸当前存在什么问题？"社长表情严肃起来。

"改进报纸的意见大家提了不少，只是见诸实施才行。一千乘零等于零，一加一才等于二。"

社长缓缓熄掉烟蒂，脑子里重现出厅长的那番训导。他突然抬起头，面露愠色："我们报纸的主要问题是民主无边、舆论失控！"

林若梦愕然，但马上想到社长讲话的特点是先下结论后摆论据，形式逻辑倒推理，便目不转睛地盯着对方，等待下文。

社长把报纸掷到林若梦面前，指了指三篇画了框的文章："这是你写的吗？"

林若梦看了一眼，解释道："我看到一篇读者来信，最近在下面也听到一些反映，才有感而发。社员说省市来的小车叫得响开得快，把场里新栽的树撞倒了，又碰坏了队里的猪栏，砸了社员家的鸡窝……"

"别讲了！"社长站起身来居高临下地训斥，"共产党的革命领导干部是党的代表、党的化身，绝不允许任意丑化诬蔑攻击！谁要这样做，就是对党不尊敬不信任不忠诚！就是自绝于党！"他猛然大声质问："什么文章不好写，偏写这惹是生非的小品文？"

林若梦听得脑袋都胀大了，他窝着火道；"我写小品，是因为眼见社会上一些不合理的事，想打抱不平，更主要的是想用无声的笔来敲响警钟，期盼有个好的党风和民风。我认为领导的表率作用，才是调动群众积极性的最好启动器。"

他抬头望了社长一眼："几篇小文章，读者见了根本不当回事，你放心好了，没人会到报社来造反。"

"你还麻木不仁，领导已经严厉批评了！"

"谁？"

"莎莎……省里来的厅长。"社长沉着脸。

"哦！就是兰莎莎经常挂在嘴边的'省里舅舅'，读者来信不指名批评的人原来就是他。肥肉吃多了拉稀屎，却来罚卖肉的款。我的文章既然刺伤了首长的脑细胞，那就只有恭候发落，只可惜我没有一个当官的叔叔能让我像大前门香烟一样经常含在嘴里。"林若梦一脸不屑的样子。

社长脸涨得通红，手直哆嗦，他指着林若梦的鼻子，气得说话都结巴起来："你……你你，臭知识分子，你改造我，我非改造你，你……竟敢往资本主义的，磨坊，送水！"

林若梦做梦也想不到几篇短文竟招来弥天大祸。社长命令他对写作动机、表现手法及造成的恶果在编辑部作全面深刻检查，必要时在报上作书面公开检查，以挽回不良影响。

他回到宿舍，满脑子乱哄哄的，感到不理解不公平不服气。朱人杰同总编到省里开会去了，连个谈心的也没有。第二天上午，见曹流办公室门口挂着下午召开编辑部人员会议的通知，他明白这是为他而开的专题会，奈何从昨天下午到今天上午，竟一个字的检查也写不出来。算了，干脆硬着头皮，兵来将挡水来土掩！

社长主持大会，首先讲当前大好形势，接着话题一转：个别同志不顾党的威信，在×月×日×月×日×月×日的三篇小品诗中，诬蔑丑化党的领导干部，攻击否定党的领导，在干群中造成极坏影响，给党报带来政治上的严重损失。省里有关领导已提出尖锐批评，要求我们严肃处理。编委会决定进行一次整风学习，以端正办报指导思想，希望大家开展严肃批评，帮助犯错误同志改过自新云云。

听完社长的话，人们像暑天碰上了寒潮，一时晕头转向冷热不辨。有人急忙翻看那三天的报纸，有人则抽烟喝茶，眼望天花板出神，都好似牛吃南瓜，不知从哪里啃起。

曹流以编委身份参加会议，他向全室扫描一番，借起身倒茶机会向兰莎莎使眼色。昨晚他找莎莎谈话，说是创造入党条件的机会到了，要她毫不留情地揭发林若梦与朱人杰在宣传报道上狼狈为奸的反党言行。莎莎答应揭发林若梦却不愿伤害朱人杰。

这时她把长辫一甩，便东一榔头西一锤子地敲打起来：

林若梦说过，党委书记直接抓业务，是种别人田荒自己地；

他说，业务干部是南瓜越老越红，政治干部是丝瓜越老越空；

他说，生产上的事上面管得太多，弄得作田的人丫鬟管锁匙，当家不做主；

他说，名演员每月收入三位数，咱们一年的工资值几个音符；

他说，有人像三花脸，到什么场合装什么像，又要作婊子又想立牌坊；

他说……

编辑部同志毫无表情地洗耳恭听。

接着是曹流发言，他把兰莎莎揭发的问题一件件提到纲上来分析，连说几个不可思议，问了好多为什么。

又是难堪的冷场，人们正襟危坐，嘴唇紧闭，室内静得连风吹树叶的沙沙声都听得清清楚楚，空气显得颇为紧张。刚从省里开会回来的朱人杰不知社长为何如此大动干戈，而曹流与兰莎莎的双簧表演又意欲何为？他要观察一下，于是埋头抽烟谁也不看。

社长只好收拾僵局："看来会议匆忙了点，许多同志还缺乏思想准备，今晚大家好好考虑考虑。"他侧过头去严厉地看了林若梦一眼，"你应该谈谈自己的认识！"然后面带微笑地环视大家，"明天继续开吧，怎么样？"

箭在弦上戛然而止，紧张的空气紧张的心这才缓和过来。出门时，林若梦面对朱人杰肃然而坦诚的目光，胸中涌起一股热流。

晚饭后，朱人杰在办公室赶着审阅积压下来的稿件，尽管下午会上的情景在脑子里时时闪动，还是把注意力强拉回来。印刷厂等着稿子发排，不容思想开半点小差。

林若梦知道要过关并不难，把厅长社长送的帽子接过来自己戴在头上，然后从思想上挖根源，离开了无产阶级立场，违背了马克思老祖宗的教导，看问题唯心主义观点形而上学方法，归根结底，出身剥削阶级的臭知识分子的资产阶级世界观作怪，还需苦心修炼以求脱胎换骨改造。但他转念又想，中央认为全国五百万知识分子中，绝大多数是爱国的，愿意为人民为社会主义服务，只有百分之一二三反对无产阶级政权，留恋旧社会。扪心自问，自己决不属于那个"一二三"，那几篇短诗也绝不是毒草！何必如此大加讨伐？他感到胸口发闷，一股气直冲脑门，伸长脖子遥望夜空，想大吼一声。

当朱人杰轻轻推门回房睡觉时，林若梦悄悄看了夜光表，已是凌晨一点半。他不忍再耽误挚友已经很少的睡眠时间，便装着熟睡的样子没吭一声，想顺其自然地让领导为自己编排的这出戏演完，反正犯不了杀头的罪！

上午会议继续进行。社长对大家说："牛长两只角是为了斗争。有些同志长了角，但不尖锐，有些同志根本没长角。我看还是长角好，敢于开展批评。"

仍然是兰莎莎打头炮，她补充昨天的发言，真正做到了言无不尽，连被批评者的长相也作了批评，说林若梦面长身瘦，站在人前像根直立的豆芽，不具备记者的仪表风度。

林若梦以手支颏，沉着脸一言不发。大家照样极其礼貌地恭听，只有个别人脸上出现古怪的笑容。

社长皱了皱眉，向平日喜欢讲话的小许淡淡一笑说："谈谈你的看法吧！"

小许毫无思想准备地"啊！"一声，停了一会才干巴巴地说："我，拥护编委会的决定，省厅长的批评正确，同志们的发言对我有启发，在今后采访工作中要特别小心谨慎，坚决不写小品文。"

小许话音刚落，社长又催促："都讲讲嘛！"

于是记者组的其他同志也奉命表态，清一色的"同意小许的发言，没有新的意见"。

墙上时钟嘀嗒作响，人们抽烟喝茶剪指甲，看窗外的云和树。烟圈由小变大，一团解不开的雾笼罩着人们的心。

看完今天发排的一篇社论后中途来参加会议的总编，坐在门后的角落里，见此情景不禁陷入了深思。

编辑老刘在冷场片刻之后，机械地先表态："厅长的批评很重要，编委会的决定很及时。"然后鼓起勇气提了个问题，"今后报上是否不登小品文了？这类来稿是否都退还通联组？"

小王连忙接着："最好编辑直接退稿。现在这类稿件不少，如果都退，工作量不说，我们怎么向作者交代呀？"

沉思许久的通联组长说："对厅长的批评和编委会的决定我没意见，我们需要讨论的是，今后如果不登小品文，报纸的舆论监督采取什么形式？如果光有表扬没有批评，读者又会说我们是'歌德派'；如果既要表扬又要批评，需不需要在批评方面定几条杠杠，以免误入禁区。"

直性子小梁冲了一句："《中国青年报》的'辣椒'专栏能登小品，我们为什么不能？"

"那是不辣的，真正辣的可能也不行。"不知谁小声接嘴。

善观形势的老蔡见社长板起面孔像要发作；曹流瞟着林若梦和朱人杰，嘴在不停嚅动，似乎满腔积水即将喷射。他看看钟，离下班还有两个钟头，便不慌不忙地扯过话头："我是'辣椒'的忠实读者，最有意思的一篇文章是写辣椒带着紧急文件漫游政府大院的事。"他添枝加叶地把"辣椒"在政府大院的所见所闻，天花乱坠地描述了几十分钟，有时还绘声绘色地做点怪相，逗得大家捧腹大笑。

当然社长和曹流是不会笑的，兰莎莎想笑，强忍着没笑出来。

"请同志们严肃点！"曹流提醒大家。

老蔡顿时严肃起来，给漫无边际的"辣椒"之行刹了车。他说："辣椒最后得出结论：难怪紧急文件得不到处理，原来是错进了庙门。住在这里的不是人而是神，他们的特征是一声不响、二目无光、三餐不食、四肢无力、五官不正、六亲无靠、七窍不通、八面威风、久坐不动、十分无用。"

有人伸舌头："辣椒可要挨批了！"

"批什么？这是毛主席给官僚主义者画的相。"谁又答了一句。

提起官僚主义，人们的话匣子又开了。什么事必躬亲辛辛苦苦的官僚主义，高高在上盛气凌人的官僚主义，饱食终日无所用心的官僚主义……发言热烈，气氛轻松。为了躲过这难堪的表态、违心的批判，都不约而同地决心把无轨电车开到下班铃响。

社长没理会大家的漫谈，他在思考什么，已由愠怒转向平静，恢复了日常雍容大度的表情。他挥挥手说："好了好了，今天发言热烈离题万里。下午还是先由林若梦同志谈谈认识，大家再围绕中心发言。"他向总编递去一个征询的目光，"有什么要讲讲吗？"

总编轻轻地摇摇头。社长微笑着宣布提前半小时散会。

社长开会有绝招，如果他的意见多数人"不理解"，他可以耐心地把会无限期开下去，直到半数以上的人因记挂工作耽误不起时间，只好勉强同意领导意见"算了"时，他马上便会宣布散会。

第三次会议阵容不同，地委宣传部长和组织部干部科长——莎莎妈莅临指导。

遵照社长安排，林若梦先作了简短自我检查。编辑部同志认为他的检查是有分寸的，不能硬把芝麻说成西瓜，也不能因为厅长有感冒就无限上纲，大帽子压人。因而一个个都顺水推舟，说这次会议十分重要，开得及时，对大家都有教育意义，同意林若梦同志的自我检查，云云。

曹流明白，空洞拥护枯燥表态，热烈废话无边漫谈，都为的是掩护林若梦过关。不！决不能让其溜之大吉。他铁青着脸说："厅长批评的对，我们民主无边、舆论失控！犯了如此严重的错误，检查居然蜻蜓点水避重就轻，根本没触到问题实质，说明态度并没端正。除了这三篇，类似文章还很多，为啥只字不提？"他望了白如冰一眼，"平日最了解他的同志，应该多提意见帮助。"

如冰装作没看见曹流的挑战眼神，她喝了口茶，从容不迫地说："我来讲点，共产党人实事求是，不发违心之言。我们知道，现在的社会主义制度是优越的，但也存在旧社会遗留下来的痕迹。批评旧思想旧作风正是为了发扬新思想新作风，巩固新的社会主义制度。我们的党风也是好的，但是否美玉无瑕呢？对日常生活中的不良倾向，有没有必要通过显影曝光引起人们重视，从而去克服这种现象呢？过去我们报纸上刊登的一些针砭时弊的小品，据读者反映，效果是好的。所以我认为报纸上除了讲光明讲成绩为主，还应该有适当批评，正确发挥党报的舆论监督作用。"

她又喝了口茶，接着说："这种批评是善意的苦口良药，而不是抓住一点不及其余，甚至一棍子打死，就和我们今天对林若梦同志的批评一样。我们都听了最近毛主席在八届二中全会上的讲话，他说以后凡是人民内部的事，都要用批评和自我批评来解决，从团结的愿望出发，在新的基础上达到新的团结。"人们舒心地听着，有人还不住地点头。

如冰淡淡一笑地说："对老林的文章，社长要我们进行评论畅所欲言，仁者见仁智者见智，我看还算不上什么毒草，因为它不是有意攻击他人而臆造的'壳里空'，而是群众的呼声和现实生活的反映。问题是语言尖刻了点，使身犯类似毛病的同志感到难堪刺痛甚至反感。写时事小品、对国内外敌人可以极尽讽刺挖苦，对同志对领导则需掌握分寸，体现恨铁不成钢的心情，我是这样来理解厅长同志批评的正确性的。"

曹流心里暗忖，好厉害的嘴，一箭双雕明批暗保。他接上如冰的话，仍然步步进逼："不管是毒草还是杂草，按照领袖教导都在清除之列！出于丑化攻击也罢，仅仅是语言尖刻也罢，作为一个党报记者，都是不可饶恕的错误！令人不解的是，这样的文章却能顺利通过审稿关，反复在报纸上出现。"

曹流的弦外之音，明白的人都听得出来。社长向朱人杰射来两道颇为严峻的目光："人杰同志，你也讲讲嘛！"

朱人杰迎着社长的目光点了点头："既然这样，那就讲讲吧！"他熄掉未抽完的烟说，"我同意白如冰说的，共产党人不发违心之言。我对编委会的决定和省厅长的批评并不完全同意。"

全室鸦雀无声，日光的焦点一齐对准朱人杰。曹流眉毛竖了起来，社长和干部科长同时感到惊诧，宣传部长显得神情专注。

朱人杰冷静地说："五个编委有两个在省开会，当然三个是多数可以作决定。但在执行决定时，两个编委不知情，知情的一个昨天又出差了，这样的决定自然难于代表全体编委的意志。我想事情并非那么紧迫，如果等一两天人齐了，充分交换一下意见可能会更好些。从会议进行的情况来看，似乎不是通过学习讨论共同提高，而是重点批判人人表态，不少同志为如何发言而发愁。这不符合中央要求造成的那种生动活泼的政治局面，也不利于调动一切积极因素为社会主义建设服务。"

朱人杰重新点上烟："厅长批评党报不能丑化攻击党的领导干部，当然是对的；要求报社领导对下属进行教育，也完全应该。但对任何事物都应作具体分析，那几篇文章是否丑化攻击了领导？作者是出于善意还是恶意？在群众中是否造成极坏影响？给党报是否带来政治上的严重损失？结论必须产生在调查研究之后。如果轻易武断地给文章定性，作者也跟着犯了严重政治错误，今后批评领导就会成为禁区，人民的勤务员还要不要人民监督？"

他停了停又说："上述看法本应在编委会讲，见会议已经进行就听之任之，没有主动找社长和其他编委交换意见，这是一种不负责任的自由主义态度，作为编委成员必须检讨。这三篇文章连同以前见报的一些小品，都是我审稿放行的，如果真的不幸在社会上造成了不良后果，责任应由我负。我诚恳地接受同志们的批评，必要时可在报纸上公开检查或到读者中去听取批评意见，以挽回不良影响。"

总编仰起头来若有所思地问："我们报纸是否民主无边、舆论失控呢？"他掸了掸烟灰："这个问题需要三方面的共同评价：领导的观察、报社同志的分析和广大读者的反映。我只谈点个人看法。回顾创刊以来，充满报纸版面的大量是社会主义爱国主义的新事物，对本地区的政治经济形势作过实事求是的报道，对'一化三改'中的各种思想认识发表过有分量的述评，为改变人的观念、促进所有制改造发挥过应有的作用，我们推的是革命之波，掀的是社会主义之浪。为体现党报的战斗性，也就是大家讲的舆论监督吧，我们曾刊登过一些批评现实生活中确实存在的缺点错误的文章，目的在于正视、揭露和解决矛盾，篇幅不多比例很小。我认为在地委领导和宣传部指导下，编委会执行党的办报方针是坚决的，党报的方向是正确的，似乎还未出现过舆论导向错误之类的严重问题。"

总编略带歉意地笑笑："在具体业务工作方面自然还存在不少缺点，我们的政治思想政策水平还不能适应形势发展的要求，一些文章质量不高，花色品种不多，版面还不够活跃等。希望大家提出批评改进意见，特别是对我个人的批评意见。还有——"他提高了声音，"每天的见报文章，都是由我最后定稿签字发排的，一切错误由我负责。如果编委会同意，我可以专程去省厅，当面聆听厅长的批评教育。"

空气似乎浓缩得令人窒息，宣传部长眼见两军对垒，多数人站在被批评者一边。如果抓住不放小题大做，势必挫伤一大片，而且压力越大反抗越强，不利于今后办好报纸。于是他轻轻咳了两声，轻言细语地给大家讲起了地委机关报的性质任务和作用，讲地委对报纸的希望和要求。他赞成宣传报道上既表现"过五关"，也反映"走麦城"，关键是分清主流和支流、现象和本质、个别和一般，着眼于给人启示发人猛省。他转过头来对社长和干部科长笑笑："你们说是不是？"

干部科长不置可否，社长无可奈何地点点头。

宣传部长又说："为了办好报纸，要加强新闻队伍团结，即使过去有什么恩恩怨怨，也应以事业为重，多一点雅量，取长补短共同提高。林若梦同志要认真吸取教训，改造思想，深入实际，继续写出好的报道。"

最后社长勉为其难地作了个简短的小结，说这次会议开得及时，领导重视，各抒己见，求同存异。在大家的帮助教育下，林若梦本人已认识错误并决心改正。

散会后，人们在小声评论：

"社长是显微镜，明察秋毫，不放过芝麻。"

"秘书是放大镜，经他透视，芝麻又变成了西瓜。"

"他们好比连环锁，约束了别人也缚住了自己。"

窗口射进下弦月银色的光辉，整洁的小屋一片宁静，社长疲倦地闭目仰坐在靠椅上一动不动，他双唇紧闭，颧骨高耸，额上皱纹已显示苍老年轮，逐渐失去了当年叱咤风云的雄风。他静静假寐，思绪却如大海波涛，往事如烟，像系列电影般接踵而来，抗粮抗税……

"团结群众斗地主好办，与既是敌人又是朋友的民族资产阶级打交道难，尤其对付资产阶级知识分子更难。那些在洋学堂里吃了点墨水的人，不是阴阳怪气协力不同心，就是知识私有待价而沽。你在秀才窝里掌舵，可要驾得住这艘船才是。"

这是和自己一起出来干革命、现在企业里做公方代表的老乡说的一番知心话。不错，宣传部长完全是和稀泥，总编是地地道道的尾巴主义！

尽管那场茶杯里的小品文风波已经过去，社长仍然耿耿于怀。

他想白如冰、朱人杰和编辑部的人，为林若梦开脱罪责是由于战友同事关系，情有可原；你总编身为领导，为什么不维护党的团结支持我，反倒遮阴伞似的庇护他们！对了，总编家庭是工商业者，尽管抗日时期就到延安去了，身上的阶级烙印改得了吗？他也是大学生，知识分子臭味相投嘛！

"臭知识分子，你不改造他，他就改造你！"他徒然从靠椅上翻身坐起：我一定要坚持立场坚持原则，绝不能红着进来黑着出去！

第二天，社长在总编办公室里思想交锋，声音时高时低地传到室外。

"……会上那个气氛，那个压力……"总编低沉的声音。

"一定的压力对转变思想有好处。我们都经过民主革命，做过群众工作，我们只能站在前面引导群众前进，绝不能迁就群众的落后情绪！"社长气鼓鼓的声音。

"促进思想转变要讲究方法，是压是堵是疏是导，结果大不一样。法国作家有则寓言，说北风和南风比威力，看谁能把行人身上的大衣脱掉。首先北风劲吹，行人怕寒气入侵，反而把大衣裹得更紧了；而后南风徐来，风和日暖，行人解开纽扣继而脱掉大衣。可见目的一样方法不同，效果就相反。"

"不管刮南风刮北风，要看对象，对知识分子就不能光刮南风。那次会上很多人的情绪不健康，有人还表现刚直不阿的样子。他那个刚直不阿冲着谁？革命领导！你居然大包大揽，庇护他们过关！"

"新闻工作者是不拿枪的战斗队，要办好报纸，必须调动大家的积极性……"

"难道我不是为了调动大家的积极性……"

"你对知识分子的'左倾'观点，与调动一切积极因素办好报纸的愿望南辕北辙！"

寂静。然后是办公室门"砰！"的一声。

社长一遇矛盾就采取对抗斗争形式，偏听曹流意见，缺乏应有的弹性、回旋和透明度，其结果自然是加深对抗、激化矛盾。

路　石

　　几天以后的一个深夜，林若梦起床喝酒。被惊醒的朱人杰问道："你还没睡呀！"

　　"睡不着！"

　　"是不是患上神经官能症了？医生看过吗？"

　　"精神分裂症，自我诊断。"

　　朱人杰笑起来："怎么诊断的？依据何在？"

　　"我每天起床后集中全力工作，超越自我，幽默乐观，把所谓个人主义的东西击得粉碎；晚上回到床上这块自留地时，这些碎片就重新凝聚起来，组成另一个不麻木不装饰本来面目的我。"

　　林若梦把剩下的半杯酒一饮而尽，又重新斟上一杯说："我瞎着眼投胎人世，这就犯了原罪，一辈子戴上地主阶级孝子贤孙的烂帽子。属于人所共享的天伦、爱情、事业，于我都如黑夜索珠，冥冥难寻……"

　　"你不是悲观主义者，为何要自我折磨？与其做迷醉的酒神沉于幻觉，倒不如求得自我清醒的认识。"

　　"我的想法不是幻觉而是现实。即使我战战兢兢不敢越雷池一步，那些成天不琢磨事只琢磨人的专家还是要肉里挑刺，动不动上纲上线，要查立场观点、阶级感情。今天社长那一通红专论，你会一笑置之，我却不能那样坦然。"

　　"我中途去接长途电话了，他怎样说的？"

　　"他说，工人贫下中农出身的人本质好，业务上加把油就能又红又专。而剥削家庭出身又社会关系复杂的人，就需要脱胎换骨改造，否则工作再好也是白专，只有一辈子做好事不做坏事，等到盖棺论定才能争取到粉红。一把手是'绝对真理'，我在他的麾下该怎么办呢？可能要到骨头烂掉只剩下灵魂的时候，才算改造好了。"

　　朱人杰点燃一支烟，低声道："生活像自然，有寒冬酷夏，也有金秋阳春，不要把事情看得绝对化，一遇挫折就不能自拔，也不要被少数人的观点束缚了自己，支部会上许多同志对你的评价是不错的。"

　　"听说支部对我的入党问题争议很大。在'党的生活'栏里，你那篇《难掩难开书记门》的杂谈，我就看出了报社建党路线分歧的实质。你何必授人以柄、为我开罪当权者呢？我已经把鲁迅、邹韬奋这些党外布尔什维克作为学习榜样，只要一生不违背马克思的教导，将来见到他老人家时能承认我为信徒就心满意足了。"

朱人杰静静地抽烟，突然把烟杆熄说："苦恼中见精神，痛苦中做强人，挫折中求新生，竞争中显人格。不管路途如何坎坷，但地球是圆的，到处都可成为生活的起点。睡吧！"

批林若梦后，报社矛盾公开化，一边以总编、朱人杰为核心，代表着新闻第一线办报骨干的知识群体；一边以梁社长、曹流为核心，代表行政、后勤一线，手里抓着党、捏着钱，掌握着全体人员的政治、经济命脉。

一九五七年春夏之交，党中央发布整风指示，报纸一版头条刊出醒目大标题：反复动员、大胆鸣放、猛揭狠批"三害"。全国各地都在大鸣大放，七嘴八舌提意见、帮助党整风。

社长兼党组书记笑容满面地对职工说："我今天不是作指示是听意见的，少奇同志说，执政党容易产生官僚主义。我在工作上缺点很多，只是不想当死官僚主义者，愿当个能改能变的活官僚主义者。希望大家帮助我和党员们理发搓背洗澡，动嘴动手提意见、写大字报，知无不言、言无不尽、言者无罪、闻者足戒嘛！"

社长讲到要大家提意见写大字报时，还罕见地配以表情，努努嘴巴用手划划。上司如此幽默，下属自然敬笑两声。

第二天早上，曹流办公室门外的墙上出现了第一张没点名没署名的大字报，是一首打油诗：

> 见人出成果，一腔无名火；
>
> 会上装笑容，污水背后泼。
>
> 两片如簧舌，翻起大干戈；
>
> 一贯正确我，全凭小动作。

身为整风小组成员的曹流居然站在办公室门口双手叉腰，咄咄逼人地叫嚷："要批评就指名道姓，有种的亮相！"

小汪来找林若梦："组长，我写的大字报闯祸了！曹秘书很生气，要我亮相。"

第三天，曹流办公室门外的墙上又出现了一张大字报，仍然是一首打油诗：

> 报社秘书顶呱呱，大事小事一齐抓；
>
> 功劳他有九分九，过失与他无牵挂。
>
> 八面玲珑威风抖，善观形势会变化；
>
> 玻璃猴子没长尾，鲶鱼一条溜溜滑。

末尾署名是林若梦。

曹流一见七窍生烟，苦着脸对社长说："简直是人身攻击，丑化党的干部。这样邪乎下去，我还有什么威信工作？"

社长拍拍他的肩，神秘地笑笑："不要急，天不会塌，我们也不会垮台，好戏还在后头哩！上面说了，现在只放不辩、只听不驳，不光要他们给小和尚提意见，还要动员他们给老和尚提意见，不充分暴露一下，我们到哪里去找目标？"

曹流心领神会，每天只忙于做记录，抄大字报，整理鸣放材料上报，并受社长之命，通过莎莎母亲调查总编的家庭历史情况。

为发挥党在整风中的战斗堡垒作用，支部提前改选，社长亲自兼任支部书记。

新任支部副书记曹流找朱人杰谈话。他称赞朱人杰政治条件好，业务能力强，工作负责认真，领导器重，支部也很关心。

朱人杰望着面前那叠急待审阅的稿件说："你找我有什么话就尽管谈吧！同志之间不需要雾，因为它影响能见度。我还希望能弄清你的意图。"

曹流面带愠色："实说吧！我们担心你会辜负组织上的期望，甚至犯错误，你的思想深处正如社长讲的，缺了根阶级立场阶级感情的弦。"

"何以见得？"

"从你对待不同人的态度上我们有所觉察，你对林若梦好像特别有感情。"

"人的感情是从心里流出来涌出来的，不是脸上贴着的标签，强制自己对什么人什么事有无感情是虚伪的。"他想起那天晚上和林若梦的交谈，心有不平地说："办好报纸当然要靠大家通力合作，但谁在第一线挑重担，谁的贡献大出力多，同志们都看得很清楚。支部发展了好几批，连勤杂工都入党了，老林申请好多次，你们这些把着组织大门的人却左一个要改造右一个要考验。"

"知识分子入党本来就要经过长期考验。像老林这样的人，一贯骄傲自大目无组织，政治上更是马尾巴穿豆腐——没法提，要入党自然必须脱胎换骨改造！"

"讲成分不唯成分，重在表现，何况他与那个地主家庭毫不相干！"

"这就是我们的分歧所在，你要坚持你的观点我也不强求，你我之间打几句嘴仗没什么关系。不过识时务者为俊杰，当前正值整风运动，向哪个方向移动立足点的问题很重要，和顶头上司背道而驰是要付出代价的，你碰几回钉子就明白了。"

"看来我这一辈子都不会明白。"朱人杰抓起茶杯，咕嘟嘟一气喝完大半杯水，拍拍胸脯，想泄掉里面的闷气。

随着《人民日报》连续发表的三篇社论，形势急转直下，神州大地倏然出现一个新名词——资产阶级右派。

下班时兰莎莎悄声对朱人杰说："要反右了，你说话注意点。"稍停又嗫嚅地说，"最好和老林划清界限，免得惹火烧身。"

"你可以和革命者一同去革别人的命，我只能像被革命者那样等别人来革命。"朱人杰冷冷地回答。

"你为什么不相信我？"莎莎垂下了眼睛，"你还不了解我的心。我决不会帮别人来整你。"

果然没隔几天，反右斗争便在全国轰轰烈烈地开展起来，报社大院的墙上也贴出了"坚决打退右派分子的猖狂进攻！""右派不投降，就叫他灭亡！"之类的新标语。

报社整风小组改为整风反右领导小组，社长和曹流任正副组长。总编和林若梦被定为重点批判对象。朱人杰虽为领导小组成员，但分工抓业务，负责报纸出版的日常工作，已远离了实际操作的权力核心。经过曹流的深入发动、个别谈心，终于组成了以经理部和新办印刷厂职工为主的骨干队伍。

社长严肃地端坐在主席位上，曹流眉飞色舞，座谈会上提过意见、写过大字报的人则忧心忡忡。

勤杂工老沈，昨晚把曹流给他的一张不知谁代写的发言稿念了好几遍，总是结结巴巴不顺口。他决心丢掉这玩意儿，自己想几句批评话来表达对党的忠诚。这时他看着支部副书记，想起对自己说的话：右派就是反动派反革命派，与我们工人阶级是你死我活的斗争，灭资兴无人人有责，我们工人不出来说话右派就会翻天。想到这里他气上来了，没等兰莎莎打头炮便一跃而起，指着总编和林若梦骂道：

"你两个他妈的！地主资本家的剥削钱把你们养大了，又进洋学堂成了臭知识分子。共产党大慈大悲，让你们当干部、拿工资，好你个吃红血屙黑屎的家伙，忘恩负义！"

社长赞许地点点头："大家都讲讲嘛！"

会上顿时出现了一些愤怒的脸和要求发言的手。有的滔滔不绝，有的结结巴巴，或揭发或批判，目标高度集中，场面热浪炙人。

他们说，总编是钻进革命队伍的资产阶级分子，到延安是为了逃避斗争，"抢救运动"中还因特嫌受过审查。来报社后一贯反对党的领导，瞧不起工农干部；任人唯才，搞白专道路；在编辑部招降纳叛，结党营私。是一切坏人的遮阴伞，报社问题的总根源，其目的是要篡党夺权，复辟变天。

批林若梦的帽子也无以复加，什么反党反社会主义的大右派，是披着羊皮的恶狼、化装的毒蛇、暗藏在报社的定时炸弹、企图从内部攻破堡垒的帝国主义的代理人。一个"左"得出奇的积极分子说，林若梦一贯通过丑化党的领导向党进攻，与地主资本家蒋介石美国佬一鼻孔出气，与"章罗联盟"遥相唱和，叫喊对他的每篇文章都要从政治斗争高度来加以剖析。

兰莎莎揭发林若梦看了大右派写的《知识分子的早春天气》后十分赞赏，说对"乍暖还寒最难将息"有同感。揭发林若梦讲过"宁肯流血淌下，不能流泪跪下……"

有人猛然一声断喝："狗胆包天的林若梦！你对谁说的？"

"我！"朱人杰镇定地说，"他在谈到朝鲜战俘问题时说的，是指敌人而言不是对党。如果斩头去尾只留中间，自然会面目全非。"

曹流见兰莎莎尴尬地红着脸低着头，不少人窃窃私语，连忙出来稳住阵脚。他合上小册子，口沫四溅地说："在座的多数是知识分子，但知识分子有左中右之分，今天集中批判的正是知识分子的右翼。用'六条标准'来衡量他们的言行，难道不是疯狂反对我们敬爱的党和蒸蒸日上的社会主义吗？他们在报社兴风作浪，和我们无产阶级较量，这就是伟大领袖讲的意识形态领域里的阶级斗争。希望同志们擦亮眼睛，团结在以梁社长为首的党组织周围，积极投入这场严肃的阶级斗争，坚决打退右派分子的猖狂进攻！"最后他还血光毕露地挥手大叫，"伟大领袖说了，小蒋介石不杀掉，我们脚下会天天闹地震！"

这是一个看重信仰和热情胜过现实和理性的年代。尽管批评者自身言行并不是无可非议，只是运动一来便都赶着浪头，甚至以攻为守去革别人的命了。正如深夜过坟场的人一样，吹口哨不过是为了给自己壮胆。

白如冰没有遵命批判，她脑海里一片空白，像塞满了团团絮花，又似漂浮着茫茫云雾。心里只觉得困惑：鲁迅说辱骂和恐吓不是战斗，难道操纵着如林的手臂就可称为民主，动员起一张张愤怒的脸就是革命吗？当她听到曹流大声呵斥"滚出去"的时候，看到了总编苍白而无表情的脸和林若梦颀长而瘦削的身影，禁不住阵阵心血涌上壅塞的喉咙，泪水被强抑着在眼圈里悄悄地旋转。

散会以后她仍然在想，入伍以来经过好几次运动了，阵线分明的对敌斗争，自己从没当过逃兵。这次整风反右也是中央的部署，为什么自己不能像有些人那样义愤填膺、口诛笔伐？是划不清大是大非界限、立场观点有了问题，还是斗争性不强、政治上的温情主义？作为共产党员是不能和党离心离德的呀！然而单位里揭出的"右派"自己十分了解，他们怎么会反党反社会主义呢？究竟是领导"左"了还是自己"右"了？

如冰发现朱人杰的情绪也有点异常，他从早到晚拼命工作，很少讲话，那双深沉肃穆的眼神似乎是在静静地苦苦地思索着什么。

夜阑人静，朱人杰在办公室里第三次阅读《关于正确处理人民内部矛盾的问题》，运用正确区分和处理两类不同性质矛盾的原则，来分析和认识当前的反右斗争。

他想，总编和林若梦，他们热爱党热爱社会主义，过去对革命作过贡献，现在继续勤恳工作，自己无论从感情上理智上都无法把他们看作社会主义的敌人。即使他们在思想认识上、工作方法上有什么缺点错误，也应分清是非，用团结—批评—团结的方法解决，而不能实施教条主义的残酷斗争无情打击。至于某编辑因入党未批闹了点情绪，某记者说开会太多影响报纸工作之类的言行，纯属认识问题的人民内部矛盾，领导小组居然也以"对党不满、向党进攻"而入了右册。据说像报社这样混淆两类矛盾、把人民当敌人的情况，在许多基层单位都有。对此，党报不能沉默，爱党就要帮助党纠偏！

朱人杰花了一个通宵，写成评论《绝不能混淆两类矛盾的界限》。转念一想，社长目前头脑正热，对此类文章定难相容。还是留待定案处理阶段发表为宜，运动后期人们思想比较冷静，较能实事求是地看待问题。

批判大会基本结束，朱人杰晚上审稿，抽出白天时间到乡下了解情况，他没料到一双阴森的眼却在背后对他虎视眈眈。

"社长，你看过今天的报纸了吧！他要共产党放下武器认敌为友。"曹流心怀叵测地说。

"运动还没结束，他为什么要写这样的文章？"社长皱着眉说。

"树欲静而风不止，敌人迟早是要跳出来的，他和敌人本来就是一丘之貉。"曹流瞟了社长一眼，"这样的人，怎么能领导编辑部？"

社长闭上眼睛，回忆朱人杰在几次会上的发言，他喃喃念道："谁来接替呢？编辑部那些人？"

"当然要挑个政治上强的，政治领导业务嘛！编辑部挑不出，可以在部门之间调整。"

"经理部的——不适合，印刷厂的——更不行。只有办公室——"社长端详着曹流，"你喜欢搞新闻业务吗？"

"喜欢喜欢！我这人干一行爱一行钻一行。只要社长信得过，我一定鞠躬尽瘁。"

社长微笑着信任地点了点头。

吃下这颗定心丸，曹流干劲倍增。他连夜起草了一份处理意见，趁朱人杰下乡好交领导小组讨论通过。

领导小组成员均不同意。社长"尊重"大家的意见，但坚持必须调离报社。有人提出把总编的处理意见改改，曹流马上反对，说批总编是经地委领导点了头的，他不仅本身错误严重，亲属也有问题，他爱人调工作发过牢骚，做会计的小舅子又"卷款潜逃"，不能齐家焉能治国？理应从严处理。他深知"官本位效应"已是普遍社会心态，亮出"地委同意"的尚方宝剑，就使到会者面临拥护还是反对上级领导的严肃问题。

曹流亲自把上报材料送交地委有关部门，还添油加醋地作了口头补充。他神气得走路像脚底加了弹簧，喜滋滋地盼着总编辑下台，以便自己官星高照，乌纱头上戴。

朱人杰从乡下回来，得知材料已定案上报，便去问曹流："群众揭发材料是否经过核实？总编和林若梦的'罪状'究竟是什么？"

曹流摊开双手说："我有啥办法？群众运动，集体决定，爱莫能助哇！"

朱人杰怒目而视："如果说无权的弱者慨叹几声无能为力仅仅是可怜，那么一个行使权力的人作出阴阳脸就是卑劣！"

曹流日思夜盼终于盼来了红头文件。他迫不及待地翻开一看，原来是经地委常委会研究决定，由梁社长兼任总编，朱人杰为编辑部主任，编辑组长、记者组长、通联组长原职不动。他像泄了气的皮球，立刻瘫倒在椅子上，他搞不清这运行正常的列车是在哪一段出的岔。

原来事情是这样的。

宣传部长看到报社上报材料后感到事关重大，便约了组织部长同去医院看望因眼疾开刀的地委副书记。

副书记倚坐在病床上，半睁着一只眼听完他们的汇报后说："我虽然分管这条线，情况还是你们了解，对报社几个人的处理，你们有什么看法？"

"四个全在编辑部，都是办报骨干，加上调走朱人杰，对报纸影响太大。"宣传部长说。

"总编问题真有那么严重吗？"

"梁社长认为总编是报社问题的总根源，非处理不可。如果留下总编，他就要调出。"组织部长说。

"总编在战争年代表现是不错的，又有一定学术专长，只要有错能改还是有用之才，开除公职劳动教养太重，我个人意见撤销职务下放劳动就行了。"副书记掀开眼角上绷得紧了点的纱布，又问，"为什么要调出朱人杰？"

宣传部长答："说他最近又写了两篇和中央精神对立的评论文章。"

"什么文章？"

"一篇是《绝不能混淆两类矛盾的界限》，一篇是《谈谈社会主义阶段的分配原则》。"

"住院前两篇文章我都看过，理论结合实际，论证很有力。正确区分和处理两类性质不同的矛盾，是主席那篇讲话的中心思想；按劳分配原则是马克思提出来的，有什么错呢？"

"理论上没啥错，他们强调的是和中央精神、当前形势不合，影射了斗争。"

"既然是正确的理论，就有指导实践的意义。我曾和他交谈过，对问题很有分析认识能力。嗯，那个记者组长呢？"

"人倒是挺能干的，写了不少文章，其中反映了些非主流的东西，平日喜欢讲点怪话。主要问题是地主阶级的孝子贤孙，坚持剥削阶级反动立场，以'抹布'作笔名写小品文反党反社会主义。社会关系比较复杂。"

"我们工作主流是好的，确实也存在一些非主流的东西。我看过'抹布'的小品文，反映一点局部问题不能就是反党反社会主义。对政治条件差而确有真才实学的人要很好驾驭使用嘛！"

"那，朱人杰和林若梦都留用？"宣传部长谨慎地表达自己的意见。

"都留用。总编倒了，一时又物色不到合适人选，编辑部的工作我看可以由朱人杰负责。"副书记侧过面来问，"你说哩！"

组织部长忙答："梁社长恐怕不会放心让他负责。"

"那就正式下个文，好让人家有职有权。"

副书记沉思片刻又说："新总编未调去之前，可由梁社长兼任总编。以上是我个人意见，请常委研究决定。"

于是就产生了使曹流大失所望的那份红头文件。

……

莎莎妈见曹流萎靡不振又愤愤不平的样子，便告诉他，省里政干班是专门培养接班人的，已分配给报社一个名额，一定要争取去。

社长听曹流说想去学习，立即满口答应，并说："报社即将成立党委会，办公室也需要有个主任。安心去吧，我决不会亏待你的。"

热衷家长式领导的报社一把手，将党的雨露阳光全部倾洒在一棵劣质的朽木上，一心指望它绿树成荫。

三个月后，曹流学习期满回到报社，果然当上了只有一个兵的办公室主任，参加了党委会，成为大权独揽的党委书记兼总编的有力助手。兰莎莎也如愿以偿地由通联组调到了编辑组。

（六）

编辑部同志聚精会神地学习两篇文章，一篇是毛主席刚刚在 1958 年 1 月 12 日就办好报纸问题《给刘建勋、韦国清同志的信》；一篇是毛主席在 1948 年 4 月 2 日发表的《对晋绥日报编辑人员谈话》。讨论如何依靠群众贯彻全党办报方针，怎样发挥党报对全区工作和全体人民的组织、鼓舞、激励、批判及推动作用，探讨如何进一步提高报纸质量，检查新闻、通讯、社论、诗歌及版面、标题、插图等方面存在的问题。

朱人杰说："我们的报纸每天都给人看，不能把劣质产品奉献给读者。希望大家横挑鼻子竖挑眼，多找点毛病，但要有责任感，要开动脑筋提建设性意见，像医生那样看完病开药方。"

他同意在撰稿中保持各人不同的文风。说文风体现一个人独特的思维逻辑和思想方法，甚至包括个人性格气质上的特征。有的落笔恢宏意境深远，有的言简意赅富于哲理，有的行云流水一气呵成，有的则奔流着社会与个人思想的清泉，给人清风扑面之感。

他鼓励大家在深入实际的同时，坚持有计划地自学政治和业务。说书是智慧的结晶，也是智慧的源泉，书把深邃的思想、精确的哲理、流溢的激情和绚烂的文采，掩抑在浩瀚的卷帙之中，静静地等待着你的光顾。

朱人杰在编辑部独当一面，更加严于律己以身作则，发扬民主团结群众。他知道，带头人从我做起，是办好报纸最好的政治动员，也是最具威力的无声命令，俗话说"喊破嗓子不如做出样子"。他相信革命导师们说的，在任何一个集体中都需要集中统一，但必须以高度民主为基础。只有当共同工作的人们具有理想的自觉性纪律性时，服从——才能像随着音乐指挥者的柔和指挥一样，去发出共同音，完成大合唱。

个别同志不安心工作，认为终日埋头爬格子味如嚼蜡，什么党的喉舌、无冕之王，不如作个司机采购员实惠。朱人杰轻言细语地开导他们，生活没有目标就像航行没有罗盘。我们夜以继日地工作为了什么？是为社会主义大厦添砖加瓦还是为自己寻找超工时的报酬？努力工作，不断追求不断创新，会感受到成功的喜悦和幸福，收获遗憾的人总是那些虚度时光放弃躬耕的浪子。理想和追求是生命的源泉，失去它生命就会枯萎。

白如冰重新修订的业务自学计划被朱人杰偶尔发现。她规定自己每日必须完成的工作量，并保持充足的储备稿，以便抽时间深入基层调查研究。她要求自己在新的一年中急起直追，成为编辑写稿组稿的多面手……朱人杰深受启发，决定推而广之。

编辑部同志在朱人杰大胆实践、锐意革新的精神鼓励下，迅速实行了编采通合一的岗位责任制。每人以本职工作为主，兼学别样，轮流下乡接触实际，成为能编能采能组的多面手；按质按量完成每日工作定额，保持一定量的稿件储备，并实行月检查季评比。

编辑组长调回原籍工作。朱人杰建议民主选举再上报批准，结果白如冰被一致通过并批准任命为编辑组长。

兰莎莎业务水平低，工作又拖拉。编稿本应取其精华去其糟粕，她常反其道而行之。审稿时还往往要查作者原稿。朱人杰要白如冰找点业务书给她学习；自己录了一首《今日诗》夹在给莎莎的稿件里，暗示要克服拖拉毛病。

莎莎看到这首《今日诗》写的是：

　　今日复今日，今日何其少！

　　今日又不为，此事何时了！

　　人生百年几今日，今日不为真可惜！

　　若言姑待明朝至，明朝又有明朝事。

　　为君聊赋《今日诗》，努力请从今日始。

她猛然想起林若梦也曾给过一首类似的诗，当时只粗粗看了几眼便生气地丢在抽斗里了。她翻出那首《明日歌》来细看内容是：

　　明日复明日，明日何其多！

　　我生待明日，万事成蹉跎。

世人若被明日累，春去秋来老将至。

朝看水东流，暮看日西坠。

百年明日能几何，请君听我明日歌。

《明日歌》《今日诗》本是明代大学士文嘉写的上下两首。也怪，莎莎反复比较之后，总觉得《明日歌》是在讽刺挖苦自己，而《今日诗》却是真诚坦率的劝告。她把前首仍掷回抽斗里，把后首作为座右铭贴在床头。

朱人杰带领编辑部同志利用假日，把办公楼后面的荒地平整出来作球场，上午、下午之间的休息时间，就把大家从办公室赶出来站圈子托排球，后来把经理部印刷厂的同志也吸引来了，就分两队比赛。朱人杰托球的姿势很轻松，杀球也很棒。他还建议工会和团支部增购文体器材，组织开展经常的文体活动。报社大院热气腾腾，面貌一新。

……

集体化农民走在大潮的前面，他们披星戴月，精耕细作，改良土壤，积肥如山，把大地绣得青葱葱绿油油，水灵灵黄灿灿，城里来的人都啧啧称赞，深受启发和感染。

当第一个高产纪录出现在小小田畈时，无往而不至的林若梦像发现了一颗新星，以抑制不住的兴奋描写了这个新事物的诞生。他是有名的高产记者，在火热的群众运动中，更是蜜蜂般的见"新"就采，满腔热情地为新事物鸣锣开道。

世纪的风吹拂着时代新潮，在古老黄土地上出现的种种新事物，令人振奋也令人迷茫。

林若梦目睹过一次"擂台"盛会。

大队长宣布完向地球开战的动员会，第一生产队长马上高踞擂台，声称他们队以"百斤棉千斤稻万斤薯"的指标向兄弟队挑战，赢得全场热烈的掌声。林若梦穿过拥挤的人群走近主席台，正欲瞅个机会采访，只见生产队长们纷纷涌上擂台，以一个赛过一个的新指标慷慨应战。最后第三生产队长提高嗓门，喊出了个天文数字的指标，发誓要拳打一、二队，脚踢四、五队，上天揽月下海擒龙，当场咬破中指写血书：不达目的死不瞑目。台下青年社员狂热欢呼，妇女社员目瞪口呆，老年社员摇头叹息。

平日林若梦拿起笔来，犹如面对一个无人的观众席，毫无拘束地冷静描绘、坦诚倾诉、深入探索。但这天晚上不知为什么，白天轰轰烈烈的一幕却唤不起他的写作激情，痴痴地坐到夜深人静，白底蓝格的稿纸上仍然没能留下一点思维的痕迹。

　　林若梦从乡下回来同朱人杰谈起农村"打擂台、放卫星"的情况，也谈了自己的疑虑和困惑，说最近常常面对稿纸落不下笔，不知是思想凝固了还是智力衰退了。

　　朱人杰说："也许是好事，说明你头脑开始冷静，注意从多方面去考虑问题。只有透过现象看本质才能去粗取精、去伪存真。真理逾越一步会变成谬误，主观能动性超过极限会陷入唯心主义误区。采访中要努力接近各方面的人物，特别要倾听基层干部和社员们的心里话大实话……"

　　事有凑巧，报社的"七一"墙报特刊上有大小两块空角。大空角上画了个冉冉升空的红色大气球，笑嘻嘻地望着后面的小气球。有人要行、草、隶书都能来一下的林若梦写点什么，他便爽快地提笔写道：风吹脑袋飘，得志上九霄。回首望同僚，如此这般小。又在那块小空角上写了一句：知识就是力量。

　　曹流见林若梦写的那首诗，心里很不自在，等他写完后一句话，便借题发挥地责问："为啥不注明伟大导师马克思的名字？"

　　林若梦对他这驴唇不对马嘴的训斥惊诧得睁大了眼睛："我的大主任，你知道这话是谁说的？"

　　"主任可能忘了，这是英国科学家培根的名言。"旁边的人插嘴。

　　曹流脸上泛红作白，仍然强词夺理："我是说，何必那样崇拜资产阶级洋人，多宣传马列主义不好吗？"

　　林若梦笑笑："我们的主任真行，啥时候马克思老人家都在你的身边站着。"

　　曹流吃了林若梦的闭门羹，接着又被当众奚落，心有不甘，果然向书记告状。他堂而皇之地说，编辑部已经成了针插不进的独立王国，提醒书记不要大权旁落；说是据他观察，林若梦并没有改过自新，所写文章仍有问题，劝书记一定要把牢终审关。

　　曹流从书记办公室出来恰好在楼梯口碰见林若梦。他想，和林的斗争应像击剑一样，既要击伤对手又不能让对手看清面目，他立即亲切地对林若梦点点头，刀切豆腐两面光地说：

　　"老战友，还生我的气吗？那天我态度不够冷静，对你要求严了些。我这人性急，对上面交下来的任务，不办好就安不下心。"他干咳两声，又故态复萌地训起人来，"你嘛也难怪，人的思想无不打上阶级的烙印，你要尽快摆脱家庭和亲属对你的不良影响，一切言行都要以党的利益为重，千万不能和党唱对台戏……"

急着去打电话的林若梦没有心思聆听他的"教益"，便举起手来"拜拜"了。

林若梦受朱人杰理智的影响，采访中反复观察细细琢磨，讲究实事求是。奇怪的是有些自我感觉良好的文章却通不过终审关。他等着书记的终审意见就像等在产房外的父亲一样，急切地想知道自己的孩子是否平安诞生。要是稿件上批着"与某会议精神不符""有损群众积极性""放后处理""待用"等字样，一腔心血就"杨白劳"了。一个政治内行业务外行的领导，任意向精通专业的被领导者抡起板斧乱砍滥伐，怎不叫人胸塞气闷？

有次一篇头版头条新闻，为了顺利过关，朱人杰要林若梦亲自去找书记谈谈情况。谁知他不到一分钟就下楼来了，便奇怪地问道：

"为什么这么快？"

"曹流在那儿谈话。"

"你等他谈完再谈也行嘛！"

"你不知道，拍马屁也和谈恋爱一样，容不得第三者冷眼旁观。"林若梦摇着头笑笑，"那天他还叫我老战友哩！不知为什么我们这位老战友只会跟着书记的笛音跳舞。"

"紧跟书记并不是坏事。"

"党的领导人能真正成为党的代表是应该紧跟的，但如果他们只代表自己时你也紧跟吗？"

朱人杰沉默不语。

……

同志们十分乐于下去奔波，不仅能亲自呼吸到时代新风，还可一睹潮峰之上弄潮儿们的风采。

春天精简机构干部下放，加上这次抽人下去，编辑部留守的人很少，有的又病了，但报纸天天要出。朱人杰不愿加重其他同志的负担，经常不声不响地把缺稿补上。为了亲自掌握一些第一手资料，他白天到城乡附近走马看花，有时到点上下马观花，只能在晚上审稿，每晚都工作到深夜。疲倦了抽支烟，实在瞌睡就拧开水管，用冷水浇头。凭他自己的经验，只要咬紧牙挺住，就会发现人体中蕴藏着比自己估计高过十倍的精力，如果丧失这种挺住的毅力，就会使自己照亮人生的珍贵东西被埋没。

朱人杰思想敏锐、记忆惊人，像磁石一样吸引着周围的铁片。编辑部已拧成一根绳，他拉着绳头；又同乘着一条船，他是小船的舵手。他们也有认识上的分歧，有时还争论得面红耳赤，有如冶炼一般，必须经过撞击搅拌加温，才能炼出一炉合格的钢。他和同志们的密切合作产生于坦直的交流，因为每天的报纸都凝聚着他们共同的心血。

党培养的新中国第一代知识青年，如此淳朴忠诚，对党的新闻事业一往情深，在他们身上已逐渐生发起金子般的品质。

一天晚上，朱人杰看完最后一篇稿子，抬手看表已经两点半钟。在寂静的深夜里，表的嘀嗒声又使他想起了老政委那铭心刻骨的遗言。

五年前的冬天，他在朝鲜金城前线一个潮湿的坑道里收到白如冰的慰问袋，当他发现那颗晶莹的红豆时，抑制不住满腔激情，立即提笔复信。不料一个紧急电话使他搁下笔来，匆匆赶往战地医院去看望身负重伤的三团政委，也就是率他入朝的女校老政委。

老政委躺在洁白的病床上，面色苍白双眼微闭。可能是听见脚步声，他缓缓睁开眼来，慈祥地看着两眼哭得通红的警卫员铁旦，又微笑着向朱人杰点了点头。

"政委，主任要我代表师首长来看望你。"

"谢谢……"老政委身子不住颤抖，讲不下去。他咬咬牙，没有呻吟。

在病房外面，朱人杰向铁旦了解政委负伤经过和治疗情况。

铁旦眼泪哗哗地说："政委到前沿视察坑道作业，被敌方一颗流弹击中，肋下穿透了，失血很多。开始医生忙着治伤，后来才发现有病，说肝变成了石头，硬……硬了。"

"肝硬化！原来他早就患有肝病！"朱人杰十分惊异。

"是呀！他高高大大，说话响亮，又从不吃药，简直不像病人。"铁旦满脸悔恨的样子，"我发现他经常用右手抓块木头塞在腰里。我问过，他总笑笑说腰里痒痒。有天我见他靠在墙上，右手又揣在怀里，脸焦黄汗直淌。我慌了，要找医生。他又笑笑说：人吃五谷生百病，过一会就好了。战斗马上打响，同志们每分钟都会流血，医护人员要全力以赴，别去分散他们的精力。我说去要点药，刚转身他又嘱咐：你要是告诉了团长，我就再也不想见你。我好糊涂好后悔呀！"铁旦连击脑门，眼圈又红了。

晚上，朱人杰同铁旦守护病人。午夜时分政委醒了，显得神志特别清楚。他慈祥地对朱人杰说："好久没听到军留守处的情况了，你要是回国去，代我向女校同志们问好，真想再见见他们。"

朱人杰想起医生和团长都感为难的事是这儿做大手术设备不行，送回国又怕路上吃不消。便试探说："你想不想回国去治疗，也可多见到一些国内的同志。"

政委仰头看看窗外的夜空，笑笑说："青山处处埋忠骨，何须马革裹尸还。"接着他从口袋里掏出那支组织上发给他的派克钢笔，递给铁旦说，"这件武器你有用，好好学习天天向上。"

老政委又从手腕上取下伴他多年的手表，对朱人杰语重心长地说："这表已经很旧了，把它送给你吧！记住，那嘀嘀嗒嗒的声音就是在问：时代在前进，你为党为人民做了些什么？"

朱人杰庄重地接过手表，握着老政委已经枯瘦的手，见铁旦背转身去抹眼泪，他想说点什么却如鲠在喉……

曙光照在老政委清癯的脸上，许多同志冒着寒露站在门口和窗外，只有医护人员发出轻手轻脚的操作声。静谧的空气里蕴含着无言的哀痛。

老政委阵痛加剧，时时颤抖昏迷，输氧、打止痛针也无济于事。他两眼时张时闭，生命已细如游丝。

一个急促的脚步声打破了沉寂，团长大喘着气走进病房。也许是这熟悉的脚步和呼吸声把病人惊醒了，他睁开眼来，目光缓缓地在同志们身上移动，最后停留在团长身上，嘴里发出低微断续的声音。团长把耳朵贴在他的唇边，不住地小声应着。

老政委的身子猛然颤抖了一下，然后微笑着安详地闭上了眼睛。

护士把一块洁白的床单盖在老政委身上。这床单，把老政委和同志们隔在了两个世界。

遵照遗言，团长选择了悬崖峭壁苍松翠柏的青山脚下，也就是老政委血染过的地方，作为他生命的最后归宿。在这里长眠将不会寂寞，能听见我军战机腾飞的轰鸣，能感到我军战炮射击的震动；尤其划过夜空的信号弹，那就是跃动的激励人心的军魂。

参加告别的人很多，同志们用眼泪和松枝扎成的花环来送别他们敬爱的政委，把政委生前的言行作为激励斗志的精神力量。

团长是个有泪不轻弹的硬汉，但在掩埋遗体时，朱人杰看到他和在场的同志一样，泪如泉涌。

朱人杰站起身来踱了几步，禁不住又陷入了揪心的回忆。他记得离开团部时，夜来一场大雪使郁郁青山银装素裹。他和铁旦踩着沙沙作响的雪地，再次来看望长眠地下的政委。铁旦的心仿佛被那块冰凉的墓碑刺痛了，他神情凄楚地沉默了许久，突然抬起头来坚决地说："我一定要下连参战，亲手去消灭敌人！"

不久，铁旦果然去了江涛那个团的侦察排，用手中武器去书写我军人悲壮的人生，成为一名垂范千秋壮国魂的人民侦察英雄。

空荡荡的办公室里仿佛又传来铁旦弥留时那微弱的声音："我命短，做的事太少……你们将来参加祖国建设，干社会主义……就替我多……多出一把力吧！"

朱人杰不敢再去回忆铁旦在战场上那生龙活虎的形象和怎样去实现他的夙愿。霎时只觉得心潮翻滚、思绪万千，连忙抓住这闪光的时刻，摊开纸来奋笔疾书。晨光熹微中，终于写成一篇感人的思想杂谈，题目叫作"使命和责任"。

往日热闹拥挤的编辑部大办公室，而今显得格外冷清，留守的同志本来不多，今天又派人参加会议，剩下只有四员大将了。

白如冰的稿子已编完，见老梁、小唐还在伏案推敲，只有小洛伸伸懒腰，舒了口气，这是完成任务后的通常标志。

"小洛，别忘了，今天该我们上试验田送肥。"如冰提醒说。

"啊！中饭时小高炉上通知我们晚上接班哩！"老梁扭过头来插嘴。

"庙里只有这几个和尚。组长，你看咋办！"小洛感到为难。

如冰说："万一开会的回不来，只有我们四人去顶，天还早，我们两人现在就把肥送去好了。"

板车上放了四桶肥，小洛拉，如冰推。南风无意送秋波，天气十分闷热，好不容易把肥送到离城三里外的试验田里。稻禾秆高叶茂一片墨绿，委实叫人喜爱，过路人都交口称赞"好庄稼！"唯有一个老汉摇摇头说："笑哇！肥太多，疯长！往后倒伏，减了产，又会哭！"

"保险是个秋后算账派！"小洛不满地又泼了一大勺肥。

浇完肥，如冰要小洛去取他家里寄来的包裹，自己拉着空板车回去。她汗淋淋地回到宿舍，擦了一把脸，匆匆吃过晚饭，就同编辑部的几个同志到地专机关小高炉上接班去了。

婺江边的一座废仓库墙下，沿墙根砌了十多只小土炉。火光熊熊热浪炙人，炉长老梁安排两人在墙内掌炉子，两人在墙外碎焦炭。

白如冰锤完一大堆焦炭，见炉边过秤、上料跟不上，便上去帮忙。刚才湿汗衫贴在背上，被晚风吹得凉津津的，现在又被炉火烤得手脸发烫。

凌晨四点多钟，农业局、宣传部和办公室的炉子先后出铁了。天蒙蒙亮，他们就敲锣打鼓地到地委和专署报喜。可是报社的炉子老练得如千岁老人，打个盘腿坐在那儿，嘴巴连张都懒得张一下。老梁请来工地上的土技术员会诊，结论是：烧结铁。

小洛听说辛辛苦苦炼出来的是一炉烧结铁，不仅汗水白流，原材料泡汤，连炉子也得推倒重来。他像泄了气的皮球，一屁股坐在满是灰渣的地上，一点劲也没有了。

那段时间，事事破常规，处处放"卫星"。地专机关食堂蒸馒头放"卫星"，缩短出笼时间十分钟，打破历史纪录。刚刚从小高炉上夜战归来的同志们皱着眉头吃了一个半生不熟的馒头，便被单位优待集体看电影。碰上电影院也放"卫星"，演苏联影片《伟大的公民》上下集，全场三个小时。大伙又饿又累，不到一个小时就眼皮打架，鼾声如雷。

如冰没有去看电影，从小高炉上回来时，她被晨风吹得直哆嗦，也不想吃早饭，只想好好睡一觉。她到办公室选了一些大办钢铁的稿件，打算睡醒了就在宿舍里编。为了促进钢铁元帅升帐，报纸要连续集中报道几期。

表已过了九点，翻来覆去睡不着，疯长—倒伏、烧结铁不合格的问题在困扰着她。索性先把稿子编好再睡！改了两篇夜战高炉的快板、通讯，一篇表扬指挥员的，事迹突出内容简单，便在稿上注明了"待补充"。看到第四篇时，觉得口干舌燥头昏眼花，想起身倒杯茶喝，身子散了架似的，只好闭上眼靠在床上。心里很急，三版的稿子还不齐呢！当然朱人杰会代劳，但他跑了一天，晚上审稿已经很累了，怎能又让他夜战通宵？

还有，今天的报纸清样得仔细看一遍，这是朱人杰托付过的。他说，晚饭前的清样，一张交梁书记看后签字付印，另一张请你看看，版面如需修改更动，可代我处理一下。前天梁书记说，版面没啥问题，内容你已看过我就不看了。回到宿舍她又拿起那张清样在台灯下浏览，猛然发现一篇文章中把毛主席误排为"毛主义"，惊得一身冷汗，立刻奔向印刷厂。幸亏正在打纸型，要是浇成了锌版，不仅返工浪费，又要延误发报时间；万一没被发现改正，还会造成严重事故，全部报纸收回作废，各个环节都要作检讨。

恍惚中，如冰听见房门被锁匙捅开，心想是童素吧！只她才有锁匙。果然是童素笑嘻嘻地走了进来，从提包里捧出个大盅说："麻辣凉面，拌了姜蒜香油，你最爱吃的。"

童素被抽调在市钢铁指挥部办公室工作，两眼熬得通红。如冰无力地望着这位大姐姐似的亲密战友，感激地说："你吃罢，我不想吃东西。你自己都忙不过来，别总惦记我。"

童素诧异地端详着如冰的脸："是不是病了？"又伸手摸摸额头："啊！好烫，什么时候病的？我陪你上医院。"

"昨天出汗受了点凉，没关系，我抽斗里有感冒药片。"

童素给如冰吃过药，给她洗脸、冷敷，又给她换了件干净衬衫，小声问："你想吃什么？我替你做，家里有锅灶，比你吃食堂方便。"

如冰笑着摇摇头。

童素见如冰不吃她亲手做的美味佳肴深感遗憾。她把凉面放在床头，要如冰肚子饿了一定尝尝，又去食堂打来一瓶新鲜开水。她望着如冰叹口气说："你单身独居，又有病，我真不放心。"

如冰看看表，催促说："快到上班时间了，你放心去吧！"

童素捡拾床头笔纸，眼光停在一篇稿上："嗯！待补充。就叫朱人杰、林若梦去补充吧！看你这样子怎么工作？我给你请个假，至少要休息几天才行。"

"不要请假，现在人少，林若梦下去了，朱人杰晚上回来要审稿。我睡一觉就会好的，以前感冒也是这样。"

童素看看稿件内容，脸上出现笑容："这人的先进事迹我了解，我那里有汇报记录材料，什么时候要？"

"最好是晚饭前，因为手里没有合用的头条稿。"如冰抱歉地笑笑，"你时间也很紧，实在来不及就放后天见报好了。"

"唉！本来想抓你的差帮我编简报，反倒被你抓住了。"她把脏衣服塞进包内，便匆匆地走了出去。

亏得童素一天三次跑来给如冰送药送饭，把脏衣服和去幼儿园送孩子的事，丢给了部长大人丈夫。

患重感冒的白如冰，两天后出现在办公桌上。

……

没过几天，曹流抽调地专机关钢铁指挥部任副指挥。他一月未回报社，工资也是叫人捎去的，真有大禹治水三过其门而不入的气概，据说还要求承担风险单独组织放"卫星"。一个人的奉献精神，如果出发点是为党和人民的利益，自然是可放的；若是暗中贪婪意识的产物，就意味着今后更大的索取。

　　果然，朱人杰收到一封"亲拆"的稿件，是地专机关钢铁指挥部秘书写的，他用抽象拔高空洞溢美的手法，集中表扬了副指挥曹流的先进事迹。紧接着这位百忙的副指挥打来电话，催问该稿何时见报。朱人杰笑着祝贺他创下了丰功伟绩，然后婉言告诉他："类似稿件刚发过好几篇，目前地委指示在农业工作会议期间，要连续集中地报道农业上的先进典型。大办农业也是中心哪……"

　　"你的意思是不用？"对方厉声质问。

　　"我和梁书记商量一下，万一安排不下就放内参，你的事迹由梁书记向地委作口头详细汇报，你意如何？"

　　曹流啪的一声放下电话，他发誓要击败这个事业上的对手。

　　林若梦望着电话机上那根螺旋形的导线笑笑说："电话可以省却可憎者的晤面，是个功德无量的发明。"

　　"是谁打来的？"正在编稿的白如冰抬起头来问。

　　"今天是笑眉罗汉挡住了鼓眼将军。居然有人崇拜他，替他唱颂歌。肯定崇拜者的肚内比被崇拜者更空虚，就如叫花子崇拜小管家一样。文业本是正人君子利国利民之业，卑卑琐琐的小人没有资格染指。"

　　在林若梦心里，一直把文人分成文豪、文士、文人、文贩、文痞、文丐几个等级，前三种文人程度不同地具有高于一般常人的知识、见解和思考力，有脱俗之气；而末三等的文人大都才微德浅，擅长钻营以文谋私。因而他每遇此类文人都退避三舍，耻与交往。

　　一波未平，一波又起。

　　国庆要出版套红特刊。按报道计划内容经编辑部同志讨论确定，每人拿出一篇短小精悍生动活泼、内容与形式和谐统一的稿件。朱人杰再三交代：不管是编的采的组的，总之宁要一定质量的数量，不要一定数量的质量。就是俗话说的"宁吃鲜桃一口，不要烂杏一筐"。

　　同志们开动脑子积极准备，争露才华，各显风骚。

　　节前，稿件都陆续汇集到朱人杰手里，只差兰莎莎负责补充的《白衣战士救死扶伤》的那篇稿了。

　　上班时朱人杰向兰莎莎要稿，一看还是通讯员写的那篇原始素材，便问："你去过医院吗？"

　　"没有。"对方漫不经心地答。

"你打过电话联系吗？"

莎莎愣了一下："没有。"

"你手头有备用稿吗？"

莎莎低下头："没有。"

朱人杰气极吼道："没有没有！你没有工作责任心，没有政治积极性！一无所有，真正的无产阶级！"

白如冰停下笔来，习惯地看看朱人杰的眼睛。平时，那双闪着光亮充满激情的眼睛好看极了，只要望上一眼就不由自主地会受到感染；可是当这光变成火的时候，竟然充满威慑力量，使人畏惧。她从抽屉里找出一篇修改过的《女护士一心为病人》的稿子，默默地放到朱人杰的办公桌上。

这时朱人杰已冷静下来，觉察到自己老毛病又犯了。唉！修养修养，山河易改，秉性难易哪！他接过稿子，心中漾起一股感激之情。在工作中，她和林若梦是配合得最好的，特别是她，几乎无须什么传递就能迅速了解自己的心思，默契合作，仿佛真是"心有灵犀一点通"。像这样的人应该称作什么？同志、战友、知音、心上人？他蓦地觉得心头一热，不好意思再把目光停留在她脸上。

兰莎莎万没想到朱人杰会如此不留情面地当众批评，她难堪地以手捂面奔回房去大哭起来。自己活了二十多岁从没受过这样的"欺侮"，更可恼的是竟没一个支持者同情者出来说话，甚至还有人在她背后议论：

"保险丝似的，稍加点压力就受不了。"

"不！是气球，只喜欢风的吹捧，受不得针尖大的批评。"

"她能做什么？一个漂亮的木乃伊。"

莎莎伏在床上哭了一阵儿，坐起来一把将贴在床头的《今日诗》撕得粉碎，心中恨恨地想：什么白马王子？原来是个凶神恶煞无情无义的人。缺篇稿有什么要紧？你不能叫其他人多编多写一篇？还可加幅图片嘛！或者像以前缺稿一样，你自己写篇杂谈什么的不就行了。人家为情人赴汤蹈火，你为我做了什么？我对你关怀备至，你不领情也罢，反倒如此损我，叫我今后怎么做人？她越想越气，越气越恨。不知过了多久，终于又自宽自解：罢了！天底下不只你一个男人，凭着我兰莎莎的仪表、家庭政治条件，还愁找不到称心的对象？

兰莎莎请了三天"病假"，白如冰代她完成每天的工作定额。

秋收期间，全区组织生产大检查，确定白如冰参加检查团，林若梦跑面采访，朱人杰也抽时间下来重点调查。三人为交流情况研究报道，经常凑在一起。

　　他们途径建德县，参观了规划中的新安江水电站宏伟蓝图，采访了即将淹没的旧县城和在建的新县城，胸中轰鸣起一首激昂建设的交响曲。

　　在农科所，白如冰有生第一次见到这样大的棉花和番薯。一个棉株上结了一百多个棉桃，简直像繁花似锦的白芙蓉；母薯大如西瓜，周围结满子孙，据说总重量有一百多斤。人们据此计算出每亩几千斤几万斤甚至几十万斤的产量，忘记了这是吃营养"小灶"长大的，大田里就绝不会有如此棵棵高产了。

　　林若梦对这一带很熟，和干部社员见面就拉呱无话不谈。吃饭时他问大队书记：

　　"预计今年人均收入有多少？"

　　"两个数，一个上报数，一个实际数，但要砍去上报数的四分之一。"

　　白如冰吃惊地问："为什么水分这么多？"

　　书记苦着脸道："不加水不行。晚稻还没开镰，公社就开干部会统一认识，说县里已经定下盘子，提出了一、二、三类队的收入标准。我们大队属二类，人均收入不能少于这个数。"他举起手来做了个手势。

　　会计插嘴道："过去上报成绩我们实实在在，今年搞跃进就不同了。每次大检查都要报数字，下边忙得团团转，实际上造林、养猪、积肥、收早熟，都是抽样调查或者统计加估计。晚熟各生产队有丰有歉，也不必再花力气去统计调查、核实产量了，反正人均收入已定，按要求上报就是。不信你们去看看公社墙上的那些表，红箭头一直是朝上翘的，即使三类队也要步子不大年年跨。"

　　朱人杰皱皱眉说："许多好镜头原来是长官意志的作品。"

　　"有些事我们也说不明弄不清。"书记忧心忡忡地说，"据了解，其他地方也是这么干的。说句良心话，要是一直这样糊弄下去，真对不起党。"

　　林若梦记得大队部门前有丘西瓜地，大队每年以红瓤小籽的优质西瓜奖赏那些参加大会的劳动模范和先进工作者，也把甘饴如蜜的瓜液濡润焦渴的远方来客。林若梦春天来此曾见到苗壮的瓜苗，现在却魔术般地变成了黄苍苍细尖尖的稻禾。原来是公社强行指令要他们拔掉瓜苗栽秧苗的，由于季节已过、水量不足、密植程度过高，因而生长不好。社员心里有气，故意让它自生自灭，便成了这幅气息奄奄的样子。

　　归途上，林若梦对白如冰笑着说："你下来就会看到这些原汁原味的东西。我们应该在报纸上呼吁各级领导保持清醒头脑，求真求实，杜绝虚假浮夸的不良作风。"

"造成这种现象的根源在哪里呢？"如冰不解地问。

朱人杰捡起一颗石子丢进路边的塘内，意味深长地说："你看，它的涟漪可以扩散得很远，但要找到石子，必须潜入那最初的所在。"

如冰似有所悟地笑笑，心想自己这双未经血火考验的视神经，在政治问题上比他们迟钝得多。

微风过处，稻浪起伏。他们坐在田边休息时，林若梦突然赞扬起"稻草人"来，嘴里念道："骄阳之下不叫苦，风雨之中不眨眼。"

朱人杰立即接上："寸步不移守岗位，夜以继日站田间。"

白如冰听他们出口成诗，联想起曹流近日在报上发表的一篇短诗，笑问林若梦："你觉得曹流那首诗写得怎样？"

"南天门上老鼠叫，自视高鸣（明）而已。我不向他谋差使，没有恭维歪诗的义务。"

朱人杰笑道："我们书记倒很欣赏哩！"

"书记和他正在蜜月之中，自然爱屋及乌。"

如冰奇怪，曹流平日好发议论，却不见他写文章。

林若梦撇撇嘴："你们来报社前，他写过一篇唯一的佳作，既不提出问题也不回答问题，笔底流出的是水是血，恐怕自己也无从说清。"他踢掉路上一颗石子："同志们都把他和老朱看作书记的两只胳膊，我认为这是错觉。若把老朱比作大湖，他只是一汪浅水。"

如冰感慨地说："我下来几次才体会到干记者是个苦差事，要绞不少脑汁开不少夜车，上次那篇通讯我一夜没合眼，真想搁笔算了。"

林若梦苦笑道："人们都认为记者是无冕之王，游山玩水逍遥自在，其实个中甘苦有谁知。为了搜集素材，有时简直要踏破铁鞋；万一触动旧观念误入禁区，还会招来如雨乱箭。不过写稿也像生孩子一样，只要有忍受阵痛的毅力，才会尝到分娩后的喜悦。"

"马克思说'要使世上一切对我来说都不陌生'，这句话是很难做到的。写东西需要的是生活，老林经常深入实际，对全区情况了如指掌，所以他的文章有一种一发而不可止的力量，能裹挟着读者观赏的小舟浩荡向前。"朱人杰由衷地赞美。

"瞎吹什么？你没见书记经常批我不成熟吗？在他眼里凡有棱有角的石头，在没磨成鹅卵石之前均属不成熟之物，或者必须像核桃那样要到满脸皱纹时才能成熟。没有个性是可悲的，什么都只能亦步亦趋，照葫芦画瓢；有个性也可悲，那就注定永远也成不了一块好料、一个可委以重任的干部，在一些单位的掌权者中，这个评价人的标准是很难改变的。"林若梦对着天边的晚霞长吁一口气说，"几年来就算我智商极低，仅凭第一信号系统的条件反射也该懂得这点了。下面的同志问我为啥好长时间不写小品文了，其实并不是没有可写的事、心里没有感想可发，只不过是自我调节心理平衡的能力有所增强罢了。"

朱人杰也抬头看晚霞，像是自言自语地说；"有德有才者惜才，有德无才者容才，有才无德者嫉才，无德无才者毁才。"他站起身来，"走自己的路吧！人应该在改造自然和社会的同时改造自己，绝不能为了让人赏识而改变自己！"

如冰觉察到他们似乎心有抑郁，问道："这段时间你们担子好重，压力很大吧？"

"不怕上面压担子，只怕旁边使绊子，把精力浪费在内耗上。"朱人杰答。

"苦点累点不要紧，只要不是无效劳动，我也最怕内部矛盾，扯起皮来像嘴里塞了干辣椒，辣得直发火，呛得想流泪。"林若梦说。

如冰对曹流吹毛求疵的事也时有所闻，深感不平地说："他像透视机一样，自己站在圈外，专门去找别人的缺点。你们偏偏又像钻头，只有一个心眼，不达目的决不罢休。"她轻轻叹了口气，又安慰道，"你们别去听那些闲言废语，影响工作情绪。"

林若梦忙说："你放心，我们都是生石灰，别人越泼冷水越是热气腾腾。"

"还要像避雷针，既敢抛头露面，就不怕电闪雷鸣。"朱人杰仿佛是在给林若梦和自己打气。

这次下乡采访顺利，三人踏着一路平安的旋律满载而归。

白如冰文思焕发，半月内见报六篇稿子，其中一篇短评是《办公共食堂要方便群众自愿参加》。

林若梦除采写新闻外，又写了一首诗，题目叫作"防止虚夸之风"：

眼睛总是瞄上头，脚步跟着检查走；

干部忙得团团转，捉得襟来又见肘。

造林统计加估计，谁能上山细细瞅；

养猪积肥全超额，深耕密植不落后。

田头扎营睡大觉，检查来了一声吼；

水稻亩产放卫星，一丘不够多丘凑。

瓜苗拔掉种秧苗，奄奄一息风摆柳；

人均收入知多少？请看墙上红箭头。

检查本是为促进，虚夸之风实堪忧；

头脑务必要清醒，实事求是不能丢。

朱人杰则连续写了四篇社论：一、《既要讲速度，更要重效益》；二、《推广先进经验要因地制宜》；三、《生产关系变革要与生产力发展相适应》；四、《再谈坚持按劳分配的原则》。发表后在社会上引起极大反响，唯上者曰糟，唯实者曰好。但来自基层的读报小组则反映，这段时间报纸上讲的问题像"三伏的风、栽秧的雨"。

天气渐凉，兰莎莎的火气也逐渐消了，尤其在编辑部的一次生活会上，朱人杰检讨了自己修养差、对同志态度粗暴之后。莎莎想这就算给自己挽回了面子，只是何必等到开会才来当众打官腔呢？早点个别道个歉我的气不早消了。她对周围的男性逐个观察，除了朱人杰，似乎还很难找到第二个更合适的对象。

地专机关举行元旦晚会，莎莎自报节目唱支歌，条件是要有乐器伴奏。编辑部无人擅长丝竹，只有朱人杰会吹口琴，莎莎满心欢喜地把一支曲谱给了朱人杰。

情况的发展偏又使莎莎大失所望。表演完节目举行的舞会上，她见朱人杰并不和身边的自己跳舞而去找白如冰跳；后来又见已经退席的白如冰匆匆走进来，找朱人杰一道出去了。

散会回到宿舍以后，莎莎仍觉心气不舒。她知道林若梦去省开会未归，便径直到朱人杰房里兴师问罪。

"你为什么只和她跳不和我跳？她找你出去做什么？你们在乡下干了些什么见不得人的勾当？"

朱人杰闭目靠在椅背上，正考虑重写那篇抽下来的评论，猛听莎莎连珠炮般的质问，他腾地一下站起身来，愤怒地指着莎莎的鼻子："你胆敢污蔑她！你凭什么限制我的自由，特务一样监视我的行踪？你放明白点，你我之间只不过一般同志关系，我的事用不着你操心！"他看看表，毫不留情地说，"时间不早了，送客！"由于情绪突然冲动，把刚才的思路打断，脑海里再也搜寻不出那个灵感爆发时自鸣得意的修改方案。

莎莎发疯似的奔回房去，哭得死去活来。她又痛又恨，痛得心像按在棘刺上一般，恨得几乎把牙齿咬碎。她把无情无义没肝没肺、剜目割舌抽筋剥皮、千刀万剐天打雷劈、该遭报应不得好死的朱人杰骂了个够，直到迷迷糊糊地进入了梦乡。

第二天曹流来找莎莎。他从钢铁指挥部回来后，听说莎莎挨了批评深表同情，便趁此机会来接近莎莎。他一进门就满脸堆笑地说："你妈出差，怕你一个人寂寞，我知道你爱看杂技，昨天好不容易买来两张票。喏，到时间了，我们就去吧！"

春风不度玉门关，只好再抱琵琶觅旧人。莎莎心想尽管曹流并不那么可爱，总算温柔多情，对自己百依百顺，将来一起生活肯定是个"妻管严"。至于那个姓朱的，不能便宜了他，只要有机会，我就一定要报复！报复！报复！

过了几天，朱人杰收到江涛来信，说他毕业后留校任教，元旦与黎明举行了婚礼，来贺喜的同志很多，遗憾的是没有远在南方的战友。他问朱人杰和白如冰的互助组什么时候建立？林若梦的对象是谁？

朱人杰故作惊讶地问林若梦："你的对象是谁？怎么连我也不知道。"

"在下早已进入爱的荒原，横眉冷对小佳人，俯首甘为老和尚。无牵无挂优哉游哉，脑子里装爱情的细胞可以全部用来装工作。"

"人有青春必有爱情，你能完全超脱？说真的，你也该寻找一位爱的寄托者了。"

"爱情，不管是文学家说的'两颗心共同撞击的火花'也好，还是经济学家说的'为了生命的再生产'也罢，反正我已经把新闻事业当作终身伴侣，热爱它，坚贞不渝。"

林若梦递给朱人杰一支烟，给他点火时问道："你终日把眼睛盯着前面的目标，对面前的玫瑰花似乎很少去浇灌。你们的双边关系究竟发展得怎样了，能够来点透明度吗？"

"基本上是原地踏步。我何尝不想缩短距离，可她老是避开我。"

林若梦想了一会说："肯定还是那个讨厌的第三者作怪！元旦晚上你的口琴也吹错了方向。"

朱人杰笑道："这就玄了，吹口琴也有方向问题？"

"是呀！这样的歌曲应该向北（白）吹而不该向南（兰）吹，你记得歌词内容吧？什么美丽的姑娘见过万千，独有你最可爱。你像冲出朝霞的太阳无比新鲜，又像鱼儿遨游在瑰丽的水晶宫殿，还像夜莺歌唱在自由的青翠林园……明明是一首情歌，你和莎莎同台演出鸾凤和鸣，在白如冰眼里岂不是你们藕断丝连的象征？"

"事前我只看到曲谱，并不知道歌词内容。大家决定的，我也不好推辞呀！"朱人杰感到莎莎又在捉弄自己，不禁愤愤地道，"我今后再也不会理她，可能她也无脸再来纠缠了。"他谈了晚会后和莎莎摊牌的情况。

"你早就该下最后通牒，让她头脑清醒。她是个典型的东方式嫉妒者。"

"这话怎讲？"

"西方人讲竞争，争不赢自认倒霉心甘情愿；东方人争不赢就怨天怨地嫉妒他人。"他拍拍朱人杰的肩膀，"好了，剩下的问题是你必须用实际行动证明自己的清白。白如冰是个慎重的人，自然要观察之后才能判断你对她的感情真实到什么程度。唉！编织爱情只能走内涵发展的道路，我这局外人也帮不了什么忙。"

尽管有很多不愉快的事，生活依旧按照它自己的脚步往前走。冬天过去了，代之而来的是南国花红柳绿的九九艳阳天。

一天，在食堂吃饭时，林若梦向白如冰天花乱坠地吹起"双龙洞"的景色来。他说："你住在婺市几年，星期日只知道往童素家跑，丢下我和老朱相依为命。你自己连近在咫尺的高级名胜都没去游过，实在遗憾。"他约白如冰、朱人杰星期日到双龙洞去畅游一天。

两个小伙子高高兴兴地来邀白如冰动身时，只见她为难地说："刚才梁书记通知我，下午去参加地委组工会听汇报。"

朱人杰忙说："半天打不过来回，现在洞里可能还凉，那就改在夏天去玩吧！"

林若梦白了朱人杰一眼，心想这个傻瓜怎不抓住机会？他忽然灵机一动地说："难得今天风和日丽，我们就到附近的'明月楼'去玩吧！凭吊一下李清照，发发思古之幽情也好。"

他们刚走几步，林若梦又想起一件事说："你们先去，我还要打个长途电话。"

明月楼坐落在离报社不远的一个小山上，楼高两层。当年种植的冬青、杨柳等树已郁郁成林。站在楼上能鸟瞰婺市，四周景色极佳。只因年久失修，楼梯缺了两级，朱人杰一跃而上，转身来拉白如冰。他走路轻快，神采奕奕，举

止洋溢出矫健和潇洒。上楼后他向导似地介绍说:

"李清照本来是山东济南人,金兵入侵时她随败兵南下,住在这里避难。当时丈夫赵明诚已经病死,晚年离乡背井孤苦伶仃,山河破碎颠沛流离,她用一腔血泪写成一篇篇悲凉委婉、情感炽烈、风格与众不同的作品,成了中国有名的女词人。"

如冰笑道:"难怪你对李清照如此熟悉,是她给你取的名字哩!'生当作人杰,死亦为鬼雄'!"

朱人杰笑笑,继续说道:"她在婺市一年多的时间也写了不少好词,其中一首脍炙人口的词叫《武陵春》:风住尘香花已尽,日晚倦梳头。物是人非事事休,欲语泪先流。……"他忽然侧过脸来,嘴角上挂着调皮的笑容问,"你还记得后半首吗?"

如冰想起在林园时,他为了考考自己故意说"记不起来了"的神情,便点了点头接着念下去:"闻说双溪春尚好,也拟泛轻舟。只恐双溪舴艋舟,载不动许多愁。"

雨后初晴,枝头汪着湿润的绿色,柳丝在和煦的阳光下飘拂。朱人杰站在栏边,伸伸胳膊挺挺胸,面带笑容地凝视远方,显得颇为心旷神怡。

白如冰平时喜欢心态宁静地远远注视那双镶嵌在伟岸轮廓中的眼睛,而今天仿佛脑中有个鲜活的东西在向外涌动,只是又被一层细丝裹着,不敢去触碰它。自从认识朱人杰并和他两度共事以来,一直被他身上那股取之不竭的活力所感染,为克服困难完成任务充满了信心。过去自己也像一个真诚的战友那样支持他关心他爱护他。在他入朝那段时间的通信也完全是同志式的,谈工作谈学习,最后是此致革命敬礼。他转业报社特别是负责编辑部以来,那大刀阔斧的作风,生龙活虎的性格、火一般的工作热情,更令自己倾倒。然而矛盾的是,常常为了压抑感情而故意疏远他,从自己的观察中越来越深切地感到,他不仅是个事业心很强的同志,也是一个需要感情慰藉的人;而自己呢?不是也在痛苦中等待许久了么?

朱人杰走近如冰,欣然地指着远方:"你看,那是婺江,武义江和义乌江的汇合处。据说《武陵春》中的双溪就是指的婺江。"他笑笑说,"历史上,每逢江南三月莺飞草长,桃花流水鳜鱼肥,就是诗人们尽情宣泄丰富感情的时候。"

如冰顺着他手指的方向望去,只见春天的阳光洒在泛动的绿波上,好似千万条金鱼在江上跳跃翻腾追逐嬉戏。天空飘着朵朵白云,芬芳的空气浓得醉人。俩人都在欣赏美景，似乎都在有意保持这美好如画的宁静，就像喧闹奔腾的小溪汇入了河湾中的回流，这时的情感是平静的，然而更为深沉。他们怀着轻柔如水飘忽如梦的喜悦，共享着这醉酒似的甜蜜。

如冰又想起了那颗红豆，低声问道："你入朝以后，开始还给政治处同志来信，后来怎么不写了？女校迁河北离前方更近，休整期间许多同志回国，只有你……"她低下了头。

朱人杰忙说，"我本来打算到医院看过政委就回国，想不到他第二天就离开了我们。我知道老政委在女校同志们心中的位置，不愿把这个不幸的消息带回祖国，给大家心灵上扔下一颗痛心的炸弹。"

如冰见他黯然神伤，心里也禁不住一阵酸楚。

朱人杰继续说："那时我简直安静不下来，只想拿起武器到前边去痛痛快快地拼一场。江涛他们团到上甘岭支援友军反击敌人的秋季攻势，我也申请去了。"

"听说你玩命似的日夜工作，累病了。"

"站在那块热土上怎能不玩命？但又算得什么，许多同志都在流血呢！"他半眯着眼，沉浸在往事中，"1953 年我在沈阳住了段时间，也很想回来看看你们，只因铁旦伤很重，不忍离开他。铁旦到侦察排以后，在江涛帮助下进步很快。他不怕苦不怕累，很勇敢又机灵，除了侦察、夜袭、抓俘房，还主动参加守阵地、炸地堡、搞突击。他眼力特别好，是侦察排的'千里眼'，团长也很喜欢他。"

朱人杰脸上掠过一丝笑容，很快便消失了。他说："在一次夜袭中铁旦不幸触雷，腹部受了重伤，肠子都流出来了。出院以后，他回到原来的金城驻地，才知道他们团已由上甘岭直接调往东海岸了。这时候，由杨勇副司令员亲自指挥，以第二十兵团为主力，还有强大炮兵配合的'金城大反击'正在加紧准备。军里派我和专业记者们一道参加这次大反击的摄影报道。铁旦知道这个消息后坚决要求参战，我们在阵地上经常见面。就在停战命令下达的前一刻，他被敌人的猛烈炮火击伤，右小腿炸断，左脚趾削掉，盆骨摔伤，我送他回沈阳治疗，一直守护着他。我回部队时他已经能用假腿走路了，万没想到在医院的一口塘边，他为了救一个三岁的烈士后代又落水负伤。"

朱人杰抬起头来望着白云深处："多好的同志，他爱党爱人民，爱我们这个崭新的国家。在艰苦的战斗中，他想到的是胜利；身残以后仍然准备着参加建设，开拖拉机开汽车。病情恶化时，他知道自己时间不多了，还坚持要把眼珠移植给排里失去双目的'飞毛腿'，他要敞开温暖的胸怀，去融化人间的寒冰……"

如冰听见朱人杰的声音在颤抖，感受到他内心的悲痛，她忍住泪安慰说："铁旦终于成了侦察英雄，实现了他的夙愿，可以含笑九泉了。"

少顷，朱人杰恢复了平静，又伸伸胳膊挺挺胸，这已成为他伏案久坐后的习惯动作了。他转过头来微笑着问："后来你为什么也不代表政治处同志给我写信了？我到哈军工以后曾给你们去过信，被退了回来，说是军留守处已撤销，女同志都转业了。直到老林来信，才知道你在这儿。"

树叶筛下的阳光洒在如冰的脸上，朱人杰瞥见一丝笑容在她的嘴角、眼角和眉梢之间荡漾开来，显示出一种高尚情操的美；同时眼睛里闪耀出异样的光彩，那是一首古老而神秘的诗，只有爱着的人才能读懂它。刹那间他恍然大悟：自己的心是属于她的！他抑制不住满腔兴奋，激动地说："江涛来信，他和黎明结婚了！他问我们，什么时候……"

"阿啾！"阵风吹来刮起未尽春寒，如冰猛然打了一个喷嚏。朱人杰情不自禁地脱下外衣，挨近她，想给她披上。

如冰突然听见背后传来急促的呼吸，立刻惊惶地闪向一边，不知所措地遥望天际，言不由衷地说："那边，是不是要下雨了。"

"东边日出西边雨，道是无晴（情）却有晴（情）？"

如冰回过头来，见朱人杰两手依然举着衣服，困惑地望着自己，顿时明白了他感叹的原因，忙说："不会下雨，有……有晴（情）！"

有人打着口哨从山下上来，在楼前高声吟道："两个黄鹂鸣翠柳！"

朱人杰转身一望，见是林若梦身穿白色运动服，手拿羽毛球拍，轻快地跃上楼来，于是淡然一笑说："一个白鹭上西天。"

林若梦哈哈大笑："好哇！我上西天，到望乡台上来找你们啦！"

从明月楼归来的当天下午，朱人杰和林若梦两人在宿舍里完成一件共同的任务，林写新闻报道，朱配编者按。

晚饭前林若梦已脱稿，愉快地去打开酒瓶自我慰劳，见朱人杰靠在墙上闭目养神，以为他早已写好。走近一看，在"编者按"三个字下面乱涂着"晴、情"两字，只有一行成句的是：天有晴？人有情？友情？ ×情？心里纳闷：他究竟在推敲什么哇？

一连几天，朱人杰沉默而郁闷，除了研究工作，几乎听不到他的声音，日常生活也有心无神。林若梦发现他这怪情绪好像是从明月楼回来以后产生的，他在静静的办公室里仔细观察，白如冰那张幸福的脸和朱人杰郁郁寡欢的眼神成了鲜明对比，不禁大吃一惊：难道是那天的楼台会谈崩了？

半夜，林若梦醒来见朱人杰床上火星一闪一闪的，知道他还在抽烟，便问："怎么，你也得了神经官能症？"

朱人杰没吭声，心里仍在考虑"她为什么总到童素家里去"的问题。

"那天你们究竟谈得怎样？窗户纸捅穿没有？"

"女同志大概都愿意身边有个德高资深、政治成熟、工农知识化的人，作为自己的家庭导师。"朱人杰文不对题地答。

"你说什么？"林若梦丈二金刚摸不着头脑。

与朱人杰相反，白如冰从明月楼回来心情分外的好。凭着女性敏感的直觉，她确信朱人杰在爱着自己，既然兰莎莎已回到曹流身边，心中那块"友谊界碑"是该拔掉的时候了。爱情，她曾经在心里描绘过向往过等待过，它像水中的月亮、雾中的花朵，洁白晶莹神秘美妙，正如黎明讲的，使人幸福心醉。她简直有点后悔，为什么不早点去寻求？生活在崭新的社会里，人人都应当幸福愉快，要尽力关心爱护别人，也有权利得到别人的关心和爱护。

她心中好似奔腾着炽热的熔岩，眼前的事物都变得那样美好。邮递员迎着朝霞骑车向报社大门驶来，把一叠叠稿件送到编辑们的案头，字字句句汇聚着全区人民五彩缤纷的生活。每篇稿件在如冰眼里几乎都是爱的歌春的河，她见朱人杰那双盯在稿子上书呆子般的眼神，感到十分可笑。下班后，她经常小声哼着歌曲，独自外出也踏歌而行。

朱人杰路过白如冰窗前，常常听见她轻微的歌声，像深夜的琴弦令人震荡，然而每次留给他的都是无尽的惆怅。

一天中午，林若梦见白如冰上街购物，说自己也想买件外衣，请她做参谋。到百货公司选了几件都不称心，林若梦说："以后再买好了。为了不负此行，就给老朱买条烟吧！"

白如冰笑道："你怎么当起他的后勤部长来了？"

"你不知道，他每月工资的三分之一都寄给铁旦家了，所以我就供给他烟，他也时常给我买酒。自古道烟酒不分家嘛！"

走出店门时，林若梦说自己还有事，要她把烟带给朱人杰，又特别交代："老朱近来精神不好，夜里失眠，你这党小组长应该找他谈谈话。"

如冰以为朱人杰是大跃进以来开多了夜车，身体差了，又抽了那么多烟，简直是慢性自杀！是该找他好好谈谈，自己心里也有很多话要对他说。

路 石

　　工间操时大家都出去活动了，如冰见朱人杰又独自靠在墙上闭目养神，便
轻轻走过去把"烟"转交给他。因里面的烟卷已用桃片糕代替，如冰怕他当面
拆开，用手按住"烟"问道：

　　"是不是病了？"

　　"不是。"

　　"工作太累了吧？"

　　"不累。"

　　"老家有什么事吗？"

　　"没有。"

　　"那，少抽点烟，休息时多活动活动，睡眠就会好起来的。"

　　"嗯——"朱人杰感激地点点头。

　　如冰看看朱人杰，又很快把目光收回，低着头说："我也收到黎明的信，
他们真好……"

　　梁书记拿着一篇稿件进来说："我看没啥问题，可以用。"同时对站在旁
边的白如冰点头笑笑。如冰顿时感到脸红心跳，立刻转身奔了出去。

　　由于工作需要，编辑部党员经常参加地委召开的一些党的重要会议。
这天，朱人杰和白如冰开会回来，肩并肩地走着，朱人杰沉吟良久，轻声说
道："我这人毛病很多。我们相识好多年了，你应该是了解我的，给我画个
像吧！"

　　"基本上了解，又不完全了解。最了解的还是自己。"白如冰谨慎地说。

　　"我常常自我剖析，只是还未公之于众。和标准的共产党员比，我只是列
宁讲的庸人，身上很多俗气，盲目的优越感，不自量的自信心，有些一闪念甚
至是很卑劣的。为革命利益作必要牺牲，我承认它的正确和神圣，也有过偶然
的冲动；但在多数情况下，一事当前，心里却明灭不定地闪现出趋利避害、惧
险贪生、委曲求全、明哲保身等极渺小的意识，和我们口头上鄙视的小人没有
区别。"

　　白如冰为他的坦诚所动，也毫不掩饰地说："我也是个平凡的庸人，组
织上入了党，思想上并没有完全入党。不是整个脑子和全部身心都在为革命事
业考虑，我的上进心里有很浓厚的虚荣心名利心，尤其是清高自尊的根子拔不
掉，经常打肿脸充胖子，做自己力不能及的事。"

　　"我们虽然不是英雄，不能作出什么惊天动地的事，但要做到热爱党、不
欺党，为党忧，你说是不是？"朱人杰诚恳地说。

白如冰点点头："相信我吧！我也一定会这样做。"

两颗除去锈尘的赤子之心，一旦相互袒露，便自然产生共振，一种情投意合的电流在他们身上流淌，似乎彼此都深切感受到了。

朱人杰自我安慰地想，不成伴侣则为知己，能有一个红颜知己也是人生幸事。他终于从苦闷中解脱出来，大脑里的兴奋点重新被报纸这位"恋人"勾去。

林若梦觉察到他的变化，试探着问："是白如冰把香烟带给你的吧？"

"晚上肚子正饿，感谢你的夜餐。"朱人杰说罢匆匆走了出去。

"你说什么呀！"林若梦聪明的脑袋又被弄得稀里糊涂了。

从此，朱人杰的抽屉里，魔术般地不断涌现出糕饼糖果等夜餐食品。既然嘴里有东西甜着，对香烟也就逐渐淡忘了。

（七）

省里召开两万多人参加的六级干部会，贯彻中央郑州会议精神，公布《关于农村人民公社管理体制的若干规定》草案，从所有制方面纠正人民公社的平均主义和过分集中倾向，实行三级核算队为基础，强调等价交换按劳分配。不久，中央又在上海召开八届七中全会，继续纠正高指标共产风的错误。

事实证明朱人杰的观点正确，编辑部同志唯马首是瞻，梁书记的缰绳也放松了。曹流的面目暂时收敛，为了牢牢抓住"回心转意"的莎莎，也花去他不少精力和时间，因而曹朱关系在曲折中有所改善，由对抗为主转变为对话为主，基本上平安无事地度过了一个春夏之交。

支部大会在总结经验教训时，支书曹流甚至以服从真理的豁达态度，就几个人所共知的事例，赞扬朱人杰能深入实际吃透两头，脑子清醒，判断正确。当然这是由于形势所迫，从上到下都在总结反思，对社会主义建设、对经济发展规律和中国基本情况作再认识，区区曹流能以一贯正确的面孔坚持错误么？而实际上正如林若梦说的，双方立场观点方面的分歧并没消除，暗中的对抗意识也并未放弃，只不过是对抗与和解相接，共识与矛盾交织而已，他提醒朱人杰警惕激战前的平静。

……

当晚，朱人杰收到全省即将开展工农商大检查的通知，他鉴于去年的弊端，连夜写了篇《提倡轻车简从》的评论。

上班时白如冰打扫卫生，见到朱人杰办公桌上的那篇评论，知他又夜战通宵。她浏览文章的内容，大意是说，目前党政干部下基层时陪同太多，除了层层陪同还要逐级汇报。基层干部忙于找秀才开夜车赶写材料，抽劳力办招待，杀猪捞塘，致使大忙季节不能深入实际解决问题，参加劳动领导生产，群众称之为官架子官排场官僚作风。中央曾三令五申，仍禁而不止，这样下去势必会脱离群众。

吃中饭时，她心疼地劝朱人杰说："何苦又玩命？弄不好还得受人指责。"

朱人杰不假思索地说："如今是站在祖国的热土上，当然应该玩命。"他忽然感到这方土地好像忽冷忽热，正如如冰说的，弄不好还得受批评指责，于是苦笑道，"干我们这行的人，只知耕耘不问收获。天有不测风云，一场暴风雪，可能会把绿洲变成荒原。不过，还有来年。"

如冰提醒他："可不要忘了老林写小品文的前车之鉴。"

朱人杰眼里闪过一丝忧郁："我心里有话憋不住啊！我的认识可能片面甚至错误，但了解的是真实情况，说的是真话。说假话是品质问题，而真情中的谬误是水平问题。错了我可以改，总不能见党的躯体受玷污腐蚀而不挺身维护哇！"

如冰弄不清自己是感动还是难过，泪水在眼眶里缓缓涌动，只因竭力忍住才没流出来。最近，她从参加地委的一些会议中了解到当前严峻的政治形势，中苏关系已出现深深裂痕，庐山正在召开中央全会并发生了"非常事件"，眼前似乎闪过曹流那深不可测的微笑和兰莎莎轻飘飘漫不经心的表情，她为殚精竭虑工作还要承受政治风雨的朱人杰、林若梦担忧。

周末晚上，曹流和兰莎莎正在公园的林荫道上情话绵绵。莎莎忽然极不开心地说："你这支部书记兼介绍人有屁用！我的组织问题到现在还没解决。"

"我提过几次，他们总把林若梦拿来对比，说他工作积极，大跃进以来吃苦多贡献大。要是把你两人提到支部大会讨论，说不定会先发展他。如果只提你不提林，第一个反对的就是朱人杰，就像以前那次支部会一样，我孤掌难鸣哪！"曹流满脸委屈的样子。

莎莎听完立刻火冒三丈："我要找这家伙算账！"

"你找他，嘴仗打不赢，凑个机会再整治不迟！"

"听说你在支部会上还表扬他，我让他恨，你倒做好人，安的啥心！"

"放水养鱼正是为了钓鱼吃鱼嘛！"曹流阴险地笑笑。

"你既弄鬼又装神，对我可不许来这一套！"

曹流涎着脸说："我一定帮助你入党，你也要在妈妈舅舅面前对我提携提携，咱们来个等价交换好吗？你平时还要多从妈妈舅舅那里注意了解政治形势的变化。"

从此，兰莎莎也关心起政治来，她听见舅舅和妈妈说什么"庐山这场斗争很激烈"，忙问是怎么回事，舅舅拍着她的肩膀笑着说："我们的莎莎到底长大了，也关心国家大事啰！"

信息立刻传到曹流那里。两天后，曹流备了一份厚礼去给未来的丈母娘祝寿。吃饭时曹流叹口气说："我和梁书记都很担心报纸的方向问题。"

"报纸起作用的还不是你们这批'军帮'，只要梁书记和你这个支部书记掌好舵不就行了。"莎莎妈说。

"你不知道，军帮里面还有个核心小组，朱林白三人掌握着编辑部的实权，他们一贯自行其是，连梁书记都不放在眼里。"

"尤其是朱人杰、林若梦，坏透了！"莎莎恨恨地说。

莎莎妈严肃地说："作为党的干部，要理直气壮地运用自己的权力，政治是统帅，政治领导业务嘛！你要多注意他们的言论行动，了解报社干部的思想动向，免得运动来了无的放矢。"

曹流心中窃喜，果然机会到了。人逢喜事精神爽，他频频举杯殷殷祝福，还把莎莎着实表扬了一番。

按自己利益大小的尺度来制定应付环境的策略，是曹流在解放前就从地主老子身上学会了的。他和莎莎恋爱以来，经验告诉他，莎莎妈这个职务不算高又非顶头上司的小科长，却是真正左右他命运的关键人物，巴结上了她，既可决定莎莎的终身，又能影响省里那个厅座。他极力施展鉴貌辩色奉承拍马的看家本领，平日凡来自莎莎妈的大小指示均奉若圣旨，何况此次重大指示乃是自己欲求而得之的，自然更是不遗余力地去执行。

回到宿舍他心里琢磨，上次没把林、朱打倒，主要是炮弹不足火力不猛，加上当时工作需要，又有那个最近调走的地委副书记撑腰。这次一定要计划周密、必操胜券，他打开抽斗，拿出那个审干以来的绝密小本，上面有历次政治斗争中自己的发言提纲和别人的发言要点，以及林若梦、朱人杰等平日的言行。

这些有据可查的资料，既可用于保自己，更可作为机关枪、迫击炮甚至整人的飞镖暗器。

路 石

　　第二天他仍担心弹药不足，"碉堡"难攻，要莎莎翻阅"大跃进"以来的报纸，摘录下上面的问题。他又借着向梁书记汇报工作的机会"吹风"，说莎莎母亲和舅舅很担心我们报纸的方向问题，希望能抓住几个典型解决干部们长期存在的思想。

　　林若梦作为新闻记者的职业神经和敏锐嗅觉，闻到了一股浓烈的政治火药味儿，编辑部同志们的心里也像突然放进一块冰，感到彻骨的寒意。

　　莎莎妈和舅舅利用假日非正式地在家里会见梁书记，厅长畅谈省内形势，询问报社情况。掸着烟灰漫不经心地说："像林若梦、朱人杰这样与党离心离德的知识分子，在省里早就被批判了，你至今还让他们窃据在重要岗位上。"在座的曹流立即献策："要摧毁报社这个反动堡垒，最好是分化瓦解、各个击破，先集中火力攻林，打垮以后马上攻朱，以闪电式行动向编辑部开火，缴械！"

　　紧接着，梁书记回来后马上召集开会。会议气氛异常森严，半日工作半日开会，不准请假。人人处于以梁书记为中轴的延伸线上，检查认识和态度。转入揭批阶段时，仍由兰莎莎发难，一气摆了林若梦十多条罪状，说自己从部队到报社和他共事多年，像挨着粪桶久而不闻其臭，多亏党的教育才第一次次擦亮了眼睛。

　　曹流批判时，把林若梦叫作死不改悔的、做梦都想变天的人，说那首《防止虚夸之风》的臭诗，是在社会主义建设的热潮中乌鸦唱出的丧歌，是对三面红旗的疯狂攻击。甚至一首《赞家乡》，也成了地主贤孙的思家思亲之作。他还揭发林若梦在一次闲谈中说过："我们单位（原话为有些单位）民主生活不正常，知不能言、言不能尽，言者有罪、闻者不戒"，质问为什么把梁书记诬蔑为专制暴君？

　　朱人杰听完兰、曹二人的发言，气得脸发白手直颤。为了镇定情绪，伸手从抽斗里拿出一支久已不吸的香烟，打火机"咔嚓！咔嚓！"打了几下才点着，他深深地吸了一口，连同心中的愤怒一起吐了出来。

　　支部书记定了调子，下面自然亦步亦趋。发言者动机各不相同，有的诚心捍卫"真理"，有的不甘落后，有的随波逐流，有的借机报复。为表明立场坚定、界限划得清，他们手持放大镜，剥光被批判者的衣服，全身上下仔细察看，一个雀斑、一颗黑痣、一丝皱纹，都随意放大，然后画龙绘鳞、添角点睛，终于把一个呕心沥血献身新闻事业的革命者，异化为一条兴风作浪、祸国殃民的孽龙。

林若梦周身通电似的发麻，只知道有人在说自己，领会不到话的意义，仿佛脑门上盖着一层油纸，雨点般的批评渗不进去，油纸上只震颤着雨点的重量。最后曹流要被批判者表态，他念了一首曹植的诗："煮豆燃豆萁，豆在釜中泣。本是同根生，相煎何太急。"

小屋没开灯，只有烟头的闪光不时映照朱人杰肃穆的脸，团团浓烟从嘴里吐出，慢慢扩散开来，弥漫在他的周围。窗外是淡淡的月光，静谧的夜空。

林若梦被批判后，放到印刷厂制版室上晚班劳动。夜冷身寒，回房添衣服，见朱人杰未睡，作为挚友想讲几句心里话。他说："我本来想，像我这样的人，既不是共产党员，政治条件又差，人家要整我是理所当然。你呢？无论信仰还是行动，哪一点够不上这个社会所需要的人？可他们对你似乎也不放过，这究竟是为什么？"

朱人杰望着窗外的月色说："阿·托尔斯泰在《苦难的历程》中，用形象的比喻说明旧知识分子思想改造的艰巨性，在清水里泡三次，在血水里浴三次，在碱水里煮三次。我们可能也要经过这种严格处理，才能达到脱胎换骨、不左不右地循着中庸之道前进。"

"到那个时候就真的是骨头烂掉，只剩下灵魂了。"

"很可能会让你长期在制版室劳动，有没有思想准备？"

"有，他们自然不会让我继续在报上'放毒'。本来我对掌握制版技术提高图片质量有兴趣，只是现在的处境就像大观园中的林妹妹，经常有'风刀霜剑严相逼'。右派孝子地主贤孙的大帽子压得人喘不过气来，曹流说我做梦都想变天，说不定还会派人来侦察我的潜意识。"

"那你打算怎么办？"

"回老家！等正式处分下来就要求回乡劳动。我是嘴和笔撞下的弥天大祸，不知我那谨言慎行、洁身自好的老爹怎么也牵扯上了？他年老体弱，孤苦伶仃，我回去尽管帮不了他什么忙，但他可在生活上得些照应，享受一点儿子的亲情。"

是的，在林若梦心里，故乡不仅有可怜的老爹，还有美丽的西子湖。每当寂寞烦恼的时刻往往会想起故乡的人和事：欢乐的童年，母亲的笑脸，灵隐寺悠长的钟声，六和塔叮当作响的风铃，湖畔枝头鸣啭的黄莺，钱塘江汹涌澎湃的怒潮……无一不勾起他游子思归的乡情。尤其是在月色溶溶的深夜，恍惚中还会听到一声微弱的呼唤：归来吧！浪迹天涯的游子。

林若梦出门时回过头来说："你抽斗里的夜餐不是我放的，是她。她深深地爱着你，祝你们幸福。"他走了两步又停下来说，"一个情投意合的伴侣，能使你在前进中毫无后顾之忧。当你远航归来或遭到人生之海的颠簸以后，这充满温馨的港湾和火热的心会使你重新奋进。"

朱人杰听着林若梦逐渐远去的脚步声，心中交织着甜蜜和苦涩。

林若梦被曹流找去谈话时提出了回原籍的要求，曹流厉声质问："为什么？"

林若梦冷静地答："过去我是党报记者，遵照你们的所谓组织意见，一直没与他发生任何联系。现在我与他已是一丘之貉，不再存在什么丧失立场界限不清的问题了。回去以后我们自会互相监督，决不狼狈为奸。"

曹流咬牙切齿地翻开报告，把"撤销原职，留用察看"改为"遣返原籍，监督劳动"。

批判处理过程很像一次外科手术。林若梦和报社的组织、同志本来血肉相连，党的新闻事业是他鲜红的心。现在曹流等人以革命的名义剜掉了他的这颗心。在偌大中国的社会生活中，林若梦的遭遇只是发生在细小角落里的个人不幸，属于微观世界的范畴，在宏观世界中是感觉不到的。

朱人杰到街上买来一只大烧鸡、一瓶葡萄酒；白如冰到食堂买了三份饭菜，摆在朱、林二人同居多年的小宿舍里。

这是一次含泪的饯别，喝下的是酒，咽下的是泪，吃的是烧鸡，嚼的是人生苦果。三人默默相对，留下的想说点知心话，又怕触到走者的创伤。

林若梦喝完半杯剩酒说："他早就想夹掉我这只烟炭，加上我爱写小品文、爱提意见，当然会自取恶果，只是辜负了你们几年来对我的关心和期望。"

如冰给他斟满酒，亲切地说："司马昭之心路人皆知。这些年你的努力和遭遇大家心里都很清楚。天有不测风云，但乌云终究遮不住太阳，相信党，总有云开雾散重见光明的一天。"

林若梦点点头："我相信党，但不知道什么时候阳光才能照到我身上？"

"不谈这些，来！为我们的友谊干一杯！"朱人杰声音有点喑哑，然而悲中有壮。他端起酒来碰杯，自己一饮而尽，然后拿出那只同他一起参军的口琴，笑着说，"人生几何？对酒当歌嘛！"接着吹起了三人都很喜欢的《一路平安》的曲子。如冰随着婉转的琴声小声地哼着：……举杯痛饮，同声高歌，友谊地久天长……

朱人杰又吹了一支欢快的圆舞曲，林若梦和白如冰激动地唱着：如果在节日里，有几个好朋友，同我们欢聚一起。当我们回忆起，最珍贵的一切，唱起那愉快的歌……

沉闷的空气总算打破，林若梦没话找话地说："老朱的琴艺真不错，我看比歌舞团里吹口琴的演员还强哩！"

"真的吗？那就做我的第二职业吧！在报社脑子里挤不出汁来的时候，就到剧团去伴奏。"朱人杰笑着耸耸肩。

"我的第一职业肯定是干不成了，我准备的第二职业是挂牌代写家信情书，保证一联就上一撮就合。要是无人问津，就干第三职业做男保姆，当然得先登广告自我介绍：而立之年，大学文化，貌虽不扬性颇温和，外似豆芽内里健康，尊老爱幼和睦邻居，缝纫洗涤烹调蒸煮，粗细杂活任劳任怨，雇者报酬不拘，但求栖身果腹而已。哈哈哈哈！"

如冰听着这些含泪的笑谈，心里很苦。她见朱人杰用大杯与林若梦对斟痛饮，联想到王维那首曾经唤起过多少离情别绪的千古绝句：劝君更进一杯酒，西出阳关无故人。

如冰为林若梦收拾好行装，送他去车站，朱人杰买了两张站台票，一直送上车。同时被遣送的还有一人，这是一次少有的带着凄凉与悲壮的送行。

火车鸣着长长的汽笛进站，人们立即涌向车厢。林若梦伸出双手与两位好友紧紧握别，然后接过行装，笑着说了声："不死再见！"

这是林若梦每次下乡经过白如冰窗前时惯用的一句俏皮话，如冰也总是打趣地答："你会死的，见不到了！"随之而来的是一串快活的笑声。然而今天她笑不出来，耳边听到的仿佛是一声吞下肚去的痛苦喘息和颤抖呻吟。她突然发现林若梦老了，鬓上甚至有了白发，伍子胥过昭关一急须发白的典故，看来并非历史虚构。他平日那张快活幽默的脸上浮现出凄然的笑容和眼角上被转身掩饰的泪珠，使如冰感到喉咙里像是卡着一颗难咽的酸枣。她心里愤愤不平，为什么滔天罪行熟视无睹，这些小错误却要严加惩罚？她转过头来见朱人杰表面上依然潇洒，但稍加体察便发现表象掩盖下的内心，却是铅一样的沉重。

火车开动了，一扇车窗哗地被打开，半个身影探了出来，举着手，凝固得雕像似的一动不动。

不久，林若梦给朱人杰和白如冰来信。他说：

"我离开婺市第二天就开始想念你们。在车站分手的一刹那，倏然想起李白诗中的'桃花潭水深千尺，不及汪伦送我情'，但我感到，今人的革命友谊比古人还更真挚、更深厚、更永久。普希金说过：一切过去了的都会变成亲切的怀念。这句诗确切地表达了我此时的心情,简直就是为我写的,从部队到报社相处的那些日日夜夜,是多么的令人怀念啊!生活之所以令人眷念,大概正是因为它包含着友情的温暖。

这场运动,像块从天而降的陨石,击碎了我的一切天真的梦幻,剥夺了我热爱并愿为之献身的事业。离开编辑部特别是离开你们,使我心里产生一种空落落的感觉,好像一只飘浮在半空的气球,不知将要落归何处?在那里等待我的又是什么?我暂居家中,去向未定,大约是下农村监督劳动,也可能由居委会分派干点什么。生活已如嚼蜡,为了照顾父亲只好逆来顺受,正如鲁迅先生当年一样,'运交华盖欲何求,未敢翻身已碰头'。我准备承受再次袭来的无端诽谤、恶意中伤、杀人舆论以及噩梦般的现实,还要在碱水里、血水里浴两次。不过你们放心,我对党对人民的赤子之心不会泯灭,我相信白如冰说的:乌云终究遮不住太阳,总有云开雾散重见光明的一天。"

以后林若梦的几次来信,均被曹流没收,并成为"罪行"。

梁书记望着白如冰镇静的脸说:"毛主席讲过:在原则性的问题上,在同志之间,对于违反党的原则的言论、行动,应当注意保持一个距离。你对他比较了解,更有责任帮助。你有政治理论水平,对他那几篇社论,最好能提到纲上来分析……"

白如冰打断他的话:"书记的意思是不是要我也伸出两只手,来个墙倒众人推、鼓破众人捶?"

书记对她异乎寻常的激动吃了一惊,他愣了半晌绷紧脸道:"一个共产党员,在政治斗争的大风大浪中如何自处,要很好考虑。"

党的政治思想工作本来是循循善诱,开人心锁;也有少数党的负责人,自来红思想作怪,以一贯正确的左派自居,偏信偏听脱离群众,是非不辨敌我不分,一味训人整人。按党章规定,党员在政治上是平等的,每人都有也只有一票的权利,然而事实却不尽然,梁书记在报社几乎是一言既出众英难违,既然他已认定朱人杰犯错,加上曹流精心策划,煽风点火,上蹿下跳,挟天子以令诸侯,朱人杰自然难逃这灭顶之灾了。

早在和风细雨的整风学习阶段,有个党委委员曾劝告朱人杰,主动找曹流谈心消除误会,检查一下过去和书记分歧的问题,否则会吃亏。当时朱人杰谢谢他的好意,说自己也和姜太公只会用直钩钓鱼一样,宁可直中取,不愿曲(屈)中求。

　　曹流在支部学习会上含沙射影地指责报纸发表的一系列言论。

　　白如冰意识到曹流的"项庄舞剑意在沛公"，她想不通正直的树为什么反而最易遭砍伐？于是在发言中针锋相对地引用中央文件精神，说明要坚决保护那些完全从拥护总路线出发而提出我们实际工作中存在缺点的人，搞好运动的首要问题是分清是非、分清敌我，才能通过整风达到党在马列主义原则基础上的团结。

　　一切按既定方针进行，支部会扩大为职工大会。兰莎莎以破釜沉舟的气概，对着小本一气念了朱人杰二十多条"反党言行"，这自然是"最后通牒"的效应。在曹流精心培育下，她果然成了一株有毒的罂粟花。

　　曹流像输光了的赌徒发誓要本息全捞一样，他不停地使用惊叹号和问号责问朱人杰：

　　"你一贯不尊重党的领导，对上要民主对下搞独裁，难道不是为了把编辑部经营成自己的独立王国？"

　　曹流咽下一口唾沫，又青筋暴露地面对大家："他平日伪装积极负责忘我劳动，光明磊落艰苦朴素，迷惑了我们不少同志。现在庐山会议已经打倒了他的黑后台，我们一定要彻底揭露暗藏在党和革命队伍内的这个伪君子、野心家、阴谋家！"

　　曾几何时，曹流在支部会上对朱人杰的表扬又变成了批判，真是翻手为云覆手为雨。

　　编辑部同志依然沉默，或者三言两语。只有两位看风转舵的"积极分子"，手持经曹流审阅过的发言稿。经理部和印刷厂的职工，有的不明真相随声附和，有的屈于权势呐喊助威。

　　曹流等人的发言，使白如冰全身战栗，她看到了人与人之间赤裸裸的利害关系。他们激昂慷慨的宏论，宛如五彩缤纷的图画，而翻过来竟是一块肮脏的屎布片。党对自己多年的教导和眼前"党"的所为，使她百思不得其解。她曾经那样虔诚而热烈地为维护党的利益而斗争，现在却一次次地亲眼见到党的化身者们高擎霸王鞭，抽打自己忠诚的儿女。政治，这是一堂多么难懂的课题啊！

　　梁书记宣布朱人杰"停职检查"后散会。如冰感到头晕腿软，人走完了还迈不开步。梁书记毫无表情地走过来问："你觉得今天的会议怎样？为什么不发言？"

　　站在旁边的曹流假惺惺地叹了口气："我简直想不到，他会不爱党。"

　　如冰站起身来，冷冷地道："他爱党从来是用心，而不是用嘴或脸。时间会证明，究竟谁是社会主义的灯下黑！"

　　两个小时后，如冰被通知参加地委党校整风班学习，并警告她不要和朱人杰发生任何联系。

　　踏着深秋的落叶归来，如冰听到的第一件新闻是朱人杰已被下放，在制版室干林若梦的那份劳动。她整个身心霎时像被电击一般，脑子空荡荡的，不知身在何处。

　　一个星期前的支委会上，四个支委根据朱人杰的出身历史、工作表现，认为可给予党内适当处分，并未同意支书提出的意见。而在曹流执笔的支委会意见中，却强奸民意，写成"支委会一致同意给予朱人杰开除党籍处分"。党委会讨论决定的关键时刻，一言万钧的梁书记超越充分发扬民主，按民主集中制办事的原则，过早地敲响了惊堂木。曹流正是利用领导者的权威和与会者的软弱，将关系朱人杰终生命运的处分问题纳入了人治轨道，把认识问题升华为政治问题，并打上了反党的印记。会后，他雷厉风行地向地委写了"开除朱人杰党籍，撤销职务留用察看"的报告。

　　参加过会议的支委、委员们，经过朱人杰房门口时，却像害怕步入雷区似的蹑足而过。也有人鼓起勇气进门去劝慰几句，但又谁有回天之力呢？

　　善于瞒天过海的曹流，以支书身份找朱人杰谈话，他居然拉着"云遮雾"的嗓子，酸声酸气地说："你还年轻，跌倒了可以爬起来。错误既然犯了，只要总结教训，改了就好嘛！"

　　朱人杰镇静地问："什么叫犯错误？我犯了什么错误？究竟错在哪里？你说清楚，不是用嘴而是用党性和良心。"

　　"一切都是组织决定。我嘛！只不过奉命执行而已。"曹流不经意地笑笑。

　　"难道你就没有发挥过主观能动性吗？"朱人杰目不转睛地逼视着他。

　　曹流被朱人杰三百瓦的眼光射得连屎肠子也暴露无遗，他目光闪烁，心虚冒汗，但很快便以攻为守："想翻案吗？为时过早！"

　　"事实终有一天会出来说话，历史的镜子会照出谁是真正的革命者，谁是阴沟里的爬虫！"朱人杰一字一句铿锵有声。

　　年富力强、征途刚刚起步的朱人杰，以其品德才智，完全可以展翅翱翔，鹏程万里。谁料历史激流偏偏在浊浪中遇上漩涡，把他、林若梦、总编和新中国许多有为的新老干部，从浪尖打入了水底。

　　身为党委委员、党支部书记的曹流，因再立"新功"，由小办公室主任进入了大编辑部主任的宝座，成为报社呼风唤雨的实权人物。生活道路上的一帆风顺，使他精神焕发，踏着轻快的步伐"噔噔噔"地向楼上走去。他隐约听得一阵鼾声从梁书记办公室内传来，便伏在窗前窥望，心里不禁好笑，这个言出九鼎、至尊至敬的庞然大物，睡态竟如此不雅，仰头缩颈张口流涎，挂在胸前如龙须面一般。既然精力已经不济，何必还占着"茅坑"？他窃喜心中这个大为不敬的傀儡已是衰落群体之一，不久即可取而代之，憧憬的空中楼阁可望而又可及。得陇望蜀有何不可？不想当将军的士兵才不是好士兵！书记有何难当呢？自己到了那个位置照样胜任愉快，无非上传下达，具体事有秘书代劳。

　　他重新审视室内，感到颇为寒酸。将来的书记室应当有套沙发，最好是三人沙发，可以躺在上面休息；旧电扇也该换一下，还得有个电炉烤火，能否以工作需要的名义买部小吉普呢？他突然想起莎莎晚饭后的约会，建设好安乐窝是当前的首要任务，而今自己完全可能以红专全能冠军的形象，出现在宾客盈门的婚筵上。

　　曹流料想不到的是，编辑部同志听完他荣任编辑部主任的通知后，明显的反映是全都嘴角往下一撇。

　　下午，曹流同兰莎莎去"医院看病"。编辑部办公室像开锅的水，沸沸扬扬起来：

　　"其实他的真正经验是善观气色善辨风向，弹簧脖子水蛇腰，头上插着试风标。"

　　"他相信党、相信群众吗？党是谁呢？对上，书记是他的党；对下，他就是我们的党。"

　　"三妻四妾的老夫子总骂女人不守贞操，偷鸡摸狗的人喜欢说人是贼，自己搞了阴谋诡计却诬蔑人家反党反社会主义。"

　　"也怪！贼喊捉贼的人反倒爬上去了。"

　　"怪什么？近水楼台先得月，感情投资不可少，零存整取不用愁，提职提薪见实效。"

　　"现在人家是关夫子流鼻血——红上加红，戴红缨帽上树——红到顶了。"

　　"我看衣长人短难相称，石子虽小可以铺路，朽木再大也是无用之才！"

　　"苍蝇本是害人虫，为什么不打掉它？"

　　"苍蝇是可以随便打的吗？它要是叮在老虎的屁股上呢？"

"嘘！小声点。新官上任三把火，谨防烧到头上！"

曹流操纵下的支部大会，以超过一票的多数通过兰莎莎入党，第二天便举行了隆重的婚礼。他们放弃婚假只度蜜月，白天双双"参加会议"，晚上共赏戏剧彩排和影片试映。凡在报上介绍过的新型轻工产品，他们必设法内购或试用，好似辛勤的蚂蚁，不断往家里搬运各种市场上的紧俏商品。

莎莎婚后娇的像温室里的花。她牢记妈妈的教导，百倍警惕茶水饭菜里微生物的侵袭，吃饭像只厌食鸡，只挑选菜里的一点精品，饭后则必食糕点奶粉之类营养品。平日连二级微风、芝麻大的雨点也经受不住，头晕一次歇三天，伤风感冒一周以上。反正工作有人代劳，由曹流向白如冰交代一声就是。

曹流亲自带记者下乡采访先进，不料这人住在山高水冷的荒村小舍。他以不会骑车为由，要小王先去收集素材再一起研究写稿。他住在招待所下馆子、游名胜、看杂技，他对那篇人物特写的唯一劳动，是签了个曹流的大名。

学习会上，曹流为自己的见风转舵、翻云覆雨寻找理论依据，说什么"识时务者为俊杰，话是死的人是活的，只能话跟人走不能人照话做，如果说过的话至死不变，就没有马列主义的发展观点了"。

于是马上有人提问："是不是今天会上大家讲过的话都过期作废？"

会间休息时，小王拿着一篇稿子嘀咕道："好马吃草，懒马吃料；干的人流汗，不干的人捣蛋。"

接着有人向大家表演绕口令：有些人没事做，有些事没人做；不做事的人做不了事，做事多的人做不完的事；没事做的人滋事闹事，使做事的人好事变坏事；不做事的人专门指责做事的人做的事，使做事多的人少做事；做事少的人不做事，最后事事没人做，人人不做事。

曹流看在眼里记在心上，尤其使他咽不下的是人们挂在嘴上的一句话：过去是这么做的。他想，自古以来难道不是王道与霸道交替，高压与怀柔并重么？他决心给编辑部隐藏的对手们一个响亮的警告。

恰逢机关整编下放，曹流经梁书记同意，选中两个"怪话"最多的进行批判，然后一个下放劳动，一个下乡蹲点；那个说绕口令的则被调到一个山区县的广播站工作。杀鸡本是为了儆猴，他在编辑部剑拔弩张地说：

"这一切都是为了党的工作！只要身上有尾巴的人老老实实当良民，我是不堵他的道儿的，要是毛儿不顺，那就怪不得了，弄不好他这辈子也别想舒服！"

与此同时，曹流还拉拢培植亲信，依靠一小撮，监视一大片，不断排除异己，建立自己的独立王国。

从前生气勃勃的编辑部，而今万马齐喑、死水一潭。小许留心观察主任脸上气候，向人们预报风云："今儿个是晴转阴""可能有雷阵雨""六级大风，注意安全"。

开会时滔滔不绝的发言、雄辩的争论没有了，全都正襟危坐、洗耳恭听。有次开会前，曹流先打预防针：可不要都当"厅"（听）长！大家都谈谈，我们不能开哑会嘛！于是"厅长"们只好三言两语应付了事。白如冰代"病号"兰莎莎编稿，她不是"厅长"，不必奉命发言。

后来，曹流的动员启发日益失灵，像一根受潮的导火线，再也引不起雷管的爆炸。有水平的老手纷纷向外投稿，有去处的同志想外调，有的要求照顾妻儿去女方单位工作，有的要求回原籍侍奉年迈父母，每天有人请病假，定额多数完不成。

曹流找白如冰谈话，其目的是要"摧毁她心中的偶像"，以求"同心协力"支撑起这将倾斜的大厦。

如冰手里的茶已冰凉，凉意顺着指尖流到心里。现在所有的刺激对她都不尖锐了，她听曹流再次攻击"从头烂到脚"的朱人杰，就好像是在听一个陌生人的故事，又像是在看一个舞台小丑的滑稽表演。当曹流问她现在对朱人杰的看法时，她望了一眼那张僵化的官面具，只淡淡地说了句："这些年他表现出来的言行却并不是那么坏。"

"你这看法不对！冰冻三尺非一日之寒，难道是一朝一夕变成的？他犯错误有很深的思想历史根源，不要被他的伪装蒙蔽了。"他长长地叹了口气，"要警惕呀，我的同志！站稳立场是个大问题，在大是大非面前，可不能因为感情而丧失理智。将来后悔莫及哟！"他像个"宽容豁达"的君子，用最大忍耐在挽救一个"执迷不悟"的人。

如冰紧闭嘴唇眼望窗外，竭力拂去曹流给她心上投来的阴影，只当面前这个政治疯子在讲热昏的胡话。她见曹流终于自讨没趣地走了，才重新坐到窗下替朱人杰织毛衣，等待上夜班的他从窗前经过时，接受那深情的一瞥。

朱人杰虽不是顶天立地的英雄，却是在党哺育下成长起来的一个忠诚正直的党员。他自信是生活的强者，经得起千锤百炼，即使暂时被党抛弃、被人们误解，也不能一蹶不振、丧失理想，而要一如既往地为党的事业躬耕不息。他用以自励的座右铭是：铁无可铸神州错，寒不能灰赤子心。

路 石

他团结工人钻研业务，图片质量日益提高，制版室工作也大有起色。记者们借送照片制版机会，常来找他交谈；有些同志不会写评论杂谈，有空也来向他求救。

中央批转贵州省委的报告里说，食堂是共产主义萌芽，办好食堂是节约用粮、安排好生活的关键，巩固公社必先办好食堂，这是全党的任务。曹流见此报告如获至宝，欣喜若狂，因为去年夏天来自上面的精神是：食堂不是制度问题，是个吃饭的方法问题，集中消费平均消费的物质基础尚不具备，集体吃饭不是方向，坚持自愿允许自由。所以在批判朱人杰时并没把食堂作为一个问题。

他从自己的绝密小本中找到朱人杰在学习会上的一段发言：农村办食堂，我主张农忙集体开饭，保证按时出工，农闲可以自办伙食。有些地方硬把社员家的锅灶砸了，这种做法不对。尤其居住分散的山区，应该给老小病残留个小灶。城市居民对食堂要求并不迫切，除非办得餐馆化，按上下班不同时间开流水席、备快餐窗，随到随吃。

曹流命亲信将以上发言记录写成检举揭发材料，同时找出报纸上那篇《办食堂要方便群众自愿参加》的短评，来找朱人杰签名定罪。

"这些话是你讲的吧？想起来了就认账！"

朱人杰看过检举材料说："不错，是我讲的。"

"这篇署名'一言'的短评，是你还是白如冰写的，这笔账也一定要算！"

朱人杰爽快地拿起笔来，在两份材料上签了自己的名字。

一星期后，朱人杰被通知去地专机关所属的石门农场劳动。

溶溶月光轻纱似的透过树隙，洒入了空落落的院坪，风从树梢上拂过，只有夜班室收录新闻电讯的模写机在低吟。

晚饭后同志们都到地委礼堂看电影去了，白如冰独自来到报社门口的大树下，目不转睛地凝视着、等待着。

朱人杰提着行李匆匆走出，和如冰正正地打了个照面，他惊喜地喊了声："如冰！"脸上浮起了亲切熟悉的笑容。逐渐，这笑容变成了浓浓的苦涩和深深的痛楚。从到制版室以后，他被禁止和白如冰接近，每次经过她的窗前都心里忐忑不安，不敢看那双蕴藏着深沉话语的眼睛。

寂静中，朱人杰见白如冰把一件棕色毛衣和一个笔记本默默地递过来，他又一次清楚地看到了那双明亮纯净夺人心魄、深情而感伤的眼睛，猛然觉得心血对胸腔的冲击，他紧紧地握住她的手，半晌说不出话来。天上那轮璀璨的宝镜，慷慨地给分离的人儿身上洒满了清辉。

过了一会儿，朱人杰从提包里拿出一个本子递给如冰说："这里面记载的是青木关分别后在朝鲜的一些情况，有时间可以看看。另外，抄了一首毛主席的诗，送给你吧！算是借花献佛。"接着又从衣袋里拿出一个写好封面地址的信封说，"本来想托会计，他不在。我听说农场管饭，不需什么花费。这个月的工资就由你代领一下，全部寄给铁旦姐姐，告诉她我已离开报社。"

微风中飘来一声欢快的口哨，看电影的同志已经归来。朱人杰扶着白如冰的双肩，轻轻地吻了一下她的前额，带着几分沉重几分辛酸地微微一笑说："我们还是笑着分手吧！"

如冰木然地响应他的笑，目送着他高大而孤独的身影大步向车站方向走去，逐渐消失在朦胧的月色之中，正是步步难追离人影，声声难诉未了情。她无力地把身子靠在树干上，闭上眼，听任两颗晶莹的泪珠静静地滴落在脸颊上。

历史老人在这个春日的月明之夜，把一对挚爱的情侣，从此远隔在天涯。

朱人杰走后，白如冰发生了显著变化，面色日益苍白清癯，眼神里透露出忧郁和迷茫，寡言少语，经常沉思，对报社发生的一切漠然置之，似乎除了工作没有任何事情能引起她的兴趣。

走进办公室，她就会想到朱人杰和林若梦的身影，想到他们曾经伴着彻夜燃烧的灯光，把脑汁同热血一滴滴凝在笔尖上、洒在岗位上，而他们一腔鲜血换来的是什么呢——挨整受压！

下班以后她哪儿也不去，只坐在窗下看朱人杰留下的那本日记，每次都令她不胜唏嘘，甚至掩卷而泣。

她在青木关寄给朱人杰的一首《送战友》，被录在日记的扉页上：

革命生涯常分手，喇叭声声催人行；

默默无语两眼泪，心潮翻滚意难平。

枪林弹雨多保重，当心北国夜风紧；

待到春风传佳讯，鸭绿江畔喜相迎。

朱人杰满怀豪情地在日记里描述了他们过鸭绿江时的情景：

"坐闷罐车厢千里远行，我完全转了向。夜幕中，站在车门边的战友忽然大喊一声：鸭绿江到了！同志们在注意安全的警告声中纷纷把头伸往挤开的车门，向黑沉沉的江面瞭望。车厢里顿时响起了'雄赳赳，气昂昂，跨过鸭绿江……'的雄壮歌声；随风飘来前面车厢'咳啦啦啦啦咳啦啦啦啦……'的《志愿军战歌》。"

一个年轻战士激动地高呼："再见吧祖国！再见吧亲人！我们抗美援朝去了，祝福我们一路平安吧！"战士们为了保家卫国，向着远离家乡的地方，炮火纷飞的战场，义无反顾地去了！但却留下对祖国壮丽山河、对挚爱父老乡亲一腔难忘的深深的恋情。

我立即拿出口琴，又吹起了激昂慷慨的《共青团员之歌》，有人则随着旋律跳起了朝鲜舞。

疾风在车厢外发出震耳的啸声，车身在隆隆地跨越江桥。逶迤的军列，载负着祖国的热血男儿，载负着党和人民的期望，进入了国史军史需要另起一行的辉煌段落。

跨过鸭绿江，丹东消失在祖国的那一边，眼前隐约出现了一片废墟的新义州，我们已踏上了产生爱的波浪也产生仇恨旋风的朝鲜国土。

朱人杰抓住紧张艰苦的战地工作空隙，记录下他的耳闻目睹和亲身经历，虽只掀开抗美援朝历史画卷的一角，已能管窥波澜壮阔、正气磅礴的伟大斗争和铁骨铮铮、忠贞报国的英雄群像。

朱人杰在描述一大批指战员与凶恶敌人顽强拼搏、甘洒热血铸春秋的动人事迹之后，无限感慨地写道：

"战斗生活确实能净化人的心灵。革命英雄主义既体现在血染疆场，也体现在对献身事业日常平凡的情操上，这是一种无声无息却更为博大深邃的英雄主义境界。二十世纪是中华民族英雄辈出的时代，他们用血肉保卫朝鲜的国土，用生命蘸着鲜血来挥写自己的历史，创立下光照日月的丰功伟绩，足使任何朝代的豪杰奇侠为之折腰。"

"活着的英雄们回忆在困难时刻或激战之中，脑子里许多念头总是汇成一个：为祖国而战！为祖国争光！他们像虔诚的信徒，面临死神，义无反顾地奔向祖国指引的方向。过去身在祖国并无特殊感觉，只有远离祖国才对祖国的含义体会更深刻，感情更强烈。"

日记中有很多关于铁旦的描述，再现了这个祖国小儿子在朝鲜战场生龙活虎的形象，连续记载了他在医院照顾铁旦的情况。铁旦从病危到逝世，日记里是这样记载的：

×月×日

接到来自医院的江涛来信，我便从朝鲜急匆匆地赶回沈阳。江涛告诉我铁旦再次负伤的经过和病势情况，腹膜炎、盆腔炎、肠炎并发，下腹伤口及断肢处感染塘中毒菌，化脓溃烂，加上多次负伤失血，体质虚弱。尽管医护人员极力抢救，仍不见显著效果。

我从江涛手里接过病危通知单，恰似从烈日下猛然进入了冰窖，一股冷气直冲心窝。

×月×日

被铁旦用身体挡住落水的三岁男孩名叫亮亮，父亲去年在朝鲜牺牲，母亲是生产队社员，家住医院旁边。

晚上，铁旦吃了亮亮妈送来的糯米粥，精神好些。他平静地对我说："我们侦察排的'飞毛腿'左眼炸坏了，听说右眼也要摘除，他很痛苦，家里还有瘫痪的老母亲和小妹妹。我早就想把一只眼给他，涛哥不同意。"铁旦拉着我的手恳求道，"听护士说过，安假眼只是做样子，除非移植上活人的真眼才能看得见。'飞毛腿'和我一样，也打算回老家去开拖拉机开汽车。可他没有了眼睛怎么办呀！我想最好是趁他摘除时移植上去。你是最了解我的，如果不这样做，我就一天也不心安。你一定要说服涛哥，完成我这个最后的心愿。"

我张大眼睛，凝视着面前这个不朽的人。他把赠送眼珠作为自己生命的延续，完成他开拖拉机、开汽车、投身建设的美好愿望。

×月×日

正准备把铁旦送进手术室，江涛大步走进病房，把团党委的慰问信念给铁旦听，告诉他已被批准为光荣的二级侦察英雄和新民主主义青年团员，当我把英雄纪念章、团员证和团长的半身照给他看时，他苍白的脸上露出了感激的笑容。深陷的眼窝里滚出了两滴湿热的泪珠。

×月×日

凌晨，铁旦极度衰弱的身躯在和死神搏斗。他拉着我和江涛的手，缓缓地说："把政委给我的钢笔送给亮亮；替我写封信给姐姐，把纪念章、团员证和这几个月的津贴费寄给她，说我不能报答她抚养的恩情了。"他喘了口气，"首长、同志们对我很好，很温暖，特别是你们，一直关心……帮助我，我心里很是感……感激……"稍停，又见他微微一笑地说，"我命短……"

如冰不忍卒读，低下头来掩面而泣。

一个苦难的觉醒了的灵魂，无私无畏的英雄战士永远地闭上了眼睛。他去了，宛如一颗新星，升上了时代的天幕。令人痛心的是，他只经历了十八个寒暑春秋，生活刚刚放出耀人的光彩，就与亲爱的祖国和祖国的亲人永别了。

如冰想象不出朱人杰在和铁旦诀别的那个夜晚，心灵上的痛苦大到什么程度，但顿悟到他按月给铁旦家寄钱，原来是在履行逝者未嘱咐的遗愿，寄托对战友加兄弟的哀思。现在他每月只有二十八元生活费，他的这个心愿应由自己来继续履行。

如冰在日记里，还发现了朱人杰一直深藏在心底的感情。一张未完的信上写着：

亲爱的如冰：

你很难想象我收到慰问袋时的心情，简直高兴得要发疯了，见红豆，不禁想起王维那首人们熟悉的诗：红豆生南国，春来发几枝。愿君多采撷，此物最相思。知道吗？我此时正手捧红豆，心绪飘然，如风吹落叶不知所止。

如冰，我心里有很多话要对你说，我早就想借不见面的素笺一诉衷肠，我为什么没有写完这封信？究竟有什么话要说？如冰从日记上找到的答案是：

"参加老政委的葬礼归来，疲倦得想睡上三天。但躺在坑道的床上怎么也睡不着，想起那颗红豆，想起老政委，喜悦和哀痛一齐塞满心头。

本想利用这点休息时间，写完那封未完的信，真怪，此时心情和彼时竟截然不同，思路也完全接不上。自问一个抱着殊死决心去参战的人，怎能又把心挂在感情的锁链上？万一不幸，留给她的将是什么？痛苦，无尽的痛苦！也可能幸存或像有些同志那样光荣负伤。那时自己固然可以把负伤消息坦然地告诉她，并高姿态地给予她重新抉择的权利。然而对于一个纯洁善良的姑娘，一个爱党爱人民的革命者来说，能够背弃光荣负伤的"最可爱的人"吗？无论从感情的忠贞、良心的呼唤以及舆论的压力，都会使她作出肯定的选择，一封炽热的回信就会成为一份冷酷的道德上的契约，使她陷于不能自拔的境地。不！决不能如此自私、残酷！

从一同参军起，不知不觉地从心底涌起一股爱的涓涓细流，并日益壮大。现在既然客观条件不能让友情发展为爱情，那就刹车吧！用理智的闸门去关闭胸中奔腾的感情之渠，只能是这样把爱埋藏在心底！"

日记本里夹着一片已被压干了的红叶，朱人杰在日记里写道：

"国庆观礼结束以后，代表们集体参观游览了故宫、颐和园，看到了著名的七百五十多米的长廊和两层楼高的石舫、站在昆明湖的十七孔桥上，西望湖水源头的玉泉山和玉泉塔，不禁想起了令人神往的香山红叶。正好有半天自由活动时间，我没同大家去逛街，独自乘车去了西郊的香山。

在洁净如洗的碧空下，蜿蜒崎岖的山涧小径中，我一个深秋红叶的观赏者。眼前只见一团团一蔟蔟，通红的如火，紫红的似霞，红黄绿斑驳相间处若花，漫山红遍层林尽染，恍若火焰燃遍沟谷，丹霞洒满山崖，好一幅热烈壮美的景色！

我不由得又想起了她，便小心采下一片最鲜艳的红叶，珍藏起来，为的是用北国香山红叶去报南国红豆之情。"

只可惜又是一封未发出的信！如冰拿出那首朱人杰所谓借花献佛的临别赠诗，这是毛泽东主席 1923 年写给杨开慧同志的，她不知多少次地反复咀嚼着其中的味道：

> 挥手从兹去。
> 更那堪，凄然相向，
> 苦情重诉。
> 眼角眉梢都似恨，
> 热泪欲零还住。
> ……
> 算人间知己吾和汝。
> 人有病，天知否？
> ……
> 汽笛一声肠已断，
> 从此天涯孤旅。
> ……

如冰面对残信、红叶、赠诗，不禁仰天长叹："天哪！我们已经在心里整整相爱了十年。"她不顾一切地拿起笔来给朱人杰写信，告诉他十年来自己和他一样，也是这么想的，直到现在仍一如既往，丹心一片。盼能重聚，永不分离！

春天已经过去，江南梅雨来临。淅淅沥沥，从天明到黄昏，点点滴滴，从黑夜到清晨。使人感到空落落的，仿佛期待着什么，又像失去了什么。

路旁的树叶枯黄了，经不起萧瑟的秋风劲吹。从金色的落叶上走过，发出轻柔的声响，这是大自然对秋的吟唱。

白如冰替"病号"兰莎莎编完稿件，像绞尽了最后一滴脑汁，精疲力竭地和衣倒在床上，刚一合眼，一种排不开的思绪又袭上心来。自己恰似一只孤独的骆驼，背着重负，艰难地跋涉在无尽的沙漠之中。分别一幕似火烙心头，留下永不愈合的创口。

看门老头从窗口递进一叠信说："全退回来了，大概调走了吧！你要好好保重呀！人都瘦了。"话音里充满了同情和关心。

如冰脸上泛起感激的笑容："谢谢您老的关心。"

她看过退信后心里琢磨：信封上只有"退回"二字，并未注明调走，看笔迹很像朱人杰写的，说明去信他都收到。为什么除了第一封外全部退回？为什么他不愿看我的信？缠不清的过去，参不透的未来，使她感到痛苦而迷茫。

白如冰的信朱人杰确实收到，他也确实离开了农场，这完全是因为曹流的"恩典"。

曹流弄权有术，办报无方，过去旁观者"清"，评头品足；而今当局者迷，心中无数。他向编辑部同志个别征求意见，碰到的不是客客气气就是嬉皮笑脸：

"主任成竹在胸，在下照办就是。"

"唯主任马首是瞻，悉听尊便。"

"主任英明，可以圣裁。"

"您在前面领，我在后面跟。"

"您想怎办就怎办，我没意见。"

曹流碰了软钉子，心中有气又难于发作，回到家中唉声叹气，一筹莫展。吃饭时听莎莎说朱人杰有本业务笔记，专门记录一些办报经验。他忽然灵机一动，下午向会计提前领出朱人杰本月的生活费，搭上了去石门农场的汽车。

曹流双手把钱送给朱人杰，浮胖黯黄的脸上一直挂着笑容，问这问那十分关心。谈到报社情况时，曹流说：

"你在业务方面是不错的，为报纸出了不少力。同志们很尊敬你，也很记挂你，他们后悔没有像你那样平日注意积累、总结经验，好的没有发扬，错的又重蹈覆辙。听说你有本业务笔记，能否留给大家学习呢？"

朱人杰想，自己失去的东西太多了，一本笔记又算得什么呢？今后也许不会再回新闻战线了。于是爽快地说："好吧！就给同志们作个纪念。"他找出那个本子，在扉页上写着：送给编辑部的同志们，这是大家辛勤劳动的结晶。

曹流接过本子，心中大快，又和颜悦色地问："你有什么困难和要求，可以提出来，我回去向党委反映，尽力帮助解决。"

朱人杰望了一眼这位既"替天行道"又"悲天悯人"的新贵，淡然一笑说："困难嘛自己克服。如果组织上还允许我提要求的话，那就请按中央十二条和有关文件精神复查一下我的问题，究竟错在哪里？"

曹流像触电似的从椅子上弹起身来道："我还以为你改造好了嘞！到现在还不知道错在哪里？领导指的，大家提的，结论写的都不算？难道是党错了？冤枉你了？今晚垫高枕头仔细想。真是岂有此理！"说罢气呼呼地冲了出去。出了农场大门，他掏出朱人杰那本业务笔记，"哗！"的一声把扉页撕掉，蜡黄的脸上透过一丝得意的冷笑。

第二天，曹流向梁书记反映，朱人杰至今不认错，表现很差，经常在下放干部中散布谬论。最好放到生产队去，由贫下中农直接教育，可能会改造得快些好些。

在曹流的"关心帮助"下，朱人杰被调到郊区公社的一个穷队，当上了食堂炊事员。

在一个阳光明媚的日子，白如冰怀着兴奋的心情，带着中央七千人大会的喜讯，决定下乡去找朱人杰面谈，告诉他严冬过去，春天已经来临。

"朱人杰同志住在这里吗？"白如冰问。

"两个月前就回老家了。"房东王老汉答。

"是回四川吗？"

"不知道，说是老娘没依靠，生活有困难。"

如冰告别王老汉，去问公社文书："你知道朱人杰同志到哪里去了吗？"

"他申请回乡插队落户，奉养老母。"

"他母亲家住什么地方？"

"记不清了，好像是河北一个什么山区。"

落日又红又圆，映得远山一片浓紫，小河里闪着橘红色的水影。如冰确信朱人杰已不辞而别，连个地址也没留，她绝望地坐在村头的山脚下，胸中充塞着难以忍受的痛苦。

村里冒起炊烟，路上空无人行，她石化般地不知坐了多久，忽见深蓝色的夜空中有颗流星一闪而过，消逝在遥远的银河。在夏夜星空中，那条形若咫尺的雾状白带，距离却远到十六光年，把牛郎织女隔在永远可望而不可即的银河两岸。她把脸颊靠在冰凉的树干上，闭上眼，用滚热的嘴唇去吸吮树皮上的露珠，心里只想着那颗载着她的幸福消失在黑夜中的星辰……

以前她不愿过早地涉足感情王国，也害怕小家庭锅碗瓢盆的束缚。年龄渐长，知道爱情婚姻是人生不可逾越的阶段，而且有了值得深爱的人，正要以真挚的情感去爱人和被人爱的时候，又竟然是水中月镜中花，突然陨落的星辰。心灵沟通已经恨晚，偏又"别时容易见时难"，命运之神为何要如此作祟？她弄不清在什么时候、是怎样离开那个村庄的？她感觉不到脚在夜幕中走，而仿佛是在梦境里徜徉。

白如冰的眼睛变得更大更黑更深了。由于经常皱眉，前额已隐现出一道皱纹，使脸部表情显得倔强而自信。

夜已深，周围是死一般的寂静。她走近窗前，怀着慰藉和感伤的心情回顾往事。慰藉，是因它确曾发生；感伤，是因它已成过去。她仰望着空荡荡的苍穹，喃喃念道：

> 没有所谓海誓山盟，
>
> 也没建立"特殊关系"；
>
> 只有在共同的事业上，
>
> 有着相通的灵犀。
>
> 同志呵同志！战友呵战友！你在哪里？
>
> 何日再见，永不分离。
>
> 你仍活着，
>
> 我是最幸福的人；
>
> 你若逝去，
>
> 珍藏的一瓣心香永远属于你。

爱情，也像一位甜蜜的暴君，恋人们都心甘情愿地忍受它的折磨。

在资料室里，白如冰无意中发现一本列宁写的《国家与革命》，书上圈圈点点，还有眉批，是朱人杰的笔迹。她立即借来如饥似渴地阅读，看到"国家是阶级矛盾不可调和的产物和表现"，将来必然走向消亡的论述，感到十分新鲜。尽管有些内容还不能完全领会和理解，但革命导师对国家消亡经济基础的精辟分析，尤其是对于从资本主义向共产主义过渡，以及共产主义初级阶段和高级阶段的描述，使她脑子里抽象的共产主义理想具体化了，清楚地看到了一个憧憬中的崭新的社会。她相信国家的困难和个人的不幸都是暂时的，中国人民从百多年的苦难中找到了共产党，选择了社会主义，就一定能在党领导下排除万难实现理想。因为既然社会主义代替资本主义、最后实现共产主义是社会发展的必然规律，全世界人民都或迟或早地会殊途同归。

她要循着朱人杰的足迹去漫游书海、探索未来社会之谜，不断借阅了一些马列理论书籍。听说艾思奇写的《辩证唯物主义和历史唯物主义》出版了，又赶快去买了一本。星期天只到童素家去玩玩，空下来便关着房门看书。夜班同志经常见她小屋里亮着灯，冬寒袭人，深夜更冷，都关心地在窗下敲敲：休息吧！你快变成大腹便便的书虫了。

白如冰终于振作起来，她确切地感到生活的道路是宽广的，社会主义建设事业是项伟大浩繁的工程，每个人都有自己的岗位和责任，决不能因暂时挫折而消沉，要履行当年铺路石子的诺言，作出一个共产党员应有的奉献！她把学习心得体会写成文章，继续用"一言"的笔名在报上发表，她意识到自己是在代朱人杰发言，替朱人杰这么做的。

曹流在编辑部表扬白如冰工作任劳任怨，经常两副担子一肩挑；业务水平也显著提高，首先过了评论关。最后还用赞许的口气说：经过组织耐心帮助，终于克服了小资产阶级的温情主义，树立了无产阶级的革命恋爱观。

每个人的感情王国里，都有一块触碰不得的禁区。曹流居然把她和朱人杰的崇高感情说成是"温情主义"，真是岂有此理！而且这不值一文的赞扬，能补偿她所受的痛苦和心灵上的创伤吗？她懂得如何摆正爱情在生活中的位置，更何况这种爱情已是事业的合流。他们之间不仅是心心相印情投意合的恋人，更是风雨同舟荣辱与共的知己，是为党的事业、为人生理想并肩前进、共同奋斗的亲密同志。此外，使她伤痛愤懑的不只是和朱人杰在感情上的被强制分离，还包含对朱人杰、林若梦以及总编等同志身受的委屈诬陷和打击摧残！

她感到心血翻腾、忍无可忍，徒然站起身来，拂袖而去！

劳燕分飞　天涯海角恨别离

（八）

从车头方向传来一阵哨声，在寂静的夜空中清脆而响亮。列车启动了，车轮和铁轨碰撞着，发出"空洞空洞"的单调节奏。

朱人杰不愿让熟人或唠叨的旅客来打扰他心灵的安静。他压低帽檐，背朝进口，本想闭目养神，思绪却难以停息，即将同亲近而又陌生的母亲团聚，说不出是欢喜还是忧伤。

江涛暑期带学员去太行山访问革命老人，进行传统教育。偶尔遇见一个四川口音的房东老大娘，几经盘问对证，确认是朱人杰二十多年前被迫改嫁的母亲。

尽管朱人杰经受过不少磨炼与考验，是个感情并不脆弱的人，但一想起年迈孤独、日夜思念儿子的母亲，就很难抑制心中的酸痛。他宁愿放弃每月二十八元的生活费，换取了去北方农村插队的介绍信。

这时他闭上眼睛，默诵《归去来兮辞》："归去来兮，田园将芜胡不归？既自以心为形役，奚惆怅而独悲？悟已往之不谏，知来者之可追；实迷途其未远，觉今是而昨非……"他想到陶渊明不愿为五斗米向"小儿"折腰，弃官归故里时尚有"童仆候门、稚子欢迎"；而自己千里迢迢地去到陌生的故里，却只有一个贫病交加的老母。唯一可慰藉的是，今后能重享失去多年的慈母之爱，重温珍贵的骨肉亲情，再不会形影相随度黄昏，冷月孤灯照无眠了。

火车在漆黑的深夜里停站，高悬的路灯洒下惨白的柔光。月台酷似剧场，熙攘的人群蜂拥过去，转眼又阒无一人。列车重新启动，小站上的站牌一晃而过，朱人杰想着自己生活里逝去的一个个小站，回首这段人生旅途的重大坎坷……

他是抱着欣喜的心情，带着春天湿漉漉的情丝南下与白如冰重聚的，今天却怀着凄然的心情，在冬寒袭人的时节决心与她分离而北上，人生的脚印竟是如此惊人的颠倒！

他伸手从内衣口袋掏车票，又触到了那两封信，一封是白如冰的来信，一封是他的回信。

在农场一个繁忙劳动后的夜晚，他见到了白如冰情真意切的来信。窗外一轮明月高悬，就像她苍白、自信而坚毅的脸，迎着压力和警告，昂首向自己走来；轻纱似的月光覆盖在身上，又像她温柔的手在抚平自己的创伤。

他在第二天的回信中说："所表深情已铭肺腑，心中积语颇多，如有暇畅叙，当一吐为快。"但当他急匆匆地到场部发信时，准备投信的手又从信箱口上缩了回来，他倏然感到手中捏的不是信而是一根绞索，它会拴住一颗善良的心。自己已经背上沉重的十字架，难道还要那个孱弱的身躯来共负？既然不能给予她幸福，又何必让她在长期等待中把希望变失望？只要真正的爱人又被人爱就是幸福，何求朝朝暮暮？

白如冰继续来信，他每次都很想看又不敢看。离开农场时，终于下决心把那叠厚厚的来信退还原处。他知道这样做会伤害她的心，甚至会产生怨恨。但别无他法，只有让她恨，才会中止来信，慢慢疏远直到忘记。

生产队食堂很小，只有两个炊事员。朱人杰淘米蒸饭、洗菜切菜兼采购。一天，他进城买盐，路过新华书店门前，习惯地迈腿进去看看有什么新书。他很想买本新出版的革命小说《红岩》，奈何囊中羞涩，只好恋恋不舍地把脚移到东头。那儿好像在搞画展，用线绳横穿室内，线下两面挂着书画供人阅览。逐一看去，倒也有好些不错的作品。

忽然，他发现自己的脚尖对面有一双女脚。端正秀气的脚型，干净明亮的黑色浅口皮鞋和显露在字画下半截的米黄色风衣，简直是太熟悉了。自己日夜思念的人近在咫尺，连对方轻微的呼吸声都听得清清楚楚。那双脚在慢慢向旁边移动，他也同步移动，只因相隔一纸，难见庐山真面。他心潮激荡，几次想从画缝中伸过手去，拉住那双温暖的手，看看她亲切的笑容、含情脉脉的眼睛，听听她清亮感人的声音。最好找个安静的地方，尽情倾吐心中的郁闷，以便从她那里得到自己所需要的安慰、鼓励、信心和力量。

然而这次相逢的后果是什么呢？为什么要把她的一生绑在一个给不了她幸福的人身上？他攥紧拳头，拼命地克制自己：理智些、再理智些！

那双被紧盯的脚，像突然出现一样又突然消失了。他小心紧张地从画缝中窥视，只见白如冰已走向门口的自行车，迅速打开车锁，把车推向公路边，轻捷地飞身上车。他急步跨出门外，凝视着那个熟悉的身影，直到融进熙攘的人流，消失在人海之中。

当他下决心为了心爱人的幸福从此再不见面的一刹那，便产生了一种空荡荡的感觉，好像置身于旷野之中，既无所得也无所求，干干净净无牵无挂，不仅失去了一切身外之物，连五脏六腑都丢尽了。他想不起今天因何事进城，只觉得一点力气也没有了，轻飘飘、晃悠悠地回到食堂，一头倒在草铺上。睡吧！什么也不要想，人要是没有思想器官，没有七情六欲，像机器人那样，只干活该多好。

谁料抽刀断水水更流，十五的月亮总会使他想起那个难忘的中秋之夜、离别之夜。"但愿人长久，千里共婵娟。"他反复吟咏，一种难以克制的思念与日俱增，时时萌动着渴求再见的冲动。

江涛来信，使他横下一条心，永远离开她！当时觉得是一种解脱，这时在车上回想，宛如从麻醉的昏厥中醒来，开始阵阵作痛，感受到了爱情毁灭的创伤和痛苦。这种几乎与求生愿望同样强烈的爱情，长期以来一直被压抑在潜意识中，直到失去时才深切体会到了它的份量。

除了留在南方的爱情，还有留在南方的友情。许多同志仍然十分友好，所谓划清界限，仅仅是在暂时的压力下发生的，尤其是编辑部的同志，七年来同屋共事、甘苦共尝的深厚友谊，并没因一时的政治风雨而洗刷殆尽。还有农场里有些和自己一样受委屈压抑的同志，每天"瓜菜代"的食堂，以及淳朴善良而耿直的房东王老汉……一股强烈的怀恋之情，洪水般地涌向脑海。

天已大明，列车在一望无垠的冬日原野上奔驰，"青纱帐"撤去了。大地更显得无边的辽阔。朱人杰到盥洗间刷牙洗脸，回到座位时，列车已穿过黑漆漆的山洞，汽笛发出激越的高音。他从心里赞美这夜以继日的奔驰，而把地上的一切无情地抛到后面的决绝前进。他对自己说：振作起来吧！来日方长啊！就这样，生活中再大的挫折和不幸，也难以压垮他那钢铁铸成的神经。

下车时天空彤云密布，朔风凛冽，大雪纷纷扬扬，把田野村庄都淹没在冰尘雪雾之中，小小的火车站孤零冷清，在寒风中抖动。乌云冻结住了，雪越下越大，天地之间漾着黄昏的回光。火车在天边逶迤，像支神奇的画笔在雪地上加了一条显目的平行线，将人的思绪引向缥缈的远方。

道旁的白桦树在风雪中嘶声嚎叫，显示着生命的悲壮与倔强。北国的树和人一样，有不畏强暴、不安于命运的性格，不像南国的拂风杨柳，尽管婀娜多姿，却经不起风狂雨骤。

　　朱人杰上车时穿得单薄，不一会儿就手脚僵木，身上的血似乎全部凝住了，他步履蹒跚地问道前行，恰似断魂的行人，切盼前方出现个有酒的杏花村。

　　母亲住在太行山脉的一个小山村，二十多年前那个健康的农家少妇已成为满头白发的老媪。她开门时，对面前的"客人"端详了好一会儿，才突然惊叫了声："雁娃！"母亲欢喜的热泪溢满了眼眶，慈爱的笑容舒展了脸上的皱纹，像寒夜中的篝火，融化了儿子身上的雪、心中的冰。

　　朱人杰在久违的溶溶母爱中，诉说了自己的成长经历、曲折坎坷。当说到头上还戴着孙猴子的"金箍帽"时，母亲抚着儿子的背，坦然一笑："再咋，儿也是娘心头的肉疙瘩！"

　　二十世纪六十年代，体力劳动也仍然发挥着它净化思想、再造灵魂的伟力，从拿笔的秀才变成拿锄的农民，本身就是一场灵魂革命。

　　朱人杰恪守劳动、吃饭、睡觉的不变日程，坚持举锄、弯腰、刨土的三段式轮转。腰痛了，狠狠心；头晕了，咬咬牙，他已成了一台机械的挖土机，一天究竟举了多少次锄、挖了多少锨土，和头发一样难以数清。

　　在农场，他养猪养鸡养鸭；在食堂，打交道的是锅碗瓢盆；而今在太行山的寒冬腊月翻冻土，这才真是见功夫。他跟一个领头的民兵和几个"分子"一道，春播前把一片凹凸不平的荒地垦作成了小平原。

　　有时，朱人杰也被派去送花椒、核桃、红枣、干柿饼等土特产到镇上的供销社出售。山间小道崎岖不平，他破天荒地推上了独轮小车，握紧拳头，一言不发地跟在别人后面艰难地蛇行。进入平原大道之后，才见络绎不绝的自行车、木轮车和胶轮大车，道旁溪流的潺潺声和车轮的吱吱声交织成奇妙的和弦。吆喝牲口的脚夫是生活里的天才，他们把自己的见闻和感受，编进了唱不完的山歌小调，表达出北国人民对生活的热恋。遗憾的是，在这终年少雨的地方，道上全是柔软松泛得面粉似的灰土，走在路上，尘土会淹没脚脖，背后留下一缕烟尘。微风过处，则扬起满眼风沙；如果下雨，每粒水珠都会陷下一个小坑，把"扬灰地"变成"水泥地"。

　　在太行山里，他只有一个朝夕厮守的亲人；在太行山外，只和亲密战友江涛通信。要不要和林若梦联系呢？算了吧！他已处境艰难，何必再为我的遭遇徒增忧愤，日后若能走出沼泽再欢聚不迟。他在给江涛的信中说："北来觅得一片净土，躬耕自力，日出而作，日入而息，迎朝阳送晚霞，无欲无求，形同木偶。"

路 石

　　早饭后，他同陌生的人在陌生的土地上，集中肌肉的全部力量，一丝不苟地修理地球的一个角落。当他荷锄归来时，见到村口边蒙着双眼绕着石碾磨粮食的毛驴，总感到自己和毛驴一样，每天盲目地在原地打圈，重复着简单的谋求生存的劳动。尤其是静悄悄的夜，最容易翻捡起他记忆的仓库，面对窗外孤寂的寒月和远处梦幻般的山峰，常常会感受到林若梦所感受到的那种痛苦：被不理解的现实所粉碎的和白天劳动掩盖起来的玻璃碴似的精神碎片，都自动聚集拢来，锋利地碾磨着受创的心。

　　在历史长河中，个人命运的沉浮自然微不足道，但对具有强烈事业心和人生理想的朱人杰来说，几乎难以忍受这种精神打击：事业、爱情以及对光明和幸福的诚实追求竟毁于一旦，还要背负沉重的屈辱、歧视，去继续走那所谓生活的路。解放前他曾坚信社会进步有如凤凰涅槃，必将自己焚毁才能新生，难道知识分子也真要脱胎换骨才能前进？深夜，是他最清醒的时刻，他一遍又一遍地在痛苦中思索、追问，寻找正确的答案。

　　早晨，他独自徘徊溪边，想找一个知己来倾吐心中的郁闷、愤怒和烦恼，又不期然地想起了她。拿出随身携带的口琴，想吹一曲散散心。一不小心口琴却掉到溪里，在漩涡里翻了几下，这二十多年的"伙伴"也离他而去。可惜吗？留着又有什么用呢？有哪个丧失了坚定立场的傻瓜，吃错了药的神经病患者会来欣赏他的琴声呢？何况那个浪琴牌的标签也不是革命的。

　　抬头忽见溪边有几棵名叫"勿忘我"的小草，夏日会开一种楚楚动人的蓝色小花，想起"勿忘我"三个字，顿觉惴惴不安。只因怕负担不起她的深情，才不敢靠得太近，而自动拉长的距离，又只不过是延伸了天各一方的思念。那双光亮的大眼，由于忧愤而变得黯然，他遥望江南的白云深处，茫然地问自己：经过无数离别的小站，能否达到终点的重逢呢？

　　寂寞的黄昏，幸得有慈母相伴。母子俩在目光的碰撞中，互相给予希望和力量。这时小屋里充满温馨的气息，母亲娓娓动听地给儿子讲述前半生的经历，讲她知道的太行山的革命斗争，讲北国的风土人情以及村子里的人和事，而讲得最多的是大队长的一家子。

　　"党支部书记兼大队长和妇女主任，是一对吵吵嚷嚷又恩恩爱爱的患难夫妻。打日本鬼子那些年，大队长是出色的游击队员。妇女主任身高体壮，做姑娘的时候就敢想敢干，她半夜爬到敌人眼皮下的死人堆里，把受重伤的大队长背了回来；在危急关头，她敢抢起菜刀往鬼子的脖颈上砍。这些连胆小的男人也不敢干的事把本村和外村的妇女全镇住了，以后凡是打鬼子、打老蒋、打土豪、分田地，妇女们全拥她当头。直到如今，妇女主任的宝座就像吹了仙风神气一样稳稳当当。她在队里是唯一拿全劳力工分的妇女，生产上确实是把好手，只可惜没文化。她看不起肩不能挑手不能提、韭菜麦子分不清的文化人，说人家讲的道理是瘸子放屁———一股邪气。这些年思想退坡，总顾着自己的小家，爱听侄儿的谗言谗语。"

"她侄儿是谁呢？"

"妇女主任娘家几口全被鬼子杀掉，只留下五岁的杨安这根独苗。她把侄儿看得比儿子还重，送到城里读书，当工人。这小子从小娇惯坏了，伙上一帮哥们，学会打牌酗酒，为了争女人打架，瞎掉一只左眼。好歹是烈士后代，又有中学毕业那点墨水，就安排做了公社文书。"

"大队长究竟为人怎样？"

朱人杰记得回家第二天去见大队长，进门喊了声："大叔！"那个头缠白羊肚子毛巾、嘴里吸着旱烟的老头扭过头来，把烟袋磕了几下，慢吞吞地说："你到我们这穷地方来干啥？就这么个馍，自己还吃不饱，谁愿你来分一口？"枯燥冷漠的话音里带着歧视和反感，噎得他像喉咙里突然塞进了一股冰，心中冰凉，说不出话。

又一次，朱人杰见戴墨镜的公社文书路过地头，正和休息的社员们说笑。低头抽烟的大队长猛然站起来吼了一声："甭笑！"他把人们的笑声吼退，又转身对文书说，"好你个畜生！上面的人不在跟前就放肆起来。你城隍娘娘害喜怀的啥鬼胎？教唆别人去争风吃醋，好让人像你那样挨得鼻青脸肿，丢太行山人的脸。啥思想？啥德性？是共产党教的？马列书看来的？莫出息的狗崽！"

母亲听了笑笑说："大队长口恶心善，性情耿直，别看他嘴里不干不净，可从来不整人，更不整好人。他主要是看不惯侄儿那副德性，说'这浑小子是狗屎做鞭，闻（文）不得舞（武）不得。见到俊妹子就走神，一脸色相；关键时刻又犯忘性，脑袋抹油，滑头'。每当这种时候，妇女主任就挑侄儿能说会道、能写会算的优点，来顶住老头子的嘴巴。"

关于大队长家的趣事，社员中传闻不少。

大队长原来只当支部书记。合作化以来，上级年年月月催种催收，各部门各项工作一股脑儿往下压，高指标硬任务，中心工作几十件，件件要立军令状。上面千条线，下面一根针，基层干部紧跟上头，便往下压担子，社员又不满意，犹如老鼠进风箱有苦难言。他恳求上边来的人说："浅水载不起重船，我们这里还穷，好事不能一齐办，乡亲们的肩膀扛不起呀！"原来的大队长磕头作揖要大伙高抬贵手另请高明。社员一致举手要德行好、会种地的支部书记兼任大队长，把生产管起来。

大队长肩挑双担，早出晚归，成了家里的脱产干部。妇女主任里外一把手，管着四口人的吃和穿。在队里在家里都是说一不二，就连公社书记惹恼她，她也敢点着鼻子骂。

有次，大队长说她像春茧一样一肚子丝（私），对公家的事不像过去热心了，只顾自己的油盐罐子；对社员态度也不好，没个干部的度量。她抬起头来眼一翻："小小一个弼马温，倒打出一口官腔来了。我地里屋里忙得屁股不沾凳，生死护着这个家。要不是我手勤脚勤，你能热天进门喝凉茶？冬天进门有火烤？香喷喷的窝头、热腾腾的小米粥，菜煎饼、杂面条，把你胀得忘恩负义，反来编排我的不是。让你成天去吃风屙屁好了，把个瘟猪蹄子冷死烂掉！"说着，把手里正缝着的新棉鞋剪成碎渣，让大队长穿着破棉鞋一个冬天在雪地里奔波。

又一次，为侄儿的事惹她发起火来，一口气撕掉大队长三条长裤。第二天儿子把自己的新裤给爹穿了，才得出门去开会。晚上她气消了，又把三条裤珠联璧合，原来是顺着线缝撕的。以后大队长不再摸老虎屁股，也不干涉她的内政，只一心一意抓生产，回家吃饭睡觉，求个平安无事。侄儿挨了大队长的训就在外宣扬，说姑父家阴盛阳衰。

最近的一个夜晚，大队长摸黑回家。妇女主任又高又胖的身躯木头桩子般堵在门口，昂首向天，满脸怒气。他擦着门边溜了进去，生怕惹恼她，引来狂风暴雨。晚上拒之门外的事已发生多次，他没时间也不想去追究责任。他进得屋来，见桌上一碟子小菜，揭开锅盖，还热着几个窝头和一碗糊糊，犹如久经沙场的老兵，嘴里嚼着窝头，耳朵等着老婆的"炮击"。

妇女主任绷着脸问："你喝西北风饱了吧，还吃什么饭？鞋都跑烂了，担惊受怕不说，还落人埋怨，究竟图个啥？早起那个断子绝孙的说她分少了，讲些长不像瓢瓜短不像葫芦的屁话，在村里满世吆喝，就怕县里来的人听不见。瞒产的事要是捅穿了，你猪八戒照镜子——里外不是人！"

大队长不喜欢老婆那副惊惊乍乍的样子，但还是沉住气说："县里来查也不怕，不就多分了点口粮，我又没装荷包，都吃到社员肚里去了。你记得那年春荒，好多人家里揭不开锅。我是老党员，得为人民做事、对得起人民哪！"

"人民是哪个？老百姓，我和儿子，还有侄儿，都是人民。你不理家不顾家，对得起我们这些人民吗？今天你就听我这个'人民'一句话，队里的事少管点，别处处显山露水、惹是生非，听见了吗？"

大队长参加革命的时间不短，对得起人民就是要对得起老婆孩子的理论，还从来没听过，他文化不高，想不出道理来说服她，只嘿嘿一笑，算是默认了她的创造。争论是犯不着的，如果顶嘴，那更火上浇油，十辆消防车也熄不了，邻居听见影响不好。反正左耳朵进右耳朵出，离了家门就外甥打灯笼——照舅（旧）。

大队长勤劳节俭，队部开支精打细算，花个钱像拔他一根肋骨，总是说："农民种地汗珠子落地摔八瓣，不易哪。"他常参加劳动，很受社员爱戴，地头休息时便围着听他一肚子讲不完的革命故事。他爱看书报，农闲还看小说，中国四大名著全看过，十分敬佩鞠躬尽瘁的诸葛亮，看作是为人民服务的榜样；喜欢智勇双全的梁山好汉和迎难而上的孙悟空，讨厌大观园里吃饭不做事的公子小姐。有天晚上，看到佃户们冒着严寒，连夜给贾府送山珍海味交租子时，他气得把荣宁二府的吸血鬼们骂了个遍，老婆说他走火入魔，再不准他看小说。

朱人杰刚来时，妇女主任弄不清，见侄儿形象地把身子往右边一倒，就给取了个"右倒分子"的雅号。不久，在全村妇女们嘴里，"右倒分子"就成了朱人杰的代称。

对于这个雅号朱人杰处之泰然，这种哲人风格的豁达并非是与世浮沉、无所作为，而是他坚信这是一场扩大化的闹剧，历史终将会作出论断，绝不能拿别人的错误来惩罚自己。他把委屈和伤痛藏在心头，不愿像叫花子出示烂腿一样去博人怜悯。每天埋头干活，对周围事物表现漠然。

普遍中也有特殊。朱人杰母子住在"一条小路几间房，狗叫三声响断肠"的村尾，唯一的邻居是祖孙二人。老汉去年被山石砸断了腿，孙女小玉才十五岁就挑起了生活担子，她哭哭啼啼地来到世上，除了干活、吃苦，什么都还没尝过。

有天，小玉来找"朱大哥"，要拜他做老师。这姑娘苗条身材，瓜子脸，一双灵活的大眼，两条乌黑的小辫，坐在椅子上，安静得像一滴水。

小玉说："我们这里文化人少，过年写个春联都要好远去找秀才，书上报上有种庄稼的经验，就是看不懂。你是大学里出来的知识分子，不用在乡亲面前作愚作蠢，我今天就是专门来拜师学文化的。"

路　石

　　"你今年多大？上过什么学校？学过哪些课程？还想学点什么东西？"朱人杰认真地问。

　　"调查我吗？"她咯咯地笑起来。笑声如一阵清风，把她不想回答的问题卷得无影无踪。

　　"公社文书是个有文化的人，你为什么不向他求教？"

　　"你说那个半边猪头独眼龙么？他自吹自擂、上捧下压，不是东西，从他嘴里喷出的唾沫、眼珠子上闪的光，就能看清他的心肝肺！"

　　经过交谈，朱人杰感到这个心地纯朴的像山泉一样的小妹妹，看问题却比那些把知识和偏见一起获得的人更接近基本真理，算得上是一块未经雕琢的璞玉，便答应每天晚饭后教她学文化。

　　小玉不仅跟朱大哥学文化知识，而且从他身上学习到了人生真谛。

　　朱人杰从小玉的嘴里得知，这块用烈士鲜血染过的老根据地，至今还未过温饱关。去年日值只有两毛多，有些社员年终分到的现金不如城里小学生的零花钱。原因是什么呢？在农业学大寨的新时代，"堵不住资本主义的路就迈不开社会主义的步"，任凭金黄的麦秆烧掉，地上的山货、药草烂掉，谁也不敢搞家庭副业。

　　社会主义的步伐往哪里迈呢？照大寨的葫芦画瓢，开梯田、修水渠，越折腾越穷，而由穷变富的周期却又来得分外的缓慢。

　　经济困难时期，农民问题不像知识分子问题那样好处理，全国几亿张嘴巴要吃饭，无农不稳，无粮则乱。不管人的阶级地位、政治态度如何，对粮食都具有同样的需要和感情。在生活低标准的农村，粮食更是农民的"图腾"，和生命一样珍贵，尤其是在灾年荒月时期。

　　朱人杰有时收工回来，天已漆黑，美妙的夜景已引不起他梦幻般的遐想，唯一感觉是那抽肠翻肚的饥饿和贴在脊背上冰冷汗湿的内衣。饭桌上的窝头，增加了辣的成分，小米粥也变成了菜汤，总说："吃过了、吃饱了"的老母亲，在背着儿子吃野菜根和榆树叶。

　　小玉爷爷已陷入营养不良性昏迷。小学里做饭的师傅把积攒给孩子的三个白馒头，送到病人床前。巴甫洛夫的条件反射学真灵，骨瘦如柴的老爷子从鼻孔里嗅到的香味引起了口腔唾液分泌的增加。他咬了一口，津津有味，接着两口三口，迫不及待地吞咽。吃完两个馒头已耗尽全身力气，他贪婪地看看第三个，叹口气，躺了下去。

　　这些年，大队长眼见扩地时把大批林木毁掉，心疼得直掉眼泪。公开不敢顶，他就和大队干部商量，扩大社员房前屋后的遮阴林，暗地鼓励社员自种果树，自管自收，公社要求土改田，他们就在进山的路旁种稻，山坡地种小麦和杂粮；大队虽有食堂，允许分散居住的自办伙食。眼前为了度过春荒，他又勒紧裤带每天领着大伙干，他的口头禅是：人不骗地皮，地不骗肚皮。今年除落实自留地，还允许开荒种菜。又把瞒产分给社员后留下的一点粮食给了缺劳力的困难户。他考虑问题周到，用心良苦，嘴里却总说自己是百年老松五月芭蕉——粗枝大叶。

朱人杰想，大队长是个诚实的人，为什么要阳奉阴违，搞内外有别呢？看来这些年我们领导作风不实，命令主义瞎指挥，基层干部既要执行上级指示，又要维护群众利益，只好上面要下面造，采取真假两手。一面弄虚作假，一面实事求是，矛盾的事物在一个普通农民身上达到了意想不到的统一。

朱人杰托江涛买来几本通俗易懂的农业科学书籍，领着小玉边学边干。在门前试验水果嫁接，改良品种；在屋后挖蓄粪池，用沼气代燃料；用速效催肥方法培育蔬菜；寻找适合北方土壤气候的小麦玉米优良品种和科学种植方法。他们把两户小小的自留地，变成了本村知识密集度最高的科学沃土。

夏天，朱人杰和老农一样光着上身，用镰刀把麦秸割得又快又净，学会了扶犁、耘草、浇水、上粪、编筐和场上的打、晒、垛、扬。小玉教会他挖曲母菜和野韭菜花，母亲教会他腌咸菜、渍酸菜，用玉米面拌榆皮面压饸饹。他想，许多人总认为知识分子坏，必须用劳动来改造。其实劳动又有什么可怕？现在他已完全习惯，如果没有头上的标签和古怪的说明书所带来的歧视，体力劳动倒是件愉快的事。

劳动之余或地头休息，朱人杰有时也会突然显得呆滞迷惘，那是内心深重痛苦的再现。每遇这种情况，小玉就拣日常生活中值得高兴的事来拉呱，不让他一个人去遐想。小玉的友谊包含着关怀，也包含着对一个被冷落者的热心。当然，他也在不断地鼓励自己，坚强些，再坚强些！我们这一代仍面临巨大的社会变革，无可选择地要承受特殊年代的动荡、折磨和年华的消逝。自己虽然已过而立之年，并未到达生活终点，即使前面荆棘丛生，也要奋力去开拓。路，从来是人走出来的，一定要面对人生坦然前行。他很喜欢山西传过来的一首民谣：天上下雨地上滑，自己跌倒自己爬；爬得起来你爬起，爬不起来你再爬。

大队长观察到朱人杰确实诚实劳动，并无不轨行为，便开始善待之，并经常到村尾的这几间房前屋后来视察主人们的大胆试验和劳动成果。

有天，大队长问朱人杰："究竟什么是社会主义呢？公社书记说社会主义就是耕田不用牛，点灯不用油，队里有拖拉机，家家户户有电灯。可副书记又说社会主义来了，到馆子里吃饭、到商店买东西不用给钱，社员个个都能穿上咔叽布衣服。你说对不对呀？"

又一次，大队长问朱人杰："我看你思想不坏，怎么会当上'分子'？"

"是因为写文章，向领导提意见。"

"你们知识分子就是不安分，好好工作不就得了。"

"可我反映的都是实际情况，到了农村更觉得这些情况应该让党知道。"

大队长惊异起来："都是些啥情况呀？"

当他了解到真相时，不由略带敬佩地说："想不到你还是个替老百姓说话的忠臣。"

他惋惜地想，好人反倒成了朝廷要犯，肯定是出了奸臣！既在我的麾下，就不能让好人受罪。从此，他对朱人杰的警惕和监督放松了，还在全大队推广他们自留地上的增产经验。有时他觉得队里的事按下葫芦出来瓢，也想问问这个南方来的见多识广的大学生。

小学老师病了，大队长让朱人杰去代课。后来干脆让他半日劳动半日教课，还要朱人杰抽空教儿子学写稿，办好大队黑板报。他说自己对写文章的事是搬起楼梯上天——没门。

群众心灵是台最公正的天平，只要你诚实劳动，为大家做好事，即使以前有什么过失，人们的记忆也会朝你好处的一端倾斜。朱人杰和乡亲们的距离在日益缩短，只有三个人仍然把他视为异端。

一个是"独眼龙"。因眼瞎特地到城里买了墨镜，但藏在墨镜下的那只眼珠仍不安分，见到谁家姑娘俊就立即央人去说亲，竟没一家答应。后来他改变主意自找对象，看中了二八佳人小玉，经常到村尾来溜达，一见小玉便贼眉贼眼地纠缠不休。这小子有股不到黄河心不死的邪劲，他决心一追到底，不达目的誓不收兵。自从发现小玉晚饭后到隔壁与朱人杰头对头地看书写字起，就由羡到妒、由妒到恨。他深知姑妈和公社副书记视"分子"为仇敌，便号准这根脉，一有机会便在他们面前讲朱人杰的坏话，以发泄"夺爱之恨"。

妇女主任平时不看书报，不关心国家大事，本能地蔑视自己所不理解的一切事物，对儿子向朱人杰学写作这件事十分反感，说是"跟好人学好人，跟巫婆学拜神"。夜里一听儿子那支钢笔划得纸上"哧啦哧啦"地响就发脾气：乱写个啥？少你吃的喝的？想钱花就去城里赶大车、当小工；没出息才去编些大话、废话、胡话、昏话去骗人换钱。她经常质问大队长：脖颈上挂的是脑袋还是木头疙瘩？总和"右倒分子"黏黏糊糊，还夸他大智若"鱼"。什么鱼？还不是个死了不闭眼的干鱼！知识分子不严格管制，那张大嘴就不会老实。

公社副书记家住本村，和妇女主任一样以大老粗为荣，傲视一切知识和知识分子。每次碰到朱人杰都要训几句："再有天大本事，不改造好思想管屁用。像你这样的'鸡屎蚊子'（知识分子）我见多了，表面老实，骨子里总以为没有自己天就塌了；其实，在贫下中农眼里，你渺小得很。"还翘起小指头做手势。

朱人杰对他的颐指气使充耳不闻，忽视了这个不大的人物在小山村里的能量。母亲说："乡亲们都管副书记叫'丧门神'，他在大队蹲点，日里喝茶、抽烟、看报，夜里打扑克、下象棋，竖不拿锄横不担担，下地检查都选泥不沾鞋风不刮脸的大好天。他可脑灵勤点子多，说种西瓜冒犯了以粮为纲的政策，硬把活鲜鲜的苗儿拔掉；搞土改田，把人累死了，收起的谷不够下的种。还三天两头开现场会，一次会杀一只羊十只鸡，吃得社员好心疼。到头来弄了个大减产，年终分配还不够买油盐。乡亲们不怨天不怨地，怨人，喷着唾沫星子数落'丧门神'。可他拍拍屁股溜回公社，照样拿工资吃官饭，丢下俺们男女老少勒紧裤带饿肚皮。"

母亲长长地叹口气："原来的大队长也是个实在人，天天和社员下地劳动。才有了点好光景，'丧门神'又拿大帽子压人，说人家不问政治。"

面对人生百态，朱人杰力求以豁达克制痛苦，以乐观战胜烦恼，以顽强抗击压力，刻意寻求人生低谷中的种种希望，发掘深藏于形体之内的精神能量。

开始，朱人杰宁愿劳动而不愿教书，他对大队长说："肚里早年喝的那点墨水，已流进庄稼地当肥使了。"

的确，他写文章的手由于整天抡锄，变得越来越粗糙，第一天拿起粉笔写字反而不听使唤了。他在黑板上写了个8字，问学生："8的一半是多少？"有的答："两个0。"有的答："两个3。"令朱人杰啼笑皆非。

这儿学生文化低，学校师资差，小学毕业教小学，学生问："苏联卢布是什么布？"老师答："比我们的咔叽布还好。"妇女讲迷信，连照相都不敢，怕摄了魂；老人讨厌爱打扮的娘们，把穿裙子的人叫"妖精"。

朱人杰想，什么知识都不懂的人最容易感到自己是神圣的，而愚昧正是酿成悲剧的酵母。我国百分之八十的农村人口中，几乎一半是文盲或半文盲，在这样的文化荒原上能建起社会主义大厦吗？自己虽不是什么灵魂工程师，如能

路 石

在一方偏僻的土地上为下一代尽点义务，给空虚的小脑袋注满知识，成为建设新山区的新型农民，也算是太阳底下一项光辉的事业。

他安下心来，下午当农民，上午去做孩子王。

去小学的路上要经过一条河。这条河冬季干涸，夏日则急湍滔滔。每次涉水过河他都会想起一个问题：这荒漠的襁褓里的河究竟流了多少年呢？既无航行之便，也无灌溉之利，多少自然的伟力就这样白白地浪费了。他想起婺市双龙公社的社员们，曾把双龙洞中流出的两股落差极大的泉水，沿山顶到山脚一连建了好几个小水电站，超前实现电气化的情景，油然生起一个念头：这儿地理条件和双龙洞相同，为什么不能利用水力发电？

晚霞逝去，夜幕降临，远处逶迤连绵的山巅，像粗大的画笔画在发白的天幕上。朱人杰凝视着巍峨庄严的山峰，耳边回荡起"我们在太行山上，山高林又密，兵强马又壮……"的歌声。在战争年代为革命作出杰出贡献的太行山人，怎能让太行山还裸露着石头，覆盖着荒草？村里有首童谣：背坡油松阳坡槐，河沟杨柳长得快。山顶松柏常青树，桃花梨花山脚开。可见乡亲们有植树种果经验，何不在山靠山发展林业？既可增加社员收入，又能防止水土流失。

太行山人为什么不能汇聚起巨大的动力，去建设现实中的"桃花源"和"太阳城"？

南飞的大雁一列列从头顶掠过，它们悠然地展着翅膀，在辽阔的晴空里回荡着嘎嘎的鸣声。绿草枯黄，秋已来临。

山脚下像往日的晴天一样，升腾起一片雾霭，把锯齿形的山峦涂抹上异常柔和的乳白色。蓝色的苍穹下，裸露的庄稼黄得耀眼，小平原上熟透的谷子在随风荡漾。朱人杰不停地迈着双腿，把自己融进了仿佛是生产大检查时稻浪起伏的金黄色与浓绿之中。当年胸中鼓荡着的是踏上征途的豪迈激情，而今留下的却是壮志难酬的极大恨憾。

举目远眺，朱人杰瞥见一个绿色小点在山洼小道上蠕动。小点越来越大，好像是个穿军装的解放军战士，不禁勾起了他对部队生活的怀念。绿色的军营，龙腾虎跃的训练场，寒冬雪地上的篝火，晶莹透亮的冰光雪色和北国晚来春风吹拂下的醉人芬芳；还有令人难忘的炮火纷飞的朝鲜战场，插入敌后的突然袭击行动中，一颗炮弹飞来，无论是江涛或铁旦都会立即扑到自己身上。为什么在和平建设时期，人际关系反倒变得复杂了呢？他多么希望回到那个革命的年代去，回到亲密的战友们中间。许多要好的同志都音讯杳然，也无从打听他们的下落。虽然还保持着与江涛的联系，并从他那里得到鼓励和帮助，但仍感不足，总觉得生活里还缺少点什么。怀念过去和思虑将来的焦灼之感，在时时烦扰着他。

朱人杰驻足在土坡上，无限怅惘地目视着这个稀罕的过客。距离越来越近，军帽下显出一张熟悉的脸，不禁惊喜地高呼："有朋自远方来，不亦乐乎！"

几乎在同一时刻，对方也兴奋地举起了双手。

江涛出差，途径太行，特进山来看望老友。

百灵鸟清脆的啼声，打碎了拂晓的安谧。朱人杰带上干粮和水，同江涛一起去爬山，一座并非石头加黄土的郁郁葱葱的高山。

树林里晨光熹微，浮着绿茵茵的云雾，青松引颈翘首，向东方伸开迎接黎明的双臂。他们猴着腰，沿着当年革命战士的足迹登上山巅。这时的旭日从他们背后升起，光芒四射，把周围的山峰涂上一层金黄色，太行山以它巨大的苍莽和未被雕琢的自然美，屹立在他们面前。站在峰顶的朱人杰，把上衣搭在肩上，左手叉腰，潇洒而神采飞扬地极目远眺。江涛立即举起吊在脖颈上的相机，摄下了这个难得的镜头。

两个亲密战友在山上促膝畅谈，江涛带来的是国内外重大风云：

"老大哥"在布加勒斯特挥舞指挥棒，单方面终止两国签订的核协定，撤走全部专家之后，党中央号召"自己动手，从头做起"，准备用八年时间，打一场尖端科学的攻坚战。

"去年以来，党中央先后主持制定了《农业六十条》《商业四十条》《手工业三十五条》和《工业七十条》《高教六十条》，正在贯彻执行以调整为中心的'八字方针'，争取尽快扭转国民经济的困难局面。"

江涛问起老战友离开报社后的生活情况时，朱人杰苦笑着摇摇头，只把一腔委屈和愤懑化作几声长叹。他端详着面前的苍松，针叶苍翠锋利，枝干矫若游龙，在秋风中呼啸歌咏，把红日托上天庭。山上的娇花弱草已开始摧眉折腰，只有这质朴无华的青松，历经沧桑变化和霜雪侵袭，始终不屈不挠，傲然挺立，即使躯干被动物掏空，也能冻死迎风站，饿死不弯腰。

他猛然回过头来对江涛说："只有人享不了的福，没有人受不了的罪。多大的风雨也不会把青松摧折，相信总有一天我的问题会澄清。只要党不抛弃我，时代不遗忘我，一定还要殚精竭虑地再干他几十年！"

江涛走后不断寄来精神食粮，有反映国内外重大事件和党的政策方针的报刊，有他一直想看的《红岩》和马恩列著作的一些小册子。这对深锁山村闭目塞听的朱人杰来说，犹如久旱逢甘雨、饿汉见佳肴。

朱人杰想起法国作家雨果的话："你要了解生存与生活的不同吗？动物生存，人则生活。"共产党人具有崇高理想，应百倍热爱生活，即使逆风行船，也要奋力达到彼岸。他坚持早睡早起，用冷水洗脸，围着村子跑一圈，然后在家门口的大槐树下做自编的早操。更多的时候是早起爬山，依偎在大自然的怀抱里，观赏绚丽的日出美景，听鸟儿们的欢呼，忘掉一切忧思和烦恼。直到太阳升起，绿树在阳光中千姿百态地显露出来，才默默地走下山去。

有天，他忽然产生"独上高楼，望尽天涯路"那种茫然不知何往的惆怅。他拿出怀里的红豆来欣赏，脑海里漾起一阵热浪，她不仅是自己心中的女神，也是遭挫折后巨大的精神支柱。

崖壁上一株火红的枫树在风中摇曳，随手摘下红叶一片。在叶的筋脉里显出一树碧玉的倩影、绿叶翩翩的青春，而今又迸着一腔热血，洒向清凉寂静的霜天。他仿佛又置身于如火如荼如醉的香山，想起了那片未曾寄出的红叶，一种难以名状的负疚感袭上心来，是自己一而再地疏远她离开她的呀！能否再用北国红叶去报南国红豆之情呢？然而，合适吗？相配吗？他问自己。

衣袋里是江涛寄来的照片，背面写着：最自由的一刻是站在高山之巅。他重新审视那个昂首叉腰站在峰顶上的身影。不错，这才是真正的自我，无论怎样施行整容手术，也找不到符合"分子"的虚伪谄媚惧怕猥琐的混杂表情，实在无法做一个合格的"右倒分子"。回想自己在白色恐怖下，曾为和平民主斗争；在强大侵略者面前，为保家卫国而战。不管是在部队还是在地方，都兢兢业业、无私奉献，结果却被划进了敌人的行列，难解的现实，无情的历史啊！他仰天长啸，只见一只矫健的雄鹰，缓缓地拍击着翅膀，翱翔于清晨的碧空，在苍凉的山谷间盘旋、盘旋，又突然冲过岗峦重叠的山峰，飞向远方。

他不禁精神为之一震，下山时不停地激励自己：毁灭才能新生，消失才能再现，付出才能得到，奉献才能永存；只有不惧风刀霜剑的敲打，树起意志和信念的桅杆，生活之舟才不会在风浪中沉没。手里的红叶点燃起他心灵的火种，去探索荆棘中的人生。

社会上两个阶级两条道路的斗争，与党内两条路线的斗争有原则区别，属于两种性质不同的矛盾。只能用团结—批评—团结的民主方法解决，而不能残酷斗争无情打击。报社给我随便戴上帽子的处分，是没有根据的，也是完全不合理的。他终于采纳江涛的意见，向婺市地委写信申诉，要求复查自己的问题。

望穿秋水，不见复查结果。原来这封申诉信转到报社党委时，正值贯彻党的八届十中全会精神，学习关于阶级、形势、矛盾的讲话，强调阶级斗争要"年年讲、月月讲、天天讲"。曹流劝梁书记警惕"阶级斗争新动向"，而将朱人杰和林若梦的申诉信一并束之高阁。

朱人杰猛然悟到，既然曹流还在报社，怎容他落实政策、重操旧业？从此不再抱幻想，专心劳动、教课、读书。他通读《共产主义原理》《社会主义从空想到科学的发展》和《哥达纲领批判》，重新仔细读了《毛泽东选集》一至四卷。

夏夜星光灿烂，晚风徐来，流沙似的银河横卧天穹。大地已经沉睡，只有远处传来的几声狗吠，打破周围的寂静。这是他潜心自学、进入自己独有境界的最佳时刻。他感到，每页篇章的字里行间都闪烁着思想精华，展示着历史演进过程和社会发展规律，只有革命导师们的横溢才华和雄伟气魄，才能把不同的知识领域相互沟通融为一体，浓缩成人类智慧的结晶。

大队长见朱人杰既教书又育人，深得家长好评，便报请公社将他转为民办教师，寒暑假参加劳动。每逢星期日，只要天气好，朱人杰必带书本、干粮上山学习，一行一页、一字一句，如吃甜瓜不留一滴。

经过一段时间系统自学，他进一步了解到，在二十年代后期到三十年代前期，由于中国社会历史条件的特殊性，革命出现了马克思主义经典著作中所没有的新问题。毛主席运用马列主义基本原理，从中国实际出发，领导中国共产党人开辟了一条在经济文化落后国家进行民主革命、不同于苏联城市起义的独创性道路，对发展马克思列宁主义是个巨大的贡献。

新中国成立以后，毛主席及时建议并制定了"一化三改"的过渡时期总路线，用和平赎买政策改造资本主义工商业，用逐步过渡形式改造个体农业和手工业，实现了我国历史上最深刻最伟大的变革。这是又一条按照中国国情实行社会主义改造、不同于"用赤卫队进攻资本"的独创性道路，又一次在实践中丰富发展了马列主义。

朱人杰想，我们的伟大领袖堪称"手上千秋史，胸中百万兵。眼底五洲风云，笔下有雷声"。如果没有毛主席和马克思主义普遍真理与中国革命实践相结合的毛泽东思想，中华民族还不知要在黑暗中摸索多久，中国革命的胜利要推迟多少年。他确信只有不断向自己头脑灌输马列主义和毛泽东思想，掌握无产阶级世界观，才能提高认识客观世界的能力，即使身处困境，也要胸怀大志，为理想斗争。

朱人杰步入毛泽东思想殿堂之后，惊叹其宏伟壮阔、内涵丰富，这一系列完整的思想体系，足够自己学习钻研一辈子。

掩卷休息时，他双手枕头，躺在细草如茵的高坡上，沁人的芬芳弥漫在山间，秋日的阳光覆盖着大地，让心灵毫无负载地飘向蓝得令人眼晕的天空，神游意放地陶醉在大自然的怀抱之中。此时涌进他脑海的是以往生活中那些最美好的日日夜夜，与白如冰同观社会主义改造胜利的情景，仿佛就在眼前。他半眯着眼，果然见她从远山飘来，笑盈盈地说：你不能独享精神美餐，务必分我一杯羹！

江涛又寄来新出版的《苏联社会主义经济问题》《政治经济学教科书》第三版，还有当时在外界很难看到的毛主席在读书小组学习教科书的谈话记录。毛主席的谈话联系中国实际，提出了过渡时期及社会主义社会的方方面面，他自知凭着脑子里的这点溶剂，还不能把如此浓缩的结晶溶解，把社会科学中迷人的谜解开。然而一种渴求探索奥秘的精神力量已在胸中萌发，使他欲罢不能。朱人杰认识到，只有认识身处社会的现实，明了国家和人民的大前途，才能解决个人适应现实、确立今后目标的大问题。

为了研究社会主义，他翻阅了在报社时听报告、参加会议的全部笔记，又托江涛为他收集苏联社会主义建设的资料。他很清楚，如果没有知识，就等于战士没有武器，赤手空拳如何参加战斗？

每天放学以后，他就把自己关在小屋里，海绵吸水般地孜孜以求，关键处细嚼慢咽，联系实际，剖析问题，茅塞顿开，恍然大悟。他相信人的潜力是惊人的，只有死才是它的极限，而在缺乏自觉性时，释放出来的只不过是求生的本能。

朱人杰从学习中发现，社会主义改造基本完成以后，我国的体制模式和经济发展战略大体上是以苏联为蓝本的，当时世界上只有这一座按马列理论构筑的社会主义大厦。

毛主席最先觉察到过分集中统一的苏联模式的弊端，开始总结经验，探索适合我国国情的建设道路。在《论十大关系》讲话和《关于正确处理人民内部矛盾的问题》的报告中，具体分析了工农业并举等五大经济关系和革命与反革命等五大政治关系，提出了调动国内外一切积极因素为社会主义事业服务的基本方针、在文艺科技领域实行"百花齐放、百家争鸣"方针，以及关于社会主义社会基本矛盾、主要矛盾、两类矛盾的学说等，都是他老人家以苏为鉴，运用对立统一规律观察社会主义社会得出的科学结论。党的八大决议明确国内主要矛盾已经转化、工作着重点应随之转移，主要任务是集中力量发展社会生产力。这些都为摆脱旧的僵化模式、开辟一条符合我国实际的社会主义道路，迈出了可喜的步伐。

静悄悄的夜，白茫茫的雪。朱人杰站在窗前仰望对面的山峰，由近及远重重叠叠、雾霭沉沉、隐隐约约，深邃而又诡秘，发人幽思，令人遐想。

朱人杰在白如冰送给他的笔记本上，写下了读书心得、农村调查、随感拾零等对社会主义的向往与追求、实践和认识。

有天他冷下心来：我总结这些将有何用？用到何处？再写篇评论吗？花了那么多精力和时间，全身心地投入党的新闻事业，结果被赶出报社，进取的人生观遭到无情的否定。他闭上眼，紧紧地揪住脑后的头发，就像一位不成功的建筑师，面对倒塌的大厦那样发出忧伤的叹息。

然而转念一想，人生如舟、岁月如流，生命的土壤在于对人类有益的事业，失去理想和追求，人的生命也就失去了存在的价值。可喜的是，毛主席从冷静的反思中发现他驾驶的航船已开始偏离航向，正在领导全党调查总结、调整生产关系、贯彻"八字方针"，并在一些讲话中提出了关于工农业并举等有价值的意见，闪烁出继续前进的思想火花。

朱人杰坚信，我们的社会主义事业确实是"有困难、有办法、有希望"的，而不是转瞬即逝的海市蜃楼，也不仅仅是空想共产主义者在"乌托邦""太阳城"中诱人的描绘。总结过去、观察现实、思考未来，理应把自己的这种思想运动作如实记录。写，是探索，是追求，是寄托，也是治愈自己政治创伤的镇痛良药。

（九）

广阔无垠的盐滩仿佛铺展到了天的尽头，要与大海争辽阔。挂在天边那轮又红又大的圆盘已渐渐西垂，夕阳的余晖给大海和地平线上的一切，抹上了一层淡淡的殷红，景色绮丽而悲壮。这里除了天就是地就是海，蓝色的海、黄色的滩、白色的盐，只有纳潮河、排淡河堤岸上的小草，点缀了有生机的绿色。

海堤公路像搁在盐滩边上的一条玄色带子，向望不到边的远处延伸。堤上行人稀少，间或有一辆部队的交通车疾驰而过。白如冰同县报下来采访的女记者骑着自行车，向盐务局所在的陈港缓缓驶去。

记者满载而归，心旷神怡地念道：

　　妈妈给了我多少爱？

　　无穷无尽，无边无垠，

　　加起来是高高的山、浩瀚的海，

　　我要把母爱还给未来的一代……

如冰笑道："你还没结婚，哪来的未来一代？"

"我是念给你听的呀！真羡慕你那三代同堂的温暖之家，又有一个知疼知热的好丈夫。"记者说罢哈哈大笑起来。

一位骑自行车的男人擦肩而过，高个头、宽肩膀、乌黑的头发、漂亮的头型，哦！好熟悉的背影。如冰下意识地加快速度赶了上去。记者在后面喊"等等我"的叫声，才把她从幻觉中拉回来，望着远去的身影喃喃地道：究竟是有缘还是无缘？为什么天各一方难以相见？

晚霞渐渐烧尽，留下几片透明的薄云，暮色将临而未临的白光笼罩大地，显得纯洁而宁静。记者跟了上来，笑着说："跑那样快，归心似箭哪！马上就到了，我想再欣赏一下海上日落。"她贪婪地望着西边那片海天相接的地方，又惬意地唱起了抒情歌：

　　我啊，走遍漫漫的天涯路，

　　我啊，望断遥远的云和树。

　　多少的往事堪重诉？

　　你呀你在何处？

　　我难忘你深情的眼睛，

　　我知道你沉默的心意。

　　我终日灌溉着蔷薇，

　　却让幽兰枯萎……

如冰沉浸在歌词里，又勾起了往事萦怀。

回到陈港，如冰走进家门，见母亲饭已做好，小晖坐在床上玩小球自得其乐。团部通讯员来告知，张政委和卢团长去军部开会，要过两天才回。母亲念叨说：要晓得他到军里开会，该把这包银鱼给童素捎去。如冰心不在焉地吃了几口饭，便钻进了里间小屋。

她和衣倒在床上，想整理一下纷乱的思绪。自为人妇之后，她极力忘却那些难以忘怀又令她伤痛不已的往事，把心灵的空间腾出来，去装善良的丈夫、可爱的孩子和年迈的母亲。然而今天的一幕又使她确实感到，自己心中还深藏着一个他，根本摆脱不了这种想忘记偏又记起的矛盾和惆怅。是命运的安排还是自己抉择有误？在婺市那段梦一般的经历，又不期然地涌上了大脑的屏幕。

有天，梁书记把稿件还给她时，忽然问起了她的年龄，然后半似关怀半似怜悯地说："老大不小，该有个家了。"

于是在报社许多人的嘴里便传来了"我们都做了爸爸妈妈。如冰，你也该有个家了""你一个人生活多寂寞，三病两痛的，是该有个家""姑娘哪能一辈子不嫁人，没有个家像啥话"的声音。好心的同志还给她四处物色对象。在许多中国人的心目中，男大当婚女大当嫁，夫唱妇随传宗接代，履行妇女的"天职"，才是最郑重的人生态度。

她不胜其烦，一再感谢同志们的关怀，并说自己在部队已经有了"对象"。

童素见她日益消瘦，变着花样给她做开胃滋补的食品，把来婺市出差的"快乐之神"章薇邀来欢聚。他们在一起总喜欢谈论在军大和女校的愉快生活。

章薇说："你在合川住院后，朱人杰把你写的那首《我们是社会主义的铺路石》谱上了曲子，他用口琴吹出来很好听。"

"那时我们都很幼稚单纯。"如冰闪过一丝苦恼人的笑，"现实生活毕竟不是一支优美的歌。"

童素忙岔开话题："王政委这次来信，又问起如冰的个人问题。"

"杨大姐说过，政治处四个丫头就像政委的女儿，现在三个都嫁了，对小女儿的事自然挂心。"章薇侧过头来笑道，"如冰，什么时候吃你的喜糖呀！我的馋虫都一尺长了。"

"人家要当老姑娘。"童素显然有点生气，噘起了嘴。

"社会主义社会了，还闹独身主义吗？"章薇仍然笑着。

如冰低着头不吭声。

童素把削好的一只苹果放在如冰面前说："道理你比我懂得多，讲得比我透，你要把爱情放在正确的位置才好。"

如冰抬起头来争辩道："人们常说要把属于个人的爱情放到次要位置。难道爱情是可以用沉淀过滤的方法，从人的思想感情中分离出来的吗？"

童素长长地叹了口气："如冰呀如冰！我已经唠叨过七八次，他不辞而别，连个地址也不留，说明他决心黄鹤一去不复返了，你又何苦折磨自己呢？是不是真要春蚕到死蜡烛成灰？这究竟是因为什么啊？"

"因为我从心里敬他爱他。如果对志同道合并肩前进的人都不爱，怎么能热爱自己的理想和事业？"

章薇望着如冰苍白的脸，诚挚地说："对理想事业的爱会使你不怕挫折失败，永远以高昂的斗志面向生活；而对爱情的迷恋痛苦，会使你陷于不能自拔而沉沦下去。"

如冰心里承认有不能自拔的感觉。她是个圣洁爱情观的崇尚者，和朱人杰的感情，由朦胧到明澈为时不久，正在扬花结出幸福之果时又突然消失，她不情愿也不甘心，哪怕只有万分之一的希望也要等待。她思前想后，又止不住悲从中来。

童素抚着她的双肩，亲切地说："你想哭就痛痛快快地哭一场吧，免得憋在心里难受。"

章薇递过来手帕："真的，你不能再这样惩罚自己了，为了一个明明不能实现的情缘做牺牲。你不知道，周围的同志为你多担心多难受。"

听了两位不是姐姐胜似姐姐的肺腑之言，如冰心中一酸，满腔伤痛随着泪水夺眶而出。童素、章薇是她最知心最信任的女友，长期以来从她们那里获得友谊、关怀和温暖，她能毫无隐讳地把心灵深处的隐痛向她们袒露。

如冰难负挚友的热切期望和向前看的劝告，又难忘那个月光下高大而孤立的背影。过去和未来像两个互不相容的极端，同时并存，在她内心交织成矛盾和苦闷。

军里召开团以上干部会，童素夫妇决定让如冰和他们百里挑一的张鸿亭见面，同时请了王政委和张鸿亭的搭档卢团长作陪。当时市场供应紧张，副食品贵得惊人，童素买了一只鸡、一尾鱼、二斤猪肉，加上蔬菜调料，花去了她大半个月的工资。

饭后，张鸿亭借口有事提前告辞。童素给王政委倒茶时小声说："政委，你谈谈吧！"

王政委笑笑，慢条斯理地讲了一通美满家庭和理想事业的关系，工农同志与知识分子结合的好处。

接着童素丈夫面对如冰和颜悦色地说："你和童素是老乡加战友，我和鸿亭也是老乡加战友，彼此了解。无论从个人友谊还是从组织关系来说，都有责任关心你们的婚姻问题。你和鸿亭都是好党员好干部，各方面条件也适合，将来一定是很幸福的一对。你们可以恋爱一段时间，互相了解。"

如冰低着头，没吭声。

坐在旁边的卢团长插嘴说："放一万个心，我敢给鸿亭打包票。我这大老粗不懂什么恋爱不恋爱，那是秀才们琢磨的事儿。我主张干脆，中就中，不中就吹，来个当机立断。你们是工农与知识结合，可以先结婚后恋爱，兵贵神速嘛！怎么样？"说罢爽朗地笑了。

童素丈夫微笑着说："这是终身大事，自然不能草率。可以再慎重考虑一下，和童素谈谈。决定了，好把喜讯告诉鸿亭。这辈子我就当次月下老。如冰，我们的话你信得过吗？"

如冰茫然地看看大家，点了点头。

矛盾着的事物宛如一架天平。当矛盾的两种力量保持平衡时，只要在任何一端加上一毫克的砝码，指针就会翘起来，把另一头沉下。领导们的谈话恰似这小小的砝码，使她产生了一种对同志对组织盛情难却、负债难偿的心情，在"黄鹤"踪迹杳杳难寻的绝望中，作出了决定半生命运的抉择。如果此时她能见到太行山那片红叶的砝码，心灵的天平就不会向这一端倾斜。

苏共二十大以来，社会主义阵营内出现乌云，帝国主义加紧扩军备战。中央军委为了做好两手准备，调动部队增强边防。婺市驻军全部移防苏北，军部迁淮市，童素家也在整理行装，待命出发，她希望在走前完成白如冰和张鸿亭的婚事。

国家正面临经济困难，社会风气崇尚俭朴。部队干部结婚仍保留着战争遗风。组织批准后到当地政府登记一下，不办家具衣物，也不做酒请客，举行个简单仪式，吃点糖果瓜子，热闹一番就算结婚了。张鸿亭把婚期定在星期六晚上，婚礼在会议室举行，新房陈设依旧是一床一箱一桌一凳，只门上多了幅喜联，室内多了个喜字。

如冰不要对方来接，上午照常上班，没向任何人透露消息，下午才向梁书记说明情况请了个假。

她骑在自行车上，望着郊区公路旁绵延的营房发征。男女结合构成家庭，成为社会细胞，真的像日月星辰运转一样，是不可违背的规律？这段婚姻虽不是上一代的父母之命，媒妁之言，也基本上是组织之意同志之情。自己似乎也弄糊涂了，工农与知识结合，究竟应该是先恋爱后结婚还是先结婚后恋爱？从今以后，自己的命运就要和另一个人连在一起了，他是否是自己理想的伴侣？法律已经明确把俩人放在一条船上，这条船会驶向甜蜜的港湾还是痛苦的深渊？

张鸿亭具有北方人特有的高大体型和淳朴气质，他早已等候在营房大门外的公路边。当如冰见到那张和蔼可亲充满幸福的脸时，突然感到：这个太行山里苦大仇深的放羊娃，这个抗日战争扛过枪、解放战争渡过江、抗美援朝负过伤，获得累累战功的老战士，难道不可信可敬、可亲可爱？自己有什么理由不接纳他纯朴真挚的感情？

她坦率地告诉过丈夫，婚前曾有所爱。但他毫无嫉妒之心，而是尽力使她感到幸福充实，关心她的各个方面，给她排难解忧。

来苏北后的共同生活，也增进了对丈夫的了解。他言必行、行必果，善于倾听不同意见，用自己的行动作出榜样，在团里威信很高。他大事清楚，小事也不糊涂。如冰临产前，他托出差四川的同志把老岳母接来总管家务，早早地给岳母和妻子准备了抵御寒潮海风的毛皮大衣，星期天还亲自挖好了储备冬菜的地窖。

身旁的小晖已发出轻柔的鼾声，如冰端详着这张酷似父亲的小脸，对自己说：为了这个小家庭的幸福和安宁，必须让岁月去把往事埋葬，决不能在心灵上亵渎对丈夫的忠诚。

如冰第一次看到大海和海潮，看到港口鳞次栉比有如房子般的盐垛，感到十分新鲜。面对碧海蓝天、满滩白盐以及海上日出、黄昏落日的美景，真想诗歌一番。

祖国的黄海之滨美丽富饶，江苏是全国重点产盐区。隶属中轻部，淮北盐务总局的陈港盐务局是当地的最高机关，下属三个盐场，职工、家属近两万，年产优质淮盐三十多万吨，有直达上海的货轮往来。每斤盐的成本，据说只合两个分币，创利高，对国家贡献很大。

除了盐，第二财富是海产。黄海对虾大的一对半斤；张牙舞爪的螃蟹，奇形怪状的锅盖鱼、草鞋鱼、比目鱼和蛇鱼；有丈长的大鱼翅、四斤重的干鱼鳔，还有活章鱼、活墨鱼和用大木桶装起来卖不完吃不了的鲜虾。食堂里经常有鱼丸虾饼之类的海鲜供应，日子一长腻了，反倒愿吃青菜萝卜。

部队营房尚未建成，团部机关和局机关暂时挤住在一起。宿舍就更紧张，全团带家属的干部，不论哪一级，每户都只能有一间房的权利。如冰家那间房中间隔了一层，母亲住外间，床前是饭桌，饭桌旁是碗柜，碗柜挨着小煤球炉，水缸则被赶到屋檐下。两夫妇住的里间更小，只容得下一张床、一个木箱和一张写字桌。幸亏这栋宿舍前面有一个大坪，供人们晾晒衣物，做煤球煤饼，晴天可会客，夏季可乘凉。

战士们也分散住着民房，驻军和民兵共同巡逻放哨保护海防盐滩，名副其实的军民一家。

海风大而多，盐场范围内只长盐不长庄稼，农副产品基本上靠外地供应。文化生活比较缺乏，局里只有一台放映机，下工区巡回放电影，有收音机的同志可在家自娱自乐。

如冰调来时在局宣传科，领导见她笔杆子不错，又调作局党委秘书，在党委办公室孤家一人，里外一把手。六十年代初机构比较精简，除生产、供销、运输部门人员较多外，党委每个职能部门只有一到三人，而且官兵一体化，轮流下基层。

盐场每年春晒，夏季大晒，七、八、九三个月是黄金时期。如冰不想浮在上面，也不甘心当外行，有机会就想往下面跑。产盐旺季到来之前，全局上下召开了党委会、干部会、治保会等一系列会议，要求做好一切准备，迎接今年的"百日夺盐大战"。这几天，如冰跟局党委严书记下去检查贯彻情况，尽管是走马观花，总算对盐场全貌有了个轮廓了解。

这儿的地形区划极有层次。长长的外海堤像条巨臂，挡住了海浪的大潮，也截直了辽阔的盐滩。堤内有扬水站、屯水库和纳潮河，棋盘格般直角方正并按比例落差的盐池（当地人叫盐格），袒露着大地与大海相融后瑰丽的深褐色，结晶池里闪烁着雪白的盐花。盐格之间有水沟相连，保持着极为复杂规律的进水排水路线。坐落在盐滩上的每个工区、小组（当地人叫圩），前后左右相距二至三里，白布蓬的风车散布在滩上。从堤上望去，大漠似的盐滩阡陌纵横、"河流交错"、"白帆"点点、星罗棋布的盐村，夜来灯火闪烁，与天上繁星相辉映，蔚为壮观。

盐滩内侧有条长长的排淡河，河岸上是宽阔的内海堤，即兼有交通运输之利的海堤公路。公路内侧是隔着一条小河沟的几个劳改农场。内外海堤的堤基上有暗堡式工事和射击孔眼。

对来自内地城市的白如冰来说，这是一个完全陌生而新奇的世界。严书记和她骑着自行车并肩走着，亲切地边谈边教。他说："你对盐场不熟悉，开始会有些困难，不要紧，不懂就问嘛！盐工们看起来粗憨，但很淳朴。现在盐场机械化程度低，主要靠手工劳动，'产盐莫得鬼，就靠汗和水'，他们每天要和自然打仗，和潮汛、大风、暴雨之类的恶劣天时作斗争，日子长了你会和他们交上朋友的。"

严书记是盐工出身，经历过同日本侵略军和国民党"遭殃军"的斗争风

路　石

云，身受过残酷的剥削压迫，和盐工、盐滩、大海有特殊感情。（二十多年后的 1991 年，中央电视台播放了六集连续剧《盐场风云》，反映了陈家港及灌东盐场的革命斗争事迹。当地还修建了革命烈士纪念碑。）

严书记地位虽然变了，却仍然经常泡在基层。他曾说过：不见日头不沾海水的领导不是好领导。他开会时说话干脆，每个字掉地仿佛都能砸个坑，无论在哪里出现，都有职工围着他问长问短。调皮捣蛋的人挨了批评也服服帖帖，他能正人先正己，一身正气。他对工人们说：外国有个叫荷马的大诗人说盐是"英雄之食"，我们是生产"英雄之食"的勇士，而不能像有些人那样，四肢发达头脑空空，只会用拳头说话，或者只会怨天怨地发牢骚，光有唱功没有做功，光有看法没有办法，这可不行！我真心实意地欢迎大家横挑鼻子竖挑眼，有什么文韬武略都统统献出来吧！他的话总是像火把一样点燃大伙儿的心，经常能听到七嘴八舌的一些珍贵意见和建议。

如冰心里十分敬佩这个从八九岁开始，和盐打了四十多年交道的平民书记。她从初步接触中感到，盐工们虽然文化低，但并不愚笨，而是各有所长。有天她和一位"土秀才"交谈，更觉盐场不乏人才，明珠还在土中，自己要放下臭架子，甘当小学生。盐场幅员辽阔，远的工区离局几十里，早出晚归花了许多时间在路上。她决定打起背包，跟严书记去灌东盐场蹲点，实地参加向大自然夺盐的战斗。

拂晓，严书记带如冰去滩上查制卤情况，告诉她制卤的走水口诀是：深灌慢跑、薄灌勤跑、浅水慢跑。他对脚下这片土地太熟悉了，记性又特别好，每处地场每条圩面都有值得回忆的往事。但他没有太多时间去咀嚼以往的艰辛，盐场的现在和未来占据着他的脑海，耗费着他的全部时间和精力。

二三圩的滩工真好，池板平滑如镜，沟埝横直如线。路过的人都称赞：这样的滩工，这样的干劲，不丰产才怪！小组工人正在滩上出卤，向格里撒盐种。太阳一升出海面，立即光照满滩，数不清的风车在西南风的吹拂下欢快地转着，发出有节奏的吱呀声，它是人们延伸了的手臂，能按人的意志把水、卤往预定的方向轮转。水泵巨龙似的把吸进肚里的海水，张着大嘴吐出来。海水缓缓地流过滩面，在暖烘烘的阳光照射下逐渐升温，变成浓度日益增高的卤水。清洁无尘的卤水被风一吹，发出亮闪闪的水波。如冰就像运动员来到游泳池前的感觉一样，渴望马上"入水"，让令人神迷心醉的碧水，把自己埋得又温暖又舒畅。

排淡河里经常有局里场里的小船往来。运水船把深井里抽出来的淡水，送到各工区小组供人们食用。河里的水碧清，但都带着咸腥味，如果用来洗衣服，干了发硬，穿到身上又返潮，怪难受的。后勤部门的小船，在生产旺季里，把工人急需的工具、白布、槽桶、长统胶靴等物资"八送上门"。老大在船尾掌舵；腰上挂着葫芦瓢的小孩，用手网捕捉被水波激起跃上船头的小龙虾；在岸上拉纤的两个小伙子嘴里哼着小曲，陶然自乐。看来工业学大庆、人人学雷锋、机关革命化的灌输已深入人心。

盐场食堂是临时季节性的，有人吃才做饭，毫无家底，主菜是腌咸鱼和镇上买来的盐什锦菜，肉蛋已是罕见之物，偶尔出现几点油星的炒白菜即感幸甚。每餐每人定量半斤，有些同志尚觉不足，如冰则要把小石子般的米饭山削去一半。

职工们听说毛主席带头向身边工作人员宣布"不吃肉不吃蛋，吃粮不超定量"的消息，都非常感动，自觉地含辛茹苦，用勤奋劳动去争取将来生活的改善。

正吃饭，工会主席匆匆进来告诉场长说："滩上'失火'了，吃过饭你去看看。"

如冰忙问："要不要通知其他同志去救火？"

顿时引得满桌大笑起来。原来这是一句盐业行话，是指供水不上盐格干了，卤水变红成了老卤，会大大降低盐质。

严书记说："我在二工区也发现有这情况。要各工区干部逐格检查，赶紧补充高级卤。如果制卤实在跟不上，下决心砍掉一部分盐格，一定保证质量。"

盐场的黄金时节来到了！

严书记一早就同坐镇陈港的局长通了电话，气象预报本旬天气晴好，他们决定立即召开全体职工动员大会。六十年代实行的是党委集体领导下的分工负责制，党委挂帅，书记是一把手，大的会议都由书记主持，全局上下唯马首是瞻。

如冰打开对讲机逐一通知各场领导和科室负责人，不消半个小时，全局上下都能家喻户晓。盐场生产工具尽管还十分落后，但整个局、场、工区、小组，都有极严密的现代化通信网络。

动员令一下，绵延几十里的盐滩便开始了轰轰烈烈的夺盐大战。会议开到晚上八点才吃晚饭，场里干部匆忙地喝了一大碗粥，带上几个馒头，便分别下去协助工区发动群众连夜出卤，抢明天的太阳。

路 石

严书记身健体壮，精力充沛，他要如冰吃饱喝足睡好，迎接明天的任务。

二三圩工会组长在饭桌前磨牙，他坚持要书记亲笔写个条，好向场里多要两挂风车蓬和一个槽桶。为了多产盐，大伙都攒着一股劲。

睡梦中传来电话呼叫声，如冰侧耳细听，原来是工区长在和小组长联系，时间是凌晨四点。接着屋后有人吹哨，脚步声、戽卤声，在夜空里发出清晰的回响。

第二天早上，如冰一听哨音便立刻起床，找了个有经验的家属工当师傅。她们来到一个一丈多宽、两三丈深的卤塘沿上，师傅把一根粗大的绳头递给如冰，自己抓住另一头走到卤塘对面。她叫如冰码开脚站牢、直起腰捏紧绳，喊了声"开始！"两人便同时躬身向下，把绳放松，让穿在绳中间的藤萝式戽斗浸入塘内，然后两人一齐拉紧绳头，直腰后倾，把戽斗里的卤水泼向塘外的盐格里去。如此循环往复，发出有节奏的声音。

师傅熟练地戽着卤，不紧不慢地拉呱起来。她说："现在是大晒前期，到高温连晴时节，三点钟就得起床。戽上来的卤经过蒸发，太阳出来时，格里的轻卤就可走下一格了。"她兴奋地回忆说，"大前年天大旱，这儿是特大丰收。听人说黄河都断流了，可海水不会干，扬水站加班加点也供不上，港口的盐垛堆起几层楼高。我们的淮盐色白粒大味鲜，日本人指名要，还要这儿产的对虾。开始大伙不情愿，上级说而今是搞贸易，公平买卖，不是白拿白吃。"

卤水越戽越少，塘越深越吃力，如冰见师傅那轻松的样子，不好意思叫休息，咬住牙，任凭汗水顺着脖子流，继续听她慢慢道来。

"那年盐真多得不得了，把道路都踩塌了，用带卤的泥修路，日头一晒，满地都是盐。这一夏我们也不知流了多少汗，男的晒成了黑人，我们妇女也脱了几层皮，收工回来只想睡觉，躺在床上腰像断了。我那小鬼不是把饭烧得焦煳就是夹生，嘻嘻！"

一塘卤戽完，如冰精疲力竭，差不多腰也快断了。

早饭时，"师傅"特地给如冰送来两块自制的豆腐乳，抱歉地说："累坏了吧，你才来盐场，细皮嫩肉的，不能干这重的活。我光顾说话，竟忘了让你休息。"

严书记看看如冰，嘴角露出满意的笑容："好样的！不过你的任务是弄笔杆子，参加劳动要量力而行，不能拼。其实，知识分子到盐场来，能安心工作就不错了。前年分到局里来一个大学生，在下面跑了几趟，不到一个月就打退堂鼓了，三天两头请假，不是母亲有病，就是老兄发神经，对象要吹，最后来了个不辞而别。别人在他床上捡到一首他写的诗。"他支着颐颊想了想，"诗里这样说，一去二三里，盐村四五家，楼台无一座，四季不开花。"说罢哈哈大笑起来。

窗外还是灰蒙蒙的，起床哨又响了。如冰感到全身酸痛，真想再躺一会儿。只听场长洪亮的声音，在对讲机前向全场职工宣布昨天的生产进度，指出在质量、安全上要注意的问题。她再也睡不着了，起床后便向滩上走去。场工会主席告诫她："不要天天劳动，身体吃不消，到滩上跑跑，了解情况就行了。"

严书记拿着旋子，在结晶池里边操作边教如冰："你看，旋子要轮落匀旋，速度要慢，特别是头一二次，在池的每个角落都要旋到。卤水闪光就开始旋的盐质最好，我和质检员反复试过。漂化的时候旋，氯化钠含量91.71%，如果闪光时旋，氯化钠含量就提高到93.29%。"

他聚精会神地看着如冰操作的旋子，又说："旋盐时要打落表层盐花，趁盐花还是玉色透明的时候搅下去，这样盐花含液泡少，盐粒才能长得坚实。打花要勤，要看风向，由下风面向上风面倒着打，池底的盐就均匀了。"

严书记还讲了许多制卤结晶中的辩证法，兴致勃勃地描绘盐场的未来："每个场都要办一所小学、一所供盐工们淡季学文化的成人夜校；还要建个俱乐部，丰富职工文化生活；建个家属工厂，做工作服和劳保用品，替单身职工缝缝补补；建个养殖场，养鸡养鸭养鹅，改善职工生活；还有……你也帮我想想哪！"说罢又是一阵哈哈大笑。

朝霞初露，一座座揭掉了篾席盖的盐垛，像昆仑雪山似的闪着银光。白天，即使家属女工全部出勤，洒在盐滩上也寥若晨星；但到傍晚，人们都集中在结晶池里收盐，场面就分外壮观。妇女们用丁字形的长柄木刮子，把格里的盐刮成一堆堆的小盐山（当地人叫剟格）；男工们露出粗壮的胳臂，敞开豪爽的胸膛，用几十辆首尾相接的小斗车去把小盐山削平，运到盐船上。小孩们也到滩上来嬉戏助兴。

旺收时节堤上也堆满了盐，雄赳赳的边防战士把堤上越堆越高的盐装上卡车，运往港口的盐垛，他们嘹亮的歌声与工人的劳动号子相应和。高音喇叭广播好人好事，广播员富有鼓动性的热情的嗓音飘扬在盐滩上空。

不知是出的汗还是沾的盐，人人身上都有一股咸渍渍的味儿，晒热的空气和吹来的海风，也带着咸津津的味，热汗热风搅和着晒盐人最熟悉最陶醉的气息。

如冰赤着脚泡在温热的卤水里刳盐，踩着结实的泥土池板像踩在浴池里一样，惬意地听工人们神吹海聊，说说笑笑。休息时，她坐在堤上，遥望外海堤那边永远取之不竭用之不尽的大海，心里涌动着一种甜丝丝的丰收的喜悦。盐有一万四千多种用途，全世界人民一日三餐都离不开它。盐像水和空气一样，平凡而珍贵，它那洁白纯净的晶体，耐人品味，发人深思。

大晒以来，天天红日高照，温度日益增高。在台风、雷雨未袭来之前，为了抓天时，晚上也经常轮班亮灯大干。这个时候，即使亲爹妈来了也恕不接待，滩上出现西施也没工夫去看一眼。

如冰早起习惯了和盐工一样，不忙洗脸刷牙，先扑到滩上去干一阵儿活。眼前是喷薄而出的朝阳，随风转动的风车，由高到低整齐划一的格子滩，漾着满荡荡的清水，在阳光下闪着金色的细波，令人陶然沉醉。然后披着晨露回"家"，去吃那香喷喷的大馒头，饭量也空前大增。

八月的太阳把人晒得焦糊，天空无片云、海上无阵风、滩上无点绿、身边无棵树，不消两个钟头，就觉得浑身滚热。脸和手臂已经二度发红转黑脱皮的白如冰，快要变成黑如炭了。到处是白花花的盐，亮闪闪的滩，在烈日下你害"雪盲"似的头晕眼花，晚上两眼火辣辣地灼痛。她头戴大草帽，颈上缠毛巾，嘴里含仁丹，额角抹清凉油，两手不停地机械操作，任汗水湿透发根、衬衫贴着脊梁，眼望着越来越深的卤塘，心里只想着清凉的泉水和徐来的清风。工人关心地问：累了就歇歇吧！她总说：能行！暗自下着决心，要用行动来证明自己不是娇小姐，而是盐工的自己人。身历其境才使她深切体会到，盐工们豪爽而略带苦涩的微笑后面，蕴含的欢乐中有艰辛、需求和渴望。

理解是友谊的桥梁，她和盐工已经成了好朋友，正如书记预言的那样。

场里开展生产大检查。

吃中饭时，严书记带回一包盐，色白粒大，透明质坚，简直像水晶石一般。他手指缠着纱布，据说是用手扒盐时负的伤。他对场领导说："这是三三圩工人晒的盐，要全场向他们看齐！"他把盐包好递给如冰："送给你家张政委，感谢他对盐场的关心和支持。下午你就别去参加大检查了，专门去了解一下三三圩的情况，总结一下他们的经验。"

黄昏时刻，天边忽然冒出一片浓云，海上立刻刮来五六级的顶头大风，吹得人直往后倾。工区长吹哨要大家抓紧时间把盐收完。那片浓云顺着风势迅速飘向头顶，有人仰起脸来惊呼："哦，下雨了！"

这场雨下得突然、猛烈，并伴有隆隆雷声。如冰还没回到宿舍，黑压压的阴云好似千军万马奔腾而来，炫目的闪电划过天空，狂风卷起尘土，没关好的窗户哐啷啷地响，屋檐下的衣服在绳上飘荡，倾盆大雨顺着脖子流，荒漠的盐滩顷刻锁进了凄迷的烟雨之中。

半小时后雨过天晴，滩里卤水冲刷殆尽，未收完的盐也泡了汤。幸亏受雨面积只限于两个工区范围，其他盐区仍然艳阳高照。几天以后，损失的盐、卤，已向阳光和大海加倍夺回。

下午闷热，广播里传来气象预报的声音，滩上的人立刻竖起了耳朵。莫看这小小气象站，它是盐场生产指挥的最高参谋部，从领导到职工包括家属小孩都奉若神明。

傍晚，几乎整个天空都布满了乌云，这是大面积降雨的前兆。正在做饭、奶孩子的家属工听见广播和哨音，都急忙穿上雨衣和胶靴，拿了工具奔出门去。整个盐滩上尽是蚂蚁似的人群，刳盐运盐，收卤回塘，疏通排水沟道，等等。在盐场，风雨就是敌人，哨音就是命令，大敌当前，人人都要雷厉风行，全力以赴，决不容许阳奉阴违、拖拖拉拉。

严书记是个不知疲倦的人，他刚从滩上回来，又不放心地再次收听了大区气象预报，并与局长联系，了解其他盐场刳盐保卤情况，他望了一眼正在做晚饭的厨房，领导者的责任和重担使他安不下心来吃饭。他交代如冰给他留饭，转身拿起手电就向三三圩走去。食堂赵师傅连忙从笼里抓出两个冷馒头，夹了些咸菜塞给他。

室外漆黑，风在狂吼，海在咆哮。如冰伫立在场部办公室窗前瞭望。直到九点多钟，才见滩上一道手电光闪闪烁烁地由远到近。

严书记一进门，立即要如冰电告现在一工区的场长，马上布置全场工区干部和检查组人员，今晚一律上滩复查雨前工作，保证水、卤全部收回塘内。

如冰走向电话机时转身问："就吃饭吗？"

书记答非所问地道："制盐全靠露天作业，时刻要和大自然斗争，稍一疏忽拖延，就有前功尽弃的危险。工人汗水白流，国家财富毁于一旦，更重要的是会挫了群众的锐气，冷了人们的心。只有抓紧做好雨前工作，才能有备无患。"接着又嘱咐，"我去睡一会，十点半钟准时叫我，还要到点上去看一下。如果有电话可随时叫我。"

书记走到门口，像想起了什么似的"哦"了一声："你也该休息了，把闹钟给我。"

迎面进来的工会主席说："你们都放心去休息，今晚我值班。"

如冰打完电话，回到工棚般的小屋里，继续写三三圩先进事迹的材料。

三三圩原来是个不起眼的小组，书记去年开始把它作自己的"点"，经常在这里了解情况、掌握第一手资料，和工人们研究改进操作方法，总结生产经验。他严字当头，一丝不苟，逐渐把小组培养成为一个过得硬的坚强集体。生产组长蒋道才以身作则，事事带头；工会组长庄龙成关心群众、克己助人；领滩手陈井涛苦干巧干、会动脑筋；有十八年来艰苦朴素、从不缺勤的郁士才；还有个专打硬仗的"铁人"郑志昌……

如冰写好材料，又按书记意见写了个"创五好小组"的通知，发动全局职工开展"学赶超三三圩"的活动。搁笔后她轻松地舒了口气，走向窗前一望，只见滩上星星点点的手电光，随风又飘来工区长"四四圩呀……三二圩"的呼叫声，显示着紧张的基层工作和火热的生产斗争。

第二天早上严书记才从圩下回来，如冰向他汇报早上六点从气象站了解的大区雨势情况。门外已开始降雨，风还未息。

书记看过如冰连夜写好的材料，称赞了几句，便抓了一根生葱，坐下来大口吃饭。他一年四季餐餐不离生葱、蒜，很少患病吃药。

吃罢饭，书记抹抹嘴，满意地说："幸亏我昨晚去复查了一下，到滩上转了一圈，格里的水虽已收完，但沟里还有二十米深的水没收尽。我马上把小组干部找来算细账；太阳一晒这二寸卤水就是盐哪！一条圩有多少沟？该损失多少盐？丢掉怕艰苦怕麻烦的思想，十二点半全组出动，连夜干到下两点。我五点钟起床去检查，确实做到了完全彻底。'三雨'工作关键是雨前，要像大庆人那样，练好基本功才能打硬仗……"

如冰听着听着，竟迷迷糊糊地伏在电话机旁睡着了。书记慈爱地看了她一眼，脱下身上的干雨衣，轻轻地给她盖上。

第二天中午，风稍息，雨渐止。书记和局长通话后，决定召开工区以上干部参加电话会。他向如冰交代说："两点通知，三点准时开。告诉场长科长们，汇报要有情况有分析有打算，又要简单明了，废话少讲。"

如冰通知时，许多人早就等在电话机旁了。干部们都熟悉盐场的工作规律，大风雨后必有总结部署。

会议开到七点半钟，如冰手都记录痛了。内容主要是检查雨前工作、雨中损失和雨后安排，总结经验教训。根据当前天时和职工思想状况，决定短期休整，安排好职工生活；学习三三圩先进事迹，建设五好小组。

雨止天阴，工人们除了修滩，打围墙，拉着小石磙子压格，有空就在家泥房子、搞卫生，到海边捕鱼捞虾，去陈港街上买粮买油买菜。

书记同如冰骑车回局，他在路上说："你这次下去累得够呛，一个多月没过礼拜，从明天起放你四天假，好好休息，安排一下家务，小晖怕认不得妈妈了。"

如冰拖着疲惫的身子走进家门，便一头栽到床上。夺盐大战开始以来，还没真正睡上个好觉，她感到浑身酸困，真想百事不管长眠三日。

睡在床上的小晖被惊醒，睁开眼来看看妈妈甜甜地笑了。在女性眼里，孩子永远是世界上欣赏不够的最精美最珍贵的艺术品。

母亲做好了晚饭。下班回来的张鸿亭见如冰睡得又香又甜的样子，便把爬在床上玩的小女儿轻轻抱了出来说："疲倦有时比饥饿还难受，现在休息对她比吃饭更需要，让她睡个够吧！"

晚上，张鸿亭把一包饼干和一瓶开水放在床头，自己去办公室看文件，在值班室睡觉。

休假第一天，如冰从头到脚大搞卫生，把家里三口人的脏衣服也收集起来，拿到屋后的塘里去洗。下午给家里买了菜和日用品，便到久违的办公室去看看。文件已由工会干事代为处理，只有几份报告需要送给书记阅示，还有总局发来的一大堆学习材料，正好转发下去学习。一本是盐工们口述的场史家史汇编，盐工出身大都贫寒，家史血泪斑斑，除了日本鬼子的烧杀抢掠和国民党贪官污吏、地主盐霸的统治剥削外，还有出没无常的海匪肆虐，对盐民实施惨不忍睹的"十大"奇刑。一本是毛主席写的《人的正确思想是从哪里来的》，她如获至宝，带回家中立即读起来。

休假第二天，她想起严书记有个习惯性的规律，经常要了解职工的思想活动和机关职能部门的运行情况，特别是在决策之前。这次书记去总局开会不知会带回什么重大任务，做秘书的能主动提供一些不好吗？何必临渴掘井？她到所属单位的运销栈、交通站、机械处和职工医院跑了一天，还听到不少合理的建议和要求。

休假第三天，藏在云层里的太阳羞羞答答地露了脸。如冰知道丈夫工作也忙，母亲又有腿病，便向邻居借来炭筛等工具，摆开架势做煤饼。

严书记笑嘻嘻地来找如冰，边帮她筛煤边抱歉地说："又要侵占你的休假了。气象预报从明天起我区受副热带高压控制，将有一二十个连晴天。我提前回来，决定下午开个党委会，分析一下有利条件，发动局场干部下坵，带领职工大战最后四十天。

休假第四天早饭后，严书记看了如冰连夜写的通知，连连点头说："归纳得很好，天时、地利、人和。"转身叫人立刻印发下去，又看了如冰一眼，认真地说，"你孩子还小，就别下去了，局里也需要留人值班。"

"战斗尚未结束，哪能临阵脱逃？"

"连晴天常有雷阵雨。我们盐场地处黄海湾，虽然很少台风过境，也常受边缘影响，带来大风暴雨。"书记提醒说。

"我不怕！"如冰匆匆回到家里，和母亲、丈夫告别，又吻了吻小晖的脸，便背上小包、骑着自行车跟书记下圩了。

收工回来，如冰猛想起严书记说过今晚在蒲港工区开会，便赶快抹了一下澡，吃饭时听人说从屯水库插过去很近，但不能骑车。她见工区房屋似乎就在对面不远，反正天色还早，放开双脚，走！

平日骑车几里路一溜就到，今天三条圩面总走不完。气象预报明日天阴，滩上卤水已经收尽，四处寂无一人，眼前是巨大的屯水库，一条看不清尽头的水艍是用四、五寸宽的木板接搭成的。近日用水量大，加上蒸发快，水艍距水面甚高，走在上面有悬空的感觉，有些木板没钉牢，更是摇摇晃晃。如冰只好把两臂张开，像走钢丝那样保持身体平衡。

落日像一团出炉的铸铁球，逐渐失去四射的光芒，一旦消失在地平线下，天色便顿时漆黑下来。她身子像浸在墨汁里一般，耳边呼啸着海上刮来的阵风，脚下激荡着叮当作响的波涛，不由心里一阵紧张，头上冒汗，腿脚发软，半步也挪不动了，只好坐在艍上歇息。心里思索，盐工水性好，在艍上往来毫无溺水之忧，小孩腰上挂个葫芦瓢，也能自由地在河海里游，自己这个旱鸭子要是掉下去，就一点办法也没有，几天后管水员查水库，才会发现浮出的尸体。想到死，母亲、丈夫、女儿，一个也丢不下。退回去吗？抬眼细望，自己已到了夜色中这条淡黄色水艍的中央，前进后退都一样。对面蒲港工区办公室那盏雪亮的电石灯吸引着她，可能正在开会。她使劲喊了几声，都被左面来的风把声音吹到右面去了。暗黑的天空突然闪了一下，远处传来一阵隆隆的雷声。

怎么办？她想起黎明夜晚过独木桥失足掉到深山沟里，铁旦雨夜单身侦察也曾跌进两丈多深的陷阱。朱人杰在日记里描写他们夜行军的情景：夜色漆黑、炮声阵阵、山势险峻、道路泥泞，一失足成千古恨的危险几乎随时都可发生。自己也要像他们那样做生活的强者，克服懦怯，战胜恐惧，下决心到达彼岸。

风更大了，站立不稳，她把身子伏在艖上，前面双臂抱住艖，后面两腿夹紧艖，慢慢向前爬行。红军过泸定桥不是攀着铁索爬过去的吗？对面还有敌人的炮火哩！哪能像我这样从容不迫？为了忘掉时间，她极力去想小晖那张笑眯眯的脸、卷曲的胎发、黑白分明的眼睛和咿呀学语的小嘴巴。

快到了，唉！还有一丈光景，臂和腿摩擦得好疼，冷风吹着汗湿的衬衫，凉津津的。好容易爬到岸上，一点力气也没有了，她闭上眼睛，只想睡觉。不一会儿，电卷金蛇，天壁炸裂，一声巨雷把她震醒。她拼命从地上爬起身来。冒着豆大的雨点，向工区办公室那盏光明狂奔……

严书记来看望躺在床上休息的白如冰说："记住，晚上切不要一个人单独行动，刮风天也千万别上屯水库。"

从此，如冰身边像多了个影子，工会的小鞠老伴着她。

影子有时也不得不分开。盐务局受条条块块的双重领导，县里有关会议也得派人参加。

有一次，如冰去县里开会，回来时错过了去陈港的部队交通车，她急着要赶回陈港去向局长汇报，找到友邻部队的李政委借了一辆自行车，下午两点出发，估计晚饭前能到家。

她想穿过农场走捷径，不料被劳改犯错指了方向。独自在人烟稀少的土地上转来转去，直到快五点钟才上了海堤公路。这时天色越来越暗，头上像有个巨大无比的半圆形盖子黑压压地罩了下来，海浪汹涌、劲风扑面。归途正当逆风，她双脚使劲往前蹬，车却随风往后退，只好下来推着车走。堤上风沙滚滚，令人睁不开眼，风越刮越大，推也推不动了。

凭经验，风力至少有六级，这种风朝着一个方向，往往一刮就是一昼夜。如冰向周围观察，排淡河对面工区的房子火柴匣似的相距甚远；堤上已无行人，只有一艘小木船停在桥下避风。她去到桥下打听，原来是局里送货返港的船。船上夫妻俩听说是局里的同志，都十分热情，船老大把自行车放在船头，让客人进舱里休息。大嫂子听如冰说在农场转了一下午，估计未吃饭，忙到船尾小灶上去，把尚有余温的小半瓦锅山芋干粥和一碟咸鱼端进舱来。如冰平日闻到咸鱼的腥味就想作呕，今晚吃起来却是美味佳肴。

船老大让妻子同客人睡在舱内，自己拿了一条麻袋，蜷缩在船尾的火炉边。

海堤上的隆隆声把刚入睡的如冰惊醒，她问大嫂："这是什么声音？"

"是部队巡逻的摩托车声音，兴许今晚有情况。"

如冰忙坐起来："我去看看。"

大嫂一把将她按下："不要出舱，外面风正紧。真有特务敢上岸，解放军准能抓到。"

大嫂讲了两起抓特务的故事。

一次有两个偷渡上岸的特务，穿上军装大摇大摆地冒充解放军。只是那个当官的领章上有五颗星，一下就被我们的巡逻战士识破了。又一次是一个自称局长的人，半夜到大嫂舅家去强迫给做饭，嫌菜不好张口就骂，舅妈见他不像是正路来的神，悄悄报告了盐场里的民兵。

风声萧萧，涛声阵阵，浪拍船舷，如漂如荡。如冰联想起了乘轮船出川时，夜枕江流梦绕巴山的情景，加上周而复始的摩托车，一夜未曾合眼。

舱蓬上已透出晨曦，风势有所减弱，隆隆的马达声又疾驰而来。如冰实在忍不住了，轻悄悄地走上船头，用船家的草帽遮住风向堤上瞭望，只见一个挂盒子枪的战士走下摩托来大声招呼："老乡！昨天下午见到一个骑自行车的女同志打这儿经过吗？"

"你是不是问盐务局那个白如冰？"如冰忙答。

"找到了！找到了！"接着下车来的张鸿亭惊喜地喊到，由于激动，声音都有些变了。他是个性格耿直、感情深沉的人，心中自有情和爱，但不蓄到似决堤洪流绝不轻易外露。

原来，李政委见傍晚天色大变，不放心地给张鸿亭打电话询问。刚开完会的张鸿亭听警卫员回来说如冰还没见回家，骑上自行车便出了陈港，机灵的警卫员连忙也骑车跟上。

他们乘着顺风在海堤上急行，已来到盐务局最边远的一个盐场，还没见如冰踪影。警卫员见天已漆黑，返回头又逆风难行，说这样摸黑难找，建议到盐场去借宿，好用电话向沿途单位查询。

大风之夜突然进来两个不速之客，值班同志警惕性极高，客客气气地让座倒茶之后就去请示场长。场长一面热情招待客人，亲自陪同去食堂吃饭；一面要值班员给陈港驻军打电话报告情况，核实客人身份。

团长得知后，立即派出两部摩托，一接政委，一到滩上巡逻。他们在防区内巡了一遍，又仔细查询堤边的农家住户。一老者说：下午有个女同志骑车过小桥，桥板坏了，我见她背着车踏水吃力，就帮她把车送上堤的。

于是缩小范围，在堤上这一带来回寻找。风雨之夜是敌特偷渡的最好时机，一个单身弱女如何对付凶险狡诈的敌人？是否已经出事了？张鸿亭心血阵阵紧缩，他决心生要见人死要见尸。

外婆抱着外孙女，眼望冷清清的里屋，也胡猜乱想，提心吊胆地一夜未睡。天明后她正想去部队和局里打听，忽见女儿女婿双双归来，老人家又惊又喜，竟止不住抹起眼泪来了。

如冰历经风险，严书记实在不放心，那夜台风过境，叫人干脆把她锁在住房里。

如冰在饭桌上宣称：下次抗台抢险，自己一定要经风雨见世面。

海潮正在涨发，焦热的空气几乎点火即燃，这是每滴海水都成银、每线阳光都变金的时刻。气象站再次播放将有恶劣天时出现的警告，满滩的人群都顺从地忙于收盐收卤。

晚饭时阴云压顶，地面吹起旋转的飕飕细风。顷刻间，墨汁样的乌云像排山似的往一处涌集、挤压奔腾。厚厚的黑云终于被撕开一条大缝，亮着金闪闪的白光，随着轰隆隆的一声巨响，狂风呼啸而起，大钱般的雨点铺天盖地直砸下来，激起地面烟尘。电接雷、风搅雨，天昏地暗，宇宙色变，不一会儿就沟满川平，涡流旋转，整个盐滩混沌一片。接着又是一连串撕裂天穹的闪光和霹雳，在又一次裂开的缝隙中，突然笔直地垂下一条"巨象鼻子"，飞快地扭曲旋转，瞬间落到巨浪滔滔的海面，它以雷霆万钧之势，卷起顶天浪柱，掀起拍岸惊涛。

白如冰随严书记乘小吉普直驶外海堤。汽车风驰电掣，路面积水扇子般地向车身两边迸溅，挡风玻璃窗上的雨刷子不断地左右摆动，雨点砸在车蓬上像天上掉下来的子弹，噼噼啪啪地响。如冰想起在气象站见过一份关于台风的资料，上面说：

"飓风，在西太平洋叫台风，在印度洋叫气旋，是在热带地区温暖水域的上空形成的。开始由一个稠密灰暗的云系发展为极低气压，并吸入四周空气。然后由于地球旋转引起的科里奥利效应，以及低气压中心和周围环境间的差异，内冲的空气便以逆时钟方向迅速转动。这不停转动的风壁，由大量密集厚达数公里的雷暴组成，转动速度可达每小时三百公里以上。在风壁里面是一个完全平静的区域，叫作飓风眼。因为眼里气压极低，会把眼壁拉向它，而且拉力越来越强，使眼壁的转速越来越快。科学家根据观察计算出来的风暴位置，其精确度只能保持在一定范围，还不能让台风可能登岸地区的沿海居民都得到十分准确的预报。"

路 石

她转过脸来问书记："今天这风很怪，好像不是台风。"

书记笑笑说："你也在研究气象吗？今天这风叫龙卷风。盐场的天是孩儿脸，说变就变。盐工都很注意看天，要是傍晚出现火烧云，或者乌云下边挂起一条像龙尾巴似的'龙挂'，准有暴风雨。"他嘴里说着，两眼却紧盯着远处的海堤，大声催司机"快点！"

堤内就是盐滩和布满滩上的职工住宅，他们的生命财产受到严重威胁，开车人和乘车人的心情一样，火烧火燎。

用手电组成的一道道光柱，照见堤上人影晃动，来往如梭。除了日夜坚守海堤的驻军和民兵，大批盐工不断从滩上涌来，扛着麻包、草袋、木桩和石块，向堤上冲来。人声水声和运料的汽车喇叭声交织沸腾，犹如千军万马入阵。共同的危难和高度的责任心，把军民胶着一团协同作战。

小吉普在堤上的险段处停了下来，严书记两眼通红，炯炯发光，一把将雨衣帽子撩在脑后，任雨水顺着脖子往下流。他不断地挥着手臂，用简短果断的语言指挥着堤上的抢险大军，俨然是个久经沙场的老将军。

如冰完全忘记头上的风雨、脚下的泥泞和麻袋的重量，抓住一个工人从身后伸来的竹杠，托上肩就小跑起来，心里只有一个念头：保住大堤，保住职工的生命财产！

同一时刻，卢团长在堤上面跑，张鸿亭和局长则带领机关干部和镇上青壮年，为保卫陈港而奋战。

百日夺盐大战已划上圆满句号，全局三个盐场都获得了大丰收。

按盐场老规矩，旺季晒盐，淡季整滩，从天天如火如荼的大战转入了作息正常的休整。盐工们上班修滩、学文化、学政治；下班后捕鱼、捞虾、捉蟹。涨潮前埋个小口坛在沙滩里，退潮后可以抓到掉在坛里爬不出来的螃蟹。海边人最爱吃的是血蚶伴老酒。

如冰回到局里，一连几天都在忙于向总局写书面总结汇报。这时张鸿亭已调师里任政治部主任，通常两个星期回来一次。

不久，严书记告诉如冰，淮北盐务总局决定调她，去向有两个，党委办公室或党委宣传部，据说总局要办张专业报纸，急需新闻干部。书记惋惜地说："本来不愿让你走；考虑到总局离师部近些，好照顾你们夫妻家庭生活。"

星期六，正逢十五月团圆。傍晚，如冰抱着小晖去港口散步，按潮次通航的船已经到岸，却不见伊人归来，她叹了口气：月圆人不圆，总是聚少离多！

岸上排列着整齐高大的盐垛，被揭开了苫盖的盐在月光下发出耀眼的反光。小晖高兴地拍着小手，看叔叔阿姨们忙着把盐装入麻袋，扎上口子，再踩着木板送上船去。如冰不禁想起了屯水库上那个令人胆战心惊的水舣，想起在烈日蒸烤下从大海波涛夺取白雪银山的战斗。要离开了，还想再看看盐滩、看看大海，最好能见到场里的盐工，同他们好好聊聊。

怀里的小晖已安静地闭上双眸，她信步向外海堤走去，满月的银辉洒在一望无际的盐滩和波光粼粼的海面，万籁俱寂，神秘而幽远，令人遐思绵绵。她不禁怀念起部队的战友和报社的同志来，又联想起了那个无言相对的中秋之夜，仰望明月、喃喃自语：

> 往事如梦难回首，
>
> 重寻梦境何所有？
>
> 天涯海角路悠悠，
>
> 恳请明月代问候。

当她浴着月光归来时，发现桌上一封信。听母亲说，是卢团长去师里开会带回来的。张鸿亭在信上说，部队要调一批干部去地方"支工"，加强工业战线，他已被确定调南方省市工作。他要如冰自己斟酌，去总局还是去南方？决定后即回信告知，并表示完全尊重她的意愿和选择。

如冰心里十分矛盾，来陈港，放弃了从事多年苦学苦钻的新闻专业；在盐场，好不容易深入实际，熟悉情况，才刚刚摸到点规律又要离开，岂不是一腔心血总付东流？

过了两天，母亲见她仍然犹豫不决，忍不住发话了："我说如冰呀！古话讲秤不离砣，公不离婆。组织上定了要他往南，自是不能跟你往北，他心里肯定不愿你到总局去，只嘴上不好说。这回他到地方上去，总算真正安家了，你要不跟他去南方，这辈子就是两个家。"

在去向问题的节骨眼上，老人家一锤定了音。

（十）

白如冰一家乘坐在南下的列车上。

微带起伏的车厢和有节奏的隆隆声使人昏昏欲睡，告别陈港的一幕仍在她脑子里萦回。众多的话别和祝愿中，严书记意味深长的话更使人动心，他紧握着如冰的手说："别忘了我们！"风中飘拂着他花白的头发和父亲般慈祥的脸。

路　石

　　恍惚中她好像又闻到了那股熟悉的热烘烘、咸津津的味，看见了一张张纯朴憨厚的脸和闪亮的汗珠，看见了女工们黝黑脸上明眸皓齿的微笑。这些远离城市和现代生活的普通劳动者，为人民需要向阳光和大海夺取"英雄之食"的勇士，为社会创造财富的国家主人翁，谁能忍心把他们遗忘在海角天涯？

　　老小四口安全抵达红色老根据地繁华的首府。刚从边疆来的张鸿亭，不知是警惕"霓虹灯照花眼睛"还是畏惧"三大火炉"城市之一的熏烤，当省委组织部长问他是否愿意去省工交政治部时，他竟提出愿到小城市的基层去从头做起。部长用尊敬的眼神端详着这位老战士，亲切地说："好吧！让我们联系一下再通知你。一路辛苦，好好休息几天，到市内玩玩。"

　　组织部的同志到招待所来告诉张鸿亭说："平市是工人运动的发源地之一，刘少奇、李立三等中央领导曾在那里的煤矿工作过。该市有个历史悠久的省属厂需要党委书记和组织科长，你看适不适合你们夫妻去那里工作？"

　　张鸿亭满口答应，白如冰也表示服从组织安排。他们只瞻仰了几处革命旧址，便又踏上了去平市的列车。

　　下午，身载重负的列车喘着大气进站，拥挤的出口处一面高举的纸牌上写着几个醒目的大字：请张鸿亭书记全家到此上车。来迎接的厂长也是个转业军人，性格爽朗，一见如故。他们乘车去市里接转组织关系，路过市人武部时，张鸿亭想起有个老战友在此工作，决定顺道去看望一下，晚饭前一定赶回厂。

　　如冰和母亲、小晖随厂长先走。十分健谈的厂长在车上不停地问长问短，介绍厂里概况。小车在厂门口戛然而止，走下车来的如冰和恭候在车旁的一个男人，正正地打了个照面，彼此都像见到了前世冤家，惊诧得说不出话来。

　　如冰本以为离开娄市那块令人伤痛的土地，就可再不要见到斗争和仇恨了；想不到由南到北、由北到南仍然狭路相逢，难道还要再来一次较量？是祸是福？结局如何？令人深感不安。

　　厂长见如冰发愣，便介绍说："这是办公室的曹秘书，听说你们来，他忙一整天了。"

　　曹流很快恢复平静，连忙接口说："我们是蒸笼里伸出的头——熟人。想不到在这儿又见到老战友，真有缘分，太巧了太好了！"并立即表现出战友重逢的热情，满面笑容地握住如冰的手。

　　唉！世界上有多少难握的手要握，如冰又一次看到一张热切的脸，听见他亲切地称自己为老战友。联想起离开报社那天，去向顶头上司作礼节性告别时，曹大主任看着报纸，头也不抬地从牙缝里挤出两个字：再见！其声音和表情都冷得足能冰镇一箱啤酒。

曹流殷勤地把老小三口送到厂招待所，寒暄的话题很快便枯竭了，借口不影响她们休息便匆匆地退了出来。他脸上一直挂笑，心里却连连叫苦，在报社自己和她虽不是火水难容，许多事上也是针尖对麦芒。那时她是自己部下，而今她管干部，丈夫又是一把手，要是宿怨难消，自己肯定会被穿小鞋，得夹紧尾巴小心侍候。

他到食堂检查，酒菜均已备好。忙去告诉如冰，只等书记一到，立即开始用餐。这时他又想起书记办公室的茶几上如果再放上一盆鲜花，将会满堂生辉，立刻去会议室选来一盆摆上，然后拿起鸡毛帚又扫了一遍已经洁净无尘的桌椅。

突然下起雨来，他焦急地在室内踱着，思绪纷繁地考虑着今后的对策。不一会儿，抬头见一中年男子闯进办公室来，身穿旧毛线衣和一条旧军裤，手里捏着一件淋湿的上衣；裤脚卷到膝盖，光着脚丫，腋下却夹双新布鞋。曹流眼见那双泥脚在干净地面上踩出不少泥印，气得吼道："鬼打昏了不是？怎么闯到这儿来？"

这人盯着曹流纹丝不动地问："厂长呢？"

"厂长忙着哩，没时间！"说罢把手一挥。

"请你领我去见厂长。"

"讨嫌！谁有时间和你磨牙，快滚！"曹流怒不可遏地使劲把来人往门外推。

这时正好厂长陪白如冰向办公室走来。如冰见天色已晚，还不见丈夫的影子，想打个电话去武装部询问一下，瞥见曹流和张鸿亭推推拉拉，奇怪怎么丈夫一进门就和人家闹矛盾？当着厂长不好怨怪，只皱着眉头说："你怎么现在才来？快去洗脚换衣服。"说罢拉了张鸿亭就走。

厂长瞪了曹流一眼："你干的咋个好事！"

曹流的脸顿时红的像害一百度寒热的病人，一只木鸡似的张了张嘴，不知说什么好。

正在洗脚的张鸿亭解释说："我不要老战友用车送，自个赶班车到镇上的，又碰上下雨，就耽误晚了。那个同志真厉害，不让我进办公室，硬给推出来。"

如冰笑道："东方不亮西方亮，你就到其他地方去问问嘛！那个同志就是办公室的曹秘书，人家热情接待，安排住处，听说忙了一天。刚才招待所的陈

路　石

大妈讲，为欢迎你这个书记，小食堂做了两桌，十几个菜，高级酒，人已到齐就等你。幸好雨停了，我去叫婆孙俩一道去食堂吃饭吧！"

张鸿亭摆摆手说："别忙！"他穿上鞋子，若有所思地自言自语，"两桌酒菜，十几个人作陪，让厂里也就是职工白白花掉一笔公款，为了欢迎我这个书记？"他倒掉水转身对如冰说，"这个宴我们不能赴。你请陈大妈在职工食堂替我们买三份菜一斤饭到这儿吃。住处未安排好以前，你买点菜饭票，从明天起我们到职工食堂排队买菜饭。"

如冰平静地说："我赞成明天起到食堂吃饭。但今晚人家已经准备好了，新来乍到何必把关系弄僵。我和妈妈小晖可以不去，你就做个代表嘛！"

"我不去，要派代表就你去！"张鸿亭坚决地说。

小食堂里，党政工团和科室、车间负责人全部到齐，鸡鱼肉蛋五光十色热气腾腾地摆满桌上。曹流穿梭似的忙着招呼，又自献殷勤地到招待所去请，好候机向书记赔礼道歉。路上见陈大妈提着菜饭回去，一问原因心里冰凉，估计去了会计个没趣。原想没有猫儿不爱腥、没有领导不爱捧的，自己苦心设计的欢迎盛宴，谁料这"土包子"竟不买账。他急忙回去告诉厂长，说书记已在食堂买了菜饭，肯定不会来了。

厂长寻思，书记是部队多年的政工领导干部，有着长期培养的艰苦朴素作风，此举很可能是对公款吃喝的无声抵制。他把曹流叫到外面低声说："我看这餐饭就别吃了，把酒菜退回食堂作价出售，刚才来的人可以自由选购。我晚上去看书记，再决定什么时候召开会议汇报情况。"说完转身走了。

曹流收拾好自己导演的这幕喜剧，买了一份小炒肉，边嚼饭边想，不知此人是什么脾性胃口，要不要修改昨晚开夜车写的汇报材料？是多讲点书记来厂加强领导的重要意义呢还是多讲点厂里的大好形势？

昨晚张鸿亭和厂长商量，上午厂长继续去处理那件未完的工农纠纷，自己先到车间看看，下午再召集有关人员谈谈情况。

张鸿亭多年来有早起跑步的习惯，他围着厂区跑了一圈，见临街的围墙和机关、车间出入口都写着"热烈欢迎劳苦功高的党委书记""用优异成绩向书记献礼"等颂扬标语，心里很不是味。

如冰同陈大妈到食堂买来馒头、小菜和稀饭，刚吃完饭就见曹流走进门来，谦恭地说："听说书记想先到车间看看，我已通知各车间主任到厂办公室等候。住房已收拾好，如果今天就搬进去，可找几个工人来，我也帮着料理一下。"

如冰忙说："搬家的事就不要再麻烦你了，只有那么点行李，请陈大妈帮我一下就行。"

"车间主任都回去抓工作，那些欢迎我的标语一律抹掉。"张鸿亭说。

"那就我陪书记到车间看看。"曹流满脸堆笑。

"不用了。你忙去吧！"

"总得有个人领路哇！"

"我身上有腿，鼻子下有嘴。"

马屁未拍上，一向巧言善辩脑子灵活的曹秘书也有点不知所措了。

为了不惹人注意，张鸿亭从工厂后门进去，首先来到包装车间。这里是清一色的女工，他们灵巧地把电瓷瓶用稻草逐个包好，整齐地码在竹篓里。装卸工正在把篓子背上汽车，一个青年工人把篓子重重一丢，只听得喤嘟一声。张鸿亭心疼地说："这不摔坏了吗？"

"谁叫她们不码紧，怪得我？"青年翻了翻白眼。

张鸿亭转到检验车间，工人们把瓷瓶拿在手里逐个观察，有的放进篓子，有的又喤嘟一声丢进废品箱。张鸿亭问："打掉不可惜吗。"

"没用！花面、铁质、釉泡，歪颈拐脚的谁要？你看外面那堆，几年了。"工人向门外努努嘴。

张鸿亭抬头望去，只见坪里一堆小山似的瓷瓶，底层已长满青草。坪的另一头堆的煤渣，颜色还很黑，大约烧了七八成光景，几个家属小孩在煤堆旁捡黑炭渣，听那妇女说："很好烧，家里不用买煤了。"

不远处一个老头在废墟中挖砖。他走上前去和蔼地问："老人家不在家里歇歇，挖这砖头做啥用？"

老头撩起袖子擦了把汗说："我们是几十年的老厂，窑子建了拆，拆了建，废窑的这些耐火砖都埋在地下了，很可惜。我已退休，儿子媳妇都在厂里，趁这把老骨头还有点劲，有空就来挖挖，给厂里节省点修窑买砖的钱。"

张鸿亭称赞道："你老做得对，全厂职工都应该感谢你。退休后日子过得舒心吗？"

"日子过得还可以，厂领导对我们也还关心。只是有几个败家子总拿公家的钱往大河里仍，我看不惯叨咕几句，还说我是倚老卖老、狗拿耗子多管闲事。"

张鸿亭走进有几个巨大圆窑的烧成车间，见两个热汗淋淋的小伙子在茶桶边一碗接一碗地喝水，便笑道："别把肚子撑破了。"

小伙子对他打量一番："你同志好像是坐办公室的，哪知道这活的苦，窑里蒸笼一样，我们流的汗可不止这两碗水。"

这时几个出窑的工人正满头大汗地端着大瓦盆般的钵子从窑里出来，放在地上又转身奔了进去。张鸿亭见钵里是烧好的电瓷瓶，奇怪地问："为什么不让窑里温度降低了再进去？"

"从一千多度降到七八十度已经够等了，窑子周转不过来呀！要等完全降温又点火升温也费煤。"年龄大的工人说。

"要像景德镇那样的隧道窑就好了，这边进生坯，那边出瓷瓶，人不用进窑，也不停火点火，又能避免窑里的'倒窑'事故，提高成品率。"

旁边的窑工正在装坯。张鸿亭问："这一钵子有多重？"

那个工人答非所问地说："人家说我们烧窑工粮食定量太高，哪有这么大肚子？同志，你试试看，光这空匣钵我老婆就端不动。要是肚子吃不饱，干活哪有劲？"

站在窑前作点火准备的工人，举起手里一根七八尺长的粗铁钩说："光舞弄这通条通钩，我一餐就得八两饭。"

"他比薛仁贵还能吃，妹仔都不愿嫁他。"霎时引得人们哈哈大笑起来。

张鸿亭转到一间小办公室，梳着小辫的姑娘在聚精会神地画进度表。原来是成型车间，生产不错，箭头直线上升，便问："小同志，你们车间主任呢？"

姑娘眨眨眼："你找长子么？他有空就钻到组里去了，可能又在压坯。"

张鸿亭夸了一句：参加生产领导生产好！就转身跨进一个十分宽敞的车间。这里是流水作业，压坯、抹头、烘坯、补水、上釉一条龙，除了钢丝成型的压坯机和轮转的上釉机属半机械化外，其他都是手工操作，用板车运输。女工们用大软毛刷给烘干的瓷坯浇水洗涤，有些就随手往废品箱里扔。张鸿亭问："为什么不要了？"

女工笑笑："不合格。坯子刚压出来，泥是软的，有的没注意放正，有的指印太重，加上板车运进烘房时没放平，就变了形。现在打掉，原料还可以练了再用；如果烧成瓷瓶，就只好送上废品山了。"

"有什么办法解决呢？"

"现在只能靠手轻眼尖，心里想着质量，要能改成皮带运输的流水线就好了。"

原料车间响声最大，翻滚着的球磨机里，实心瓷弹重重地敲打着瓷泥。练泥机伸着长长的嘴巴，吐出已经练好的圆形泥柱，坐在它面前的工人不停地把圆泥柱截成小段，送往成型车间。

张鸿亭请教如何清除瓷土中的铁屑等杂质，以保证提供合格原料的问题，工人们都毫无拘束地谈了自己的意见。

这趟走马观花的车间漫游，给张鸿亭留下了对全厂情况的轮廓印象，初步有了对电瓷生产的感性认识，开始接触了职工并发现了一些问题。

曹流这一年工作深得厂长青睐，又亏得有市劳动局科长姐姐的庇护，以往在婺市的丑行，厂里竟无一人知晓，就同参军前的身世一样，成为另一个永久的谜。尽管职低位卑，倒也安全自在。

自从来了白如冰，他心里那根平安无事的弦一下咯噔断掉，深怕姓白的在丈夫面前抖出他在报社的所作所为，并以其人之道还治其人之身。糟糕的是第一天就开罪书记，看来这个太行山的"土八路"是个不沾油盐的玉米棒子，还是硬着头皮先和尊夫人搞好关系。

曹流多次上门向老人家问寒问暖，询问如冰别后情况，称赞她的品德和才能。而对自己情况只轻描淡写地说，我和莎莎感情不和离了婚，很苦闷，叔叔一家在这儿工作，才写信叫我来。反正我对报纸也外行，你是知道的，所以也想换个环境。他表情诚挚地望着如冰，祈祷似的说："我们盼望的好领导终于来了，我愿意在张书记领导下竭诚工作，希望我们之间能走过一条从误会到理解、从矛盾到合作的路程。"

如冰很想了解，他是个官瘾很重的人，为什么放弃编辑部主任的位置而屈尊当厂办秘书？是否另有隐衷？转念一想，彼此并不存在那种推心置腹的友谊，未必肯直言不讳。现在丈夫是厂里一把手，决不能因自己的爱憎好恶而影响他们的上下级关系；再说此人过去虽有恶行，但看他的今后。为了消除曹流对自己的疑虑，坦然一笑地说："过去的就让它过去吧，一切重新开始。"

如冰发现曹流对家里人十分热情关心，但见了张鸿亭总是心事重重的样子，便劝丈夫找曹流谈谈，免得他为来厂那件事耿耿于怀，影响工作。

张鸿亭也正想和曹流谈谈。这段时间，发现曹流工作漂浮，捧上压下，工人对他颇有怨言。一次会议后，他示意曹流留下，轻言细语地说："来厂那天发生的一点小误会算不得什么大事，我不介意，你也别放在心上。你工作积极热情，不拖拉，考虑问题也还周到，对办公室工作熟悉，有一定能力，这是你的优点，要保持和发扬。不足地方是缺乏深入扎实作风，你做过军人，部队搞训练如果只图花架子，就经不起真刀真枪的战斗，现在搞建设也同样要经得起检验。还有，工人是国家主人，是企业主体，各级干部都是为群众服务的公仆，这个位置不能颠倒。来自工人群众的意见不仅要听，而且要主动征求，即使是牢骚也自有他的理由和原则，不能简单顶回去。办公室工作和各方面都有联系，更要树立群众观点，走群众路线。"

曹流红着脸连连点头，感谢书记的关怀和教导。出门时张鸿亭又嘱咐："卫生所的补药酒是给病人用的，你怎么让他们给我送来？回头你替我送回去吧！"

曹流把书记家两瓶药酒带回房内，倒了一杯，边喝边想心事。在报社本来春风得意，青云直上，可恨莎莎这泼妇，抓住我和漂亮妞的一夜风流，闹得我名声扫地；岳母娘雪上加霜，一张邮票又断送了我的前程。

他脑子里重新闪现出那个终生难忘的星期天。莎莎妈满脸怒气地走进房来，把手里材料啪的一声丢到桌上。曹流小心翼翼地拾起一看，是他原来所在部队给干部科长亲收的调查回函。信中说，某年某月某日只开出过参谋曹流的组织介绍信，因遗失已照补，而文化教员曹流复员前并非党员。曾有复员战士向部队写信，揭发有个教员在一次战斗中冒领烈士军功。经查该教员即曹流，因不知曹流去向，无法撤销其冒领的军功。此人既在贵处，请酌情处理。

曹流看得心惊肉跳，扑通一声跪到岳母面前："妈，我好歹是你的女婿，求你高抬贵手，包涵这一次吧！"

"人贵有自知之明，你这女婿还是自动辞职的好！"莎莎妈铁青着脸起身走开。

他又跪在莎莎面前苦苦哀求。他们的结合本来爱情含量极少，绝大部分属于等价交换的商品，而今真相败露，曹流的价值已下降为零。她正后悔错把盐罐装油、凤凰配了泥鳅，见曹流一副苦脸，便没好气地啐了一口："你背叛我、欺骗我，还有脸来求我！去找那婊子吧，我可不愿一辈子做骗子的老婆！"

一星期后，梁书记在大会上宣布了上级组织关于曹流伪造历史、腐化堕落的处分决定：取消党籍和一等军功，撤销党内外职务及干部待遇，下放石门农场劳动。

处分决定念完，编辑部同志立即燃起了"送瘟神"的爆竹。当天莎莎也利索地与他办理了离婚手续。一阵心乱如麻的恍惚之后，他猛想起养父有个弟弟在平市工作，娶妻安家，便给叔叔写了一封极其委婉动情的家书。

受处分的事像张狗皮膏药，牢牢贴在他的心上。万一白如冰起了疑心，去信报社调查，岂不真相大白，又无容身之地。他恨恨地端起酒杯一饮而尽，拿起酒瓶斟酒时又想起了刚才不愉快的一幕。这个张书记比梁书记更难对付，什么也瞒不过他的眼睛，工作过于认真，连开会迟到几分钟也不行，动不动就提到原则高度来分析，什么党的事业、群众路线，高调唱不完。唉！身在矮檐下，只好暂低头，能屈能伸才是大丈夫。

同一天，白如冰来到总务科。

"黄科长，市里转来一份退休工人的申诉信。我不了解情况。听说你当时曾调查过此事，请你提提意见好吗？"白如冰说。

总务科长黄天良，阅多历广，善观风云，待人接物有一种目的性很强的热情，要说时口若悬河，不说则噤若寒蝉，表面平静如水，谁也看不清他心底的漩涡，是个人中之精，四十来岁就已秃顶，外号"绝顶聪明"或"聪明绝顶"，他的头脑堪称一部运算自如的机器，专门生产阴谋和诡计。

他瞟了如冰一眼说："是老韩告曹流两口子的。不是已经处理过了吗？那次仓库是自然起火，与保管员无关。"

"信中提出许多问题，认为处理有偏差，特别是对检举者作诬告不服，你了解当时情况究竟真相如何？"

黄天良脑子飞速转动，手却悠闲地拔着胡子。也许拔胡子能挽留逝去的青春，又能掩饰内心的活动。胡子根带着肉，略有黏性，利用那点黏性一根根黏到纸上，记录下丰硕战果。这时他歪着脖子，左手摸下巴，右手使劲拔下一根胡子，漫不经心地说："曹流夫妻来厂工作，是我经手办手续报厂长同意的，那时我在劳动科。曹流这一年里表现不错嘛！失火问题的调查处理有好几个部门参加，我只跟着跑了两次，时过境迁，具体情况记不清了。我有失眠症，请原谅我记忆严重衰退。"他站起来踱了两步，转身说，"如果你认为有必要重新调查的话，你就办吧！你们刚来，看问题会比我们客观。"

对方猛然把石头扔了过来，不接会砸脚的。如冰起身说："好吧！对于来自群众的意见和要求，我们有责任把情况弄清楚，对申诉者也应有个交代。"

如冰隐约感到，黄天良所庇护的曹流夫妻在火灾中是有重大责任的，但在拿不出事实和证据的时候，法律对正义和邪恶是同一张面孔，冷峻而平静。组织科会同保卫科，分别找厂内外有关人员调查核实。已调走的另一保管员和电工，提供了关键性的证明材料。

情况是这样的。市劳动局介绍曹流来厂做工，本人提出愿到厂办公室搞杂务。因其能写会说，主任又患肝炎常年住院，厂里把他提为以工代干秘书。

路 石

不久，其妻姚氏也作为家属工安排守仓库。烧窑工兼安全检查员老韩和电工发现姚氏在仓库用电炉做饭、烤衣服，曾给予过劝告。星期日老韩见曹流杀鸡，却不见灶下生火，姚氏值班，家里无人。老韩晚上睡到床上很不放心，便到仓库去看，见库门已锁，窗口却亮出火光，一堆擦机器的碎油布正熊熊燃烧，忙去叫醒住在库旁的另一保管员，回头边跑边叫"救火！"自己先打碎窗玻璃跳进去，抓住竹扫帚打火，火星直往外溅。隔壁是汽车库，他猛然想起刚才跳窗时，瞥见门口一个汽油桶，地下洒了许多油，如着火爆炸，仓库车库都保不住。他让保管员在里面打火，自己赶紧跳到窗外，见地面已着火，忙把油桶倒横，拼命往外推，衣裤全着了火。附近职工听见喊声和油桶滚动声，纷纷赶到仓库，才把火熄灭。老韩却被烧伤，住院治疗后，双手呈鸡爪形，丧失劳动能力，提前办了退休手续。

厂里调查失火原因，老韩听检查现场的电工说，电炉、电线烧坏，但墙上电插头未拔，估计是值班的保管员用过电炉。曹流却矢口否认，说老韩是蓄意诬告。在黄天良祖护下，结论为自然起火，并将电工和另一保管员调出厂外。

老韩爱人无工作，一家四口生活较为困难。自己舍身救火落个残废，肇事者逍遥法外还反咬一口。这冤枉气实在咽不下，便叫高中毕业的儿子韩笑向市里写信告状。

张鸿亭看了老韩的申诉信和组织科保卫科联合调查证明材料后，找曹流谈话。

"退休工人老韩的问题是怎么回事？"

"作工伤处理，按月发给退休金。"

张鸿亭从抽斗里拿出老韩的申诉信放到桌上，缄口以待。

曹流惊异地望了一眼："是仓库失火的事？"对他来说，这是一根卡在喉咙里的骨头。

张鸿亭依然不做声。

"怎么，他想翻案？"曹流警觉起来。

"你把仓库失火经过与处理情况，以及你现在对此事件的看法，写个材料给我。"

"保卫科有文件资料可查。"

"你对此事最清楚，我想听听你的意见。"

党委会上，张鸿亭提出重新讨论仓库失火问题。由厂长召开行政会议，根据事实重新作出正确处理并报上级批准，给老韩发奖状和营养费，儿子韩笑顶替入厂，在工会搞宣传工作。姚氏承认确系用电炉炖鸡，后来停电，忘了拔插头，因态度较好记过一次；曹流始终隐瞒实情反诬好人，记大过一次。黄天良徇情包庇，给予大会批评。

全厂职工舒心满意，只有曹流、黄天良疙瘩难消。

曹流在报社因何削职为民？在白如冰脑子里成了一个难以破译的密码。

厂长是个四十多岁的中年汉子，黝黑脸上带着和善和诚恳，声音洪亮办事快速，听人讲话时很有耐心。他在厂工作多年，熟悉瓷业，全厂有多少马达、放在何处，都一清二楚，只是健康不佳，常年高血压，工作中阻力甚多，深感力不从心。张鸿亭坚韧不拔的性格和大胆果断的作风，使他打心眼里佩服，两人配合十分契合，雷厉风行地推行"两参一改三结合"，改进经营管理，革新工艺流程。张鸿亭经常到最脏最累的班组去参加练泥、切泥、压坯、出窑。白如冰则到女工堆里去参加补水、上釉、削头子和包装瓷瓶。

如冰和在盐场一样，有空就下基层。除参加劳动，还参加小组学习，上门家访，从不同的渠道真实地了解工人们的心声。她有一颗善良的心、大姐般的热忱服务和小媳妇的容忍态度。职工有疑难都愿意来求教，夫妻打"官司"，也来找她评理，往往几句话就能把人们的心锁打开。

张鸿亭是家里不管干部，白如冰只奉命采购，由小晖外婆统管经济筹划吃穿。老人家在旧社会吃过不少苦，富于同情乐于助人，许多职工家属缺钱缺粮缺穿，就直接来找"外婆"。她和女儿一样总是慷慨解囊，后来干脆把存折交给财务科管储蓄的会计，由她代为借钱付款。全厂职工都知道书记家有个好外婆，许多年后职工们还一直怀念着她。

如冰一家经常助人，但自奉甚俭。厂长爱人来家串门，见老人家在补一双粗棉纱的绿色军袜，提起一看不禁伸伸舌头："外婆，你打的是第三代补丁了，谁的？"

"小晖爸的。部队发的这种双纱袜很结实，我看袜筒蛮好。"

"后跟和脚尖都破成这样，很难补哇！"

如冰插嘴说："我妈是勤俭治家能手，年轻时给人做针线，很会旧改新。"又随手拿起桌上一件小衣服说，"你看，我的衬衫领边袖边脚边都破了，她挖出中间好的给小晖做；袜子后跟脚尖破了，剪掉一段上个底；床单中间破了，从中间剪开把两边又对缝上，她每天总是手不得闲。"

"打补丁的袜子，张书记会穿吗？"

"会穿！打补丁的内衣内裤都穿。他很看重老人的劳动，就是因为不愿踩坏那双新布鞋,才光着脚丫子进厂,弄得一副狼狈相。"如冰给客人倒茶时又想起了往事,"我和老张认识以后,他给我的第一印象就是作风朴素、生活节俭。星期天部队同志上街都穿便装,他每次都穿那件染成蓝色的旧军衣。人家谈恋爱上戏院上馆子上百货公司,他领我到郊区看庄稼访农户搞调查。饿了,到城墙根的小食品店去,同搬运工人卖菜农民一起吃'福建羹'。他说那里价廉物美,又接近群众,可以听到许多办公室里听不到的新闻。"

老人家接嘴说:"他这人倒好,不讲穿也不讲吃,早上有几个馒头、晚上有碗面条就行了。部队发的两套呢军服呢大衣,一直放在箱子里,他说穿上脱离群众,劳动也不方便。我要如冰给他做两套好衣服,又不肯,说旧军服还没穿坏。"

如冰笑道:"他的理论是由俭入奢易、由奢入俭难。国家还穷,艰苦朴素不能丢,从个人来说,俭以养德,奢则至贪。"

厂长爱人说:"和我们那口子差不多,当兵的好像都一个德性。告诉你,我们工人很喜欢听张书记作报告,他们说书记肯定是个大学生。"

如冰想起第一次见面时,张鸿亭那副腼腆不安的样子,单独在一起又像个启蒙入学的新生,一声不响地等待老师的询问,谁能设想他会在大庭广众中作报告。忍不住笑道:"什么大学生,是个放羊娃。以前他经常在我面前自称大老粗,后来我在衣箱底层发现结婚前他在速成班学几何代数的作业本,还有在北京军委政治学院进修一年半的毕业证书,我说祁建华和莫文骅早已替你脱帽加冕了,这才丢掉了我是大老粗的口头禅。在箱子里还藏着一大堆纪念章和军功章,我从来没听他说起过自己立功的情况。"

老人家带着满意地赞许说:"我一来就看出他是个说了就做、做了不说的人。"

曹流曾在背后议论说,张书记不肯在合理范围内改善自己的生活,不了解手中权力的价值,忘记了我们已进入社会主义社会,还把艰苦奋斗奉为信条,何苦跟自己过不去?

正是张鸿亭的严格自律和高尚情操,赢得了全厂职工的敬重和信任;也只有与人民同甘共苦的人,才真正懂得什么是共同富裕和社会主义的深刻内涵。

星期天,厂长六岁的小儿子斌斌拿着风筝来和小晖玩,在房里碰来碰去怎么也飞不起。张鸿亭说:"房里没有风,要到野外才能飞。"斌斌无论如何要张伯伯带他去放风筝,小晖也缠住妈妈要出去玩。

微风拂面,天色蔚蓝。斌斌拉着风筝跑,飞起又跌下,嘟着嘴生气。张鸿亭接过风筝跑了几步便迎风而起，越飞越高，孩子们扬起小脸，高兴得又蹦又跳。

　　摇曳的风筝触动了如冰久已忘怀的童趣。儿童既是昨天的历史，又是明天的世界，没有任何一种人生不是从儿童开始。人们步入成年之后，都极力抛弃童年的稚气而让自己变得庄重老成。实际上，人要失去童心，便会失去淳朴自然机敏的性格，失去对他人的信赖和对生活的坦荡胸怀。

　　小晖高兴极了，抱住坐在草地上的妈妈亲了又亲。如冰脑子里突然闪过记忆深处美美的笑脸和那颗晶莹的红豆，她赶紧斩断回忆，用手搓了搓脸颊，回头见张鸿亭把风筝交给斌斌，也坐在草地上笑眯眯地逗着小晖玩，不禁感叹地说：“工作需要我们付出主要的时间和精力，但也可以在繁忙的工作之余找到一些欢情逸趣。如果不真正和孩子结成忘年之交，就无法摆脱工作带来的紧张情绪，看你鬓上都有白发了，只有孩子能使我们焕发青春。”

　　“我这一生忙忙碌碌，还没时间认真回顾一下自己就老之将至。”张鸿亭望着飞向白云丛中的风筝，“我觉得周围好像也有一群各式各样的人围着，有的曲意奉承唯唯诺诺，有的能言善辩老谋深算，有的当面言欢背后捣鬼，有的鸡肠鼠肚撒野骂娘。当然也有睿智豁达勇敢诤言的，可惜太少，也许还未深入发现。”他轻轻叹了口气，“山可以测，海可以量，唯这人心，近在眼前也难看透。曹秘书表面精明能干，服从领导，骨子里似乎有发霉发臭的东西。他不是和你在军大同学吗？这人究竟怎样？”

　　“才有一点，德不行。人有不同气质，刚气豪气才气，但都要有正气。你对他要留心观察，采纳他的建议时必须慎重考虑。”如冰没有提起曹流在报社的嘴脸和自己的怀疑，她从没听过丈夫像今天这样咏叹人生，可见地方工作比部队复杂，他要考虑的问题很多，何必再分散他的精力，增加他的思想负担？即使曹流在报社犯了大错，一撤到底，说明已受到应得处分，何须去揭人疮疤？加上他最近又犯了大过，再去查他历史，会认为我挟嫌报复落井下石，今后书记与秘书之间更难相处。

　　“厂长告诉过我，有些干部政治不懂业务不精，心胸狭窄报复心强，喜欢窝里斗，借运动整人，与团结一心搞好生产办好厂子的要求相距十万八千里。我也感到最难做的工作是处理人际关系，最浪费时间的是毫无大局观念的内摩擦内消耗。本地干部中好像还存在一种狭隘的盲目排外情绪。”张鸿亭继续谈感想。

　　张鸿亭望着如冰动情地说：“你是我的终身伴侣，也是最亲密的同志和战友，要经常监督我提醒我，不要所疏则削其长、所亲则饰其短。堕落的危险随时都有，应百倍警惕：志高行洁是共产党员的题中之义，需要我们花力气去毕生追求。"如冰默默地点着头，心里发誓：这样的丈夫，我要天长地久，永远把他伴随。

厂长脑溢血猝逝，张鸿亭如失手足，伤痛万分。市里任命书记兼厂长。张鸿亭担子更重工作更忙了，每天屁股不沾凳，下班后还路上有人拦、吃饭有人找。他像焊条一样，为了弥补时间的缝隙，总是慷慨地献出自己。

老母亲常嘀咕：人不是钟表日夜不停，钟表上紧了也会咔嚓崩了呢！你就是一条龙，也挑不起整片天哪！

吃饭时如冰说他："你快变成辛辛苦苦的事务主义了！几千职工，上百问题，老这样被动应付不行。牵牛要牵牛鼻子，抓主要矛盾嘛！"

张鸿亭亲切地看着比他小几岁的妻子。的确，他们既是革命伴侣，又是知心朋友，工作疲劳时，回到家中就觉得恢复了活力；遇到难题时，她几句话正好启发自己的思路。他感到妻子能理解自己，理解本身就是一种力量。对！千头万绪要抓主要矛盾，厂里的主要矛盾是什么呢？来厂后就在脑子里产生的一个模糊概念逐渐明朗起来——质量！只要质量上去了，产值、利润就会上升，设备更新、流水线、隧道窑、职工福利、澡堂扩建、子弟入学、困难补助等问题才能迎刃而解。

张鸿亭领着党委委员和科室负责人察看生产各个环节出现的废品。接着召开党委扩大会，共同找原因、算细账。最后他归纳大家的意见，淋漓尽致地讲述了社会主义企业对国家社会的责任、产品质量与企业生存的关系，他激动而又斩钉截铁地表示："不能再眼看职工的汗水白流、国家财富变废品而无动于衷了。从现在起，就是砸锅卖铁也要把质量搞上去！"

一把手有决心，一班人也就有了信心，与会者一致赞成啃掉这个老大难的硬骨头。在厂的最高权力机构庄严的会议上，还从未出现过如此一幕精彩的话剧。

质量现场会在检验车间召开，会前让职工参观坪里展出的废品，会上由副厂长向全体职工摆问题算细账，接着由张鸿亭传达党委扩大会的决定和措施，发动各班组讨论，提意见提要求提合理化建议，并宣布当场砸掉现有劣质产品，以儆效尤。于是几个壮小伙子立即抢起大锤，把坪里那堆销不出去的"废品山"哐啷啷地砸个稀烂。一锤锤砸得职工心里疼，有人还流了泪，这种场景使在场的人都终身难忘。

　　"大战三季度，攻下质量关"的大红标语布满厂房内外。党委成员分工负责下基层蹲点，发现问题及时解决；机关干部三分之二到现场办公，参加劳动，定期检查劳动手册，生产上严把质量关，建立上下工序的自检互检制度，不合格产品不交不接，违者追究责任。全厂生产、工作实行月检查季评比，奖勤罚懒，树标兵争上游。家属也积极行动起来，主动替厂里捡瓷瓶、搞卫生、回收废品等，为第一线亲人当好后勤兵。

　　在大破质量关的日子里，张鸿亭打破以往因循守旧的传统工作体制，令堂而皇之的官僚主义靠边，一切非科学的东西稍息。他是个具有火一样热情、钢一样坚强的人，明亮深邃的目光，充满洞察一切的力量。他抱着对党对人民的负责感，决心用高质量的产品交出满意的答卷。

　　午饭后，张鸿亭边抽烟边想着质量和技术的关系问题。质量第一，技术是保证，高科技才有高质量，只是新技术新产品试验需要的经费从哪里来呢？还在吃饭的如冰见丈夫有空，就向他反映气温增高，车间饮水供不上；参加劳动的家属，家里孩子没人管，当前生产工作很忙，卫生所病号排队拿药等问题。

　　张鸿亭心烦地皱起了眉头："要办的事太多，生产、生活，你要我抓芝麻还是西瓜？"

　　下午，张鸿亭找几个领导同志碰头，决定把原来准备整修办公室和买藤椅装吊扇的钱，用来作新产品的试验经费。另外商量好找几个家属办临时托儿所；医生下车间巡回看病送药；总务科派人自制汽水，每天上下午送到车间。

　　正当全厂上下一心热气腾腾齐攻质量关的同时，也有一小撮持不同政见者。他们认为产量是硬指标，质量是软指标，坚持质量必然降低产量，何苦舍硬求软、舍本逐末？

　　曾经在党委扩大会上表态同意抓质量的黄天良，私下里却说："抓质量是笨猪拱刺蓬——自讨苦吃！"他自认为不是笨猪，也不愿吃苦，便借口外出购货，又讨了个外销一批产品的差事，堂而皇之地用公费到外地旅游去了。他就是那个退休工人说的厂里几个败家子之一。

　　半月后，黄天良给张鸿亭打来长途电话说："张书记，对方要求压价百分之五，否则拒绝进货。"

　　"厂里这批产品经过检验完全合格，为什么要压价？"

　　黄天良诉苦说："其他厂家都向购货单位送人情给好处，我们……"

　　张鸿亭明白了，前奏后面才是主旋律的正曲。他平静地问："你说吧！我们要送什么？是不是也需要给你汇去一大笔不要收据的现金？"

"哦！我不是这个意思。反正我是无能为力，只好告吹了。"

"你觉得难办就回来好了，供销科再派人到别处去，东方不亮西方亮嘛！"

"不过还可以想想办法，我黄天良在厂多年，也得作出点贡献哪！"

"再见！"

"你听我说……"

"我心疼电话费，你知道一分钟多少钱？"

从此，黄天良再没机会借出差捞甜头了，他心里恨得牙痒痒的：今天你抓我辫子，有机会我得揪你头发。只因摄于张鸿亭的地位，表面上仍兢兢业业，会上发言不离原则，是非面前也不表态，凡事不偏左不偏右，不摇头不点头，使人既挑不出毛病，也得不到要领。他脸上挂着阴沉沉的假笑，经常沉思，绝不轻易说话。似乎话说出口就肤浅了，如同把深刻写在脸上便不深刻一样。因此，他在自己的外包装上，又增加了一层扑朔迷离的神秘色彩。

每逢关键而微妙不便表态的时刻，黄天良不再是歪着头拔胡子，而是皱着眉头捧着腮帮子闹牙疼。有次如冰说了句："黄科长的牙真该好好治一治了。"他马上阴着脸道，"不劳费心，如果真是危害我生命的毒火牙，我就毫不手软地拔掉它！"

钢丝成型的新技术没过关，烧出来的样品不合格。张鸿亭拿着电瓷瓶翻来覆去地琢磨。站在旁边的曹流讨好地说："只是有点毛病，不能算失败。"

"失败了就要承认，我们不能学阿Q。对待科学试验要有起码的诚实态度，不能自欺欺人；但失败是成功之母，一定要坚持下去，直到成功为止。"他抬头对愣在那里的曹流说："你通知技术革新小组，马上开个分析会，我去参加。"

张鸿亭不是那种喜怒形于色、办事情绪化的人。在艰苦攻关的困难时刻，工人们从他那里得到的永远是坚定的信念和不屈不挠的精神。

日历翻到了九月，全厂职工终于把"劣质"帽子丢入东海，写下了厂史上令人惊叹的一页。

曹流挤过下班的人群，把刚刚收到的电话内容赶来告诉书记。话音刚落，他见白如冰走进家门，便喜滋滋地说："我们厂质量上去了，市领导来电话表扬我们，你笔头快，给广播电台写篇稿吧！"

劳动归来正在洗脸的张鸿亭严肃地说："不！质量还不完全稳定。现在需要的是戒骄戒躁、乘胜前进，而不是自我表扬。"

曹流没趣地退了出来,心里像打翻五味瓶不是滋味。来厂后,他在以新的身份变换生活方式期间,常常回顾过去的经历,却难得发现有多少值得欣慰的事;而今和书记关系已呈螺旋式下滑,更觉得前途茫然。自己本来是块有抱负的政治料子,之所以甘心屈居人下,乃是为了东山再起、异地革命,哪能永远让人骑着脖子做驯服工具?姓张的是挡住自己前进的墙,在他跟前难有发展,目前虽不能推倒这堵墙,但可以绕开它。

曹流像害相思病似的天天寻思离厂之路,星期天就往市里跑,恳求叔叔婶婶帮忙。后来终于补上了市政府办公室一个打字员的缺,开始了嘀嘀嗒嗒的打字生涯。为了适应环境,可以把自己变成能捏作各种样子的橡皮泥,他认为有些人吃亏就在于没弹性,不会保护自己。

元旦节前,曹流积极参与组织节目晚会,并代替回家奔丧的秘书起草了一篇贺词而偶露峥嵘,甚得主任夸奖。他看准权力才是一切,要千方百计进入官场,自己虽无大才大德大谋大勇,但坚信争权夺利既靠豪夺也靠巧取。最灵验的巧取办法或者说最有威力的进攻性武器,就是和领导特别是顶头上司搞好关系,察言观色,投其所好,做到嘴勤脚勤,多讲点好话,多上门问候。根据目前市场仍然紧张的情况,还要作点物质奉献,先花点血本不要紧,将来自会本利兼收。要小心翼翼地伺候市里大小头头,使他们产生好感,觉得你可爱、可靠、可信、可用、可重用,循序渐进,成为心腹红人。这套功夫他已玩得滚瓜烂熟,而且在婺市已经有过成功的实践。

春节前夕,他"好心"让那个秘书早日回家团聚,自己又代他起草了给全市人民的慰问信。主任看后,他亲自送市委副书记审阅,说明出自拙作,敬请批评。当他从主任嘴里听到副书记"不错"的赞语时,两只臂膀好像突然粗壮了许多,不久的将来,自己准会成为办公室里不可动摇的台柱。为了增加资本,还得再露一手。他想起箱子里还有几篇朱人杰在《婺江日报》上发表过的评论,是莎莎剪下来供他作批判用的。急忙翻出来选了两篇,改头换面寄到市报。几天后报纸上出现了署名曹流的一篇思想杂谈。

这段时间他活得很认真很清醒,也很苦很累很紧张很不开心,因为天天要看别人的眼色,有时还得忍气吞声。

皇天不负有心人,曹流因拍马有术、钻营有方,果然被转为干部、提为秘书。他得意洋洋地归纳自己的经验为"生命在于运动,做官在于活动"。当然秘书还算不上什么官,但只要在堂堂市府权力机关扎下根,自会芝麻开花节节高。过去虽然栽了筋斗,并没一败涂地,犹如猫从高处掉下,仍然四脚站立。

路　石

《婺江日报》是自己清斋沐浴修成正果，由无名小卒登上仕途的地方，这市政府办公室也会成为自己第二个飞黄腾达的基地。

正当曹流驾起生活之舟向既定目标起航时，万万想不到张鸿亭调任副市长，又成了自己的顶头上司。他又恨又怕、又急又愁，食不甘味、睡不安枕，三天后脑窍贯通，豁然开朗，到处宣扬张副市长是自己老上级，其夫人是自己老战友，在厂里时他们夫妻如何关怀教导自己，有如严父慈母。在生活上，他对单身独处的张副书记也特别关心照顾，经常送茶送水，问寒问暖。

张鸿亭在市里分管工业，工作仍然很忙，每周回家一次的制度也经常被打破。下了几天雨，难得见个大晴天，他想起今天是星期日，当前工作已作了安排部署，过几天下去检查，该回家看看那三代人了，便立即骑上自行车往家里奔去。当了副市长也不轻易坐车，从家门到办公室门往返数十里的自行车，载走了他人生的最后几年。

春雨像细密的筛子，筛尽了空气，又像轻软的抹布，抹亮了山色。蓝天上出现一道朦胧的光圈，红橙黄绿青蓝紫，这彩桥般的虹霓就像五彩缤纷的生活。老一代革命和倒在身边的战友们，梦寐以求的新国家新社会新生活已经实现了，留下来的人应该当好火车头，并领着下一代去保护和建设好这个新国家新社会，创造更富裕美好的新生活。自己一定要以切实的工作，和全市职工搭起一座心灵的彩桥，团结一心地去完成工业战线上的各项任务。

神驰天外的遐想把他带回了家门。半躺在床上的岳母见女婿推门进来，想起身下床。张鸿亭忙阻止说："是不是腿病又犯了？你好好休息。如冰和小晖呢？"

"小晖在隔壁叶婆婆家玩，如冰去井边洗衣服了。"

张鸿亭拿出带回的一套脏衣服向井台走去，见如冰躬身低头在搓洗面前的一大盆衣服，旁边两个桶里泡着未清洗的被子毯子和鞋子。

张鸿亭拿脏衣服的手下意识地缩到背后，又爱怜又内疚地说："看你，一次洗这么多，想累断腰？"

如冰见丈夫回来，心中欣喜，听他这句知疼知热的话，身上劳累已减去一半，忙夺过他手上的衣服，笑道："藏着干什么？难得今天大晴，想抓紧洗完赶太阳晒。"

张鸿亭看表已到十点半钟，关切地说："让我帮着洗吧！"

"算了，骑两个小时的车也够累。你先和小晖玩玩，到十一点就做中饭，看妈想吃点什么，菜在篮子里。"

　　张鸿亭从叶婆婆家把孩子领回来。小晖好久没见到爸爸，眼睛笑成一条缝，嘴里直嚷："好爸爸、亲爸爸、香爸爸、甜爸爸，我好想你哟！"

　　张鸿亭问："哪里想？"

　　"这里想。"小晖拍拍肚子。

　　"肚子是装饭的。"外婆指指她的胸口："是心里想。"

　　张鸿亭把着小手指她的脑袋，笑着说："应该是这里想。"

　　小晖调皮地歪着脖子，指指头顶、后脑、额头和眼耳口鼻说："这里想，这里想……"

　　引得爸爸和外婆都哈哈大笑起来，小屋里溢满了浓浓的亲情。

　　把青春献给了革命的张鸿亭，已进入胡子一大把的不惑之年，妻子两次流产，对独生女儿的钟爱是可想而知的，但每当匆忙吃过早饭踏进办公室时，女儿在心中就丧失了位置。偶尔也想到，家里那三口子怎么样了？长期以来，自己简直成了饭来张口、衣来伸手的家庭脱产干部，如冰太累了，应该帮帮她，奈何工作总像流水一样，剪不断做不完。今天可要露上一手，做餐老少皆宜全家满意的饭菜。

　　张鸿亭走进厨房，心里琢磨先做什么？对！先做饭后炒菜，他把米洗好蒸上锅，回头见菜篮里有半斤瘦肉，正好给老人家做碗肉丝面。给女儿做个她最喜欢吃的大肉丸，蔬菜有如冰喜欢的胡萝卜，自己中意的山药蛋，没有叶绿素怎么行？就用青菜打汤好了。

　　小晖听外婆讲故事，几次溜进厨房喊："我要吃大肉丸，爸爸！"

　　为了排除干扰，张鸿亭用带回的一包饼干把小家伙打发出去。转身拉开碗柜，哦！没有干面条，幸亏缸里有面粉。手工切面从前是自己的拿手节目，今天要试试是否宝刀已老。马上和面揉面擀面切面，乒乒乓乓地忙了一阵，刚想坐下来抽支烟，只听如冰进门就嚷："我的任务完成了，肚子咕咕叫，有饭吃了吗？"

　　张鸿亭忙答："快啦快啦！你看全办齐了嘛！"

　　如冰见女儿已把面前的一包饼干吃掉大半，倚在外婆身边睡着了。走进厨房扫了一眼，红黄绿白样样俱全，可惜全是生的，便问："你没早点蒸饭？"

　　张鸿亭笑道："一切按照操作规程，先蒸饭后炒菜，现在万事俱备只欠东风了。"

　　如冰看表已十二点半，饭锅还未冒气，她看看灶头，忍不住地笑了起来："你要大破曹兵，为何不用火攻？"原来灶头没有开火。

张鸿亭深切感到，世界上要是没有女性，也就没有情爱、家庭和生活，一切都会颠倒无序、杂乱无章。她们担负着繁重工作与操持家务养老抚幼的双重任务，那柔弱肩膀扛起来的岂止半边天！

如冰也是个事业心很强的人，一心扑在工作上，对吃穿问题向来不讲究，生活越简单越好，以便腾出时间多做点事多看点书。老母亲近来常发腿病，为了让老人多休息，下班回来就一头扎进厨房，当锅碗瓢盆领袖，与油盐酱醋为友。有时也想偷懒在食堂吃，奈何饭硬菜辣，不合老小胃口，也没有丈夫爱吃的面条，出于家庭主妇的责任感和对三代人的爱心，只好不甚甘愿而又自觉地穿起了围裙。

晚上，张鸿亭对如冰说："不知伯父近况如何？你替我写封信，寄点钱去。是他把我这个孤儿养大的，我很想念他。"

"春节有几天假，回去看看吧！"

"现在不行。过几年，我一定带你和小晖去看望伯伯和乡亲，看看我们生活战斗过的红色根据地太行山。"

张鸿亭毫无睡意，一直在小声给如冰讲他苦难的童年和八路军打鬼子的故事。

魔怪翩跹 洒向人间都是怨

（十一）

1966 年夏，"文化大革命"风云突起。

学校停课闹革命，城乡大串联的红卫兵，冲向社会横扫"四旧"。张鸿亭去车站送客，见火车厢的过道内、行李架上、座位底下甚至厕所内，都挤满了着军装戴袖章的红卫兵。

平市副局长以上干部会，传达中央文件《十六条》和《炮打司令部》的大字报。市委书记声音缓慢而低沉，一字一句地念，像是在喝一剂难以下咽的苦酒，最后他郑重宣布成立市领导小组。全场鸦雀无声，张鸿亭屏息听着，脑子里仿佛在不断地爆炸无声炸弹。他预感到在平市政治舞台上，将有一场突变风云，由于大幕还刚刚拉开，很难看清这场运动的实质。

身在基层的黄天良，别看他一坐下来就歪着脸夹胡子，嗅觉倒是特别灵的，他也嗅到了大风暴雨将临的信号。

前段厂里搞社教，中层以上干部人人"洗澡"，过了关的"下楼"，没过关的挂着。黄天良的经济问题还难辨庐山真面目，工作组长宣布他停职检查。正当他难关难度之时，从充满火药味的文章和报纸上对"三家村"的讨伐中，敏感地意识到会有新的运动要来，"四清四不清"的问题将会退到次要地位，一直萎靡不振的脸上终于有了几分神采，而且还挂上一缕难于捉摸的微笑。

有丰富政治运动经验的"老运动员"黄天良，知道如何看准风头把握时机，转移目标以攻为守。他正站在家门口，思考打击对象和需要争取的同盟，瞥见看门的丁跛子拄着拐杖迎面走来，不知又受了谁的气，嘴里骂骂咧咧。皮笑肉不笑的黄天良迎上去亲切地说："小丁，何必生气呢？你没见报纸上又在搞新的运动了？平日受压的劳动人民都可以站出来革命，办法就是写大字报，你敢不敢？"

丁跛子把胸脯一挺："怎么不敢？！你写，我贴！"

经过协商，由黄天良执笔写了一篇批"三家村"的大字报。为了投石问路，他署上了自己的真名。胸无点墨的丁跛子签名时在文尾加了两句口号：坚决人人喊打过街老鼠"三家村"；砸烂你的狗头，踏上你的脚，是可忍孰不可忍！

职工们路过时看到大字报，不置可否地笑笑，有的则视而不见地匆匆走过。黄天良伸出他敏锐的触角四处活动，经常到宿舍区找家属们聊天，说"洪湖水浪打浪，五八年一条杠"，大跃进中他经手招的那批家属工，困难时期全部精简下放了。眼见职工生活困难，他去年曾向领导建议让家属复工。"厂长本来同意，一把手不点头他也做不了主"；说"自己已离开劳动科，无能为力，这事只有靠你们大家齐心去争取"；还说"厂长已去世，看来要找市里有关领导才能解决"。一把火引到了张鸿亭身上。他暗地里算计人，表面都像泻过荷叶的水，不留半点痕迹。

几天后，张鸿亭正在看文件，忽听人声嘈杂，他循声来到前面院坪，认出是瓷厂的职工。只听人群中有个声音高喊："我们要见张书记！"接着又有人喊："我家世代工人，看着厂子发迹，老婆倒给赶出了厂，这是咋个道理？""本来厂长答应让复工的，就是这姓张的不肯。要他答复，为啥和我们工人作对？"接着七嘴八舌一阵乱嚷。

张鸿亭听见这些喊叫，心里明白了几分，记得厂党委对此事曾作过讨论，认为涉及面广，待生产扩大，多开辟就业门路，再作统筹安排。他立即站到一张凳上向大家说："同志们！有什么意见好好讲，或者派几个代表也行，其他同志先到会议室休息。"

一个高个子马上举起手来对职工说："没什么好讲的！立刻答复，批准复工！不答复，不能放他！"

接着一片强烈要求的喊声，陨石雨般降落下来。高个子挤到前面，一把抓住张鸿亭的前襟拉下凳来，横眉怒目地狂喊："答复！答复！"

张鸿亭一甩手，拦回高个子的手臂，重新站上凳子，大声说："你们是工人阶级的一部分，有些是老工人、党团员，要讲道理，要有纪律，用闹的办法不能解决问题……"

这时曹流从张鸿亭背后走出，大声说："同志们！张副市长要去处理紧急公务，正等他发表意见，你们的要求我负责反映。"他转身附在张鸿亭的耳边说，"你快走！这里工作我来做。"

张鸿亭没理会曹流，继续面对职工大声问："有共产党员吗？请站出来！"

到底邪不压正，人群慢慢安静。张鸿亭又严肃地喊了一声："共产党员请站出来！关键时刻为什么不敢挺身而出？"

一个职工举了举手，挤到前面。张鸿亭又喊："还有没有？"又有三个人挤挤拥拥，不情愿地站了出来。

张鸿亭说："好！共四人，排成一队，向右看——齐！他向全场扫了一眼，有五六十人，又高声喊道，"大家听着，对准前面四人，排成四路，向前看——齐！"

人们乱哄哄地蠕动了一阵，排成了个弯弯曲曲的四路纵队。张鸿亭宣布：前面的四个党员，每人带一路到会议室去开小组会，把大伙儿的意见要求全提出来，当然也要提解决问题的办法。每组选个记录，把讨论情况详细记下来交给我。转身要曹流带路，并嘱咐要食堂安排好他们的晚饭。

张鸿亭回办公室打电话，要厂长、书记立刻来市里接人。趁工人们吃饭时，他把四个组的记录浏览了一遍，与乘车赶来的几个厂领导交换意见。确定了几条处理原则，要他们根据职工提出的要求，能办的马上办，不能办的耐心解释，过两天自己会亲自去厂里一趟，有什么问题再研究。眼看职工们乘上大卡车走后，他才到食堂去匆匆吃了点饭。

沉重的思虑，繁忙的工作，加上生活无序，三餐不定，导致张鸿亭胃病复发，阵痛咯血而被送进了医院。其实他早就觉得胃痛，吃不下饭，只是一走进办公室，整个生命就融进了山一样堆来的工作，什么病呀痛的，简直忘在了脑后。为革命建设事业奋斗几十年，在病床上总算第一次获得了休息的权利。

从厂里赶来照顾病人的白如冰，默坐在丈夫床前，凝视着那张瘦削的脸，多么希望他疲惫不堪的身心，不再承受政治的风风雨雨。

张鸿亭望着医生时，目光镇定而忧郁，他低声恳求："别忙做全面检查，眼下要办的事很多，过些时候再来作检查治疗吧！"

病情有所好转，但面色仍然灰黄、眼窝深陷，说话走路都显示着身体的虚弱，只有从骨子里发出的倔强与自信依然如故。他不停地喝浓茶，与来访者交谈，尽管强打精神，把脊梁作钢骨撑着，却掩饰不住耗尽心血的极度衰竭。

张鸿亭坚持要看每天的报纸，了解外界情况。

如冰夺下张鸿亭手里的报纸，把药片和开水杯递给他，说："别看了，反正是喊喊叫叫打打闹闹。你这样玩命地干，人家还写大字报质问你，执行的是什么路线？"

　　"我是市领导班子成员，接触面广，工作中的缺陷漏子自然不会少，群众有意见，烧一烧也好。我正在回顾转业以来的所作所为，好好总结检查一下。"他用温和的眼神看着如冰，诚挚地说，"干革命会遇到很多困难。我们是共产党员，任何情况下都要坚持原则，跟党走社会主义道路，不能当墙头草，风吹两边倒。"

　　如冰点点头。

　　笃信"乱世出英雄"的曹流，那根压抑了几年的神经被触动了，止不住跃跃欲试。在这千载难逢的机遇里，一定要闻鸡起舞大干一番，自己这块政治料子天生就是搞政治的。他思索将要打击的目标，当然矛头向上是大方向，在市领导班子中，最挡路的还是张鸿亭。

　　现在是推倒这堵墙的时候了，他为积淀已久的报复心理鼓舞着，咬牙切齿地暗下决心：要能拉起"山头"，就专揪你副市长张鸿亭！我曹流在婺市倒下去，一定要在平市站起来！

　　曹流懂得，一个篱笆三个桩、一个好汉三个帮，他把周围的人在心里逐个掂量，挑选能够始终同自己战斗在一起的帮凶。他找了对领导不满的甲，挨过批评的乙，受过处分的丙……鱼恋鱼，虾恋虾，乌龟恋的是王八，这些难兄难弟和曹流一样，都有发难的愿望，久盼有朝一日出头。一面赫然醒目的旗子——疾风战斗队，在浓密的大幕遮掩之下和紧锣密鼓中打出来了。曹流自任队长，粉墨登场。

　　随着疾风战斗队的出台，乾坤一角顷刻就被颠倒了。

　　刚出院上班的张鸿亭，见办公室墙外一幅署名疾风战斗队的大标语：打倒坚持走资本主义道路的张鸿亭！觉察到政治斗争的刀尖已经伸向自己的喉颈。他心急如焚，想争取时间，把支离破碎的工业摊子修补起来，尽管这时中央已公布了《关于抓革命促生产》的十条规定，在造反派嘴里只不过口号而已，行动上是只能抓革命、不准搞生产。

　　大字报随之升级，不顾事实不讲道理，甚至颠倒黑白无限上纲，后来干脆不写大字报，只是花样翻新的大标语，什么"三反分子张鸿亭罪恶滔天，罪该万死！""张鸿亭不投降，就叫你灭亡！"而且把名字倒着写，并画上一个红色的 ×。然而，"顽固不化"的张鸿亭，早起要是没听见"勒令"自己的广播，便抓紧打电话或找人了解工业生产情况，这便构成了"以生产压革命、走资派还在走"的罪证。后来，曹流派人把电话夺走，禁止他外出与任何人联系，过了河的卒子自然不再把老师放在眼里。

张鸿亭已无法工作，每天除了接受批斗就是看报，报纸成了他认识外部世界的桥梁。

白如冰听说市领导全被"炮打火烧"，张鸿亭元旦也没回家，心里十分不安，便借送寒衣去市里探望。万没想到在宿舍门口被一个造反派挡了驾，说是"三反分子不能会客"。如冰坚持一定要亲手把棉大衣交给本人。

张鸿亭听见说话声，忙推开窗户，惊喜地喊道："如冰！"转身对造反派说，"她是我爱人，请放她进来。"

如冰进门去打开棉大衣供检查，里面是一瓶胃药、一包饼干和一条香烟。张鸿亭犹豫片刻，拿出饼干又抽出一包香烟，给了那个辛苦守卫的"革命者"，才换得了一刻钟的晤面权利。

如冰望着那个跨出门去的背影，小声问："他怎么能这样？"

张鸿亭笑笑："他只不过是在忠实地履行职责，因为我已经被隔离审查。"

如冰的心像猛然被扎似的惊呆了，想不到情况会如此严重。她紧紧抓住丈夫的手急促地问："这是为什么？是不是省里的决定？"

张鸿亭摇摇头："省里（领导）自己也不能决定自己，那是我的老部下你的老战友决定，并以革命群众组织疾风战斗队的名义宣布的。"

如冰气愤地说："这个魔鬼，凭什么这样报复？最近还窜到厂里去点过火。"

"去厂里？你要当心。看来运动还在发展，他们必然会进一步夺取党政大权。由于争权，局势将会更乱，对各级当权派也会斗得越狠，你要有充分的思想准备，我们正在经受一场特殊的严峻考验。"

"他们对你究竟打什么主意？"

张鸿亭苦笑地摇摇头："对于猜谜我是外行。正如市里一把手说的，目前我们面对的是个不规则的多边组合。"他点上一支烟，"还有，我的情况千万别让老母亲和小晖知道。你的担子很重，一定要注意身体，不要为我的事操心。"

如冰久久地看着丈夫，担忧、痛心、激愤，像刚服过五味散，半晌说不出话来。

张鸿亭被曹流押赴全市各厂矿企业游斗。

散会后，如冰扶着张鸿亭默默地回到家里。不少职工怀着沉重的心情，用友善、关怀和担忧的眼神目送着他们。

她让丈夫躺在床上先休息一会儿，转身进厨房去帮着母亲做饭。菜炒好了，她叫小晖陪外婆、爸爸先吃，自己再做个热乎汤。不一会儿，她听见张鸿亭的呛咳声，忙到厅屋里来，见张鸿亭面前放着一杯酒。过去，不管有无客人，一见他喝酒便立即会把杯子端开，嘴里还要埋怨：自己有胃病，又不听医生的话，连戒酒的毅力都没有！有次张鸿亭劳动归来，想舒展一下筋骨，空腹喝了一杯白酒，马上胃里一阵痉挛，痛得眉毛直跳，从此也就不再喝酒了。

今天，如冰一点也没怨怪。立刻倒了一杯热茶，坐在旁边轻轻地给他捶背。张鸿亭看看妻子，又对孩子笑笑，把大半杯酒缓缓地倒回瓶内。老母亲见此情景，不禁鼻子发酸，端着一碗饭怎么也咽不下去。

张鸿亭被批斗期间，如冰母女都特别关心体贴他。

如冰握住丈夫的手，热泪夺眶而出。

如冰悄然退出，站在厅屋窗前，仰望蓝天上那颗巨大的恒星，感到生活已经失去了色彩。

（十二）

江涛本来已调北京军事博物馆工作，这是组织上为了照顾他的夫妻关系。但运动一来，干部就冻结了。

江涛同妻子女儿痛痛快快地、田园诗般地欢聚了几天，然后决定乘车南下，打道太行山。

二次进山，地熟路熟，老友重聚，自是无限欣喜在心头。

曙光初露，朱人杰又带上干粮饮水，同江涛去爬山。

山村里一片宁静，头上依然是白热的阳光，周围是绿的树、黄的土，半圆的天盖着望不尽的岭。这个洪荒时代几乎就是这样的地方，除了战争年代的枪声，多少个世纪的岁月，都在这沉睡的土地上不留痕迹地过去了。五洲震荡四海翻腾的今天，这里像是沸腾之国中一个被遗忘的角落。尽管朱人杰还保留着关心国家大事的习惯，经常阅读小学里零星迟到的报纸，努力从高调的迷雾中探索祖国和世界的真实信息，也很难想象外部世界会有这么多的麻烦。

民兵出身的大队长，对老大哥的八路军、解放军一贯敬而佩之，他特许朱人杰一个星期不参加暑期劳动，好陪老战友叙旧谈心。

江涛问起战友的近况和打算，朱人杰苦笑道："现在除了修地球，就是做孩子王，每日对稻粱菽麦黍稷下功夫，与马牛羊鸡犬豕交朋友，还能有什么个人打算？人不为理想奋斗，活着真没意思。"

"你可别……"

朱人杰不等他说完就笑起来："我不会悲观消极到自我毁灭。人生是一段一段的，原先的世界已在身边轰然消失，也只好面对现在的世界了。几年来，我似乎已接纳了现实生活，或许是被现实生活所接纳。"他站起身来踱了几步，泰然地道，"生活在基层群众之中，可以从人民角度检验党的方针政策，更好地认识客观世界。我只想利用教课和劳动的剩余时间，多看点书，认真思考点问题，过去的虽然已经过去，但不总结过去，研究现实，怎么对得住将来？"

住了几天，江涛准备离开这个幽静的小山村，但决定不了是回北京还是去江南城市。

朱人杰沉默半晌，说："我倒赞成你去南方看看，进一步作些实际观察了解，求得对这场运动的真理性认识。到了杭州，打听一下林若梦的情况，我们已经失去联系好多年了。"

"好！我调查你研究，一定去拜访老林！"江涛爽快地说。他从包里拿出《五·一六通知》《关于无产阶级文化大革命的决定》和报纸上的几篇重要社论，以及最近看到的一些传单小报，放在桌上说："你这秀才好好啃一啃。"

晚上，晶莹的月亮透过窗户，照在两个亲密战友的脸上，他们都睡不着，干脆坐起来谈心。

江涛一直关心朱人杰的婚姻问题，见小玉经常过来帮大妈做饭搞家务，曾经问过他："小玉好像对你不错，你喜欢她吗？"朱人杰的表情是，开始摇摇头，接着轻轻点点头，想了想又摇摇头。当时江涛心里好笑，一个大知识分子，怎么连最简单的问题也答不上来。感情生活上一帆风顺的江涛哪里知道，这可是人生课本里一个高难度的课题哪！后来他在朱人杰的笔记本里无意中发现一首诗：

> 天涯沦落年复年，
> 梦绕魂牵江南岸。
> 此生难消离别恨，
> 彻夜唯伴织衣眠。

江涛这才知道老战友身居北国山村，依然情系江南故人。

这时江涛终于忍不住询问起他和白如冰分手的前前后后。听完朱人杰痛苦的回忆后，感到十分惋惜，埋怨他不该把信退回，问他为什么不写封信去解释自己的不辞而别。

朱人杰回答一个悲戚的笑："人生许多谜，何必都要去解它？"他无限怅惘地转向窗外，仿佛在回忆什么，眷恋什么，伤感什么……

山谷下，透过枝条交错的雪松、白桦和羊齿草的缝隙，可见一条羊肠般的小河，缕缕轻纱似的云雾，涂抹着黛色的山峦。江涛和朱人杰一前一后向下山的路走去。

相识二十来年，几经风雨，这对战友称得上是莫逆之交，彼此性格心思都很了解。江涛见朱人杰默不作声，分手时却久久地望着自己，便知道这位老友心里有话。于是笑着先开了口："长亭送别，有何赠言？"

"你除了到南京、上海、杭州，还到其他地方吗？"

江涛恍然大悟，忙说："我还打算拐个弯去看看白如冰。"

"谢谢！"朱人杰声音里充满了感激之情，又略带伤感地嘱咐说，"肯定已经有了家庭，可能还有了小孩。你只详细了解她的情况，千万不要提起我。"

张鸿亭终于走了，留下了孤老寡女。

如冰在给童素的信中说，我不想描述鸿亭被迫害致死的前前后后，社会主义航船都险些在惊涛骇浪中覆没，又何必去回顾一个零件的消失？个人遭遇比起国家命运和人民苦难来又算得什么呢？洒骨化玉，飞魂成霞；泉台旧部，率军有人。但愿万民之泪能洗尽人间污浊，冲霄之愤能振起国民精神。

花开花落，春去秋来，平市各中小学纷纷复课。白如冰被调往远离机关的厂办中学教书，每日跋涉于家门和校门的丘陵小径之上。"读书无用论"仍然束缚着青少年的神经，需要付出加倍的时间和精力去循循善诱。

放学回来经过集市，如冰多次想到给老母爱女买点新鲜鱼虾和可口食品，踌躇再三只好作罢。每月数十元工资，支撑着三代人的全部费用，母亲的棉裤、女儿的棉袄再不能穿了，需要换件新的，这是当务之急。

对生活，她没有过高要求，除转业时带来的两口樟木箱，只添置了睡觉、吃饭、写字、放书的几件家具。丈夫生前常说："政治向前看，生活向后看。两室半厅足以安身，粗茶淡饭足以果腹，棉衣布服足以御寒。只有这点精力，花在工作上都嫌不够，哪能为享受去牵肠挂肚？"在滚滚红尘中，一般人所热衷营求的许多东西，他们都淡然置之。

过去张鸿亭工资高，有点积蓄，基本上寄往两个老家里的亲友和借给厂里的困难职工了；而今即使碰上经济危机，母女俩也决心不去求亲告友或向职工讨还欠债。如冰参军前，在那两间老屋里早已见习了人生第一课——贫穷，和母亲一样养成了终生节俭的习惯。所幸的是，即使简朴，尚有丰富的书籍充实；纵然清贫，还有温暖的亲情补偿。三代人相依为命，恰似一条生命上的三个支点。

灯光下，正在备课的如冰抬起头来，突然发现母亲衰老了，满头银发掉了许多，脸上皱纹又密又深，眼皮松弛，牙齿脱落，稍一走动就气喘吁吁，宛如一支行将燃尽的蜡烛。这几年，如冰夫妻被阶级斗争压得喘不过气来，家务事老人家全包了，过度操劳不说，还加上精神负担。宁静安乐的家庭生活被打乱后，女儿女婿挨斗受罪，很晚回家。老人在灯下揪心地等待，无穷的忧虑，总是灾难要降临的恐惧。神经健康意志坚强的人也难以忍受，何况是年逾古稀的老人。她白天忧心忡忡，夜来辗转失眠，直到女儿平反之后，才开始有了笑容。

如冰感到一阵心痛，老母亲一生含辛茹苦，却没能安享幸福晚年，在物质菲薄的条件下，一定要保证老人绝对休息的权利。从此，她每日下班放下粉笔钢笔，便从母亲手里夺过菜刀锅铲，早起、中午和晚上，都在紧张地战斗。在教育事业的征途上，她和别的女同志并不处于同一个起跑线，人家背后有个大山似的丈夫，而她呢？确实负荷着张鸿亭放心不下的两副重担。也曾希望在小晖未成年时，能有人在身边帮上一把，但这种念头刚一出现，就成了天边一闪即逝的流星。

在张鸿亭去世后的那些悲痛难释的日子里，亏得童素经常来信安慰鼓励，激发她重新生活的信心和勇气。尽管童素自己处境也很艰难，丈夫刚转业地方，就成了单位里的大走资派而被隔离审查，她到离家很远的"五七"干校劳动，大女儿在上山下乡那股青春加热情的洪流中去了井冈山，两个幼子托给了邻居老大娘。珍贵的友谊使两个肩挑重担的女性，互相搀扶着走过了那段坎坷的人生历程。

星期天，如冰要陪母亲去检查身体。老人极力反对，说自己啥病也没有，甚至显示一副对人生大彻大悟的样子："生生死死，皆由命定，人老归土，瓜熟蒂落嘛！"

又一个星期天，老母亲要女儿帮她好好洗个澡，并嘱咐将她四十诞辰时大女儿亲自缝的一件丝绵旗袍，从箱子里找出来。晚上，老母亲把一件玫红色灯芯绒棉大衣、一顶绒线帽和一双黑皮鞋，送给小晖做生日礼物；又把一条围巾、一双手套给了如冰。原来是她把如冰积攒下来给她治病的医疗费，全部托韩笑去市里采购了这些御寒用品，这在老人家的消费史上，算得是空前绝后的壮举。

外婆恳求似的拉着外孙女的手："让我再仔细看看。"又对女儿点了点头，"陪陪我。"她让小晖偎在胸前、如冰靠在肩上，宁静地享受着来日不多的依恋。

过了许久，老人缓缓地说："家里没人了，孤儿寡母要好好照顾自己，三餐要匀，吃好点，身体是本钱，最要紧。"

"我在妈眼里总是长不大的孩子，你一辈子就操心我们的吃饭问题。"如冰不敢多说，怕勾起她沉睡多年的往事，勾起寡母孤女的无限辛酸。

如冰最陌生的词汇是爸爸，一岁多还没学会喊爸爸便不用喊了。爸爸去世以后，妈妈终日为生计奔波。一大堆脏衣服收回家，洗净晒干叠好送上门，领了工钱才去市上买米，夜里把棉花纺成线，卖了线买小菜和油盐。妈妈最焦心的是无米下锅，客来无款待，吃饭问题几乎成了她大半生的苦斗史。

没有爸爸的孤儿过早地学会了自尊、自爱、自主、自强。每一件成功的努力都是为了身挑重担的妈妈和九泉之下的爸爸，为他们争光，给他们安慰。如冰想起刚才她说"家里没人了"。什么意思呢？便笑着问道："妈，你是不是想回四川老家了？"

"不是。"母亲望着黑漆漆的窗外，停停顿顿地说，"人世间没有不散的筵席……我不在了……你要想得开，丢得下……小晖很听话，能给你……做伴……"声音苍凉而颤抖，充满欲说还休的感伤和惜别之情。

这不是诀别吗？妈是不是觉得自己生命的列车已经驶进终点站？她把后半生交给了我，为我一家把精力都耗光了。如冰再也没法强装笑容，拉着母亲的手，将所有伤痛的语言都汇成为一串泪。老人凄婉地笑着，干枯的泪滴又溶进了女儿的泪水之中。

夜里如冰被噩梦惊醒，自然是源于潜意识中的担忧和恐惧，她几次悄悄来到母亲的床前探视。

早上，如冰照顾母亲吃了半碗粥，打发小晖上学后，不知自己是该上班还是该在家陪着。

这时韩笑妈端来一碗蒸蛋糕，笑嘻嘻地放在床头柜上，隔壁叶婆婆从窗户伸进头来问："昨晚睡得好不？"

老母亲笑着感谢他们的关心，对如冰说："你上班去吧！我没事。"

下班时，如冰与同事谈起母亲的异常表现。方老师惊诧地说："记得我在市医院工作的姐姐讲过，去年她到你家借熨斗熨衣服时，你母亲曾向姐姐打听过子宫下垂怎么办，可能还有痔疮和膀胱炎，没想到老人家一直瞒着你。下午我替你请假，赶快陪她去检查治疗。"

如冰惴惴不安地奔回家中，见母亲熟睡在床上，床头柜上仍放着那碗蒸蛋糕。她一连喊了几声，不见回答，揭开被子一看，老母亲端端正正穿着那件丝棉旗袍，早已停止了呼吸。

生死之谜突然揭晓，如冰望着那张慈祥安静略带笑意的脸，心血一阵紧缩。连在慈母身上三十多年的脐带已真正断掉，从小关心爱护自己的人带着永远的隐秘已撒手尘寰，只留下难以割舍的母亲的爱！

小晖闯进门来满眼是大难临头的惊恐，她急促地摇着妈妈的手问："外婆怎么啦！外婆怎么啦！是不是也到天上去了？"如冰这时唯一清楚的感觉是，他走了！她也走了！四个人的方阵只剩下了两个人的队列。

窗外仍然是那个阴沉沉的天，仿佛一切都沉睡了、消失了，只有那盆迎春花，在寒风中悲凉地拂弄着寂寞的窗台。

（十三）

硝烟也漫入了太行山那个宁静的小山村。

公社和大队成立了贫下中农文化革命委员会。众望所归的大队长掌握着大队领导运动的权力机构，仍然以抓生产为主，只在农闲时期开社员会给干部提意见。

朱人杰仍一心一意教书、劳动、自学和研究问题。

生产力决定生产关系，巩固无产阶级政权需要物质基础。而报刊上却连篇累牍地鼓吹，在整个社会主义历史阶段，生产关系对生产力、上层建筑对经济基础的反作用是决定性的。谁要是不同意这种头脚倒立的"哲学"，谁就是搞"唯生产力论"的修正主义者。他们硬说什么"唯生产力论"就是把发展生产作为唯一的决定性的东西，不要阶级斗争，不搞上层建筑和生产关系的社会主义革命；"唯生产力论"者就是埋头搞生产搞建设，不讲阶级斗争不讲革命。他们玩弄诡辩伎俩，故意把马克思主义关于生产力决定生产关系并最终决定整个社会关系的历史唯物主义基本原理和庸俗生产力论混同起来，把革命和生产

之间本来辩证统一的关系对立起来，去批坚持发展社会生产力的正确理论，用
"以生产压革命"的帽子去打倒从事生产实践的各级领导干部。在群众中，他
们则散布"不为错误路线生产""宁可两年不生产也不可一日不讲阶级斗争"
的假左真右口号，导致停工停产。

朱人杰脑子里塞满了一系列 X 和待解的方程式。地球和他的脑子一样在不
停地运转，大地上的庄稼又换了颜色。

一封发自北京的信，使朱人杰深感惆怅。江涛在信上说，他去了《婺江日
报》，白如冰早在 1962 年被调走，无人知其通信地址。

江涛还说，回校面临室空人散，哈军工即将解体，分别建立空军、炮兵、
装甲兵及工程兵等几个工程学院。他已去北京军事博物馆报到上班。

小玉见朱人杰郁郁寡欢，便找机会和他谈心，自己心里也有些不愉快的事
要朱大哥开导开导。她在山村里出生长大，连县城也没去过，脑子里曾经发生
过地理概念上的错觉，以为偌大太行山就是世界的中心。自从认识了朱大哥，
才知道这个国家这个世界的许多人和事，要是把村子里包括公社的男人和朱大
哥相比，就像燕子和山鹰一样，简直没法相提并论，她打心眼里敬佩这个无所
不知的大学生，把他当作偶像来崇拜。

小玉心里不愉快的事是，自从当上生产能手、在公社戴大红花以后，自
己在一些人眼里似乎就变了样，过去称赞优点，现在光挑缺点了。尤其是队里
的几个"酸毛桃"，凑在一起就旁敲侧击、泼酸倒醋，说什么"有人真乖，专
挑上头喜欢的事做，这本事我们下辈子也不会"；"学那做啥，别跟自己过
不去。明年让她一个人去啃坡上那块乱石岗，那地方可不是供她当观音菩萨
的"；"她那几手有什么了不起，我看生产能手的帽九成是沾脸蛋儿的光，头
头看上了这才红得发紫。"

妇女主任替侄儿说媒未成，肚里有气，见了小玉也总是指桑骂槐："红辣
椒那么娇也会落地呢，看俊得了多久！""红得发紫的老紫茄将来有谁要？"

每当听到这样刺心的嘲弄，小玉便委屈得要命，心酸得要掉泪，几次想质
问这些婶婶大嫂们：自己究竟做错了什么，伤了你们的牙还是眼？难道小心眼
爱嫉妒是注定要跟女人结缘的吗？但最终还是极力克制住自己，装作没听见，
专心一意地干活。然而时间长了，心里这口气总是憋得难受。

经过朱人杰的开导，小玉懂得了"木秀于林，风必摧之；人出于众，众
必非之"的社会必然现象，知道群众对自己这个先进已经提出了更高的要求，
需要继续努力去夺取新的目标，还打算鼓起勇气去团结那些难于团结的人。她

感谢朱大哥的帮助，思想上产生了进一步的亲切感，在生活上也时时关心朱大哥。

大妈病了，小玉过来做饭洗衣，照顾病人。晚上，她把一小盘红枣放在低头改作业的朱人杰身旁，轻轻叫了声："杰哥！"便转身回家去了。

小玉这声亲昵的呼唤，勾起了朱人杰对铁旦难忘的怀念，辗转反侧，一夜未眠。

入朝参战的将军和士兵，都不会忘记 1953 年 7 月 27 日这个值得纪念的日子。双方阵地上宣布停火生效的同时，枪炮寂然无声。他和同志们拍打着身上的尘土走出掩体，重新昂首直腰，惊奇地打量着这突然宁静下来的世界，对面阵地上的高鼻子大兵也从暗堡中走出，悠然地点火抽烟。爬行在蜿蜒公路上的车队，迎着朦胧夜色唰地一下打开了前灯，这是战争爆发以来绝无仅有的新鲜事。几分钟前阵地上还一片硝烟，身旁的一个战士刚刚倒下。

指挥所门前人们彻夜狂欢，庆祝三年来浴血奋战的伟大胜利，迎接姗姗而来的和平之神。他寻遍人丛不见铁旦的身影，难道是负伤了？但在救护站也没见到那张傻乎乎笑眯眯的脸，不由心里一阵寒战，急忙到连部查看烈士名单，仍然找不到梁钢的名字。他抱着万分之一的希望，拔腿就往铁旦白天所在的阵地奔去。

阵地上的伤员和烈士遗体已全部运走，夜风刮起一股血腥和硝烟的味道。他举起手电茫然四顾，无所适从地在山间踯躅徘徊，心里沉重得像灌满了铅。

不一会儿，随风飘来断续歌声。他循声觅去，忽听石壁下一个突然高亢起来的男音："要想吃干饭啥哪—万不能！"这不是铁旦最爱唱的那支山歌吗？他狂喜地奔下石崖，嘴里不停地喊："铁旦、铁旦，我来了！"

石崖三面壁立，中间是个凹坑，一颗被炮弹打断和烧焦的大树干横挡住进口。他使出全身力气，把树干"轰隆隆"地推下山去，坑底立即传来一声清晰而微弱的呼唤："杰哥！"

他抱着身负重伤血肉模糊的铁旦，急速往救护站走去，胜利的喜悦和对战友的伤痛又一次在胸中交织。

在沈阳住院时，他问铁旦为什么负伤后还唱歌？铁旦微笑着讲了那段梦一般的经历。

"就在停战前一刻，敌人发起了猛然炮击。我刚把身子扑下，就像被人捏腰抓起，抛到天上又重重跌了下来。只觉得身子飘飘荡荡，脑袋昏昏沉沉，眼前恍兮惚兮地出现了满山坡的甘蔗林、绿幽幽的嘉陵江、河边的菜地，还有雄伟的鸭绿江大桥和抱着孩子从大火里奔出来的阿朱玛妮（大嫂）。后来我清醒了些，看见天上星星在眨眼，四面黑乎乎静悄悄的，伸手一摸尽是乱石杂草，孤独寂寞得怕人。我想回阵地去找同志们，才一转身就像碰到了千万颗针尖，痛得要命。我想到小时候爬到树上摘梅子吃，把脚摔坏了，好痛！坐在床边的姐姐说：'快睡吧！睡着了就不晓得痛了。'我听她唱'尖尖山二斗坪'的山歌，听着听着就睡着了。当时我想忘掉痛，就唱起了那支山歌。真的，我用心唱歌，身上好像不那么痛了。"

铁旦说罢又现出使他终生难忘的傻乎乎笑眯眯的脸。

千里之行始于足下，九层之台始于垒土。铁旦平日学英雄业绩，炼钢铁意志，有爱党爱国爱民情怀，才经得起严酷考验和血的洗礼，为自己谱写出短暂而辉煌的人生篇章。

朱人杰想，人间既然还存在不幸和苦难，人们就应当相互帮助，给予友谊和温暖。从此，他把对孤儿铁旦那份兄弟般的情谊，倾注到孤女小玉身上，把她看作自己的妹妹，对她负起了兄长般关怀保护的责任。

在村里，"独眼龙"多次要求管运动的大队长把运动轰轰烈烈闹起来。大队长说他"老鸦落在猪屁股上，只见人家黑"，说他像"吃剩饭长大的，尽出馊主意"，叹息大舅子明明播的龙种，怎会生出来个蚂蚱。

"独眼龙"孤掌难鸣，便借口串连，到原来工作过的厂里闹去了。而在厂里，他只是一条泥鳅、一碟小菜，掀不起大浪，摆不上桌面。不久回到村里，也不去公社上班，拉拢几个好逸恶劳的小青年，整天四处游逛，专搞打砸抢。

"独眼龙"最感兴趣的猎物自然还是小玉，他明知小玉不爱他，却硬要死搅蛮缠。由于担心朱人杰会夺走小玉，便想出了使生米成饭的流氓手段。他瞅着小玉舅舅来接她爷爷进城治腿病的机会，夜里跳窗进屋。

朱人杰听见小玉房里声音异常，急忙赶了过来，月光下见小玉嘴里塞着毛巾，正在同绑她双手的"独眼龙"踢蹬挣扎，气得狠狠扇了色狼两个耳光，严词训斥，又气又恨的小玉抓起大扫帚把"独眼龙"打着轰了出去。

事后"独眼龙"好不气恼，不仅好梦成空，还龟孙似的被责打训斥了一通，为解心头之恨，报两个耳光之仇，日夜寻找机会报复。他想，最好是以牙还牙，说他们有男女关系，既能封住朱人杰揭发自己的嘴巴，又能使小玉再不敢和姓朱的接近。

不久前，公社中学急需一名文化高的语文教员，大队长推荐了朱人杰。可是公社管文卫政法的史副书记（就是乡亲们说的"丧门神"）却迟迟不开介绍信，他挖苦朱人杰说："命里只有八合米，走遍天下不满升，别做高升梦了，还是老老实实在队里吧！"后来听到"独眼龙"的谗言，更是庆幸自己没有任用"坏人"并要"独眼龙"留心监督。

"独眼龙"做贼心虚，为了制造朱人杰作风问题的证据，乘小玉晚上来朱家学文化的时候，带了两个哥们冲进屋去，大喊一声："兄弟们！给我拿下这对奸夫淫妇！"

朱人杰母亲从灶屋奔出来，气愤地说："我一直坐在这里剥豆，刚刚才把豆子送进灶屋，你凭什么血口喷人？举头三尺有神灵，说冤枉话做亏心事就不怕天打雷劈？"

"独眼龙"见两个哥们耷拉着脑袋不动弹，便亲自动手在床上翻弄，如获至宝地拾到一根头发，又把桌上朱人杰的笔记本、日记本没收了去。出门时冷笑一声："有你的好果子吃！"

团支部大会已通过小玉的入团申请，支部书记听"独眼龙"说小玉作风有问题，便将申请压了下来。于是，村子里谣言顿起："支部会通过了不批，肯定是小玉有问题"；"看她风里旗浪里鱼似的，二十多岁了还不找婆家，隔壁那个光棍又一表人才，天下哪有不吃腥的猫？""听说两个头对头地看书、肩并肩地锄地呢！成天混在一起，有啥好事？"

团支部反过来收集了这些空穴来风的反映。"独眼龙"怂恿他们向公社团委打报告，说群众对小玉入团有意见，不能批。一个圈子兜回到发难者手里，无中生有、由诳而真，肥皂泡泡变成了实打实的书面材料，智商不高的"独眼龙"居然会玩弄这"高明"的一招。

为了伸张正义，杜绝色狼对小玉的纠缠，朱人杰曾打算把'独眼龙'企图侮辱小玉的事向大队支部反映，没想到猪八戒会倒打一把。尽管无凭无据，但已风雨满村，没人提出过疑问，也没人对真相做调查。在这块蒙受过两千年封建尘埃的土地上，对风月事件最爱表示鄙视与愤慨，以示自身的清白和贞操；极少数以传播流言为乐的人，更是津津有味地奔走相告。

此事对于经过风雨的朱人杰来说，自然能泰然处之，冷静对待；而刚刚涉世的小玉则难以承受，走到哪里似乎都有眼睛盯着，评头论足、风言风语，后来她竟一个人待在家里，吃不下睡不着，终日以泪洗面。

"柔软的舌头能折断骨头"，古话说"积毁销骨，众口铄金"，意思是毁谤太多，将使人无以自存。

朱人杰去找妇女主任，说自己如有错误，请大队调查批评处理，小玉是无辜的，希望领导在妇女和团员中说说话，以免伤害她的名声和前途。

妇女主任眼珠一翻："要老娘说情吗？没门！老头耳根软，听你胡说八道，搞什么定额包工，害得他社教作检讨，就因为推荐你去学校，又弄个重用坏人的罪名。而今官帽也丢了，天天去啃黄泥，没找你算账就是天恩地德了，亏你还有脸来说三道四，老娘可不是人人能摇的庙里签筒！"她站起身来，又指着朱人杰的鼻子训道："你妈小时没给你发好笋，而今才长不出竹子来。读了几年大学有屁用，还不是一脑子坏一肚子屎？"

中国农民文化中的那点糟粕全集中在她嘴里。俗话说"秀才遇到兵，有理讲不清"。如椽大笔架不住三寸长舌，满腹墨水挡不住一嘴脏水，朱人杰算领教过了，除了退避三舍，别无他法。

"靠边站"的大队长上地劳动，碰见上班的史副书记说道："村里的谣言书记听到了吧！一个黄花闺女怎生受得了？你得发发话，培养一个先进不易哪！"

史副书记在一次社员大会上作完指示后说："这阵子村里对男女关系的事好像很热乎。从古到今，都是红粉佳人爱才子，嫁官人当娘子，跟屠夫翻肠子，自觉自愿呗！各人保住自家的油盐罐，人家的事少管少谈。"

这番话虽不是火上加油，也只不过扬汤止沸，对辟谣毫无作用。朱人杰母亲每天过去照顾安慰小玉，说："许多乡亲都知道你们是葱花拌豆腐一清二白，八月十五的月亮正大光明。脚正不怕鞋歪，几个人的口沫能灭得了天？好闺女，打起精神挺直腰板做人，不要自己矮了自己。"

栖身谷底的青松，再挺拔，也高不过山顶匍匐的小草。

大学生朱人杰的笔记，居然由只比村里人多识得几个字的'独眼龙'来审查。他除了会打叉，根本看不懂笔记里那些深思熟虑、充满哲理的心血结晶。

"寒雨连江夜入吴，平明送客楚山孤。洛阳亲友如相问，一片冰心在玉壶。"这是朱人杰送走江涛后，借王昌龄的送友人诗抒发自己的情怀而录的。'独眼龙'煞有介事地歪曲解释。

"幸亏史书记英明，没让他到中学去，你看他教学生什么东西？神魔鬼怪！"'独眼龙'指着笔记本里夹着的一张讲课资料："这家伙说，地球直径11582公里，在太阳系里还算小的，木星比地球大几百倍，太阳更大，它的直径有139万公里。谁量过？又说太阳中心有1600万摄氏度，针头大的物体如果具有太阳中心热度，就能发射热力杀人于百多公里之外。太阳天天在我们头上照着，谁被杀死了？"

独眼龙抬头瞟了一眼，见副书记直摇脑瓜，顿觉遍体通泰："他还对孩子们讲，地球是我们的摇篮，现在能够离开地球到月球上去了，将来还能到金星木星水星火星土星上去，太阳系定会成为人类后代的幼稚园，地球人还会进一步到无穷大的宇宙去探密。越说越不像话，怪不得孩子们听了他的课，做梦也在攀星星摘月亮，想入非非，害神经病。"

朱人杰和小玉在屋后辛勤培育的良种小麦，全被割掉喂毛驴；门前嫁接的梨、桃、柿树拔掉当柴烧。其中有棵小松树，还是朝鲜战友给他和江涛寄来的志愿军烈士墓前的一棵珍贵树种，随苗而来的泥土里渗透着抗击帝国主义者的鲜血，碧绿的青苔维护着人民友谊的生命之芽。这践踏科学的无知吼叫和愚昧行动，像舂米的木杵，捣得朱人杰心碎欲裂。

社会的自然的两种倾盆大雨，同时向朱人杰头上泼来，粗大的雨点狂暴地洒落在地上，水在脚下流，鞋子变得又重又湿。急风骤雨，电闪雷鸣，仿佛要摧毁巍巍的太行山，他真想自己也变成一道闪电。一声沉雷，发光爆炸，能触电长眠也许是件十分痛快的事。

朱人杰，又被关进了真正的牛棚。

流氓罪则是以'独眼龙'拾到的那根头发作证。'独眼龙'说，这根头发很长，当然不是男人的短发；长发颜色漆黑，自然也不是老大妈的白发。一根年轻女人的长发出现在朱人杰床上，还不足以证明他的流氓行为吗？

大队牛倌姓郑，就是原公社中学的青年语文教师。因文字功夫好，过去史副书记常抽他去公社写材料做记录，替自己当秘书写发言稿，颇为重用；开始不久，却突然将他下放劳动，接受贫下中农再教育。郑老师主要任务是养好两头牛，农忙时下地劳动；朱人杰关进牛棚后，兼任看守和送饭。

时间长了，"罪犯"和看守彼此都感到不俗，又同是天涯沦落人，便慢慢攀谈起来。

郑老师讲：那个史副书记，是许多人心目中的屎布书记，其特长就是消磨自己的时间和浪费别人的时间。他每次到学校来视察都要讲话，一讲话就要我写发言稿，而且必须详细具体。学校老师讲课前学生不是要起立致敬吗？他几次进教室讲话，学生都是站着听完的。有次他给毕业班学生讲话，我在讲稿的括号里注明'请坐下'，这老兄上台先喊了声'诸位大家同学们'，便低头看着讲稿念道：'圈号里边请坐下'。同学们左顾右盼、无所适从，我在旁边才连忙做了个坐下的手势。

"学毛主席著作，他给公社干部做辅导，首先声明'我文化不高，粗瓷罐子一个，讲错了莫笑'。喝过一口水，问大家'你们知道人的正确思想究竟是从哪里来的？'他眼睛向上，举起右手笔直地往下一劈说"是从天上掉下来的吗？'

"又摇摇头'不是！'然后指着自己的脑袋，拉长声调说'是头脑里面固有的！'他见干部们面面相觑、交头接耳，急忙翻看书本，原来掉了最后一个字，立刻惶恐地大声补充'吗？'引得全场一阵哄堂大笑。从此屎布书记就成了他的别名。"

好长时期没露过笑容的朱人杰，也不禁为之捧腹了。

郑老师说："屎布书记主持婚礼，祝愿新人'在天愿为比翼鸟，在地愿做鲜荔枝'。有人更正是连理枝，他不信，还强词夺理地说：杨贵妃大美人爱吃的鲜荔枝，你知道那是什么样的宝贝？他盲目地自以为是，使他领导下的许多积极因素都化为乌有。"

朱人杰问："中学里既然需要语文教师，怎么反把你下放了？"

"说来话长。公社书记是个勤勤恳恳的好干部，但身体不好，办事犹豫，以致大权旁落。有人说，屎布书记总想把身上的布（副）扔掉，如果光留下屎，会更臭。这个抢班夺权的屎布书记要我按他的意图给书记写大字报，我理所当然地拒绝了。作为文人，由于穷困可以卖掉最后一件衣服，但不能卖掉自己。"郑老师苦笑一下，"后来领导动员每个干部都要写篇大字报，我无事可写，便针对当前不良倾向之一写了篇短文。"他从内衣口袋里拿出那篇短文底稿，题目是"如此言传身教"。朱人杰见上面写的是：

子：爹！中学毕业后，我就回乡当农民。

父：什么？没出息的狗崽！干部、工人、解放军，哪样不好？为啥要回来啃黄泥？

子：你给人谈话、作报告，不是经常讲农业是基础，最重要，还动员同学们做建设新农村的新农民吗？

父：傻瓜！你要知道，有些事是说得做不得的。

女：妈！这块衣料真好看，给我做件新衣服吧！

妈：不行！那是送给科长阿姨的。

女：是不是又送礼拉关系啦！

妈：小声点！你不知道，有些事是做得说不得的。

郑老师说："屎布书记看完这篇大字报，似乎触动了他那根最隐秘最刺激的敏感神经，我见他怒气冲冲地转身走了。不久，在并非精简机构下放干部的运动初期，把正在任课的我单独下放了。嗯，你是怎么落在他手里的？"

"其中还有另一个人的重要因素。"朱人杰讲了'独眼龙'纠缠小玉、报复诬陷以及史副书记非法定罪的情况。

"很多人都知道，'独眼龙'是个光屁股打老虎既不要脸又不要命的色狼。癞蛤蟆想吃天鹅肉，也不想想自己配吗？"郑老师对朱人杰的遭遇同情而义愤，他说，"我们这里也称得上'庙小妖风大，池浅王八多'。这伙人数量不多、能量不小，智商甚低、手段颇高。他们对异己分子的撒手锏是一抓政治二抓经济三抓生活，内查外调加工提高，化缺点为错误，翻错误为罪行，突破政治清白经济清楚的障碍，终于发现男女关系的新大陆，好几个干部都是这样搞垮的。他们没有继承几千年文明古国可贵的文化遗产，也没继承太行山人几十年来优良的革命传统，却继承了不该继承的历史糟粕——弄权和整人。什么时候，这种一旦有权即可置人死地的状况才能改变呢？"

"真理是时间的女儿！"朱人杰大脑中倏地闪出了这句哲人名言，他坚信在政治生活社会生活中，物质不灭和能量守恒的法则仍然会起作用，事实和良心是不能掩盖也难于泯灭的。他呼地一下站起身来："对，要好好活下去！"

血红的夕阳隐没在山间，迷蒙的天空越来越黯淡，只有一缕赤血飞沫的红霞，还飘荡在西边的天际。枯水期的漳河，仿佛被日夜不停的奔流弄得精疲力竭，慢悠悠地再也提不起精神。

收工回来，小玉急匆匆地走着，她要赶快回家照顾两个老人。儿子被关，老母亲一人在家不知该怎么办？总像头顶上方悬着只大锤，随时会坠落下来把她砸得粉碎。小玉晚上忙完家务就过来陪伴着她，安慰那颗寂寞的慈母之心。

小玉终于想开了，这要归功于那个白大姐的帮助。

一天午后晴转阴，不一会儿就下起雨来。大妈见路过的俩母女在门前躲雨，便让她们进屋坐坐；雨越下越大，又留她们一同吃晚饭。闲谈时大妈见客人态度和蔼、说话在理，同儿子一样是个有知识的文化人。傍晚雨止，但天黑路滑，大妈坚持留客人住一宿，央她到隔壁去开导开导小玉。

第二天，灿烂的太阳又从山上升起，小玉望着母女远去的背影，耳边还回荡着白大姐的话："你要是真心喜欢朱大哥，就大胆去爱吧！解放了的妇女婚姻自主。"对！既然国家的婚姻法说了可以自由找对象，爱谁嫁谁自己挑选，甭管别人放屁！

从此以后她坚强起来，见人再不低眉垂眼，听了闲言闲语也不伤心落泪，

路　石

她挺直腰板走路，堂堂正正做人，每天早出工晚收工，两耳不闻村内事，也不去看任何人的嘴脸。她想，朱大哥这一关不知道什么时候才能出来，自己应该勇敢地担负起赡养两位老人的义务。

"独眼龙"对小玉仍然贼心不死，一见面就痴痴迷迷，脚板生钉，油嘴滑舌地讲好话献殷勤，说什么"都怪姓朱的坏了你的好名声，思想反动的人活该蹲牢房。只要和他划清界限，你这个先进分子又会发出红彤彤的光彩，我一定尽力帮助你解决入团问题，重新戴上大红花。"

小玉连正眼也不想瞧他一下，冷冷地说："三九天开桃花，稀奇！你那好心我早看透了。本来我和朱大哥是兄妹相待，一清二白，有人却硬把我们穿在一根藤上；既然成了一根藤上的两个瓜，就再也分不开了。"

姑娘正值妙龄，情窦初开，也和其他少女一样，怀着一个甜蜜的梦想和特别的秘密，每当看到朱大哥那外柔内刚的眼神，就有一种怦然心动的奇妙感觉。她自己也弄不清，这位尊敬的朱大哥在心目中的位置，究竟是兄长还是不仅仅是兄长？她十分了解两位老人的心，大妈迫切需要一个称心的儿媳，爷爷也想有个靠得住的孙女婿。

有一天，小玉提了花生、红枣，大大方方地去探望朱大哥。她咬紧嘴唇，快步冲进牛棚，见了朱人杰立刻张开双臂，毫无顾忌地搂住他的脖子，睫毛在又黑又大的眸子周围闪动，渐渐泛出晶莹的泪花。她急切地要知道朱大哥在牛棚里是怎么过的，受了些什么苦？也谈了家里一些使他放心的情况。

临别时，这个天真未泯而诚挚倔强的姑娘，忽然吐出几句心里话："杰哥！我等着你，一辈子伺候好大妈。就是他们把我的头割了，血身子也要和你在一起。"其声音之悲凉，情感之真切，令朱人杰眼眶发热、心尖发颤。

此后小玉有空就来看望朱人杰，带点吃的穿的，更多的是带来慰藉和温暖。小玉火样的热情、痴心的爱慕，又使朱人杰深感内疚和不安，没有勇气回答"杰哥，你喜欢我吗"的询问，不敢正视那双满含期待的眼神。他不知是否因初恋投入太多太深厚太彻底，才在心田四周筑起了一道篱笆，既挡住了感情的外溢，也拦住了爱情的进袭。好几次他也曾想拆掉心中那条看不见说不清的防线，去接纳一颗纯真的姑娘的心，但眼前总会立刻浮现出那个骑自行车融进人流的难忘倩影，真挚的爱情仿佛能超越时空，在永恒的王国里飞翔。

小玉日益尽着妻子般关怀体贴的义务，使朱人杰也愈来愈感紧张，仿佛每过一天都增加一分向她求婚的责任。

有天，朱人杰听郑老师说，公社召开先进工作者会议时，他整理过小玉的先进事迹，认识了这个全社年龄最轻的生产能手。谈话中流露出对小玉无限敬佩和爱慕之情，对她目前处境表现深切关怀与担心。朱人杰想起阿拉伯的一句谚语：女人与爱她的男人结婚，较与被她爱的男人结婚更好。他当着小玉的面对郑老师说："小玉每天要上地劳动，又要搞家务、照顾老人，太累了，今后不用常来看我。请郑老师多去小玉家走走，既可替我通报情况，又能及时帮助小玉解决困难，防止独眼龙上门纠缠生事。"

秋色中的太行山，雾霭迷蒙，湿漉漉的松树被雨雾浸润得贝母般绚丽，枝头上挂着微红的松果球。秋雨像根灰白色的鞭子，不断地抽打着大地，道旁两排光秃的树干，在无言地怀念着温暖的夏天。

朱人杰住在中间隔了一道短墙的、黑不溜秋的牛栏一边，里面堆放的饲料因回潮发出刺鼻的霉味。

郑老师早年丧母，前年父亲也因病去世，单身一人在附近小学搭伙吃饭，朱人杰也是由小学食堂提供的低标准伙食。他见气温日益下降，牛棚难于住宿，便悄悄把朱人杰带到自己屋里同吃同住。

此事不久被"独眼龙"发现，屎布书记把郑老师狠狠训了一通，罚他晚上饲牛白天劳动。朱人杰也被转移到一间废旧小屋，换了一个看守，禁止任何人前去探望。新看守腿懒嘴馋，每日三餐只送两餐，菜饭七折八扣，他说："你一不花钱买，二不劳动赚，还想吃饱饭？"

从囚室的小窗口可见到一片天，在朱人杰眼里已经是无限空间了。通过它，能见到鲜红赤热的太阳在缤纷的朝霞簇拥下，如何吻热千里峰巅，濡温浩荡寰宇。天色逐渐黯淡，血染的红日被山谷一口口蚕食，但它仍在顽强挣扎，发出垂落的光。窗外一棵干枯的大树，在默默等待春天的雨水，再变成枝繁叶茂的浓荫。

朱人杰曾深感和平的可贵，而今身陷囹圄，才真切体会到自由之于生命的价值，他徘徊窗前，心潮起伏，不禁信口念道：

> 晨昏在寒风中战栗，
>
> 沉重的心像铅铸的网。
>
> 江河消长，人世沧桑，
>
> 空怀壮志，黯然神伤。
>
> 往日的战友，已天各一方，
>
> 真情的爱恋，只留下一腔惆怅。
>
> 无情的锤打，还要忍受多少年，

才能锻铸成钢!

屋里没有灯,笼罩一切的是黑暗、孤独和寂寞,只有怀里的红豆、贴身的毛衣,带给他一丝温暖,伴着他从黑夜到天明。

白天,他又见到窗外的那棵老树;傍晚,又看到黄昏中的夕阳。日复一日,他突然觉得自己就是那棵老树,就是那轮夕阳,既要耐心等待春天的雨露,又要顽强挣扎,发出体内的余热余光。《红岩》中的烈士们,不是在"两个天窗出气,一扇风门伸头"的恶劣环境中,还坚持"歌乐山下悟道,渣滓洞中参禅"吗?他鼓励自己,即使化作一抔黄土,也要为社会主义事业铺路!

下雪了,天空显示一种凝重的庄严和凛然的肃穆,湿漉漉的小屋,墙上布满白绿相间的霉斑,雪花从木窗的栅栏随风飘进斗室,寒气无孔不入地钻进硬如甲壳的旧棉军衣。子夜,寒冷、饥饿,使他辗转难眠,摸到白天剩下的半个糠窝细细咀嚼,在唾液酶化作用下,粗粝干硬的窝头居然渗出一丝清淡的甘甜,顿觉一股活跃清晰的思绪,如潺潺细流涌进脑际,不仅困倦全消,而且心扉大启。

他苦苦地思索,不倦地探索……

村里传来几声高昂的鸡鸣,风息雪止,东方已经破晓,他起床活动了一下冰冷的四肢,凝视着小窗外千里冰封的世界,仍然在想着想着,他又一次环顾小屋,可惜只有一张窄窄的草铺和一个便桶,没有桌凳和纸笔,难于将所想所悟及时笔录下来,不免感到遗憾。然而这里却是一个难得的最安静的角落,身受束缚而脑袋自由,可以在毫无干扰的情况下继续心宁神静地"悟道参禅"。

江涛来军事博物馆工作不久,黎明因无大错,劳动表现好,已恢复原职工作,一家三口安然相聚乐享天伦。只是好长时间没见朱人杰的音讯,去函询问也无回音,心里不免记挂。

假日,江涛去看望馆里的一位领导同志,也是他在抗美援朝初期的老首长。他们谈起在朝作战和归国战友们的一些情况,老伯猛然想起一件事,托江涛务必在四川老乡中,替他打听红军老战友朱大有妻子秀娥和儿子雁娃的下落,说已经找了好多年,是他一件放不下的心事。

为核实军史资料,江涛先去大别山,接着又来到太行山,才得知好友已遭诬陷,备受折磨,心里十分难过。他去见史副书记,出示外调介绍信及军官身份证,要求与朱人杰本人晤面,核实抗美援朝中的重大事件。

江涛带了食品衣物去探望朱人杰,询问他的生活情况,见他情绪安定身体尚好才放了心。

朱人杰幽默地说："这段时间最有意义的事是悟道参禅。"

江涛见朱人杰身处困境仍孜孜以求，感到十分欣慰和钦佩。

分手时，朱人杰说："那几本笔记，记录了我多年来的观察和思考，本来想把一些问题弄清楚了将来交给党，让党去鉴别参考，对党的社会主义事业尽一点应有的责任。

吃饭时，江涛问大妈："我听人杰说过，小时候父亲离家出走杳无音信。朱大伯叫什么名字？"

"他爹叫大狗，一直没取官名。解放前，保长按两丁抽一的规矩要抽我家一个壮丁，他爹死也不肯跟'刮民党'。那天保长带人来抓丁，我急忙把手上陪嫁的两只银镯子拔下来，给他作盘缠。他撂下一只给我，就从后门跑了。唶！就这，三十多年了，我一直戴着。"大妈挽起袖子给江涛看，鼻子有点发酸，"我亲眼看见隔壁家的黄狗在他左脚上咬了一口，这时保长脚已进门，我心里着急，可又脱不得身。"

大妈起身进灶屋去盛汤，出来时表情激愤："龟儿子保长不是好东西，三天两头来盘问，二叔只好在城里放空气，说有人见他爹被国军拉夫走了。我心里琢磨，会不会跟了红军？前两天，他卖菜给过境的红军，回来说，红军是穷人的队伍，当兵就要当红军。谁晓得这一去就石沉大海。"

"人杰小时还有其他名字吗？"

"有。生他的时候，正好屋顶有大雁叫，他爹说是好兆头，就取小名叫雁娃，人杰是他二叔取的官名。"

"雁娃？哦！大妈，你是不是叫秀娥？"

"你怎么晓得？是雁娃告起你的吧？"

江涛想，还是回去核实一下再说，何况朱人杰被关着，这时告诉她烈士牺牲的事不啻是雪上加霜，他还决定向单位领导反映转业干部朱人杰的情况，请组织出面设法营救。

离开太行山前，江涛正告"独眼龙"：部队已查明朱家确系烈属，不久即可正式通知当地政府；要他将朱人杰笔记、日记退还，带回由部队首长审阅。

江涛走后的第二天，朱人杰也走出了湿漉漉空荡荡的小屋。屎布书记一张白条无名无据地把他关进去，现在又以一张白条无名无由地放出来，足见司法手段在这个山沟里的当权者手中，是何等的极端随意性。

重获自由的朱人杰，身上肌肉减了许多，而大脑却更加充实，他带着小屋里酝酿的初具规模的腹稿，甩开膀子，迈着大步，在暖融融的冬日阳光照耀下，涌起了再生新生的激情。

官复原职的大队长满脸高兴地回到家里，一见"木头桩子"心里又来了气，冲着她大声吼道："明天开个妇女大会！"

妇女主任瞪着眼问："干啥？"

"给朱人杰平反。"

"要我给他平反？八字还没一撇！"

"要你平？没那资格！上级平的，是要你收毒。"

"你锄头斗错了把！与我相啥干收啥毒？"

"打人家进村起，何尝办过件坏事？你大麻子照镜——个人观点，听信你那宝贝侄儿的馋言，弄得人家痢疾鬼样谁也不敢沾。你侄儿自己做丑事，反倒血口喷人，挑唆史副书记关人家的牢房。人家本来是好人，是烈士后代，反倒冤枉受了这多苦这多屈。你裁缝的尺子量人不量己，甭问青红皂白地乱嚼舌根，把人家臭骂一顿，还不对你憋着一肚子气。"

妇女主任愣了一下："那咋办？"

"娘们的嘴是喇叭筒，你先在妇女会上讲清楚，人家是好人是烈士后代，上级已经平反，再不要叫啥右倒分子了。至于朱人杰对你个人的意见，你就自己上门去检讨。"

妇女主任以前看到电影里的英雄，在另一场电影里又成了罪恶昭彰的坏人，她无法接受这种戏弄感情的玩意；大队长说这是变戏法，不必当真。而今"分子"变好人又成了真的，这可是谁的戏法？她平日做事逞能，从不向人低头，因而脑子很难转弯，心里也有些不服。

大队长耐心开导她说："平了反的大学生，可是村里的圣人，将来还要靠他出主意想办法，替乡亲们多办好事。古话讲宰相肚里能撑船，你大小是个领导，就一点气量也没有？何况是你对不起人家。共产党员坚持真理修正错误，根本不丢人。"

妇女主任亲眼见部队首长和地委干部也来朱家探望，在小山村里是很稀罕的事，姓朱的能修炼到这个地步，可见确是个有文化的圣人，心里顿生敬畏，于是乖乖地照大队长的吩咐召开了妇女大会。

只是这上门检讨的事实在太难了，怎么开得了口？自己早先为啥把眼珠长到屁股蛋上去了？现在的好人坏人比打鬼子打老蒋的时候还难分。究竟去不去呢？心里挂着这事，老觉不舒坦。大队长又一个劲地催，还说她是擦粉进棺材死要面子。

朱人杰是好人是烈士后代的新闻，通过妇女们的嘴，立刻传遍四方八邻。妇女主任一个远房侄儿，从国外回乡探亲扫墓，听说村里有个平了反的四川大学生，想来拜访拜访，打听一下沙坪坝老同学的情况。

妇女主任趁此机会带他去见朱人杰，一进门就介绍说："这是我看着长大的侄儿，解放时他爹花了好多钱，才流到了外国那个洋里去，这些年在外边发了，回来光荣祖宗。我说侄儿哪！乡亲们还穷得叮当响，叶落归根，就回来扶一把吧！"她转身对朱人杰赔笑道，"论起来我和你娘是远房同辈妯娌，你也是我侄儿。做婶的是个把擀面杖当笛子吹、有心无眼的人，以往有什么对不住的地方，你就大人大量，包涵些吧！反正饭糊了在锅里，亲不亲总是一家人。嗯，你不也是四川沙什么坝的大学生吗？你们今儿个得好好聊聊才是。"说罢便坐到大妈身边一起择菜去了。

这个昂首向天、从头到脚都现代化了的洋人，果然是朱人杰在重大的同窗。他自我介绍大学未毕业就随姨父经商了，不负家人所望，现在日本某大公司的一个子公司任经理，接着大谈了一通异国的现代文明和生活方式。最后怜悯地感叹说："你父亲为革命丢了老命，你在农村辛苦劳动十几年，得到什么呢？无名无利，还白白丢了青春丢了幸福。听说经过这场运动，国内许多人都变得实际起来，不再相信什么社会主义共产主义、什么革命理想了。"

客人颇有气派地掸掸烟灰，又面带笑容地说："阁下如愿与鄙人合作，过几天就可一同出国，保你既能不断获取优厚待遇，又能在自由天地里享受人间幸福。安排就绪以后再来接伯母，不知老同学意下如何？"

如果不是出于往日同窗今日外侨关系的考虑，朱人杰将会立刻反驳。一个全心追求利润、从没对祖国和祖国人民尽过一点义务的日籍华人，懂得什么是社会主义共产主义和革命理想？当然，如果没有党在指导思想上失误带来的挫折，社会主义建设速度会比现在快得多；但我们将来一定会创造出叫资本主义世界惊叹和羡慕的高度文明，那时看你这只飘零海外的孤雁再回故土时，是趾高气扬还是愧悔内疚？

朱人杰很清楚，离开报社下农村劳动后，虽然失去了要搞一辈子新闻工作的个人理想，但还存在一个为祖国为人民服务、争取在中国建成社会主义实现共产主义的大理想。只要一息尚存，就要为这个大理想献身！

他终于平静下来，淡然一笑地说："人不能为了单纯物质享受而活，丧失崇高理想追求个人私利的只是少数人，绝大多数中国人仍然在为共同理想奋斗。实际上，我们的理想已经实现一半，就是劳动人民站立起来翻旧中国的天，建立新的社会制度，为旧中国'治弱'，那是我父亲一代和上一代革命者流血牺牲的结果。我们这一代和无数代子孙还要实现另一半理想，就是复中国的地，发展社会生产力，彻底改变经济文化落后面貌，为新中国'治贫'。我们总理代表党中央在第三届人大首次提出的'四化'建设蓝图，就是实现这个理想的近期目标。"

朱人杰满怀激情，继续说道："这理想之火是中国共产党和无数先烈用鲜血和生命燃起来的，是一百多年来中国社会发展的必然结论和中华民族的共同愿望。即使经过'文革'这些年的动荡，党和人民也一定能治愈创伤，我们的民族有很强的内聚力和克服困难的顽强精神。搞建设我们虽然经验不足，还可能会遇到挫折，但我们不会灰心，为了实现最高理想，中国人将会像愚公移山那样，一代一代干下去。"

妇女主任听客人说要带朱人杰出国，便本能地反感起来，她提着嗓门对大妈说："洋插队有什么好？老话讲，双脚好移故土难离，到东洋去不就是吸洋烟、穿洋装、住洋房、讲洋话，我看他们那个洋桃（杨桃片）还不如我们的水蜜桃有味哩！"

显然是当着和尚骂秃头，客人用眼角的余光扫了她一下，似乎不屑理会这个粗手大脚的"土产愚民"，只对朱人杰说："请别误会，我虽身在海外，也是爱国的呀！"

"是的，你和我都有爱国的权利，但责任和义务不同，你是看而我是干，无论修地球还是做孩子王，都是在为祖国建设添砖增瓦。我相信中国人的智慧定能开花结果，定能以新的面貌来迎接二十一世纪的黎明。"朱人杰略带歉意地笑笑，"谢谢您的盛情，我在农村土惯了，不会过白兰地、夜总会、嬉皮士、摇摆舞的生活，也很难适应那种环境。是我自己选择了跟党走社会主义道路的，只能一辈子走下去。"

"为了走这条路，你已经付出了可怕的代价，难道……真不可思议。"客人茫然地摇着头。

"如果人们都因怕付代价怕受挫折而自个到国外去过舒服日子，祖国谁来建设？一个志愿献身社会主义事业的人，总不能等别人建设好了再坐享其成吧？祖国好比一块大磁石，我只是一个小小的指南针，无论何时何地，指南针都难离开磁石的吸引。"

客人只好打道回府。他站起身来傲慢地伸出戴白手套的手，略含讥讽地说："看来，你的爱国之情、故土之恋是浓得化不开哟！"

朱人杰也站起身来点头送客，没有再和这位洋同胞握手。

解决朱人杰的问题，老伯起了关键作用。

他听完江涛汇报，立刻想起老战友左脚后跟上确有狗咬伤疤，在雪山倒下时交给他的一只银镯，也和江涛见到大妈腕上的那只一模一样，肯定朱大狗即朱大有无疑。他仔细看了朱人杰的两本笔记和一本日记，感到并无错误，许多问题的剖析还很有独到见解。

老伯专门去邯郸地区找到一个负责人，也是他过去的老部下，亲自查阅了档案。从对朱人杰的全部了解中，发现在报社的言论行为，不仅不是什么政治错误，恰恰表现了一个共产党员光明磊落、敢于坚持真理的精神。

老首长语重心长地对老部下说："和我一个班的战友，过雪山时倒下了。最近才知道他的儿子因为说了一些在当时认为不该说、而现在看来是完全正确的大实话，被追回乡监督劳动。十多年了还没解放，烈士如何能瞑目九泉之下？我不是来说情的，只希望你们查一查这件积案，主动和原来处理单位联系一下，以免两不管，一拖再拖。我建议你抽时间看看他的全部材料，实事求是地抓紧解决。"

在江涛陪同下，老伯和地委干部前来看望烈士家属，通知朱人杰，组织上已为他落实了政策。

老伯六十来岁、高个子、长方脸、腰板结实，脚步矫健，与朱人杰握手时上下打量，目光锐利而严峻。很快，一缕慈祥柔和的光波在他眼里迷漫开来，赞许地点着头，又将他大而有力的手紧紧地握了一下才分开。

朱人杰终于见到了父亲生前最亲密的战友，又有了组织的关怀，心里洋溢着刚入党时感觉到的那种巨大的温暖，那种无法形容的兴奋和激情。

谈话时老伯神情专注，思维敏捷，他详细询问了朱人杰母子这些年的生活情况，把烈士留下的一顶红军帽和一只银镯双手交给大妈。地委干部也把烈属光荣匾捧上，把取消处分恢复工作的决定交给朱人杰，说领导将考虑在地专机关安排一个科级职务，要他先休息一段时间，恢复健康，并征求他的意见和要求。

还能说什么呢？母亲错打了儿子，真相大白之后，能重新享受到母亲温馨的一吻，足矣！

老伯有个年轻自负的小儿子，在天津一所大学任学报主编，看过朱人杰的笔记之后，深感自己的浅薄，十分仰慕这个身处逆境心如水晶、分析问题精辟透彻尖锐中肯的老报人，特托江涛转告，希望朱人杰能将笔记心得写成专题文章发表，并竭忱欢迎他到学报共事。

独眼龙听说自己将被开除公职，心有不甘，又得知朱人杰要到大城市大机关去当大科长，脸上顿时发生连天才演员也表现不出的由惊诧到沮丧等综合起来的复杂表情。他急忙把这一特大新闻奔去告知其后台老板，并求高抬贵手庇护自己过关，恰好这时屎布书记也接到了自己被免职下放的通知。

朱人杰体力迅速恢复，而老母却因忧思积郁、大悲大喜而猝然病倒，一月后含笑仙逝。遗憾的是，她没见到儿子的重新展翅和日思夜盼的小孙子。

政府工作中架屋叠床的职能机构，冗繁的请示报告，马拉松式的研究讨论，以及部门间的"足球赛"，使朱人杰望而生畏。他只想做事不想做官，终于放弃了世人瞩目的仕途官道，自愿到学报去走社会科学研究的荒僻小径。他迫切需要的不是位子票子房子，而是丰富的人生内涵。转眼四十多岁，黄金般的壮年已消磨在黄土之中，只有尽快投身党的事业，生命才能返青发芽。他想把前半生中潦草的篇章撕去，用最恭正的楷体来抒写自己的后半生。

落实政策补发的一笔款子，朱人杰大部分送给小玉做修理住房和结婚之用。郑老师已回到学校，在朱人杰的极力撮合下，与小玉办了结婚登记。

朱人杰告别大队长时，留下了一份建设山村的远景规划和近期目标，供大队参考。然后收拾好简单行装，到坟前告别老母，便离开了身上流过汗、心里流过血的第二故乡。

在车站上，朱人杰像亲切的兄长，紧紧握住郑老师和小玉的手说："你俩好好过吧！经常给我写信，有机会我一定回来看望你们和乡亲。"

开往天津的列车大声吼叫着，喷出浓浓的烟雾，那一串急速旋转的车轮，好像不是辗在铁轨上而是辗在小玉的心上。朱人杰从窗口招手喊道："再见了，回去吧！"声音向窗外散去，他远远看见小玉在用手臂抹眼睛。

朱人杰在学报里担任编辑工作。一旦消除了强加在身上的重压，丰富的人生经历和生活实践，使他的潜力迅速发挥出来，仿佛有一种看不见的力量，在唤回他久已失去的精灵，焕发出思想敏锐的霞光，提起笔来一泻千仞，不可遏止。在恢复党籍的那天，他捧出整理的一叠论文，向党交出了共产党员合格的答卷和证书。

战友重聚 殷切寄望后来人

（十四）

树，绿了又黄，黄了又绿；花，开了又谢，谢了又开。时间像流水，淙淙涓涓。我们的国家已经起了翻天覆地的变化，曾经创痕累累的中国经济，正以全球瞩目的速度驶入快车道。拥有五千年悠久文化的华夏子孙，经历着历史进程中的巨大变革，梦寐以求的安定团结、繁荣昌盛的幻境，也逐渐成为现实。

平市师院系主任兼总支书记白如冰，去北戴河参加理论研讨会和社会主义思想史讲习班。她一下汽车，就奔向了无边无垠蓝色锦缎般的大海，空气新鲜而凉爽，疲乏全消。她抖落带来的南方炎夏和满身风尘，任海风拂弄头发，掀起衣角，心旷神怡地沿着海滨公路走着，仿佛在重游故地，仿佛又嗅到了那股熟悉的暖烘烘咸津津的味道。她下意识地举目海天相接的地方，寻觅着当年盐滩上的故人。

讲习班住地是一处别致的休养所，离海不到一百米。报到地方是一座前园后方的堡式平房，半圆的内层是宿舍，外层是舱式活动厅。后面连着一个长方形小院，即食堂、厨房和工作人员办公地方，院内种满了花卉。如冰被分配在新建的二号楼宿舍，它全部掩映在绿树丛中。楼栏外连着一个圆形敞厅，朱漆栏杆、绿瓦覆顶，四周有火炬形灯柱，厅内备有沙发、茶几，供乘凉看书之用。圆厅下面是会议室兼课堂。休养所内到处是盆花，月季香气袭人。

白如冰在二楼走廊里，一面和其他院校的熟人打招呼，一面查找自己要住的房号，瞥见一高个男人站在房门口向走廊里张望。透过两对近视眼镜，双方都惊诧地哦了一声，怔怔地对视着，似乎想从这久别的面形上寻找出熟悉的特征，捡回失落的记忆。

高个子疑真疑幻地趋前几步，紧紧握住白如冰的手。两只手都在微微地战栗，说明内心的激动是完全一样的。

　　骤然相逢，犹如梦中，一股热流在心头翻滚，千言万语不知从何说起。白如冰停了一会儿，让百感交集的心恢复平静。她打量朱人杰的全身，见他下面穿条崭新的毛料西装裤，上面却穿了件很不相称的旧毛衣，领口袖口均已磨损、褪色。她立刻认出来，就是自己在报社织的那件深棕色毛衣，不由心中涌起感慨万千。这毛衣，伴随他度过了二十多年风雨生涯，记载下几多离合悲伤。当他在春雨绵绵、秋风瑟瑟的日子里穿上它时，感到的是温暖还是辛酸？

　　晚饭后，朱人杰邀白如冰去海边散步。斜阳射在嶙峋的礁石上，展翅翱翔的水鸟掠过薄暮的浮云，大海翻起白浪涌向松软的沙滩，前面的浪刚刚消失，后一排又紧跟上来。他们望着这有节奏有规律的运行，倾诉着分手后的经历和遭遇。

　　白如冰听完朱人杰这些年的经历后感叹地说："你有坚强的信念和毅力，能在暗室里窥见光明，在逆境中为未来事业奠定基石，我却虚度年华，碌碌无为。"

　　上弦月弯在天边，游人已陆续散尽，喧嚣的海滩只剩下海浪拍打岩石的声响，两个久别重逢的故人还在沙滩上漫步徘徊，娓娓低语。

　　白如冰谈起张鸿亭被迫害致死的情况，她沉痛地说："来平市的那短短几年，他虽没做出什么惊天业绩，却是凭着一个共产党员的良知和对党的无限忠诚，履行着自己的使命和责任。令人痛心的是，直到临终没能安安静静地离开这个世界。他最后那双痛苦、忧虑的眼神，我一辈子也忘不了。"悲怆的话语像是用血和泪融成的。

　　朱人杰感动地说："抗美援朝时期他任团政委，同志们都了解，他是只知奉献不会索取的，在战士们心中也很有威信，是我十分敬佩的人。"

　　"值得慰藉的是，平市工业系统的职工至今还怀念着他。平反昭雪大会，许多人自发前来参加，说明死神并没有带走他留下的一线光明。"白如冰轻轻叹了口气，"听说厂里有些斗过我们的人不好意思来见我，只好主动和他们接近。血债累累的战犯都特赦了，对做错事的人还能不一笑泯恩仇吗？"

　　"在那个动乱年代，不少为虎作伥的人都自以为是在革命，正如报社梁书记一样，高擎鞭子打人时，还坚信是捍卫党的义举。"朱人杰又问，"曹流后来情况怎样？"

　　"听韩笑说，曹流没选上市革委副主任，很不甘心，想东山再起，只是跟随者寡。黄天良劝他政治损失经济补，替他找人把造反来的文物走私出口。被海关查获以后，黄天良为了自保，居然反戈一击，主动向公安局交出了曹流托人走私的亲笔信。为了彻底打倒他的亲密战友，又主动找市委书记揭发曹流迫害张鸿亭的内幕；检举从曹流婶婶口中了解到的关于曹流隐瞒家庭身世、伪造历史、骗取军功的罪行。'三查'期间，乱世英雄曹流终于被逮捕并判了刑。"

朱人杰笑笑："那个黄天良也够阴险狡猾的了。"

黄天良后来在厂里大做好事，把自己宽敞的住房换给副厂长，给新来的党委书记爱人搞'农转非'，替工人送夜餐拉选票，把他视为眼中钉的我推荐到师院教书。这个典型的'溜派'人物费尽心机，总算保住了总务科长的乌纱帽。据说厂里职工不买他的账，自己疑神疑鬼，得了忧郁症。"

"事物都有其因果联系，就是俗话说的，天网恢恢，疏而不漏。"

白如冰感慨地说："在一个不算很大的厂子里，怎能包含如此丰富的内容：智慧与愚昧、诚实与谎言、宽宏与残忍、坦率与虚伪、光明磊落与阴谋诡计？"

朱人杰忽然想起一件事说，"恢复工作后我给铁旦家去过信。他姐姐还健在，儿子很能干，办了个养鸡场，日子过得不错。回信说十分感激我从1952年到1968年期间，在经济上对他们全家的支援。我下乡后并未去过信，这后八年的经济支援，肯定是你冒名顶替所为。"

"铁旦是我们共同的战友，各尽八年心愿不好吗？"她苦笑了一下，"'文革'中不准我和外界联系，才中断了。"她告诉朱人杰，学校组织去延安考察，回来时在重庆见到失去联系的董文莉，神态和当年一样，连发式也没改。

白如冰见朱人杰把脸贴在礁石上，联想到他离开报社那天，独自默默地把脸紧贴在制版机上那幅寓钢铁于温情之中的情景，不禁又想起了那次难忘的分别，轻声问道："你下乡后我一连寄出好几封信，你不看也不回；走了，连个地址也不留，这是为什么呢？"

朱人杰沉默许久，吐出一句话："怕疼，想麻痹自己。"

"真正强者的伤口是不需要上麻醉剂的。你这样做的后果是把痛苦留给了别人。"

"你应该把我忘掉，为了你，也为了我。"

"那时候，可能吗？"

朱人杰激动地问："现在呢？"

白如冰低下头，默默地向通往休养所的林荫道走去。

路 石

朱人杰躺在床上，一股热流穿过心窝，连续的坎坷和消失的岁月，并未熄灭胸中炽热的激情，他仍然是一个感情丰富的男人。

恢复工作，对朱人杰来说，已不仅是人生的驿站，而是人生的转折点。他在学报上不断发表论文，往往是一拿起笔来就不分子丑寅卯、白天黑夜，自己也记不清开了多少夜车。有时干脆不到食堂吃饭，只冲一碗方便面，或者喝一杯冷淡的开水，嚼一把花生米。也许是二十多年经历的严寒霜雪太锥心刺骨，一旦受到阳光厚爱，便激情满怀浑身是劲。在拨乱反正的那些日子，他深入研究了我国现阶段的经济基础和上层建筑，令人神往的光辉灿烂的社会主义，梦绕魂牵着这位痴迷的探索者。

他投向其他报刊编辑部的文章，也立刻就能变成白纸上的铅字。他要把失去的时间夺回来，把剩下的生命扯长，像春蚕吐丝一样，用生命的绚丽，去编织出一篇篇文章，献给亲爱的党和人民。

两年后他调社科院，专攻马克思主义三个组成部分之一的科学社会主义，仍然夜以继日辛勤耕耘，成为院里学术理论研究者中的佼佼者。每当他思维深入某一领域，便几天几夜都难见他的影子。同事们说，他天生具有理论研究的本事，他的见解不产生于系统的教科书，而产生于自己的观察、分析和判断，产生于多年的实践、反思和总结。他的追求说明，他是一名合格的、富有良知的社会科学战士。

他除了写论文，也写杂谈和散文，从人生哲理的高度，开掘出深厚的内涵，凝聚成势不可挡的感情力量，能强烈冲击人们的心扉。

自然，他在获得丰硕果实的同时，也获得了自身活力输出的喜悦，以及蕴藏心底爱的释放的满足。《社会主义的基本问题》是他孕育已久的婴儿，当它哇的一声降临人世时，宽慰的心情是可想而知的。工作越忙越觉得充实，再也没有虚度年华的惆怅。

同志们见他严谨治学、寂寞为人、形影相吊、孑然一身，都关心他的个人问题，纷纷给介绍对象。何况他那深沉的面孔、充满思考意味的嘴唇和伟岸的身躯、潇洒的形象，对中年知识女性也极具诱惑力。但朱人杰都一一婉谢了，有次他干脆宣布，在报社时已经有了伴侣，适当时候将结束两地分居生活。半信半疑的同事老问：什么时候？头发都白了哇！催促和提醒他快些偿还积年老债。

身边确有很多优秀的女生似乎都不是他心中的理想之神，并非心冷如铁，只因曾经沧海难为水，周围八万里的地球，只需二十四小时的自转就永远告别了昨天，可是人的心，要走完昨天到今天的路程，却是那么艰难！

他并不为悄悄增添的白发担忧，也不为一去不复返的青春发愁，唯一使他后悔的是：当年没有伸开双臂，去拥抱那颗晶莹的红豆。后悔是痛苦的，因而又称它作痛悔。本来自己珍爱偏偏又亲自去毁掉的这种痛悔，简直无药可医，经常像绞索一样勒紧敏感的心肌。

有天他凭栏远眺遥远的白云深处，李煜的词猛然涌上心头：独自莫凭栏，无限江山，别时容易见时难。流水落花春去也，天上人间。从而泛起一阵莫名的感伤。夜半梦回时他又会默诵起苏东坡的词：十年生死两茫茫，不思量，自难忘。千里孤坟，无处话凄凉，纵使相逢应不识，尘满面，鬓如霜……

他听江涛说，有人出差苏北海防时见到过白如冰，后来又听说随丈夫调南方去了。他在心里发誓：只要你还活着，我会永远等待。当他恢复理智的时候，又可笑自己这个荒唐的幻想，她不是已经成家了吗?

这意想不到的重逢，使他深藏数十年的情感立刻掀起轩然大波，他要把自己坚贞的爱奉献给她，也渴望得到真情的回答。

才三点多钟，鸟雀就在树梢上叽叽喳喳。朱人杰披衣站在窗前，见白色的铁栅栏后面，阳光拨动着金色的弦线，照射在修剪得整整齐齐的草坪上，高大的树木环绕在楼房四周，轻轻地摇曳着。草坪中心建有圆形水池，人工喷头不停地将洁净的水花喷向半空，又雨点般地跌回水池。

太阳越升越高，海面上笼罩着一层薄薄的雾气，北戴河海滨疗养区最繁华的海滩上，已挤满了蚂蚁似的人群。朱人杰信步向海边走去，只见横卧水中与沙滩相连的"老虎石"上，几个老人正盘坐举杆，怡然垂钓；不少青年游人，则在此摄影留念。沙滩上铺满了色彩斑斓的贝壳，在浪花嬉戏的地方，留下了一堆堆海绵似的泡沫，被惊吓的小蟹正往里面藏身。人们迎着朝霞拾贝螺、采海菜，满滩洋溢着快活的呼唤声、嬉笑声。远处的渔船，也纷纷扬起了风帆。

在一块礁石旁边，朱人杰发现白如冰蹲在沙滩上，饶有兴趣地用一根小树枝在逗弄着什么东西。他轻轻地走到她背后观察，见逗弄的是一朵白"花"。这花一碰到树枝，立刻缩到松软的沙滩下，不一会花瓣又伸了出来。朱人杰伸出四个指头，在花下面挖出了一个深灰色的像网状甲壳般的圆形生物体，柱状白色透明的"花瓣"，原来是它伸出来觅食的触角。

白如冰站起身来笑道："这东西真怪，为什么要把自己埋在深处?"

朱人杰意味深长地望了它一眼："难道有人不是也和它一样把自己埋得很深吗？"

早晨的风很冷，穿两件衣服也觉得有些凉，而防鲨网内的双人橡皮筏上，却趴着一对青年情侣，一面用双脚戏水，一面小声地商量着婚事。那姑娘见朱人杰和白如冰并肩走来，有点难为情地低下头来。小伙子用臂膀碰了她，理直气壮地说："怕什么，他们不也是一对吗？"

朱人杰默认似的笑了笑，颇感轻松地说："人们常讲，人非草木，孰能无情。其实植物也和人类一样懂得相爱。洋葱和胡萝卜是好朋友，它们发出的气味可驱逐彼此的害虫；大豆喜欢与蓖麻相处，蓖麻发出的气味使危害大豆的金龟子望而生畏；葡萄园里种上紫罗兰，结出的葡萄香味更浓；根茎叶都散发化学物质的莲线草与萝卜混作，半个月就能长出大萝卜……"

"你什么时候又研究起植物来了。"

"这是一门新兴科学，叫作生物化学群落学，专门研究植物的相生相克。有些植物又是生死冤家。研究植物之间的爱和恨，可以指导人们规划绿化、美化环境和农作物的合理布局。"

白如冰含笑看了他一眼，心想这个书生也学会贫嘴了。

朱人杰想起昨晚江涛来电话的事说："江涛月底要来北戴河开会，黎明听说你在这儿，也想提前休假，同江涛一道来。"

如冰不禁又惊又喜："是真的吗？我和他们分开已经三十多年了，离开报社后和黎明也失去了联系。"

朱人杰望着茫茫大海，不无感慨地说："江涛是幸福的，他在生活的考卷上也是红五分。"

"难道你不是……"

"我没有及格。"朱人杰停了一会儿，又说，"还不知道有没有补考的机会。"

白如冰抬起头来，触到了一双深情而期待的视线。

星期天下午，朱人杰在走廊上见到午睡醒来的白如冰，他兴致勃勃地说："你不是想去看看金山嘴吗？今天风平浪静，还可饱览一番海上风光。"

他们沿着东山区的金山嘴路前行。朱人杰边走边介绍："金山嘴又名金沙嘴，传说古人常在那里观察到海市蜃楼，因而被誉为瀛洲仙境。我想可能是海面上的水汽衍射阳光形成的幻景，不知我们今天是否有此眼福？秦始皇想长生不老，还派了童男童女在那儿入海求仙。"

金山嘴是个三面环水的半岛，它突出海上，酷似鸟嘴，左右两翼是沙滩，嘴头是高耸的断岩绝壁。他们在小岛上游览了南天门、钓鱼台和海神庙等胜迹，果然见到"秦皇求仙入海处"的碑刻题记。最后他们来到断岩绝壁的鸟嘴。

朱人杰跃上高高的礁石，伸手来拉白如冰。他说："这里原来是一片庄稼地，1984 年在海军疗养院施工工地上发现了古建筑的遗迹遗物，后来几个有关部门组成联合考古队，发掘出这一带规模巨大的秦代建筑群遗址。据专家说，这是秦始皇建于东海国门的重要纪念性建筑之一，很可能就是他东巡时的行宫。"

登上鸟嘴，视野开阔，雪白的海鸥时而掠过水面，云天在海水中逆向流动，呈现出梦幻般的景象。

朱人杰身穿剪裁得体、款式优雅的西服，看上去仍然气宇轩昂、风度翩翩，配上那幅宽边眼镜，更具学者气派。他靠近如冰身边，眼角眉梢都溢满着笑意，不断用手指点着远处的秦皇岛。港口码头上几个万吨级泊位依稀可见，夕阳把停泊的船只、如林的桅杆和起重塔臂都镀上一片金黄。他说："沐浴在金色霞光中的海港之晨比灯火通明、流金飞彩的海港之夜，还更加瑰丽壮观。"白如冰含笑地顺着他手指的方向凝望着，轻柔的海风像母亲温暖的手，爱怜地抚摸着她飘起的鬓发。她辨不清此时是醉心这壮丽景色，还是陶然于与他并肩而立的幸福中。昨日奔腾咆哮的大海变得温顺柔情，恰似他俩心中美妙的旋律。

朱人杰去买饮料解渴，如冰选了块光洁的礁石坐下来憩息。遥望烟水浩渺、波光粼粼的大海，静听一种若有若无的天际来声，这恬静而又富有生气的和谐境界，使她感到自身已消融于美好的天然。

朱人杰递给她一瓶饮料，兴奋地说："小食店里有新鲜的龙虾、墨鱼和发菜，内地很难吃到这样的海鲜，我已订了饭菜，这就去。"

店内颇为整洁，窗帘遮住了室外如水的光流，几盏浅绿色壁灯又增添了几分清幽，他们是小厅里唯一的顾客。

朱人杰又要了两杯饮料，他举起杯来和白如冰轻轻碰了一下说："今天是个值得纪念的日子。"

白如冰不解地望着他。

"记得吗？三十九年前的这一天，我领你去参加读书会。从那天起，我们

路 石

就成了同志，以后又成了最亲近的战友、同事、知己……离开太行山时，很想去找你。要不是工作羁身，我会上穷碧落下黄泉……"朱人杰说话的声音带着凄然的柔情，传递着一种感伤的温馨。

白如冰突然觉得已经长期平息沉淀的东西，又从深处漂浮上来，被唤醒的记忆，一直追溯到1949年夏天，初恋岁月自然更不会时过无痕。她微闭着潮湿的双眼，胸中早已盈满了泪水。她沉浸在往事中，这回忆像吃蛔虫、蝎子、蜜蜂煮成的三鲜汤，胃里反酸水，心里打寒战。酸甜苦辣壅塞在喉，海味亦不辨其鲜。

吃完饭已经夜幕降临，乳白色的路灯掩映在绿树丛中，他们沿着海滨漫步。

白如冰见朱人杰鬓上已出现白发，额角上也刻下细密的年轮，几十年来孤身独处，至今仍过着行云野鹤的寂寞生活，她不相信朱人杰口头上说的天马行空，优哉游哉。当然，一个事业心很强的人，在精力旺盛时，会一心扑在工作上，但下班回来吃不上热饭菜，青灯冷月也没个谈心处。特别是进入晚年离开工作岗位以后，便会感到缺乏一个心灵交流的人，可怕的寂寞也会时时袭来。她心潮起伏，十分不安地喃喃念道："你，也该有个家了……"

朱人杰触电般地转过身来，惊喜地唤道："如冰！"

她本想继续说："你应该在社科院觅个志同道合的伴侣。"但这声无比亲切的呼唤，这双炽热深情的眼睛，使她说不出一个字来。巨大的热流冲击着她，只想一头扑向那坚实的温暖的臂膀。然而，长期被压抑的情感、被束缚的身躯，似乎接受不了冲动的感应，她痴痴地望了他一眼便低下了头。

朱人杰已经感受到她那一瞬间被强抑的冲动，欣喜的电流导向全身，仿佛天地云霞大海波涛都在为他的幸福歌唱。他兴奋地拾起一颗被海水激荡冲刷过的卵石，猴着腰，忘情地向大海掷去。

游金山嘴以后，白如冰似乎有意回避着朱人杰，傍晚的海滨散步都和女伴们在一起，白天休息时间碰面，也总是提出一些问题来探讨，什么社会主义时期阶级斗争的特点、社会主义的民主与法制、社会主义两个文明的建设、改革开放中的反腐蚀斗争，等等。闭口不谈个人问题和彼此的关系，这使朱人杰感到，他们之间仿佛仍有一面玻璃隔着，可望而不可即，她心里像是有座设防的城，还未向他敞开。

讲习班开周末舞会，朱人杰特来邀白如冰参加，并喜滋滋地告诉她一个好消息："今天听浙江的同志讲，省报记者林若梦也在这儿。"

"真是太巧了！什么时候来的？他现在住在哪里？"

"比我们早来两个月，住在西山区的一个疗养院，明天我们去看他好吗？"

白如冰自是欣然同意。

第二天，太阳从不安定的海面划出一条深长的紫色光带、海风鼓荡而来，水面上涌起波浪，喧嚣着奔向白茫茫的沙滩。

朱人杰早早地在走廊上等着，他们怀着旧友重逢的喜悦，径直往西山区走去。

白色的房白色的墙，白色的被白色的床，绿色的门绿色的窗，绿色的栏杆绿色的走廊，加上四周苍翠的树，把疗养院衬托得十分清幽。房间里传来了悦耳的《海滨圆舞曲》和对弈的鏖战声。

循着护士指点的门号，朱人杰从窗户上望见正伏案写字的林若梦，连招呼都没打便急切地推门进去，把林若梦着实吓了一跳。他揉揉眼问："是不是真的在望乡台见到你们了？"

白如冰紧紧地握住他的独手，激动地说："想不到会在这儿见到你！"

"我不是说过，不死又会再见吗？我们真称得上岁寒三友了。"

朱人杰审视着他瘦削的脸问："身体怎么样？"

"脑袋和身子仍然牢固地连在一起。"林若梦笑笑说，"曾经想丢掉这个臭皮囊，阎王爷不要。后来我想通了，不让别人活的人都还活着，为了别人活得更好的人为什么要去死？活不下去也得想法活，一个呼吸系统尚能正常运转的灵长类动物，决不能让自身泌尿系统准备排出的液体所窒息。"

"什么意思？"白如冰不解地问。

"他是说活人不该让尿憋死。几十年了，仍然改不掉那副济公活佛的劲头。"朱人杰笑着摇摇头。

"这就叫秉性难移呀！你变了吗？除额上多了几根五线谱，潇洒不减当年，阶级斗争的九转炼丹炉也并未改掉你那学者的风范。"林若梦嘘了口气。
"亏得这嬉笑怒骂的劲头，否则早就闷死气死痛死恨死了。有时我自己也感到惊奇，经历如此残酷的斗争，精神上几乎是天崩地裂的捣毁，肉体上火烧冰冻的摧残，居然奇迹般活了下来。当然，如果不碰上灵隐寺的活菩萨，早喂了西湖鱼；没有大妈和江涛的拯救，也不可能和你们再见了。"

白如冰见他头发花白、皱纹满面，完全想象得到当年苦苦煎熬的历程。她对林若梦的情况，从朱人杰口中已略知一二，这时面对他那只断臂，联想起自己失去丈夫和母亲，顿觉凄然地说："许多珍贵的东西，一旦失去就永远失去了……想起来就像刀戳剪绞，五脏六腑都是痛的。"

朱人杰觉察到白如冰在思想感情上还没有摆脱创痕，便安慰地说："我们都成了大海里的鱼，经过风浪了，但我们不能带着创伤过一辈子。个人的悲剧只是这场浩劫中的一个片段，动地悲歌中的一声和弦。苦难不能把我们自己也变成一团苦难，人生应该是与苦难的不息抗争和对幸福的勇敢追求。生活像一面镜子，你哭它也哭，你笑它也笑。"他扭过头来，向林若梦递了个眼色。

林若梦连忙说："对，长寿的秘密是别回首。"

白如冰也淡淡地笑了，笑得平静而迷惘，仿佛脑海里忆起了一首唱不出的歌。

"'弥勒佛'还在杭州吗？他情况怎样？"朱人杰有意转过话题，问林若梦。

"他和那个女教师结婚后，养了个白胖小子。他给小老粗们抄抄写写，小心翼翼地保住自己和小家庭，没有受到冲击。"

"你在困境中他不帮你一下？"白如冰问。

"据我观察，他对我是同情的，不像有些帮凶那样助纣为虐。但这种同情以不损害他自己的利益为前提，当我掉进深渊时，他绝不敢冒死相救，如果我能游到岸边，他会向我伸出热情的手。"林若梦苦笑了一下。

朱、白二人也会意地笑笑，但笑得并不轻松。

林若梦提议带他们去游附近的莲蓬山，说北戴河二十四景他都可以导游了。他在小商店里又买了些饮料和食品，让大个子朱人杰背着，准备边走边看边谈边吃。

白如冰向林若梦问起报社给他落实政策的情况。

林若梦说："我几次向报社申诉，要求复查甄别，都如木乃伊难以复活一样，直到1978年。二十年活罪换来两个字：错划。刚好，一个字顶十年。恢复工作后，我和老朱一样，把房子和补发的工资全部给了大妈，只剩下随身衣物，一无所有也一无所欠。"

白如冰苦笑说："老一代为艰苦卓绝的革命作出了牺牲，我们这一代也为坎坷不平的建设付出了代价。只是这种代价不一定能为下一代理解。有个同事的孩子说：老家伙干了一辈子，连个坐小车的官也没捞到，工资比我还低。他们这些青年人是穿着芭蕾舞鞋走在地毯上，根本不知道什么叫坎坷曲折、道路艰辛。"

林若梦爬山时气不喘汗不流，仍然十分健谈，他继续说："一个在省委工作的熟人，于阡陌草野之间发现了我，经过西湖边的一席谈，他把我推荐给了报社。领导正式通知我归队那天，高兴得一夜未睡。我把种种抱负打进行装，直到踏进编辑部的门槛，骚动的心才平息下来。

"听说你归队，我和江涛都为你高兴。江涛说过你是一块铁，尽管沉在生活底层，一旦去掉重负，便是有用之才。"朱人杰插嘴道。

朱人杰相信，人脑中的一百五十亿个神经细胞，有百分之九十没用上；两肺七亿多个肺泡中，只有一亿多个用于呼吸，人的潜力还大着呢。

初来疗养院时他安心休养，从前时间并不属于他所有，三个月的疗养期可以尽情地补偿了，每天与同伴们游山玩水，享受从未有过的闲情逸趣。后来他从自己日益增多的白发和皱纹中，预见不久便要退出人生舞台，哪能任意挥霍已经不多的时间财富；应该争分夺秒地作事业上的最后攀登。于是他回顾总结自己的写作经验，整理过去偶尔记下的片段体会，把它们汇编成集。即将完成的《漫谈新闻写作》，就是这个奋蹄老牛耕耘的结晶。

从海岸至山麓约一公里，因山石酷似莲蓬，故名莲蓬山。他们登上峰顶的望海亭远眺，昌黎群山蜿蜒起伏，秦皇岛港烟波浩渺；俯瞰北戴河全景，翠黛的岗峦，明净的海滩，幽雅的别墅，优美的园林，把东起鹰角亭西至戴河口的海滨长廊装点得绚丽多姿。而这山海一体的特色，又为北戴河平添了几分魅力。

他们在亭内休息、喝饮料，吃带来的食品。朱人杰想起林若梦房里有两只空酒瓶，便问："还喝酒吗？"

"喝，没有酒，人生多寂寞。馥郁的香气从瓶内溢出，好似缥缈的仙雾，那种半梦半醒悠悠欲仙的滋味，简直难以言喻。古话讲，猛虎一杯山中醉，蛟龙两盅海底眠嘛！"

朱人杰笑道："交不可滥，须知良莠难辨；酒莫过量，谨防乐极生悲。"

整个莲蓬山公园幅员辽阔，景点甚多。他们先后游览了观音寺、钟亭、仙人洞、桃源洞、老虎洞和莲花石公园碑记等名胜古迹。

白如冰坐在碑前休息，林若梦走过来递给她一杯冰激凌，兴致盎然地说："我还有两件喜事奉告。"

白如冰望着他笑笑："洗耳恭听。"

"恢复工作第二天，我就写了入党申请。支部书记说还不成熟。我说已经腰弯背驼头发白，人都快烂了，还不成熟？到报社以后，终于实现凤愿大梦

路　石

醒来，我决心用行动用对社会的奉献来检验自己，究竟是孟什维克还是布尔什维克？"

白如冰由衷地向他祝贺，又问："第二件呢？"

"就是和我那马拉松恋爱的小冤家成了亲。在我落难的时候只有她对我产生了怜悯、同情和友谊的混合物，称得上是我蒙难故里时闪光的一页。那时候，贫农出身、工人后代、历史清白的凌楠，有如早晨的霞光；而我，不过是夕照下的阴影。"

林若梦望着远山的山峦，愉快地回忆着："在乡下那段时间，暑不烁骨，寒不侵肌，我承认是用心灵的泉水在灌溉栽培，一心一意地帮她复习功课，考上了复旦大学新闻系。分手前夕，她突然明确表示，后半辈子要和我一起过，并要求在她学习期间为她守节。我骂她疯了。第二天，我没去送她，也从没给她回过信。"

"这种心情可以理解。"白如冰扫了一眼正在看北戴河游览图的朱人杰。

"你猜怎么着？她毕业后来找我，说已经分配到省报和我这个未婚夫一块工作，我说记者是要求与时代并行的，你跟得上吗？她说只要你跟得上，我就拉着你的衣角走。第一篇文章见报，她沉浸在新纪元开始的感觉和创作成功的欢乐中。实际上，那只不过是巴掌大的一块文章，而且是登在报屁股的位置上。她以为我每次采访都是潇洒走一回，还体会不到动笔前的深思熟虑是很艰苦的，孕育不好往往会胎死腹中。她初出茅庐，尚未尝过甜酸苦辣，终日醉在梦幻般的遐想中，只盼快些跃入大海的碧波。"

林若梦脸上泛起愉快的笑容："元旦前，她独自发了节日举行婚礼的请柬。你看，这丫头独断专行到了何种地步？"

年轻的女记者终于投入了他寂寞数十年的怀抱，难怪他如此春风得意。

"凌楠在工作上我是如师如兄，而在家里她却是绝对权威，什么事都不要我插手，我只好服从善意的独裁。春节期间，她亲自去把大妈接来同住，为报救我之恩，她像伺候亲妈一样地伺候着老人。恰巧第二年春节，又增添了个小子，遗憾的是跟我一样的豆芽型。以前我父子在经受炼狱般的煎熬，现在终于有了一个三代同堂的温暖之家。"林若梦深情地说，"我很爱这个家，也很珍惜这个家。嗯，你有几个孩子？"

"一个女儿。她喜欢爬山，也爱游泳，要见到北戴河的风光，简直会乐不思归。"如冰眯眼望着远处，想起了自己那个三代同堂的温暖之家。

"打个电报，叫你女儿和她爸……"

朱人杰连忙把手里的雪糕，塞进了林若梦嘴里。

江涛开完会正好讲习班结业，五位好友相约畅游三天。

七八月正值盛暑，水温最宜海浴，黄沙彩伞，碧海蓝天，避暑消夏，度假疗养，是北戴河旅游的旺季。贯穿全区的东经路、海北路两旁摆设着整齐洁净的盆花，几乎每家商店门口都有一个小花圃，深紫、淡红、杏黄、粉白，像五彩缤纷的地毯，覆盖着北戴河这块美丽的神奇的港湾。市中心的十字路口上，用海蛎壳砌成的巨龙栩栩如生，微风带着玫瑰花的香味扑面而来。除了东山、西山、中海滩三大宾馆，以及各式别墅、旅舍、休养所、疗养院接纳八方来客；不少临街居民也把自己小舍粉刷一新，出租廉价床位，有的还在小院内搭起蒙古包招揽客人。大街上各种肤色的游人如织，鳞次栉比的地摊摆满了极具特色的珠式项链和以海螺、彩贝作原料的贝堆工艺品。

上午朱人杰、白如冰去欢送友人和办理离所手续，由林若梦陪江涛、黎明游西山区登望海楼。

下午他们一起去游鹰角石。为了欣赏一边是亘古潜沉、浩渺无边的悠悠天水，一边是繁华喧杂、炽烈沸腾的长街闹市风光，林若梦建议要大家以步代车。黎明立即响应，她仍然是那样活泼爱动，而且十分欣赏"最美丽的景色是心情"的名言，啥时见她都是一脸灿烂。

鹰角石位于海滨东北端海沿，巉岩嶙峋，峭壁如削，孤峰耸峙，酷似屹立的雄鹰。它下临海岸，从海岸仰望这座细长石山，更显得高耸入云，超拔逾常。据说过去常有成群的鸽子早晚聚于石上或栖于石缝之中，因而当地居民都叫它鸽子窝。

黎明边走边仰头瞻望，不住口的啧啧称奇。朱人杰以他的博学解释道："鹰角石是一种海蚀崖现象。海浪以巨大能量冲击海岸，每平方米施加的压力，可达三十到六十吨。经过遥遥亿万年的惊涛裂岸、风雕雨塑，大自然以它独特的鬼斧神工，才铸就了这充满远古洪荒情调的神奇海崖。"

走在前面的林若梦，决心沿着礁石沟缝爬上去看个究竟。他说："来北戴河不上鸽子窝，岂非探龙颔而遗骊珠？"

江涛等黎明和白如冰在岸边洗过脸，回头见林若梦已一动不动地盘腿坐在石山顶上，端庄肃穆得有如千岁老人，便举起相机，给他留下了一个难得的肖像。

鹰角石旁边的山巅上建有一座鹰角亭，游人都在此观览风景休息拍照。亭旁的大木牌上书写有题为"北戴河"的一首词，是1954年夏毛主席来此填的

路　石

《浪淘沙》。他们驻足亭前，透过鹰角石眺望秦皇岛港，领略"大雨落幽燕，白浪滔天，秦皇岛上打渔船。一片汪洋都不见，知向谁边？"的诗情画境。

林若梦说："我很喜欢山，山的景色四季不同。有首诗里说：春山淡冶而如笑，夏山苍翠而如滴，秋山明净而如妆，冬山惨淡而如睡。我外出采访时去过一些山，眼见过泰山雄、华山险、黄山奇、青城幽，遗憾的是还没见过庐山秀。"

白如冰说："庐山的云海很诱人，古人描绘它其动如烟、其静如练、其白如雪、其光如银、其薄如絮、其厚如毯、其软如绵、其阔如海，须臾之间变化万千。那年我与童素、章薇游庐山，确实名不虚传。云雾最盛时形成云瀑，如天幕下垂、奔马袭来，云天一色，气势磅礴，整个庐山隐现在虚无缥缈之间，难怪苏东坡有'不识庐山真面目'的感慨。"

黎明向如冰问起老大姐童素的情况。如冰说："童素长期在省政府搞机关工作，十分繁忙，退下来后特喜安静，终日醉在后园的花圃里，专门研究庭院经济。她那方自留园利用率很高，上面是果树，下面是花卉，墙根边养兔，小池里养鱼，池中间的假山上种些活灵灵的小植物，还想在园里培植三七、枸杞等药材。她打算总结出经验，推广给其他老人。实际上，这种庭院经济，对个体农户发展家庭副业很有价值。"

"老部长也退了吧？"林若梦问。

"离休后他也到园里来绘画、练字，他的行书多次参展，在园门口书写的对联是：看园中花开花落，望天际云卷云舒。老两口相濡以沫乐在其中，还相伴到老年大学去学习。"

"我们的文学家章薇呢？"黎明又问。

章薇调出版社工作，她喜欢写作，说过去主要是为人作嫁衣裳，打算退下来后自己写点东西。我看过她写的文艺作品，不是什么武侠打斗、荒诞文学、朦胧文学之类，在内容上都是弘扬主旋律的，从一个侧面表现社会进步主潮的时代精神。"

朱人杰插嘴说："反映现实生活中的重大题材和先进人物，需要正确的创作指导思想、深厚的生活积累和独特的艺术功力。目前青少年生理心理早熟，需求超前，我们文化市场的主旋律应该是什么，值得深思。"林若梦谈起写作就神采飞扬，"章薇擅长写文艺作品，老朱则擅长写评论文章，我读过他的论文集，确实墨融心志、笔吐风云，看得出是经过了实践、认识的多次反复，是他多年来思考、总结的成果。宝剑锋从磨砺出、梅花香自苦寒来嘛！希望你多写些文章，表达我们这一代知识分子对社会主义的热爱、向往和执着追求。"

"我什么时候聘你作义务宣传员的？"朱人杰白了林若梦一眼，又说，"这些年我关在办公室和图书馆里，每晚看新闻联播，以为自己已经了解社会了解世界了，春节后到华北农村和西部城市搞了一次调查，才发现书本和电视都代替不了人的眼睛。它们在扩大人们视野的同时，也扼杀了人们的想象，何况每个活生生的心灵都是一个特定的频道。"

白如冰对林若梦笑道："你在外面跑得多，感受不会比他少，为何要吝惜那支生花妙笔？"

"若把人生比作坐标图的话，每个人都会在图上寻找自己的坐标点。军大那次郊游我就定了终身。我只会写新闻、通讯、小品之类的玩意儿，连杂文都写不好，论文更写不出。"

黎明笑着说："别谦虚了！你在老根据地采写的那套名人传记，印成单行本后我看过。序言称赞文章讴歌了先烈的不朽人格、探寻民族精神的深厚底蕴和博大内涵，对子孙后代具有极强的感召力和凝聚力。"

"又一个义务宣传员。"林若梦眯着一只眼做了个怪相。

"章薇打算退下来写什么？"朱人杰问白如冰。

"一本书，记载她几十年来的所见所闻和观察感受，还说要把当年合川河边的路石们也写进去。她说，当今天这段岁月已成为历史，后来的人会问我们是怎样从社会主义新时代的历史序幕中走过来的，应当毫无保留地叙述我们的过去，我们经历过的痛苦与欢乐、思索与追求，我们对生活的抗争，对社会履行的责任，让后人能从我们的经历中，学会掌握自己的命运，热爱并建设好这个来之不易的社会主义新国家。"

林若梦说："历史学家、文学家、文艺工作者，是应当通过各种形式，把新中国成立后的经历反映出来。否则，若干年后子孙后代将难以了解我们共和国的坎坷历史和社会主义道路的曲折艰辛。"

白如冰感慨地说："实际上，每个人的一生都是一本书，都有写不完的曲折坎坷、悲欢离合。"

林若梦也有同感，他说："每个人都在用自己的足迹写自己的历史，有人心血来潮随意涂抹，有人则一丝不苟、严肃认真。伤痕文学中的知识分子，便是岁月消逝后的历史投影。谁想到在我们的成熟期，偏碰上那个多事之秋，就像将要结果的树突然被一阵飓风刮倒。"

朱人杰说："几千年来，自然和社会这两个人类文明借以依托的基础，都充满着忧患，就像黄河的周期性泛滥和封建王朝的周期性动乱一样。现在，我们国家和我们自己都摆脱了厄运，付清了历史需要我们付的代价。承受是痛苦的，奉献更艰辛，正是在这个天平上，衡量着人的价值，人的伟大与渺小。"

朱人杰望着漫卷而来的白浪，继续说："历史是个大舞台，瞬息万变，人人都有表演的机会，但历史也不是一块可以任人雕琢的大理石或被人装在口袋里带走的金钱。生活在历史潮流中的人们，只有理解历史、顺应历史，才能跟随和推动历史前进，因为归根结底，历史是不会和某些逆潮流而动的人搞调和的。"

林若梦说："上次去参加全国新闻学会，车站上见到报社的梁书记，他很热情也很激动，对那几年不愉快的共事感触颇深，作了不少自我剖析，说自己身居领导岗位，多次执过鞭子，伤了不少同志，尽管心里也不愿划那么多，又怕违背上面意旨，顶不住那股风，回想起来总觉得愧疚和痛心。"

白如冰也望着白浪，淡然地说："想不到他也有着沉重的往昔。人为的阶级斗争，使执鞭的人和挨鞭的人心灵上同样留下难以熨平的创伤。"

"生活就是这样，人和人之间即使有过较深的鸿沟，只要各自都不丧失真诚，就不难找到填补的机会。"朱人杰对梁书记显然宽大为怀。

林若梦说："可惜他彻悟得晚了点，已经退出历史舞台，只能对前进的时代列车做一名唏嘘感叹的旁观者。哦！他要我见到你们时代他问好。"

黎明见他们谈论报社的往事，便拉江涛去找景点拍照。憨厚的江涛仍然沉默寡言，尤其人多的时候，他喜欢听别人讲话。他归了队，由军事博物馆调某军工单位，一直从事国防科研工作。他今天脱下上校服，也穿上了笔挺的西装。

林若梦对身边的朱人杰幽默地说："我仔细观察过江涛的脸，没有发现'受气包'的症状。"

朱人杰见黎明笑着把江涛刚点燃的香烟轻轻拔掉，塞进他嘴里一颗糖，又给他重新整理了衬衫和领带，联想起白如冰用桃片糕代替香烟的往事，不由发出轻轻的叹息："他们生活几十年，依然卿卿我我，可羡！"

"事在人为，何必望洋兴叹！"林若梦向凝视大海的白如冰扫了一眼。

青色的黎明从海天深处升起，海面上舒展着淡淡的白雾，潮水扑向礁石，溅起高高的浪花。

林若梦东道主般提前去买了车票，在站上等着。朱人杰因买烟来迟，他看看表说："还好，比约定时间只迟到一分钟。"

林若梦口若悬河滔滔不绝地说："在这六十秒内，地球已经绕太阳转了三万一千里，全世界至少有三千人死去、五千个婴儿诞生、五万个鸡蛋被吃掉，五十万杯啤酒被喝光。"他环视大家一眼，"我决定今天中午罚他做东。"

朱人杰笑着点点头。

他们今天的游程是山海关、孟姜女庙和燕塞湖。

山海关耸立在万里长城的脖颈之上，高峰沧海的山水之间，进出锦西走廊的咽喉之地，背山面海，形势险要，故名山海关。

坐在车上老远就能看到高高的箭楼巍然矗立。"天下第一关"的巨大匾额踞峙于十三米高的城台之上，笔力雄厚苍劲，与气吞山河的关城浑然一体，蔚为壮观。

他们下车后，便随着摩肩擦背的人群，从宽阔的斜坡道涌上山海关城楼。关城为明初所建，周长四公里，环城为池，设有四门，池中心为苍翠碧绿的花园。这是我国现存最完好的关城之一。

砖木结构的箭楼高十二米，分上下两层，东南北三面有红板箭窗六十八个。城楼上的大厅内，陈列有关史料及古代兵器盔甲等物，重达六十公斤的青龙偃月刀极为珍贵罕见。

城头女墙边有一石墩，为了摄下具有"天下第一关"背景的肖像，游人们都争着挤上石墩拍照留念。

江涛选了几个不同角度拍完照之后，便顺着城门左侧阶台去城墙之上眺望，古长城的雄奇险峻尽收眼底。只见北面是重重叠叠的燕山山脉，万里长城宛若一条长龙，顺着连绵起伏的山势，由北向南蜿蜒伸展。南面则是苍茫无垠的渤海，长城从燕山支脉的角山直冲下去，一头扎进海岸边，那就是有名的老龙头——万里长城的起点。山海关真不愧是"两京锁钥无双地，万里长城第一关"。

黎明孩子似的指指点点，问这问那。朱人杰和林若梦把知道的关于山海关的传说介绍给她听。蓟辽古道咽喉自古为兵家必争之地，关外野草乱石之间，埋葬过无数入侵者的累累白骨，城关上的块块砖石，也无处不洒过英雄祖先的满腔热血。直到吴三桂引清兵入关、铁蹄席卷中原，才使一夫当关万夫难破的雄关不攻自破。千百年来留下了塞上风雪、边墙烽火、悲壮征战、关外离愁以及开拓艰辛、辉煌功业、屈辱陈迹等可歌可泣的故事。

站在雄关之上，令人精神倍增。塞外大漠苍苍、绿草如茵，流沙砾石在

路　石

阳光下闪耀着金色的光芒。林若梦幻想能顺着连绵山势，去登临一座座屏藩要塞和烽台烟墩，再驰疆纵马，奔腾于广袤的塞外草原，然后跃入碧波万顷的渤海，涤尽炎夏溽暑和仆仆风尘。

他们恋恋不舍地从山海关的镇东门走出，到关城下热闹的露天市场上买了些纪念品，便踏上了去孟姜女庙的游览车。

相传孟姜女庙是宋朝年间，根据"孟姜女哭长城"的民间故事修建的，又称贞女祠。它坐落在山海关古战场欢喜岭以东的凤凰山上，庙前的一百零八磴石阶，足令弱者望而却步。

黎明挽着如冰慢慢攀登，小声地谈着心。一别三十多年，回想参军情景和军大生活犹如昨日，彼此心目中都还保留着青年时的形象，尽管经历不同，职业各异，仍然心灵相通，叙不完的旧，道不完的情。

如冰说到童素对三个孩子特别钟爱，对孩子的学习、工作、生活都关怀备至，自己身体不好，还终日操劳不肯休息时，叹口气说："我们这一代妇女，大都是背着十字架走过来的，外有工作重担，内有家务缠身，上要照应父母，下要抚育儿女。除此之外，还有三大任务：结了婚要做好妻子，生了小孩要做好妈妈，有了孙子还要做好婆婆。童素是满分，我没有及格。过去工作经常调动，年年新毛头；后来半路出家搞教育，为了不掉队，只得笨鸟先飞，业余时间全陪进去了。想补点欠债，又年岁日长，体力日衰，看来这辈子只能带着遗憾去见老祖宗了。"

黎明把头一扬："我不想争家庭三好的桂冠，这是几千年来束缚妇女的传统要求，对解放以后和男人同样担负社会工作的妇女是不公平的。既然同时上班同时下班，要吃饭当然应该一起进厨房。"她开心地笑笑，"现在女儿占了锅台，儿子包做面食，警告我厨房免进。我知道，八成是嫌我烹调技术不佳。"

林若梦凑过来插嘴说："你是妇女中的例外，谁不知道你那口子脾气好，又勤快，家务分担一大半。"他转过头去问江涛，"听说她发关节炎的时候，你把她伺候得上帝一样，是吗？"

江涛笑而不答。

朱人杰说："看来妇女的彻底解放，还需家务劳动社会化。我们国家实现四化，也需要解决吃饭的现代化问题。"黎明听如冰说章薇的儿子娶了童素的女儿做媳妇，童素的儿子又做了如冰的女婿时，不禁又羡又妒地叫了起来："你们做了连环亲家，把我撇在一边哪！"

"等我的儿子长大，娶你的女儿好了。"林若梦打趣地说。

"那就是娶老娘了。我那小姑奶奶自从考上艺术学院，就发誓不结婚。儿子已经参军接他爸的班，将来非要这丫头改行，跟我搞服装设计不可。"

黎明因关节炎离开了艺校。她凭着多年的爱好，不借天风自展旗，细心钻研，自学成才，在一个大公司里任服装设计师，设计的儿童服和中老年服装多次获奖。白如冰今天穿的银灰色乔其纱套裙，就是黎明来北戴河前亲自设计缝制的。

黎明又问："你女儿女婿的千里姻缘，是不是你和童素之命，章薇这个媒妁之言？"

"你可不能想当然。小晖高考录取在天津，恰好与剑平同一所大学。星期天经常在一起复习功课。孩子们既然合得来，只好顺其自然。章薇的晶晶和童素的玲玲，也是在去井冈山插队好起来的，我们都没有包办。"

"那，小晖远嫁你舍得吗，留下你一个人多寂寞！"黎明关心地说。

"我想孩子大了就让她飞吧，我不能做孵蛋的母鸡。"如冰脸上闪过一丝笑意，"童素和章薇来约我游庐山，就是商量小晖毕业后的分配去向问题。童素决定把儿子嫁过来做上门女婿。章薇说，这样才公平，我们一家只一个，她家三个，嫁两个出去，将来小儿子还可以娶一个进来的。第二年小晖生了小宝，我又重新有了一个三代同堂的温暖之家，和六十年代一样，只不过我的位置变了，由承上启下的家庭主妇升为发号施令的老外婆。"

说话间他们已来到庙内，只见主殿上供有一尊披青挂素的彩塑孟姜女像。她凝视大海、面带愁容，左右站立两个女童，龛上悬"万古流芳"匾额。两旁楹联相传为海瑞所题，上联是：秦皇安在哉，万里长城筑怨；下联是：姜女未亡也，千秋片石铭贞。墙上有历代名人的诗文题刻，朱人杰很欣赏其中两句：骚人笔忆兴衰史，游子心连涨落潮。

在林若梦的导引下，他们参观了主殿右侧的古钟楼和殿后的望夫石、振衣亭。传说孟姜女寻夫到长城，哭了三天三夜，泪水把长城冲塌，露出丈夫尸骸。孟姜女痛不欲生，投海自尽。顿时狂澜四起，从海底涌出一座坟墓来。有人指着山脚下海岸边的两块礁石说，那就是孟姜女坟，高的象碑，低的像坟，四面皆水，滑不可登。据说春秋之际，常有飞雁聚于石上，"姜坟雁阵"便成为此地一大景观。

他们正在兴致浓浓地欣赏古迹，几个浓妆艳抹的"碧眼金发"女郎，挽着身穿 book 罩衣、从头到脚现代化的长发青年，打情骂俏、旁若无人地从游人面前扬长而过。

"本来仪表还好，那身着装打扮，反而弄巧成拙了。爱时髦无可非议，问题是有些青年不考虑自己的肤色、体态和气候，盲目地追潮流，往往把自己弄得不伦不类。"这可能是黎明的职业习惯。

林若梦不屑地撇撇嘴说："我敢肯定，没人会相信贴在脸上的那张脂粉罩会是她们的本来面目。

白如冰笑道："你仍然爱挖苦人，还写小品吗？最近我见你们报纸上有篇小品，很像你的笔调。"

黎明感兴趣地问："什么内容？"

白如冰从包里抽出一小块剪报，念道：

"文章见了报，媳妇熬成婆，

往日丑小鸭，今日白天鹅。

名儿叮当响，各报有稿约，

驾临编辑部，昂首向天歌。

昨日我求人，今日人求我，

若不遵命办，立刻就砸锅。

稿酬需议价，多少由我说，

要是特约稿，还得再斟酌。

作者署名余生，不知何许人氏？"

朱人杰笑道："就是他现在的笔名。劫后余生也不老实。"

"鄙人身经百会，什么舌战都能应付。积二十余年之经验，不外避重就轻、避高就低、避实就虚、避近就远。实在不行，便豁出去自己上纲，大小帽子一齐戴，然后深挖思想，批倒批臭。"说罢立刻做了个跪着的"喷气式"，然后十分开心地大笑起来。

这个生来不怕邪的孙猴子，现在头上摘了金箍，再没有人念紧箍咒，自然更是笑对人生风雨，敢问人间是非了。

参观完了，他们开始走向下山的阶梯。

黎明笑对林若梦说："你大概是因为娶了个好妻子，后半生才这样潇洒快活。"

林若梦回想结婚以后，伴随他的已不仅仅是燃烧的灯光，还有他的妻子兼同事同行。他们沉浸在各自的境界里，沐浴在昂奋的激情中，互相启发互相沟通，取长补短孜孜以求，同经攀登的艰辛，共享胜利的喜悦，品尝着甘甜如饴的生活。他搔了搔头，终于想起一条意见来："凌楠这人其他都好，就是宠孩子我看不惯。捏着怕碎、放了怕飞、什么都不让他自己做，只会衣来伸手饭来张口。集体外出参观三天，带了一星期也吃不完的食品；给孩子买的东西，比大人还高档，说是为了弥补她童年的遗憾。大妈也护着，反说我不关心孩子。"

林若梦想起这事似乎有点忧心忡忡："谁不爱自己的孩子？怕的是这种沉重的爱会培养出毫无作为的精神贵族。我亲眼见到有些孩子一出娘胎就享福，根本不知道什么叫勤俭节约、艰苦奋斗。过去我们遵从政治上向前看、生活上向后看。他们长大了是眼睛向上看、生活向前看。结婚时用爹妈的积蓄建设自己的共产主义，把老家伙丢到新民主主义；生了小孩是爷爷带孙子、奶奶开饭店，一辈子依赖父母，完全不会自力更生。"

黎明用手拢了拢被风吹散的头发，说："为什么两代人之间会出现代沟？我认为这要追溯子女对父母感情的变化，小时候父母是最可亲的人，结了婚父母是多余的人，等到父母年老体衰、难以自理生活时便成为讨厌的人。有些老人虽然有退休金，经济上无饥寒之忧，也存在感情上被遗忘之憾。"

很少讲话的江涛也发了议论："我对子女讲，你们文化比我高，道理也不比我懂得少，问题是旁观者清，当局者迷。当你春风得意、骄傲自诩时，就要居安思危、严于律己，特别要善于慎独。如果自己明知不妥，又摆脱不了钱色名利的诱惑，甚至发展到要瞒着父母、欺骗配偶的地步，那就是堕落的开始。"

朱人杰表情凝重，他说："新一代青年当然不是某些文章说的，完全垮了的一代、受伤的一代、颓废的一代、无信心无信仰无理想的一代。但他们确实和老一辈的理想主义、英雄主义不同，十分讲求实惠实际实用。"

走在前面的人已下完石阶。黎明回头望望朱白二人，嘀咕道："他们碰在一起就谈经论道，真是志同道合、殊途同归。"她发现小店里出售晒干了又货真价实的海龙海马，便满意地买了一大包，准备分送大家。林若梦饶有兴趣地观看地摊上的各种贝壳，专门给朱人杰买了一只精致的海螺烟缸。

走在后面的白如冰突然哎哟了一声，原来是树枝钩住了发髻。朱人杰立刻走去小心翼翼地给她拨弄。林若梦见此情景，不禁赞道："好精彩的镜头！"站在旁边的江涛立刻举起相机，留下了这珍贵的瞬间。

林若梦瞟了朱人杰一眼说："理论家研究的都是超时空的问题，从不考虑人的物质需要。"

黎明也凑趣说："你们只顾修性，肚子咕咕叫，也该修命了。"

朱人杰双手合十地笑道："阿弥陀佛！性命双修性为本哪！"

孟姜女庙附近没有合适的用餐所在，他们急忙踏上了去燕塞湖的班车。

距山海关西北六公里的石河，是明末李自成起义军奔袭关城吴三桂驻军的渡河之处，解放后该处建成水库，因位于燕山峻岭之中、山海要塞之地，故名燕塞湖。湖水澄碧，山崖泛翠，风景极为秀丽，是有名的游览胜地。

山口建有一所三面临湖的饭店，他们美美地饱餐一顿，坐在栏杆前欣赏湖里的游鱼。这种鱼身体很细，看上去只有二三厘米长，特别灵活。游人只要向湖里扔下一点饭粒或面包屑，立刻就有成百上千的鱼群围拢来争食，毫无所获的鱼马上又游往别处觅食。江涛见大家玩得有兴，便不声不响地去买了五张游艇票，又给每人手里塞了一个饵鱼面包。

游艇可容数十人，两边有敞开的舷窗供游客观览风景。湖形狭长，曲曲弯弯，由山口伸入山谷，长达四十五公里。在导游同志的介绍下，他们先后欣赏了洞山剑峰、神女浴日、杏岭银屏、华佗采药等胜景。湖中心的洞山剑峰，传说为仙人吕洞宾战蛟龙时挥剑劈成的。一路山重水复，柳暗花明，颇似桂林的漓江秀色和长江三峡的壮丽图景。

当游艇行至一处水色墨绿的地方，导游发出警告说："此处水深六十米，请游客们注意安全！"

林若梦感兴趣地把头伸出舷窗，想看个清楚。他从湖上的天光云影联想到了西湖的湖光山色，想起了隐没在绿色昏暗中的湖水和湖水上自己飘飘然的身躯，不禁发起愣来。

黎明见他上半身也探出去了，连忙一把抓住说："你想到湖里喂鱼吗？"

朱人杰笑道："悼词还没写好哩！"

林若梦翻身坐下，仰起头闭上眼说："现在死正好，有你们瞻仰遗容，开追悼会。悼词由单位写算是组织结论，量词千万别用到极限，再好我也听不见了。其实何必盖棺才论定呢？生前和本人见见面不好吗？如果你们要给我立墓碑，那墓志铭就由我自己写：

"新闻工作者林若梦，于猴年马月呜呼哀哉！林自幼剥削父母工资长大，解放后参军入伍，数十年来屡遭风吹雨打，尚能顽固地爱党爱国。略有水平，眼高手低；少许作品，不精不深；嬉笑怒骂，劣根成性；棒打不回，酷爱小品。林的逝世，堪称小品界一大损失，愿后来者继承遗志，在颂德的同时不忘撰写小品。"

白如冰忍住笑说："不必刻墓志铭，我们只给你立一块像赫鲁晓夫那样的墓碑——半块白色大理石加半块黑色大理石。既体现神学家说的'人是犯罪和赎恶这出大闹剧中恭顺的参与者'，又好让受过你表扬、挨过你讽刺的人走过墓前时都能心态平衡。"

林若梦睁开眼，似笑非笑地说："谁能不死呢？五十亿年后，太阳的氢烧完了，便进入老年期，膨胀成红巨星。地球温度也随之降低，地壳中放射性元素减少，火山和构造运动减弱，地球逐渐为海水覆盖变成水球，那时载体上的生命就结束了。我嘱咐过凌楠，如果一旦患上活受罪的病，就早点让我'安乐死'。我不怕死，也不稀罕什么死后殊荣。总理灰洒江河大地，依然碑立人民心中。"

下了游艇，他们漫步到山口的小亭等车。

江涛笑笑说："我常听同事们发感叹，说童年时代，日子长得难以打发，青年时期，还可以从容不迫地安排自己；到了精力充沛的中年，时间便在办公室和家庭轮转中飞逝；进入思想成熟的晚年，亟应业有所成，却又老冉已至。看来在人的一生中，时间的运动也和自由落体一样，是加速度进行的。"

朱人杰和林若梦都评上了高级职称，一个是研究员，一个是高级记者。

白如冰凝视着夕阳，心情略感惆怅地说："我们这些过中年的人，解放时只有十几二十岁，为追求光明投入革命，是建国初期参加工作的第一批知识青年。有的在抗美援朝中献出了青春和生命，其他各条战线的同志也在脱胎换骨地改造，坚韧地磨砺自己，把一生贡献给社会主义建设事业。不幸的是，几乎生命的一半时间、工作的黄金时代、极为珍贵的青壮年，都在频繁地政治运动中度过，风刀霜剑，累累创痕，似水流年，白了双鬓。我们这代人目前尽管肩负着承上启下的重担，正是智力发展的第二黄金时期，但因人过中年，处于使用嫌老、退休还早的尴尬位置，其社会价值难以得到应有的评估，致使有些同志产生了生不逢时之慨。"

这是最后一辆班车，乘客不多。他们上车后都在欣赏夕阳。半轮落日像个烧红的大铁球，托在一棵古松柏的山巅上，映红了石河，映红了半边天。

夕阳缓慢而行，像是依恋这天地人间。她把整个光热给了人类，就在下坠的瞬间，也不忘用余晖把云霞抹亮，绘出一个绚丽的黄昏。

微波荡漾的海湾，在夕阳下恰似一匹飘曳的红绫。许多疗养院的周围都栽满了鲜花，盛开的花朵挂在篱笆上，有如五彩缤纷的花环。

"夕阳无限好，只是近黄昏！"黎明在感叹。

"莫道桑榆晚，为霞尚满天！"江涛的感受。

"但得夕阳无限好，何须惆怅向黄昏！"林若梦的声音。

"夕阳，为点燃璀璨的星空，奉献仅存的一份余热；秋叶，高擎火红的旗帜，光耀生命的最后旅程。"朱人杰在低吟。

"什么，秋叶？"白如冰猛然想起那片压在日记里的红叶，梦般的往事又涌上心头，像夕阳下的沙滩，暖烘烘、沉甸甸，色彩斑斓地交融在脑海之中。

两天欢聚畅游，体质羸弱的白如冰感到十分疲乏，只好向早起的观海上日出和上午的金山嘴之游告假。

她躺到八点才起床，吃过早点，便带上从朱人杰那儿借来尚未看完的《科学社会主义概论》向海滩走去。海风迎面扑来，新鲜而又湿润。

海水浴场热闹非凡，她选了个僻静地方，靠在礁石旁看书，细微的海浪在脚下轻唱起那支永无休止的歌。海风吹翻着书页，她偶然从底页中发现了两首短诗。

一首是咏《苍松》：

　　　　你曾被雷电击伤，

　　　　却把烙印在身的痛苦埋在心头深处。

　　　　你生命的篇章里，

　　　　不仅写着厄运对你的无情打击，

　　　　更写着你与厄运的不屈抗争！

　　　　雷电能使你躯体致残，

　　　　却无法征服你倔强的心！

另一首无题，上面写着：

　　　　人生最难忘的是初恋，

　　　　不管多少年总缠绕心间。

　　　　寂寞的我仍然形影相伴，

　　　　闭眼就见那张含笑的脸。

　　　　重逢时该会接受彼此的改变？

　　　　今生今世能否再续前缘？

当过去已成为历史，却又永驻在心田，扔下一颗小小的石子，便会溅起一圈无尽的涟漪。风干的情，凝固的爱，犹如掩在冷灰下的火星，一遇氧气又会噬噬地燃烧起来。她凝视着空旷神秘的大海，被搅动的心总不能平静，思绪的波涛追逐着海水，游得很远很远……

突然，公路上一辆摩托由远而近，她回眸时吃了一惊，原来车上坐着两个穿军装的人。她仿佛又见到了陈港海堤上那辆寻找自己的摩托；阵风吹来，浪拍礁石，当年的涛声依旧，只不闻那声惊奇的呼唤。

自从张鸿亭被折磨迫害致死、母亲忧思成疾而去以后，她感到自己一身轻飘飘的，像空中的落叶、大海里的孤舟，不知归宿何处。下班回来，走进有点陌生的屋子，书桌前没有丈夫低头看报的身影，厨房里没有阿妈来回走动的碎步声，小屋里再也听不到切切私语、娓娓谈心。小晖还没回来，面对空荡荡的房间，一种无法抵制的孤独感便会猛然袭上心头。

翻开崭新的日历，满怀希望与憧憬步入新的一年，她倾听勾起童年岁月的爆竹声，阖目回顾以往的奋斗与追求，却怎么也挥不去那些曾经烧灼过心灵的一片片火光，那些曾经牵动过神经的一声声呼唤。

走进别人家的门，相亲相爱、温馨和睦，天伦之乐扑面而来，更令她怀念自己那个三代同堂的温暖之家。每当她拥着小晖，痴望镜框里的两张遗像，回味起那些欢乐的日子，心中便会涌起源远流长的亲情和难以消释的遗恨。这思忆带着温馨和挚情，似水流年，流不尽心中无穷的思念；时光可以消逝，冲淡不了深藏心底的亲情。

小晖很懂事，爸爸去世后脸上少了笑容，外婆去世后，再听不到她撒娇的声音，放学回来主动帮妈妈做家务事，把好菜夹到妈妈碗里，偎在妈妈身旁说悄悄话，唱刚刚学来的歌。她仿佛知道，即便无法填补妈妈心中的那块空白，也要尽力补偿少了两个人的家庭空间。

生活像盏灯，像个谜，有时像个梦。那些年，她觉得自己是走在一片灰蒙蒙的土地上，不是崎岖山路，也不是田间小径，是无边无际的荒原、一步一坑的沙滩。她像疲惫不堪的瘦马、耗尽最后一滴油的灯芯。她十分怀念盐场，那儿有紧张的工作、艰苦的劳动和俭朴的生活，也有先进与落后的矛盾，困难挫折的斗争，但没有虚伪、谎言、阴谋、暗算和仇恨。当她痛苦难释的时候会想起大海，那蔚蓝天空下的宽阔胸怀，竟能容得下那么多的灾难与不幸，当她精疲力竭的时候，又会想起盐滩上的勇士，他们能一次又一次地战胜暴风骤雨，把惊涛骇浪挡在海堤的那一边。就这样，她用坚强的毅力抵抗着曹流、黄天良之流掷过来的匕首短剑，艰难地走着自己人生的路。

阿妈的骨灰姐姐接回老家安葬，张鸿亭的骨灰就埋在厂后那块荒地上。她常常像个梦游人似的在坟地上徘徊。墓很小，一抔黄土，青草凄凄，张鸿亭像是侧着身子蜷卧在拱起的被褥中。她期盼重睹亲人的音容和那褪色的微笑，倾听亲人均匀的呼吸和夜半梦回的低语。她常在墓前咏诗，向亲人表达心声。其中一首是：

> 秋去冬来又逢春，月落乌啼忆亲人。
>
> 思睹音容空有泪，盼闻笑语恨无声。
>
> 一片寒梅收傲骨，乱世风云掩忠魂。
>
> 仙游跨鹤云万里，举目九天觅君星。

童素曾经劝她遵从张鸿亭的遗愿，重新选择一个知心伴侣，组织起新的幸福家庭。她孤寂的生活确实需要一个伴侣，孩子也需要温馨的父爱，但她忘不了永远活在心中的张鸿亭，也不相信会真的出现另一个可敬可爱的丈夫，若干年来一直是心如止水，不愿再婚，也不想再爱。

与朱人杰的不期而遇，使她乱了分寸，两个难忘的形象交替在脑子里闪现，此情已了犹未了，人生道路上的酸甜苦辣、喜怒哀乐、离合悲欢全集中起来让她品尝。

是谁说过，人如星辰，都按照自己的轨道运行，相遇时会发出灿烂光辉，但不会改变彼此的轨迹。一切都顺其自然，在这苍茫的世间，该重逢的终将重逢。总会有一个空间，容下人间的爱和恨……

后记

　　上辈人的经历是我们的宝贵财富。从这些过往的故事中，我们汲取新征程、新奋斗的养分；从这些前辈的经历中，我们传承艰苦奋斗、百折不挠的精神。

　　传续薪火，是我们义不容辞的责任。人生应该做点有意义的事情。虽不能至，心向往之。所以，我们用小说体裁写了这本《路石》，希望后辈们能沿着前人铺好基石的道路走下去。

　　感谢我所在的工作单位，感谢市政协主席吴运波先生，感谢漆宇勤先生协助联络，感谢我的亲人和家人吴舟、孙彬、周一沁、周一兵、周济民的支持和协助。

吴昌荣

2020 年 10 月